清华北大状元最爱读的

唐诗鉴赏常识大全集

韩智佳◎编著

北方联合出版传媒（集团）股份有限公司
万卷出版公司
VOLUMES PUBLISHING COMPANY

图书在版编目（CIP）数据

清华北大状元最爱读的唐诗鉴赏常识大全集 / 韩智佳编著. — 沈阳 ：万卷出版公司，2010.7（2011.3重印）
（三最丛书）
ISBN 978-7-5470-1140-9

Ⅰ.①清… Ⅱ.①韩… Ⅲ.①唐诗－鉴赏－青年读物 Ⅳ.①I207.22

中国版本图书馆CIP数据核字（2010）第141052号

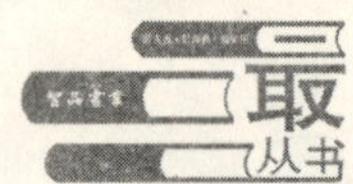

项目创意／设计制作／智品書業 ZHIPIN BOOKS

清华北大状元最爱读的唐诗鉴赏常识（大全集）

责任编辑	刘应诚
出 版 者	北方联合出版传媒（集团）股份有限公司 万卷出版公司
联系电话	024-23284090
邮购电话	024-23284050　23284627
电子信箱	vpc_tougao@163.com
经　　销	各地新华书店发行
印　　刷	北京鹏润伟业印刷有限公司
版　　次	2010年8月第1版　2011年3月第2次印刷
开　　本	180mm×255mm　1/16　20印张
字　　数	300千字
书　　号	ISBN 978-7-5470-1140-9
定　　价	19.60元

PREFACE

前 言

读唐诗可以让我们保持最初的真诚与善良，燃起最初的激情与活力。中国的孩子尚在襁褓中时，父母就很自然地边拍着宝宝边轻念几句“床前明月光，疑是地上霜。举头望明月，低头思故乡。”父母或许也不清楚为什么要学唐诗，但他们都不约而同地这样做了，并且从未停止过。也许父母自己也未必知道：从这几句唐诗开始，她们就已经在孩子纯净空旷的心田播种下了善良的种子。

那么，究竟什么是唐诗呢？仅是文学作品吗？在唐诗中，蕴涵着怎样更多、更深远的东西呢？关于这个问题，叶嘉莹教授引用了中国现代著名国学大师马一浮先生的四句话，诗其实就是“如迷忽觉，如梦忽醒，如仆者之起，如病者之苏”。她说，这是关于诗的最精彩的一句定义了。诗其实就是人心的苏醒，它能够使人“疏瀹五藏，澡雪精神”，净化心灵，开启智慧。

读唐诗可以让我们登高望远，上通古人伟大心灵。唐代的诗人们，如果伤心失恋了，会说“莫愁前路无知己，天下谁人不识君？”然后哂然一笑，心情便好起来了。如果曾经遭遇了重大挫折，有了东山再起的机会，便会说：“种桃道士今何在？前度刘浪今又来！”潇洒豪迈之情溢于言表。而这些诗句，对于我们今天的人来说，哪里能找寻出一丝隔阂？正是这古今相通的人性，使得唐诗虽然和我们相隔了一千余年，却仍然深深植根于我们的心中。

读唐诗可以让我们饱览天下胜景，遍尝人生百味，赏尽天下古今之大美。名山大岳、洲峡津渡、亭台楼阁……呼吸着新鲜空气，脚踏唐代诗人的足迹游遍千山万水，感受大自然的神奇瑰丽。同时，唐诗又道尽了人间的悲欢离合、喜怒哀乐，始终蕴涵着一种生命的感动和召唤。人生百年，几多曲折，其中的得失利害、波澜起伏，我们又能控制多少？当你的人生面临着彷徨，甚至陷于困顿时，与其顾影自怜，不如仔细看看先人们为我们留下的东西。

读唐诗可以让我们去除渣滓，心如纯金，历千万劫、克千万难，从而无比坚强。百家讲坛的主讲人于丹在和叶嘉莹先生的一次对话中曾经感叹：看到诗词作为一种生活方式，可以让人如此自信，如此优雅，觉得这种人格的境界特别令人心向往之。那穿越时空的诗词可以赋予我们生生不已的感动，唤起一种活泼开放的精神，那将是无尽的愉悦和美的享受。在这样一份跨越时空的共鸣中，积蓄了古代伟大诗人的所有心灵、智慧、品格、襟抱和修养，无疑“能够使得一个人超越小我生命的狭隘和无常，把目光投向更广大、更恒久的向往和追求，并且给予你坚强的力量和坚定的信仰”。

转眼千年已逝，浪漫的大唐王朝已经远去，如今已是物是人亦非。基本知识积累不足，阅历不够丰富，理解有偏差等原因，使我们现代人学起唐诗来，会有坠入重重迷雾之感，虽然背诵了一定数量的唐诗，却总不能触类旁通，理解到唐诗的内涵和精髓。学无常法而必有法，方法得当则事半功倍。《清华北大状元最爱读的唐诗鉴赏常识（大全集）》把唐诗中的基本常识全部整理出来，配上插图和解说，以易读的方式展现给读者，让读者抓住学习唐诗的突破口，在最短的时间里得到最多有关唐诗的知识。希望本书可以成为读者学习唐诗的首选读物，带领大家领略唐诗的绝代风采。

目 录

CONTENTS

唐诗分期

初唐诗歌

盛唐诗歌

中唐诗歌

晚唐诗歌

唐代诗人

初唐诗人

盛唐诗人

中唐诗人

晚唐诗人

唐诗用典

古代名人

历史故事

神话传说

唐诗地理

名城古国

名山大岳

江河湖沼

洲峡津渡

城垣关塞

亭台楼阁

唐诗入门

诗歌作为一种以抒情为主要表达方式的文学体裁，它高度凝练并集中地反映人类社会的生活风貌以及人自身的精神状态。诗歌按照一定的音节、声调、节奏和韵律的要求，用凝练的语言、充沛的情感以及丰富的想象来抒发人们的思想情感。诗歌作为一种语言艺术形式，具有节奏性、韵律感以及很强的感情色彩等特点，也是世界上最为古老、悠久，同时也最为基本的文学形式之一。

唐诗，泛指创作于唐代的诗歌。唐代被认为是我国历朝历代中诗歌创作最丰富发达的时代，是我国古典诗歌发展的全盛时期。唐诗自然也被认为是诗歌中的典范，因此民间流传着“唐诗、宋词、元曲”之称。唐代诗歌继往开来，承前启后，这个时期，不仅各种诗歌题材和体裁得到了空前的发展，还有众多优秀的诗人创作了他们独特的千古绝唱。

1

诗歌起源

诗歌的起源与上古时代的社会生活密切相关，《尚书·虞书》中有“诗言志，歌咏言，声依永，律和声”的说法。《礼记·乐记》中说：“诗，言其志也；歌，咏其声也；舞，动其容也；三者本于心，然后乐器从之。”可见，早期的诗、歌与乐、舞是合为一体的。诗原本就是歌词，在上古时期，实际表演中诗总是配合音乐、舞蹈而歌唱。后来随着诗、歌、乐、舞的各自发展，它们逐渐独立成体，诗与歌统称为诗歌。

诗

诗这种文学样式最为古老，同时也最具有文学特质。它来源于古代人民的劳动号子及民歌。它原本是诗与歌的总称。最初，诗、乐、舞是结合在一起的，统称为诗歌。我国的诗歌有着悠久的历史和丰富的遗产，如《诗经》、《楚辞》、《汉乐府》以及无数诗人的作品，成为我国一笔宝贵的精神财富。在欧洲，由古希腊的荷马、萨福和古罗马的维吉尔、贺拉斯等诗人开启了诗歌的创作之源。

那么，诗是如何产生的呢？原来在文字产生之前，我们的祖先为了把生产生活中积累的经验传授给别人，就将其编成了类似于顺口溜的韵文，以便于记忆、传播。据闻一多先生考证：“诗”与“志”本是同一个字，“志”上从“士”，下从“心”，表示停止在心上，意思就是记忆。文字产生以后，人们有了这种记忆工具，就不必再死记了，这时人们就把一切文字的记载称为“志”。志就是诗的文字表述，在心为志，发言为诗。

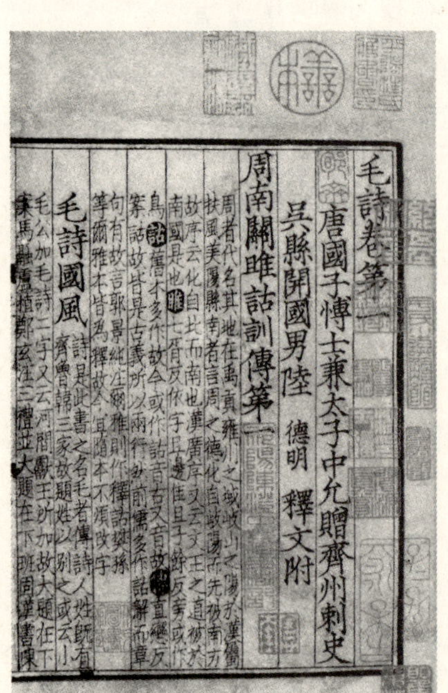
毛詩卷第一
唐國子博士兼太子中允贈齊州刺史
吳縣開國男陸 德明 釋文附
周南關雎詁訓傳第一
毛詩國風

《诗经》书影

歌

诗和歌原本不是同样的概念。歌是伴随着人类的生产劳动而产生的，它的产生远在文学、文字形成之前，比诗要早得多。据考察，歌的产生，最初只是用啊、兮、哦、唉等感叹词来表示情绪，这些字在当时都读作同一个音“啊”。从造字的方式上来看，歌是形声字，由“可”得声。在古代，“歌”与“啊”是同一个字，人们就把在劳动中发出的“啊”叫做

“歌”，歌的名字也就这样沿用下来。

既然诗与歌是两个完全不同的概念，那么后来为什么又把它们并称为“诗歌”呢？这就要考察它们之间的关系了。歌，最初只用一些简单的感叹词来抒发情绪，随着语言的产生，人类对于客观世界的认识逐渐深化，感情也更加丰富，这样一来，仅用几个感叹字来表达思想就远远不够了。于是，人们在歌里加进了实词，以满足表达的需要，这就是诗与歌结合的雏形。当文字产生以后，二者的结合更进了一步，用文字书写的歌词终于出现了。这时，一支歌就包括两个部分：一是音乐，二是歌词。音乐是用来抒情的，歌词就是诗，是用来记事的。这样看来，诗配上音乐就是歌，不配音乐而单独出现就是诗。由于最初的诗都是配上音乐来表演的，因此在当时的人看来，歌就是诗，诗就是歌。

关于诗与歌的结合，很早就在我国的古籍中有过论述。《毛诗序》中说：“在心为志，发言为诗。情动于中而形于言，言之不足故嗟叹之，嗟叹不足故永歌之，永歌之不足，不如手之舞之足之蹈之也。”《尚书》中说：“诗言志，歌永言。”这都形象地指出了诗与歌之间内在的联系。因此，后来人们就把诗与歌并称为“诗歌”。现在，“诗歌”已经成为“诗”的代名词了。

诗人的来源

诗人是诗歌的创作者，是伴随着诗的产生而出现的。最早的诗人来源于民间，他们的姓名已无法可考。我国最早的诗歌总集《诗经》中的《国风》部分，就主要由民间诗人所作。而现知的我国第一位真正意义上的诗人，是战国末期楚国的屈原。从屈原开始，我国古代的诗歌才真正进入作家文学时代。

“诗人”一词，早在战国时期就有了。《楚辞·九辩》注释说：“窃慕诗人之遗风兮，愿托志乎素餐。”《正字通》注释说：“屈原作离骚，言遭忧也，今谓诗人为骚人。”这就是“诗人”一词的最早提法。从那以后，“诗人”便成为两汉时期人们惯用的名词。等到后来辞赋兴起之后，又产生“辞人”一词。扬雄在《法言·吾子篇》中说：“诗人之赋以则，辞人之赋丽以淫。”他用“则”和“淫”来区分诗人与辞人，可见，汉代人把诗人看得很高贵，却认为辞人比较低贱。

六朝以后，辞赋的地位渐渐提高，人们认为上不类诗，下不类赋，因此又产生了“骚人”一词。因此从战国而至盛唐，诗人、骚人都很受人尊敬。

诗歌发展

诗歌的发展经历了相当长的历史过程，从《诗经》到楚辞，从汉乐府到各种地方民歌，从文人创作到民间搜集，我国古典诗歌经过长时间的积淀，在唐代呈现出繁荣的风貌。

《诗经》

《诗经》是我国现知最早的一部诗歌总集，同时，它也是世界上最早的诗集之一。《诗经》约成书于公元前6世纪，收集了从西周初年至春秋中叶五百多年间的诗歌三百零五篇，另有六篇笙诗，有目无词。先秦称之为《诗》，或根据其篇数称“诗三百”。到了西汉，它被尊为儒家经典，始称《诗经》，并被列为“五经”之一，沿用至今。

《诗经》的作者大部分已不可考，但可以肯定的是，作者包括了从贵族到平民的各个阶层人士。从体例上看，《诗经》按照音乐性质的不同分为风、雅、颂三类。

风即音乐曲调，国风就是各地区的地方乐调。国风包括了周南、召南、邶风、鄘风、卫风、王风、郑风、齐风、魏风、唐风、秦风、陈风、桧风、曹风、豳风共一百六十篇，十五国风就是这些地区的地方土乐，大部分都是民歌。

“雅”即正，属于朝廷正乐，是宫廷宴享或朝会时演奏的乐歌。按照音乐的不同又分为《大雅》三十一篇，《小雅》七十四篇，共一百零五篇。除《小雅》中有一部分民歌外，其他大部分是贵族文人的作品。

颂是宗庙祭祀之乐，内容多为歌颂祖先功德。《颂》诗又分为《周颂》三十一篇，《鲁颂》四篇，《商颂》五篇，共计四十篇。《颂》全部由贵族文人所作。

从产生的时间上看，《商颂》当产生于殷商中后期；《周颂》和《大雅》的大部分作品应当产生在西周初期；《大雅》的小部分和《小雅》的大部分作品应当产生在西周后期至平王东迁之时；《国风》的大部分和《鲁颂》当产生于春秋时期。从思想性和艺术价值上看，三颂不及二雅，二雅不及十五国风。

从思想内容上看，《诗经》较为全面地展示了周代的社会生活，真实地反映了当时我国奴隶制社会由盛到衰的历史面貌。其中有些作品，如《大雅》中的《生民》、《公刘》、《绵》、《皇矣》、《大明》等，记载了后稷降生到武王伐纣，可视为周部族起源、发展和立国的史诗。

《诗经》作为我国现实主义文学的光辉起点，由于其内容丰富，并且在思想和艺术上有着很高的成就，因此，它在我国乃至世界文化史上都占有极其重要的地位。它为我国后世诗歌开创了优秀的传统，对后来我国文学的发展产生了不可磨灭的影响。《诗经》的影响还扩展到了全世界，日本、朝鲜、越南等国很早就有汉文版《诗经》传入，18世纪以后，又出现了法文、德文、英文、俄文等多种译本。

楚辞

“楚辞”是继《诗经》之后的一种重要诗体。

“楚辞”是我国战国末期伟大的爱国诗人屈原创造的一种新诗体。作品运用楚地（今两湖一带）的方言声韵和文学样式，叙写当地的山川人物、历史风貌，具有十分浓郁的地方特色。汉代刘向把屈原的作品以及宋玉等人“承袭屈赋”的作品编辑整理成集，取名为《楚辞》。和《诗经》一样，《楚辞》也是对我国文学具有深远影响的一部诗集。

九歌图卷（局部）

此图为元代画家张渥根据战国末期楚国诗人屈原的名作《九歌》绘制而成。《九歌》是《楚辞》的篇名。《九歌图卷》共十一段，每段一图一文。图中所绘为其中的《东皇太一》部分。

楚辞的本义是指楚地的言辞，后来逐渐固定为两种含义：一是指诗歌的体裁，二是诗歌总集的名称。从诗歌体裁这一点来讲，它是战国末期以屈原为代表的诗人，以楚地民歌为基础开创的一种新诗体。从作为诗歌总集的名称这一点来说，《楚辞》收录了战国时代楚人屈原、宋玉的作品以及汉代贾谊、淮南小山、庄忌、东方朔、王褒、刘向等人的仿骚作品。

“楚辞”一词最早见于《史记·酷吏列传》，可见最迟在汉代前期已经有了这一名称。这种诗体具有浓厚的楚地文化色彩。另外，由于屈原所作的《离骚》是楚辞的代表作，因此楚辞又被后人称为“骚”或“骚体”。在辞赋盛行的汉代，楚辞也被称为辞或辞赋。《史记》中也说屈原“作《怀沙》之赋”。《汉书·艺文志》中也列有《屈原赋》、《宋玉赋》等名目。

《楚辞》作为我国最早的一部浪漫主义诗歌总集，不仅开启了后来的“赋”这一独特的文体，而且深深地影响着历代散文的创作，可以说是我国积极浪漫主义诗歌创作的源头和渊薮。

屈原作为楚辞的开创者，创作了《离骚》、《九歌》、《九章》、《天问》等一系列不朽的作品。在他的影响下，楚国又出现了宋玉、唐勒、景差等楚辞作者。但在现存的《楚辞》中，主要是屈原和宋玉的作品，唐勒、景差的作品大多未能流传下来。

对于楚辞的特征，宋代黄伯思在《校定楚辞序》中概括说：“盖屈宋诸骚，皆书楚语，作楚声，记楚地，名楚物，顾可谓之‘楚辞’。”这一说法是非常中肯的。除此之外，《楚辞》中屈、宋的作品所涉及的历史传说、神话故事、风俗习尚以及所使用的艺术手段、抒情风格等，无不带有浓厚的楚地文化色彩。

汉乐府

汉乐府是我国诗歌发展史上又一个高峰。

汉乐府是指汉代乐府官署所搜集、保存而流传下来的诗歌。汉乐府掌管的诗歌中有一部分是供统治者祭祀祖先神明使用的郊庙歌辞，其性质与《诗经》中的“颂”非常相似；另一部分则是民间流传的俗乐，称之为乐府民歌。据《汉书·艺文志》载：“有代、赵之讴，秦、楚之风，皆感于哀乐，缘事而发，亦可以观风俗，知薄厚云”。可见这部分作品才是汉乐府的精华部分。根据《史记·乐书》的记载，汉乐府的设置最迟是在汉惠帝二年（前193年），但在汉武帝时搜集民间俗曲才趋于兴盛。宋人郭茂倩编《乐府诗集》一百卷，分为十二类著录，即郊庙歌辞、燕射歌辞、鼓吹曲辞、横吹曲辞、相和歌辞、清商曲辞、舞曲歌辞、琴曲歌辞、杂曲歌辞、近代曲辞、杂歌谣辞、新乐府辞，是收集从西汉到五代乐府最为完备的一部诗集。《乐府诗集》现存汉代乐府民歌四十余篇，多数为东汉时期的作品。这些作品反映了当时的社会现实与人民的生活状况，用犀利的语言表现爱憎情感，具有较强的现实主义风格。

汉乐府是继《诗经》之后，我国古代民歌的又一次大汇集，与《楚辞》的浪漫主义手法不同，它开创了诗歌的现实主义新风。汉乐府民歌中女性题材的作品占有重要位置，它用通俗的语言构造出了大量贴近现实生活的作品。它采用叙事写法，在刻画人物方面细致入微，因此创造出来的人物性格鲜明。同时，故事情节也较为完整，而且能够在描绘典型细节中突出思想内涵，不但开拓了叙事诗发展的新阶段，同时也是我国五言诗体发展的一个重要阶段。

汉乐府民歌最基本的艺术特征是它的叙事性。这一特色是由它的“缘事而发”的内容所决定的。在《诗经》中虽然可以看到一些具有叙事成分的作品，如《国风》中的《氓》、《谷风》等，但主要还是通过作品主人公的倾诉来表达的，仍属于抒情形式，缺乏完整的人物和情节，也缺乏对于一个中心事件的集中、具体的描绘。而在汉乐府民歌中，则已经出现了大量由第三者叙述故事的作品，出现了有独特性格的人物形象和较为完整的情节，如《陌上桑》、《东门行》，都是比较有代表性的作品。特别是《孔雀东南飞》，诗的故事性、戏剧性，较之《诗经》中的那些作品都大大地增强了。《孔雀东南飞》是汉乐府民歌的代表作品，也是我国古代篇幅最长的叙事诗，与《木兰诗》合称为“乐府双璧”。在我国文学史上，汉乐府民歌标志着叙事诗进入了一个新的更趋成熟的发展阶段。

◎《孔雀东南飞》

汉乐府最具代表性的作品是《孔雀东南飞》。

《孔雀东南飞》是我国文学史上第一部长篇叙事诗，也是古代最长的叙事诗。《孔雀东南飞》取材于东汉献帝年间发生在庐江郡治舒县（今安徽境内）的一桩婚姻悲剧。后世把《孔雀东南飞》与《木兰诗》及韦庄《秦妇吟》并称为“乐府三绝”。

《孔雀东南飞》最早见于南朝陈徐陵编《玉台新咏》卷一，题为《古诗为焦仲卿妻作》。《乐府诗集》列入“杂曲歌辞”，题为《焦仲卿妻》。“孔雀东南飞”是此诗的首句，以为篇名。《孔雀东南飞》是建安时期的民间创作，在流传过程中经过后人的修饰而成现今传世的版本。

南北朝民歌

南北朝时期，由于南北方长期处于对峙的局面，在政治、经济、文化以及民族习俗、自然环境等方面又存在着非常明显的差异，因而南北朝民歌也显现出不同的情调与风格。南朝民歌风格清丽缠绵，较多地反映了人们纯洁真挚的爱情生活；北朝民歌则粗犷豪放，广泛地反映了北方动荡不安的社会现实和少数民族的生活习惯。南朝民歌中著名的抒情长诗《西洲曲》和北朝民歌中经典的叙事长诗《木兰诗》，分别代表着南、北朝民歌的最高成就。

南北朝时期，也设有专门的乐府机关来采集诗歌，配合音乐演唱。这些乐府诗中既有民间歌谣，也有贵族文人的作品。其中的民歌部分更为新鲜活泼，因此具有更强的艺术魅力。

南朝的乐府民歌大部分都保存在《清商曲辞》中。清商曲是我国古代重要的通俗乐曲，很多民歌都配合这种音乐来演唱。南朝的清商曲又分为很多类别，其中最重要的是“吴声歌曲”和“西曲歌”两类，南朝民歌大都属于这两类。“吴声歌曲”产生于江南吴地，以建业（今江苏南京）为中心。“西曲歌”产生于长江中游和汉水两岸的城市，如荆（今湖北江陵）、郢（今湖北宜昌）、樊（今湖北襄樊）、邓（今河南邓县）等地。这些地方都是当时商业最为发达的城市。因此，这些民歌多反映城市生活，这与汉乐府民歌多反映乡村生活有很大差别。“吴声歌曲”和“西曲歌”现存作品将近五百首，其中大部分都是民歌。这些民歌在内容上几乎完全是表现男女之间爱情生活的，大部分出自女子之口。诗歌中生动地描写了少男少女彼此之间真挚的爱慕、会面时天真愉快的神情、离别后沉重的相思之苦，描写得既真挚又深刻，字里行间洋溢着生活的热情和生命的力量，着重表现了人民群众对于爱情的积极追求和美好愿望。

北朝民歌，多产生在黄河流域，歌辞的作者族别广泛，如鲜卑、氐、羌、汉等族。北朝民歌歌辞有的采用汉语，有的采用北方少数民族语言，后来又被翻译成汉语。

北朝民歌多是北魏以后的作品，传入南朝后被乐府机关采集而存的，传世的约六十多首，其中最著名的当为《敕勒歌》。北朝民歌的语言质朴，风格豪放，内容丰富，有的反映战争和北方人民的尚武精神，有的反映人民的疾苦生活，有的反映婚姻爱情生活，有的描写北方独特的风光景色。形式上以五言四句为主，也有七绝体、七言古体以及杂言体，对唐代诗歌的发展产生了较大影响。北朝民歌主要收录在《乐府诗集》中，今存六十多首。

永明体

“永明体”又称“新体诗”，这种诗体强调声韵格律，对后来格律诗的形成产生了巨大影响。

“永明体”产生于南齐武帝萧赜永明年间，当时社会政治相对稳定，经济较为繁荣，这种环境为诗人们钻研声律和诗歌创作规律提供了良好的外部条件。

◎ 沈约

在永明体的诗人之中，沈约在当时甚有名望。

沈约（441—513年），字休文，南朝吴兴武康（今浙江德清西）人，南朝史学家、文学家、政治家，南朝名相。沈约先后在宋、齐、梁三朝做官，旧史一般称他是梁朝人。沈约出身门阀士族家庭，史上有“江东之豪，莫强周沈”之说。沈约从二十多岁时开始，历时二十余年，撰成《晋书》一百二十卷。南齐永明五年（487年），沈约奉诏修《宋书》，一年完成，撰有《宋书》纪、传七十卷，所记始于东晋安帝义熙初年，终于宋顺帝升明三年（479年），包括东晋末年以及刘宋一代的史事。另著有《晋书》、《齐纪》、《梁武纪》、《迩言》、《谥例》、《宋文章志》、《四声谱》等，但都已佚失，仅《宋书》流传至今。

萧赜从小跟随其父齐高帝萧道成东征西讨，还曾担任过地方长官，因此有比较丰富的统治经验。他即位以后，十分注意调和统治阶级与被统治阶级之间，以及南齐和北齐政权之间的矛盾。同时，他又非常注意调和统治阶级内部的关系。他在位期间，社会比较安定，生产力得到了良好的发展，当时的百姓安居乐业。《南齐书·良政传序》说：“永明之世，十许年中，百姓无鸡鸣犬吠之警，都邑之盛，士女富逸，歌声舞节，袨服华妆，桃花绿水之间，秋月春风之下，盖以百数。”《南齐书》作者萧子显作为南齐宗室，上述话语虽然不无溢美之词，但多少反映了当时的社会现实，这种环境为诗歌艺术形式的发展提供了重要的条件。再有，统治阶级对于文学创作的重视以及文学集团丰富的活动，也大大促进了诗歌创作的繁荣和创作技巧的提高。到了南齐永明年间，文士们经常受统治集团内部的高层人物的征召而集中到他们的门下，除承担一定的工作之外，还集体从事文学创作，相互之间切磋技艺，共同探索文学的创作规律，为文学的发展起到了强有力的推动作用。据史籍记载，永明年间文学集团数量繁多，其中有四个比较大型的文学集团存在，分别为卫将军王俭集团、竟陵王萧子良集团、豫章王萧疑集团、随王萧子隆集团。其中萧子良集团存在的时间最长，人数最多，规模最大，影响也最大。“永明体”诗人多数都出自这个集团。

“永明体”的代表作家，主要是是沈约、谢朓、王融三人。其中沈约的诗数量最多，他在理论上的阐述代表着“永明体”的创作主张，但他实际的创作成就不如谢朓。

谢朓在诗风上受曹植影响，善于以警句发端；而在写景抒情方面，则兼取谢灵运、鲍照二者之长，因而避免了艰涩之弊。在现存的一百三十多首谢朓的五言诗当中，新体诗的数量占三分之一左右。这些诗都已颇具五言律诗的雏形，只是有一些用仄声作韵的，而且句和篇的声律还不规范。尽管他的这些作品在声律上还显得有些混乱，但也可以看到一些新体诗的端倪。

在“永明体”产生以前，诗坛上流行的是“古体诗”，也称“古诗”、“古风”，每篇句数不定，句式不一，有四言、五言、六言、七言以及杂言等多种形态，不求对仗，不讲平仄，用韵也比较自由。到了唐代，形成了律诗和绝句，称为“近体诗”或“今体诗”。这是相对于“古体诗”而言的，它的句数、句式和平仄、用韵等都有较为严格的规定。而这种“近体诗”的雏形，即“永明体”诗。“永明体”的兴盛，预示着“近体诗”作为一种新的诗歌形式，即将出现。

四声八病

诗歌的声律、病犯据说是由南朝齐诗人沈约等人最早开始研究的。

《南史·陆厥传》记载：“时盛为文章，吴兴沈约，陈郡谢朓，琅琊王融，以气类相推毂。汝南周颙善识声韵，约等文皆用宫商，将平上去入为四声。以此制韵，有平头、上尾、蜂腰、鹤膝。五字之中音韵悉异，两句之内，角徵不同，不可增减。世呼为永明体。”这段话，揭示了“四声八病”一些基本的内涵。

青青河畔草，郁郁园中柳

四声是指平、上、去、入四种声调，其调值现已无从查考，只能通过古代的韵谱来估略推断。根据《元和韵谱》和《玉钥匙歌诀》中的说法，可以得出这样的结论，平声是一个平调，上声是一个升调，去声是一个降调，入声则是一个促调。

八病是指创作五言诗时，在四声的运用方面所犯的八种毛病，即平头、上尾、蜂腰、鹤膝、大韵、小韵、旁纽、正纽。

平头：五言诗的第一、二字不能与第六、七字（即下句的第一、二字）声调相同。否则就犯了平头的毛病。如："芳时淑气清，提壶台上倾。""芳时"、"提壶"同是平音字，读起来不太好听，这就是平头。

上尾：五言诗的第五字（出句最后一个字）与第十字（对句最后一个字）声调不能相同。否则就犯了上尾的毛病。如乐府诗中："青青河畔草，郁郁园中柳。""草"和"柳"都是上声，就犯了上尾的毛病。

蜂腰：就是两头大、中间小。指五言诗一句内第二字与第四字的声调不能相同；或第二字与第四字不能同是浊声母而第三字是清声母，否则就犯了蜂腰的毛病。如《饮马长城窟行》："客从远方来，遗我双鲤鱼。""从"、"方"都是平声字，"我"、"鲤"又同为浊音字，读起来两头重、中间轻，这就是犯了蜂腰的毛病。

鹤膝：对于这一条，不同的文献说法不一，有的说法认为五言诗的第五字与第十五字的声调不能相同。也有的说法认为鹤膝与蜂腰第二点正好相反，即不能出现第二、四字同为清声母而第三字为浊声母的现象。

大韵：指五言诗的两句之内不能有与韵脚出自同一韵部的字。如汉乐府："胡姬年十五，春日独当垆。""胡"与"垆"同韵部，就是犯了大韵的毛病。

小韵：即五言诗两句之间不能有属同一个韵部的字。如："古树老连石，急泉清露沙。""树"与"露"，"连"与"泉"同韵部，就是犯了小韵的毛病。

旁纽：我们今天对于这一条不甚了解，只能将《诗话》中的大意写下来，即指五言诗两句中各字不能同声母。比如："鱼游见风月，兽走畏伤蹄。""鱼"与"月"的声母就同属古音疑纽，这就犯了旁纽的毛病（另外"兽""走"同韵，犯小韵）。

正纽：指五言诗两句内不能杂用声母、韵母相同的四声各字。比如梁简文帝诗："轻霞落暮锦，流火散秋金。""锦"与"金"的声母、韵母均相同，只是声调不同，这就是正纽的毛病。

由永明体引领的诗歌艺术技巧上的变革，标志着我国古代诗歌从原始自然艺术——"古体诗"，开始走向人为艺术——"近体诗"。因此，它也就成为近体诗形成的前奏，是人为艺术发展中的一个非常关键的环节。

宫体诗

宫体诗产生于南朝齐梁之际，“宫体”之名，最早见于《梁书·简文帝纪》对于梁简文帝萧纲的评语：“然伤于轻艳，当时号曰宫体。”萧纲做太子时，经常与当时知名的文人墨客在东宫相互唱和。诗歌内容多为宫廷生活及男女私情，艺术形式上则追求词藻靡丽，时称“宫体”。萧纲、萧绎、徐斡、徐陵、庾信父子是宫体诗的代表作家。

◎ 萧纲

萧纲是“宫体诗”的先驱和代表诗人之一。

萧纲（503—551年），南朝梁简文帝，字世缵，南兰陵（今江苏武进）人，是梁武帝的第三个儿子。太清三年（549年），梁武帝被侯景囚困饿死，萧纲即位为帝。大宝二年（551年）为侯景所害。

萧纲做太子时，写作了大量浮艳、空虚、放荡的辞句，文学侍臣竞相仿作，形成“宫体诗”。现存萧纲的作品大多属于这一类诗作，如描写女性容态的《咏内人昼眠》、《咏舞》、《美人晨妆》等。萧纲也有一些以边塞为主题的乐府诗，如《从军行》、《陇西行》、《雁门太守行》、《度关山》等，开创了唐代边塞诗的先河。他的咏物诗写得轻巧，对后世也有一定影响。《南史·梁简文帝纪》中记萧纲有文集一百卷，其他著作六百余卷。

宫体诗一方面指这种描写宫廷生活的诗体，另一方面又指在宫廷形成的一种诗风。宫体诗在陈后主、隋炀帝、唐太宗等几个朝廷都很盛行。

人们历来对宫体诗褒贬不一，批评者多认为其中有不少作品以写宫廷中生活及妇女体态为内容。事实上，宫体诗的内容并非限于妇女生活，也不乏一些抒情咏物之作。但总的来说，宫体诗的格调流于轻浮，诗风比较柔缓靡弱。但是萧纲、萧绎等人，也创作过不少清丽可读的优秀诗篇。

宫体诗在诗歌发展史上的作用有两个方面：一方面，隋代及唐初的诗风流于靡弱，在一定程度上是受了它的影响；另一方面，它在艺术形式上比永明体更趋于格律化。《梁书·徐摛传》评价徐摛“属文好为新变，不拘旧体”。宫体诗的形式特点正是这种“新变”。据统计，宫体诗中符合律诗格律的占总数的百分之四十左右，而基本符合格律的数量更多。这足以说明，“宫体诗”对于后来律诗的形成，起到了重要的推动作用。至于它用典较多、辞藻艳丽的特点，对于后世也有一定的积极影响，如晚唐的李贺和李商隐的诗，显然受过“宫体诗”某些艺术手法的影响。

唐代诗体

唐诗形式和风格的最大特点是丰富多彩、推陈出新，呈现出多元化倾向。它不仅继承了乐府与汉魏民歌的传统，而且大大发展了歌行体的样式；不仅继承了传统的五、七言古诗，而且将其发展成为用以叙事言情的长篇巨制；最重要的是，唐诗创造了格律特别优美整齐的近体诗。近体诗作为当时的新体诗，它的创造和完善，是唐代诗歌发展史上的头等大事。它把我国古代诗歌音节和谐、文字精练的艺术特色，提升到前所未有的高度。

古体诗

古体诗也称古诗、古风，是语言古朴、格律比较灵活的一类诗歌体裁的总称。它产生于汉魏时代。在唐代以前只有这种诗体而没有特定名称。至唐代律诗兴起以后，人们将律诗称为“今体诗”，而把不合格律要求的称为“古体诗”。

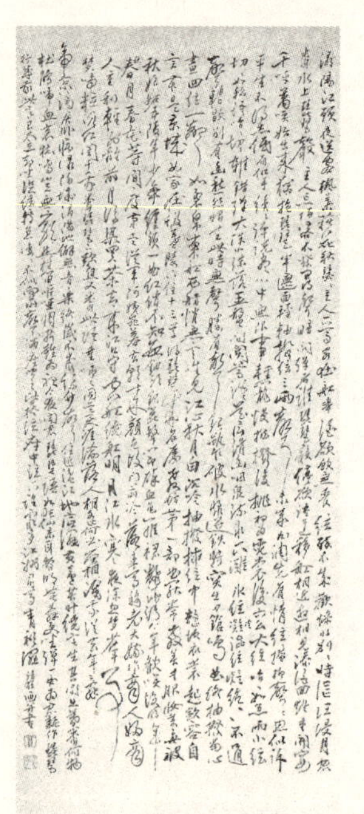

琵琶行图轴

《琵琶行》是唐代诗人白居易的长篇叙事诗。行，又叫做“歌行”，源于汉魏乐府。篇幅较长，句式灵活，用韵富于变化。

这类诗每篇句数不限，有四言、五言、六言、七言、八言、九言、杂言等诸多形式，其中以五言、七言和杂言最为常见。古体诗不求对仗，平仄灵活，邻韵可通押，篇中可换韵，因此较之今体诗更为自由。

唐朝格律诗的形式确立以后，诗人们在创作格律诗的同时，仍然没有放弃古体诗的形式。如李白的《行路难》、杜甫的“三别”、白居易的《卖炭翁》等，都是这类诗歌中的名篇。

古体诗的形式极为自由，除了用韵以外，古体诗不受任何格律的约束。当然，在唐人的古体诗中，已经出现了用平仄交错方式写成的诗句，并且有的还使用对偶句子，这就是唐代古诗与以前古诗的不同之处。如王维、孟浩然、李颀、王昌龄等人的五言古诗中就多有律句、律联。歌行体如白居易《长恨歌》、《琵琶行》等名篇中的不少句子都是入律的。

唐代的古体诗相对于近体诗而言，由于形式上较为自由，故而它的表现范围比近体诗更为广泛，《长恨歌》、《琵琶行》这类作品所承载的大量内容与情感，是近体诗所难以企及的。另外，由于古体诗的语言较为古朴、自然，也在一定程度上弥补了一些近体诗语言艰涩的不足。可以说，在唐代诗坛上，古体诗在成就上是与近体诗并驾齐驱的，它们共同促进了诗歌艺术的进一步发展。

近体诗

近体诗又称今体诗，形成于唐代，并得以盛行。唐代诗人为了与不受格律限制的古体诗相区别，故将其取名为近体诗。

近体诗格律极为严整，篇有定句，即除排律外，每首诗的句数是固定的；句有定字，即每句诗的字数也是固定的；韵有定位，即押韵的位置是固定的，韵脚极为规范；字有定声，即诗句中各字声调的平仄也是固定的；联有定对，即律诗中间各联要求对仗。与古体诗相比，近体诗的形式更加整齐，节奏更加和谐，但同时，也增添了更多的限制和拘束。

近体诗包括绝句（五言四句、七言四句）、律诗（五言八句、七言八句）和排律（十句以上）三种。其中，以律诗的格律作为基准来看，绝句的格律相当于半首律诗，而排律则是律诗在句数上的延长。

实际上我们可以看到，近体诗在诗歌创作的格律方面作出了严格的规定，这有利于规范诗歌的创作；但从另一方面来看，这也增加了诗歌创作的难度，更有甚者，后来有人对不入律的诗歌一律予以否定，这一点我们可以从宋代诗歌中窥见一斑。这样，对诗歌的创作造成了较大的约束。

五言诗

五言诗就是全篇每句都是五个字的诗体。包括五言古诗、五言律诗、五言绝句以及五言排律等。

五言诗最早产生于汉代，魏晋以后逐渐兴盛，经过六朝、隋代、唐代不同时期的发展，成为我国古代诗歌主要的形式之一。

古代就有五言诗始于李陵的《与苏武诗》一说，如韩愈的《荐士诗》说：“五言出汉时，苏（武）李（陵）首更号。”白居易的《与元九书》也说：“国风变为骚辞，五言始于苏李。”清代赵翼《陔余丛考》中说：“五言诗，汉初郊庙乐歌但有三言、四言及长短句，无所谓五言者。”《文心雕龙》曰：“汉成帝品录三百余篇，不见有五言。盖在西汉时五言尤是创体，故甄录未及也。五言诗断以古诗十九首及苏李赠答为始。”有上述论著可以考察五言诗的产生时代。五言诗是吸收民歌的形式而形成的。汉代的乐府民歌如《白头吟》、《江南》、

《陌上桑》、《孔雀东南飞》等就是五言诗。最早由文人创作的五言诗，一般认为是班固的《咏史》。

◎ 五言之冠冕

刘勰的《文心雕龙》中把《古诗十九首》称作“五言之冠冕”。历代各家对《古诗十九首》也是称赞有加，例如明代的王世贞就把它称为“千古五言之祖”。《古诗十九首》最早见于《昭明文选》，是南朝梁萧统从传世的无名氏《古诗》中选录十九首编入，编者把这些作者名称亡佚的五言诗汇集起来，冠以此名，列在“杂诗”类之首。《古诗十九首》是乐府古诗文人化的显著标志。汉末文人开始关注个体生存的价值，过去诗人们关注的诸如帝王、诸侯的宗庙祭祀、文治武功、畋猎游乐乃至都城宫室等题材领域，现在让位于与诗人的现实生活、精神生活相关的题材。由此，五言诗的题材、风格、技巧为之一变。

五言的句式是在先秦四言的基础上每句增加一个字，这样，句子的节奏就增加了一拍，形成了二一二或二二一的节拍群。由于不同节奏在诗中的交错运用，使句式更富于变化，因而也就更具有音乐感。句式由四言变为五言，使句子的语法成分也增加了容量，一个句子就可以容纳主语、谓语或宾语同时出现，进而增强了句子的表现效果，因此，钟嵘在《诗品》中说：“五言居文词之要，是众作之有滋味者也。”文学史上的诗作总量，也以五言诗为最多。

唐人也作有大量的五言古风及五言律绝，如李白、杜甫等人的作品，无论在数量上还是在品质上，都值得称道。

七言诗

七言诗是指全篇每句均为七字或以七字句为主的诗体。这是我国古代主要的诗歌形式之一。七言诗包括七言古诗、七言律诗、七言绝句、七言排律等几种形式。

七言诗起源于民间歌谣。先秦时期《诗经》、《楚辞》中就已经出现了一些七言句式。

到西汉时，除了《汉书》所记载的《上郡歌》、《楼护歌》以外，还有司马相如所作的《凡将篇》、史游作的《急就篇》等七言韵文。

到了东汉时期，七言、杂言民谣数量更为巨大，如东汉末年出现的《小麦谣》、《城上乌》等都是非常生动、通俗流畅的七言或杂言的民间作品。

魏曹丕所作的《燕歌行》是我国现存的第一首由文人创作的完整的七言诗。后来的汤惠休、鲍照都有七言诗作。鲍照的《拟行路难》十八首，把原来七言诗中的句句用韵变为隔句用韵，而且还可以换韵，为七言诗体的发展开辟了新的道路。

从梁代开始到隋代这段时期，七言诗的数量逐渐增多。直到唐代，七言诗真正进入了繁荣期。

七言诗的产生，为诗歌提供了一个全新的、具有更大容量的表现形式，这对我国古典诗歌艺术表现力的进一步丰富具有极其重要的意义。

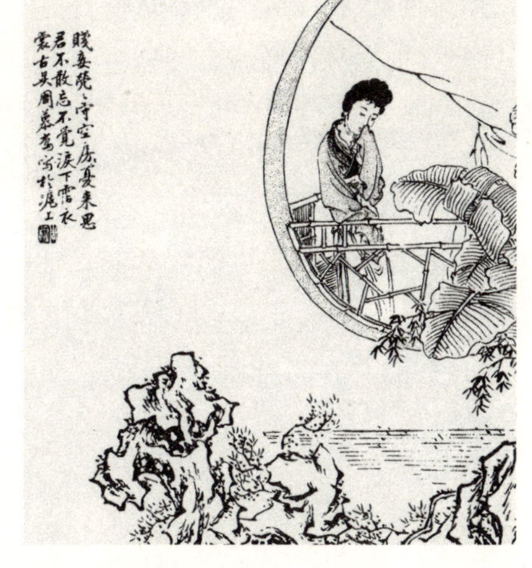

● 曹丕《燕歌行》诗意图

“贱妾茕茕守空房，忧来思君不敢忘”，是曹丕《燕歌行》中的诗句。《燕歌行》是现存最早、最完整的七言诗。诗以一位年轻女子的口吻，抒发了对远游未归的丈夫的思念。

律诗

律诗是近体诗的一种，格律严密。发源于南朝齐永明时期沈约等人讲究声律、对偶的新体诗，至初唐沈佺期、宋之问时正式定型，成熟于盛唐时期。

律诗分为五言和七言两种形式，每一首的句数都限定为八句。律诗在南朝齐梁时代就已经出现，只是当时格律还不完善。到了唐朝武则天时期，七律方才正式形成。

律诗一般都用平声韵脚。律诗用韵是在一、二、四、六和末句。其中第一句既可以用韵，也可以用邻韵甚至不用韵；如果第一句不用韵，那么该句句末一字一般都要用仄声。

◎ 孤平

孤平，是律诗大忌，指的是五言“平平仄仄平”句型的第一个字用了仄声，七言“仄仄平平仄仄平”句型的第三个字用了仄声，全句除了韵脚外只剩下一个平声，故称“孤平”。唐人律诗最忌“孤平”。假如在上述句型五言第一字或七言第三字位置上遇到必须用仄声字，绝对无法换平声字的时候，则必须采取“拗救”的办法。

律诗最重要的形式特点还是在字句间的平仄安排方面。为了表述方便，古人把每两句称为一联：第一、二句称为“首联”，第三、四句称为“颔联”，第五、六句称为“颈联”，第七、八句称为“尾联”。在每一联中，第一句叫做出句，第二句叫做对句。律诗要求在一句之中，节拍字要平仄交错；每联中出句和对句之间，平仄要求对立；而上一联对句和下一联出句之间，则要求平仄相粘。

律诗还讲究对仗。其中的颔联和颈联，必须要求对仗，就是说两句中词组结构和词性要相同，意义上相近或相关，互相成对。因此，如果把律诗的颔联和颈联单独拿出来，就是两副对联。

以上所说的句数、押韵、平仄、对仗等方面的要求，是律诗有别于其他诗体的关键所在。

五言律诗

每句五字的律诗就叫做五言律诗。五言律诗的格式，分为平起入韵式、平起不入韵式和仄起入韵式、仄起不入韵式四种。

平起不入韵式的格式如下（“·”表示此处必须为平或仄，“⊙”代表韵脚）。

┌（平）平平仄仄
平仄对立┤ · ·
├（仄）仄仄平平
平仄相粘┤ · ·⊙
├（仄）仄平平仄
词性和平仄相对┤ · ·
├（平）平（仄）仄平
平仄相粘┤ · ·⊙
├（平）平平仄仄
词性和平仄相对┤ · ·
├（仄）仄仄平平
平仄相粘┤ · ·⊙
├（仄）仄平平仄
平仄对立┤ · ·
└（平）平（仄）仄平
· ·⊙

下面是以杜荀鹤的《山中寄友人》为例（“—”代表平声，“|”代表仄声）。

┌深 山 多 隙 地，
平仄对立┤ — — — | |
├无 力 及 耕 桑。
平仄相粘┤ (—) | | — ⊙
├不 是 营 生 拙，
词性和平仄相对┤ | | — — |
├都 缘 觅 句 忙。
平仄相粘┤ — — | | ⊙
├破 窗 风 翳 烛，
词性和平仄相对┤ (|) — — | |

├ 穿 屋 月 侵 床。
平仄相粘┤ (—) ｜ ｜ — ⊙
├ 吾 友 应 相 笑，
平仄对立┤ (—) ｜ — — ｜
└ 辛 勤 道 未 光。
— — ｜ ｜ ⊙

如果是平起入韵式，就只要将第一句中的平仄安排改为“（平）平（仄）仄平”，其余各句平仄不变。

下面是仄起不入韵的格式。

┌（仄）仄平平仄
平仄对立┤ · ·
├（平）平（仄）仄平
平仄相粘┤ · ·⊙
├（平）平平仄仄
词性和平仄相对┤ · ·
├（仄）仄仄平平
平仄相粘┤ · ·⊙
├（仄）仄平平仄
词性和平仄相对┤ · ·
├（平）平（仄）仄平
平仄相粘┤ · ·⊙
├（平）平平仄仄
平仄对立┤ · ·
└（仄）仄仄平平
· ·⊙

下面是以杜甫的《春望》为例。

┌ 国 破 山 河 在，
平仄对立┤ ｜ ｜ — — ｜
├ 城 春 草 木 深。
平仄相粘┤ — — ｜ ｜ ⊙
├ 感 时 花 溅 泪，
词性和平仄相对┤ (｜) — — ｜ ｜
├ 恨 别 鸟 惊 心。
平仄相粘┤ ｜ ｜ ｜ — ⊙
├ 烽 火 连 三 月，
词性和平仄相对┤ (—) ｜ — — ｜
├ 家 书 抵 万 金。

平仄相粘┤ — — ｜ ｜ ⊙
├ 白 头 搔 更 短，
平仄对立┤ (｜) — — ｜ ｜
└ 浑 欲 不 胜 簪。
(—) ｜ ｜ — ⊙

如果是仄起入韵式，只要把第一句的平仄安排改为“（仄）仄仄平平”即可，其余七句平仄不变。

七言律诗

每句七字的律诗叫做七言律诗。七言律诗的格式和五言律诗一样也分四种：平起入韵式、平起不入韵式、仄起入韵式、仄起不入韵式。

平起入韵式格式如下。

┌(平)平(仄)仄仄平平
平仄对立┤ · · ·⊙
├(仄)仄(平)平(仄)仄平
平仄相粘┤ · · ·⊙
├(仄)仄(平)平平仄仄
词性和平仄相对┤ · · ·
├(平)平(仄)仄仄平平
平仄相粘┤ · · ·⊙
├(平)平(仄)仄(平)平仄
词性和平仄相对┤ · · ·
├(仄)仄(平)平(仄)仄平
平仄相粘┤ · · ·⊙
├(仄)仄(平)平平仄仄
平仄对立┤ · · ·
└(平)平(仄)仄仄平平
· · ·⊙

下面是以韩愈的《左迁至蓝关示侄孙湘》为例。

┌ 一 封 朝 奏 九 重 天，
平仄对立┤ (｜)—(—)｜ ｜ —⊙
├ 夕 贬 潮 州 路 八 千。
平仄相粘┤ ｜ ｜ — — ｜ ｜ ⊙
├ 欲 为 圣 明 除 弊 事，
词性和平仄相对┤ ｜ ｜ (｜) — — ｜ ｜

├肯将衰朽惜残年！

平仄相粘┤(|)—(—)| |—⊙

├云横秦岭家何在，

词性和平仄相对┤——(—)|——|

├雪拥蓝关马不前。

平仄相粘┤| |——| |⊙

├知汝远来应有意，

平仄对立┤(—)|(|)——| |

└好收吾骨瘴江边。

(|)—(—)| |—⊙

平起不入韵式，只要将第一句中的平仄安排改为“（平）平（仄）仄（平）平仄”即可，其余七句平仄不变。

下面是仄起入韵式格式。

┌(仄)仄(平)平(仄)仄平

平仄对立┤ · · ·⊙

├(平)平(仄)仄仄平平

平仄相粘┤ · · ·⊙

├(平)平(仄)仄(平)平仄

词性和平仄相对┤ · · ·

├(仄)仄(平)平(仄)仄平

平仄相粘┤ · · ·⊙

├(仄)仄(平)平平仄仄

词性和平仄相对┤ · · ·

├(平)平(仄)仄仄平平

平仄相粘┤ · · ·⊙

├(平)平(仄)仄(平)平仄

平仄对立┤ · · ·

└(仄)仄(平)平(仄)仄平

· · ·⊙

下面是以杜牧的《登池州九峰楼寄张祜》为例。

┌百感中来不自由，

平仄对立┤| |——| |⊙

├角声孤起夕阳楼。

平仄相粘┤(|)—(—)| |—⊙

├碧山终日思无尽，

词性和平仄相对┤(|)—(—)|——|

├芳草何年恨即休！

平仄相粘┤(—)｜——｜｜⊙
├睫在眼前长不见，
词性和平仄相对┤｜｜(|)——｜｜
├道非身外更何求。
平仄相粘┤(|)—(—)｜｜—⊙
├谁人得似张公子，
平仄对立┤——｜｜——｜
└千首诗轻万户侯。
(—)｜——｜｜⊙

仄起不入韵式，只要把第一句中的平仄安排改为“（仄）仄（平）平平仄仄”即可，其余七句的平仄不变。

排律

排律是句数增多的律诗。由于它是在一般律诗格式的基础之上加以铺排延长而成的，故称排律，也叫长律。

◎ 入律古风

入律古风是指吸收近体诗的形式技巧而创作出来的古体诗。近体诗产生以后，古体诗在文坛上仍占有重要的地位。受近体诗格律的影响，诗人在创作古体诗的过程中，经常借鉴或吸取近体诗的形式技巧，尤其是七言古诗，不仅讲究粘对，甚至有些还使用律句，从而产生了入律古风。如王勃的《滕王阁序》、高适的《燕歌行》等古风作品，就十分讲究平仄及对仗。有时为了使韵调显得跌宕起伏，诗人还经常采用每四句（或六句）一换韵的方式。

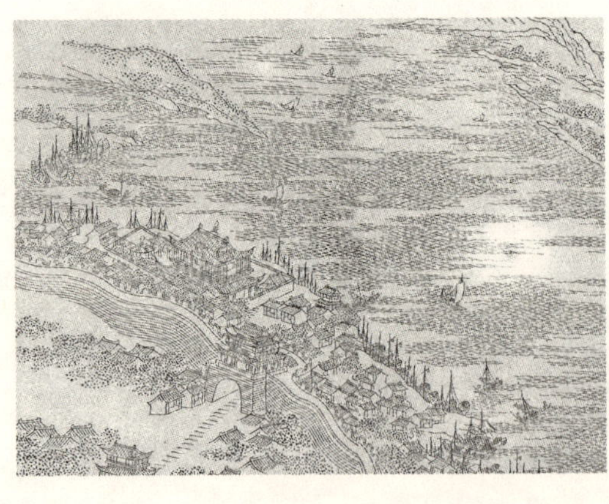

● 滕王阁图

滕王阁是历代封建士大夫们宴请宾客的地方。据说，它之所以名气大，在很大程度上归功于唐代诗人王勃的一篇脍炙人口的《滕王阁序》。

一般的律诗句数只有八句，而排律则不受句数的限制，短则十句，多则一二百句不等。例如杜甫的排律《夔州书怀》，就长达二百句。

和一般律诗一样，排律的每句也是五字或七字，五字成为五言排律，七字为七言排律。排律也以上下两句作为一联。除首联和尾联外，中间各联不论多少，都要对仗，这与律诗中颔联、颈联的形式相同。此外，排律中用韵、平仄、粘对等形式，也都与律诗相仿。

排律一般为五言，七言较为少

见。五言排律是由汉魏六朝时期的五言古诗演化而来的。刘宋时期谢灵运的《湖中瞻眺》就已具排律的雏形。杜甫以后，排律方告成熟，体制逐渐加长，声律更为工整。中唐诗人白居易的《代书诗寄微之》就长达一百韵，即二百句。

绝句

绝句产生于南朝齐、梁时期，当时人们将五言四句的小诗称为绝句。后来经过一些诗人的不断运用和提高，日趋成熟。到了唐人手里，就制定出了一整套完整的格律，至此，绝句正式定型，每首均为五言或七言四句，在声韵格律上有着十分严格的要求。因此，它也称律绝。

绝句的押韵，就是在每首诗第一、二、四句的末一字，用同一个韵部的字做韵脚；其中第一句可以不押韵，但是第二、四两句的末一字，都要用同属于一个韵部并且同为平声的字做韵脚。

绝句在平仄安排上，要求句中每个节拍所在（句末一字除外）字要平仄交错，第一、二句，第三、四句同节拍的字要求平仄对立，第二、三句间同节拍字要求平仄相粘。这就使得绝句的第一句（不包括这句不用韵的末一字）和第四句在节拍上的平仄安排应当是一致的；而第二句和第三句除韵脚之外，两句在节拍上的平仄安排也是一致的。

古绝

古绝是较为自由的绝句，不讲平仄、用韵。它既可以押平声韵，也可押仄声韵。有时还不粘、不对。古绝形成并流行于唐以前。南陈徐陵的《玉台新咏》就收有《古绝句》，后人于是用“古绝”之名来区别唐人的律绝。

既然古绝是与律绝相对立的，那么它就不受律诗格律的束缚。凡符合以下两种情况之一的，都应该认为是古绝：

一、用仄韵；

二、不合律句的平仄，有时还不粘、不对。

当然，有些古绝是两种情况兼备的。

例如李绅的《悯农》：

春种一粒粟，秋收万颗子。
四海无闲田，农夫犹饿死。

诗中第一句连用了四个仄声，没有用律句，而且全诗押仄声韵。

再如李白的《静夜思》：

床前明月光，疑是地上霜。
举头望明月，低头思故乡。

“疑是”句为“平仄仄仄平”，不合律句，而且“举头”句不粘，“低头”句不对，所以它是古绝。

当然，由于律诗兴起以后，诗人创作古绝时，或多或少都要受律句的影响，因此，古绝和律绝之间并没有十分清楚的界限。

五言绝句

每句五字的绝句诗就叫做五言绝句。五言绝句可以分为两种格式：平起式和仄起式。每一种格式又有首句用韵和首句不用韵两种区别。

两种格式的区别在于第一句的第二个字上，平起式就是第一句的第二个字用平声字，仄起式则用仄声字。

下面就是首句不用韵的平起式的标准格式。

```
          ┌（平）平平仄仄
平仄对立┤        ·   ·
          ├（仄）仄仄平平
平仄相粘┤              ⊙
          ├（仄）仄平平仄
平仄对立┤        ·   ·
          └（平）平（仄）仄平
                          ⊙
```

以下面一首诗为例：

```
          ┌ 山 中 相 送 罢，
平仄对立┤ — — — | |
          ├ 日 暮 掩 柴 扉。
平仄相粘┤ | | | — ⊙
          ├ 春 草 年 年 绿，
平仄对立┤（—）| — — |
          └ 王 孙 归 不 归？
            — —（—）| ⊙
```

第一句用韵的平起式，只要把第一句的平仄安排改为成“（平）平（仄）仄平”就可以，其余三句的平仄安排不必变换。

下面是仄起不入韵的五绝格式。

```
          ┌（仄）仄平平仄
平仄对立┤        ·   ·
          ├（平）平（仄）仄平
平仄相粘┤        ·       ·⊙
```

├（平）平平仄仄
平仄对立┤　　　·　·
└（仄）仄仄平平
　　　·　·⊙

以下面一首诗为例：

┌故 国 三 千 里，
平仄对立┤ ｜ ｜ — — ｜
├深 宫 二 十 年。
平仄相粘┤ — — ｜ ｜ ⊙
├一 声 何 满 子，
平仄对立┤ (｜)— — ｜ ｜
└双 泪 落 君 前。
(—) ｜ ｜ — ⊙

仄起式第一句用韵的，只要将第一句改为“（仄）仄仄平平”即可，其余三句平仄不变。

七言绝句

每句七个字的绝句诗叫做七言绝句。七言绝句分平起入韵、平起不入韵、仄起入韵、仄起不入韵四种格式，其中第一句入韵的较为常见。

下面是平起入韵式的格式。

┌（平）平（仄）仄仄平平
平仄对立┤　　·　　·　·⊙
├（仄）仄（平）平（仄）仄平
平仄相粘┤　　·　　·　　·⊙
├（仄）仄（平）平平仄仄
平仄对立┤　　·　　·　·
└（平）平（仄）仄仄平平
　　·　　·　·⊙

以下面的一首诗为例：

┌朝 辞 白 帝 彩 云 间，
平仄对立┤ — — ｜ ｜ ｜ — ⊙
├千 里 江 陵 一 日 还。
平仄相粘┤ (—)｜ — — ｜ ｜ ⊙
├两 岸 猿 声 啼 不 住，

平仄对立┤ ｜ ｜ — — — ｜ ｜
└ 轻 舟 已 过 万 重 山。
— — ｜ ｜ ｜ — ⊙

平起不入韵式，就是将第一句的平仄安排改为“（平）平（仄）仄平平仄”，其余三句平仄不变。

下面是仄起入韵式的格式。

┌（仄）仄（平）平（仄）仄平
平仄对立┤ · · ·⊙
├（平）平（仄）仄仄平平
平仄相粘┤ · · ·⊙
├（平）平（仄）仄（平）平仄
平仄对立┤ · · ·
└（仄）仄（平）平（仄）仄平
· · ·⊙

以下面的一首诗为例：

┌ 泽 国 江 山 入 战 图，
平仄对立┤ ｜ ｜ — — ｜ ｜ ⊙
├ 生 民 何 计 乐 樵 苏！
平仄相粘┤ — —(—) ｜ ｜ — ⊙
├ 凭 君 莫 话 封 侯 事，
平仄对立┤ — — ｜ ｜ — — ｜
└ 一 将 功 成 万 骨 枯！
｜ ｜ — — ｜ ｜ ⊙

仄起不入韵的格式，只要将第一句改为“（仄）仄（平）平平仄仄”即可，其余三句不变。

拗体诗

从字义上说，“拗”即不顺。在近体诗中，格律诗每句平仄都有规定，不合常规而加以变换的句子叫“拗句”，句中不合格律的字称“拗字”。诗人刻意求奇，特地变更诗格，专用拗句写律诗的体式，称“拗体诗”。拗体诗是格律诗的一种变体，这类诗的特点是生涩瘦硬，富于气势。

古人作拗体诗，除有时变换第二、四、六字外，着重在五言的第三字和七言的第五字。两联都拗的称“拗句格”，通首全拗的称为“拗律”。清代王士禛《分甘余话》说：“唐人拗体律诗有二种，其一苍莽历落中自成音节，如老杜‘城尖径仄旌旆愁，独立缥缈之飞楼’诸篇是也；其一单句拗第几字，则偶句亦拗第几字，抑扬抗坠，读之如一片宫商，如许浑之‘溪云初起日沉阁，山雨欲来风满楼’、赵嘏之‘湘潭云尽暮山出，巴蜀雪消春水来’是也。”清代王轩《声调谱序》中说：“韩（愈）、孟（郊）崛起，力仿李（白）、杜（甫）拗体，以矫当代圆熟之弊。”宋代黄庭坚专写拗体诗，崇尚艰涩拗曲，形成了所谓“江西诗派”。

◎ 拗救

一般把格律诗中出现拗句，采取一定的方式补救的方式，称为“拗救”。拗救的方法，一般可以分为本句自救和对句相救两种。凡平仄不按照常格的句子，叫做拗句。律诗中如果多用拗句，就变成了古风式的律诗。前面所叙述的那种特定格式（五言“平平仄平仄”的句式，七言“仄仄平平仄平仄”的句式）也可以认为是拗句的一种类型，但是，这种拗句很常见，自然就跟一般拗句不同了。还有几种拗句，前面一字用拗，后面就必须用“救”。所谓“救”，就是补偿。一般说来，前面该用平声的地方用了仄声，后面必须（或经常）在适当的位置补上一个平声。

以李白的《苏台览古》为例：

旧苑荒台杨柳新，菱歌清唱不胜春。
只今唯有西江月，曾照吴王宫里人。

按近体诗规则，这首诗的正格平仄格式应是：

仄仄平平仄仄平平平仄仄仄平平
平平仄仄平平仄仄仄平平仄仄平

该诗第一句的平仄是：“仄仄平平平仄平”，第五字是应仄而平。

宝塔诗

宝塔诗，原称“一字至七字诗”。宝塔诗顾名思义，就是呈宝塔形状的诗，上尖下宽，是由“一七体”诗发展而来的。“一七体”，就是诗的第一句作为诗题只有一个字，以后字数逐句递增，由“二、二”、“三、三”至“七、七”。元稹的《茶》就是一例：

茶。
香叶，嫩芽。
慕诗客，爱僧家。
碾雕白玉，罗织红纱。
铫前黄蕊色，婉转曲尘花。
前后邀陪明月，晨前命对朝霞。
洗尽古今人不倦，将知醉后岂堪兮。

元稹

元稹，字微之，河南河内人。唐代中期的著名诗人。

这种“一七体”诗（有的从一至九或一至十字），既立题又押韵，指物为题，以题为韵，一韵到底。诗人或状物摹形，或托物言志。每一句都各自成对。第一字，也是第一句，既是题目，又是音韵，同时也规定了全诗描写的对象和范围。其他六对，都是隔句押韵。

宝塔诗最早的雏形见于隋朝，隋代释慧英有《一三五七九言诗》为证。其中从一言至七言的，又称为“一七体”诗，如此宝塔词则称《一七令》（词牌）。宝塔诗以一言起句，然后字数依次增加，从一字到七字逐句成韵，除诗题外，其他各句叠成两句为一韵，对仗工整，读起来朗朗上口，声韵和谐，节奏明快。如果把全诗横排书写，其外形就如同宝塔一样。这种诗歌独有结构美，读后使人回味不已，乐趣无穷。下录吴敬梓《儒林外史》中一首：

呆。
秀才。
吃长斋。
胡须满腮。
经书揭不开。
纸笔自己安排。
明年不请我自来。

宝塔诗的形式美，对现代新诗的发展影响很大。像胡适、徐志摩、郭沫若、冰心等著名的大诗人在创作新诗时都曾经采用过像宝塔、阶梯等诗行排列的形式，因此显得新颖别致。闻一多曾提出过关于诗歌艺术的“三美”理论，即音乐美、绘画美和建筑美，其中，“音乐美”强调的是诗的律动，“绘画美”强调的是诗的意境，“建筑美”强调的是诗的形式。宝塔诗正是以它独特的形式美，在不同时期、不同年代、不同场合发挥了无穷的艺术魅力，因而成为大众喜闻乐见的诗歌样式。

宝塔诗作为我国民族文化独有的艺术形式，是我国古代文学画廊中一朵耀眼的奇葩，虽然有人认为它有文字游戏之嫌，但只要赋予它比较深刻的思想内涵，将诗歌的“形”与“神”这两大要素紧密地结合在一起，就一定可以创造出无穷的艺术魅力。

回文

回文，也写作“回纹”、“回环”。它是汉语特有的一种修辞方法，充分展示并利用了汉语以单音节语素为主和以语序为重要语法手段这两大特点，读来回环往复，绵延无尽，给人以荡气回肠，意兴盎然的美感。

从文体上来讲，一般被称为“回文体”。唐代的上官仪说，“诗有八对”，其七曰“回文对”。“情新因意得，意得逐情新”，用的就是这种措辞方法。

回文的形式在晋代以后非常盛行，而且在多种文体中被广泛地采用。人们用这种手法造句、写诗、填词、度曲，便分别称为回文诗、回文词和回文曲。虽然不乏文字游戏之嫌，却也颇见作者遣词造句的功力。

试帖诗

试帖诗是我国封建时代科举考试所采用的诗体，也叫做“赋得体”，由于题前常冠以“赋得”二字，因此得名。

试帖诗起源于科举制度盛行的唐代，格式上多为五言排律，一般六韵或八韵。它是受“帖经”、“试帖”的影响而产生，题目范围与用韵，最初都比较宽泛。

唐玄宗开元年间开始规定韵脚，后来到了宋仁宗时开始规定题目必须与经史有关。

到了乾隆年间，格式限制较之前代更为严格，出题用前代典籍之语；在平声各韵中出一字作为韵脚，因此应试者必须能背诵出平声各韵之字，并且诗内不允许重字；诗句的语气必须要庄重；诗题多用为皇帝歌功颂德之语。由此来看，唐代的试帖诗较之后世限制相对较少。

◎ 应制诗

唐诗中除了试帖诗之外，应制诗也是一样，艺术和思想价值都不大。

应制诗是指封建时代臣僚接受皇帝命令所作、所和的一类诗。唐代有很多这样的作品，并且还在题中标明“应制”，唐代以后大多为五言六韵或八韵的排律。应制诗多以歌功颂德、雕章琢句为能事，少数作品能够陈述一些臣属对于皇帝的期望。但无论从思想内容上，还是从艺术形式上看，它的价值都不太大。如唐代上官婉儿的《驾幸三会寺应制》就是这样的作品。

但总的来说，这类诗歌限于程式，艺术价值不高，思想内容贫乏，不能如实地反映诗人的真情实感。

歌行体

歌行体是我国古代诗歌的一种重要体裁，是初唐时期以汉魏六朝的乐府诗为基础而发展起来的。刘希夷的《代悲白头吟》和张若虚的《春江花月夜》的创作，可视为歌行体正式形成的标志。

明代的文学理论家徐师曾在《诗体明辨》中对“歌”、“行”及“歌行”作了这样的解释：“放情长言，杂而无方者曰歌；步骤驰骋，疏而不滞者曰行；兼之者曰歌行。”

按照《辞海》的解释，“行”就是乐曲的意思；“歌”与“行”虽然名称不同，但实质上并无严格的区别，因此后来“歌”“行”一体。

歌行体诗歌有如下特点。

一、篇幅可长可短。如岑参的《白雪歌送武判官归京》共有十八句，而杜甫的《茅屋为秋风所破歌》就有二十四句，白居易的歌行体代表作《长恨歌》竟长达一百二十句。

二、保留着古乐府的叙事特点，将记人、记事、记言谈、发议论、抒感怀融为一体，内容既充实又生动。以杜甫的《兵车行》为例，诗中既有对“行人”出征时景象的描摹、记叙，也有“道旁过者”与“行人”之间的问答，最后生发出“信知生男恶，反是生女好”的感叹，读后足以令人肝肠寸断。

三、声律、韵脚相对比较自由，不拘平仄，还可以换韵。歌行体在格律、音韵方面不受近体诗的束缚，由于它需要“放情长言”，所以篇幅较长，这就很难做到一韵到底、讲究平仄了。例如《茅屋为秋风所破歌》中，仅二十四句就换了多个韵脚。可以说，歌行体的形式较为自由，是由它丰富的内容决定的。

四、句式比较灵活。歌行体多为七言，也有以七言为主的杂言，其中穿插了三、五甚至九言的句子。如《茅屋为秋风所破歌》以七言为主，但也夹杂有二言的（“呜呼”）和九言的（“何时眼前突兀见此屋，吾庐独破受冻死亦足”）句子。

五、在命名上，诗人通常用“歌”、“行”或“歌行”来命名。如白居易的《长恨歌》、岑参的《白雪歌送武判官归京》、白居易的《琵琶行》、杜甫的《兵车行》、高适的《燕歌行》等。

诗歌格律

由于诗歌有韵律，因此在诗歌发展的最初阶段，一般是根据语音的自然节奏和口语的韵律而形成某种乐律性的效果。诗歌发展到高级阶段以后，人们总结出语音与诗歌节奏相结合的规律，就形成了诗歌的格律，简称为“诗律”。我国的古典诗歌到了盛唐时期，律诗兴起，诗歌开始具备严格的格律。这种诗歌，我们称它为古典格律诗体。我国古典格律诗应包括唐代的近体诗、宋代的词、元代的散曲。

句式

句式是就诗句的“意义单位”而言的。

五言诗的句式以“二三式”最为常见，例如：

国破／山河在，城春／草木深。（杜甫《春望》）
五月／天山雪，无花／只有寒。（李白《塞下曲》）

也有的句式很复杂，偶尔使用可以起到抑扬顿挫之妙，例如：

露／从／今夜／白，月／是／故乡／明。（杜甫《月夜忆舍弟》）
后庭花／一曲。（刘禹锡《金陵怀古》）
念／尔／独何之。（崔涂《孤雁》）

七言句式以“四三式”最为常见，例如：

姑苏城外／寒山寺，夜半钟声／到客船。（张继《枫桥夜泊》）
天外黑风／吹海立，浙东飞雨／过江来。（苏轼《有美堂暴雨》）

也有比较复杂的情况，例如：

李将军／是／旧将军。（李商隐《旧将军》）
可怜／无定河边／骨。（陈陶《陇西行》）

可见古人作诗在句式上是力求多变的。当然，句式一定要与诗句的节拍相符合，否则，写出来的就只是五字或七字的散文了。

句数

古体诗是没有句数限制的。如《诗经》中的作品句数就很不固定，有的只有一章，有的多达三五章。

而近体诗的句数是有固定要求的，即律诗每首八句，绝句每首四句。这就意味着一首五言律诗只能是四十个字，一首七言绝句只能是二十八个字。排律（长律）的句数一般限制在十二句以上。但固定的句数，并不能作为近体诗最本质的特征，它只是外在的一种表现形式，因为在古体诗当中，也有相当大一部分是这样的句数。

由于近体诗对字数句数的严格限定，以及诗人对内容最大容量的追求，使得诗歌用语不仅要精心琢磨，而且能省则省，甚至省略一些在正常语法中不能省略的成分。如“清新庾开府，俊逸鲍参军”（杜甫《春日怀李白》）没有谓语中心语，但丝毫不影响读者理解。再如“鸡声茅店月，人迹板桥霜”（温庭筠《商山夜行》）只用几个名词组合，就表现出一种静中有动的意境。正是这种看似不合常理的语言，为诗歌增添了独有的艺术魅力。

押韵

押韵是指在诗文中，把相同韵部（所谓的韵部，就是把同韵母的字归为一类，这种类别就叫韵部）之字放在不同句子的规定位置上，一般都把韵放在句尾，所以又叫做韵脚。

诗句押韵，不仅方便记忆和吟诵，更为作品增添了节奏感和声调和谐之美，因此，押韵成为了增强诗歌音乐性的重要手段。

近体诗为了追求声调和谐、便于记忆，对于押韵极为讲究，由此产生了专门指导押韵的书，如《唐韵》、《广韵》、《礼部韵略》、《佩文诗韵》、《诗韵集成》、《诗韵合璧》等。在众多韵书中，金代王文郁的《新刊韵略》最为流行，这就是世人所谓的“一百零六部平水韵”。

但是需要明白，并不值得为迁就押韵而破坏诗句的自然，除非是参加科举，否则即使偶尔一两句出韵，古人也是允许的。

近体诗对于押韵有较为严格的规定，总结如下：

一、偶句押韵。

律诗要求第二、四、六、八句押韵，绝句则是第二、四句押韵，不论是律诗还是绝句，首句均可不押韵。例如杜牧的《寄扬州韩绰判官》：

青山隐隐水迢迢，秋尽江南草未凋。
二十四桥明月夜，玉人何处教吹箫。

此诗中第一、二、四句押韵。又如李商隐的《登乐游原》：

向晚意不适，驱车登古原。
夕阳无限好，只是近黄昏。

此诗首句就没有入韵，二、四句押韵。

一般来说，七言诗首句入韵较为常见，而五言诗首句不入韵较为常见。

二、只押平声韵。

近体诗规定，只能用平声字做韵脚。因为按照近体诗的体例，如果押仄声韵，读起来就会感到非常拗口，所以诗人在作近体诗时都能自觉遵守这一规定。

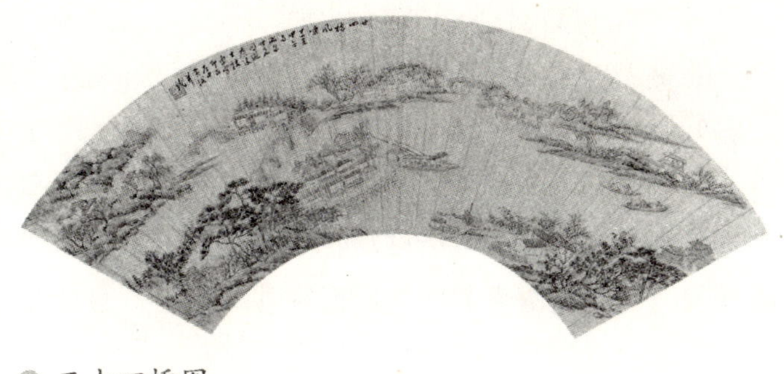

● 二十四桥图

二十四桥位于江苏省扬州市。此诗因桥而咏出，桥也因诗而闻名。

三、一韵到底，中间不能换韵。

古体诗允许诗句中途换韵，但近体诗不允许，只能一韵到底。

另外，古体诗可以把邻近韵部的韵，如一东和二冬，混在一起通用，这被称为通韵。但是近体诗则必须只用同一韵部的字，即使这个韵部中的字数非常少（称为窄韵），也不能夹杂其他韵部的字，否则就叫做出韵，这是近体诗写作中的大忌。

四、忌重韵和同义字相押。

重韵即在一首诗中，同一个韵字在韵脚里重复出现，此乃近体诗之大忌。一首诗中同时使用“花”、“葩”，“芳”、“香”等同义字做韵脚，也是近体诗所不允许的。

◎ 通韵

通韵是指两个或两个以上相近的韵部可以相通，或其中一部分字可以相通。写诗时通韵可以互押。如“平水韵”中“一东”与“二冬”、“四支”与“五微”、“十四寒”与“十五删”等字，本来属于不同的韵部，但因为韵母相近，故可通押。古体诗中的通韵较宽，但近体诗则受到比较严格的限制。

叶韵

叶韵也作“谐韵”、“协韵”。在诗歌、韵文中，有些韵字如果按本音来读，就会与诗中其他韵脚不和，这就需要改读某音，以使声韵和谐，叶韵因此得名。

由于语音的发展、变化，后人在读先秦韵文时，会感到有些地方不押韵，于是就临时改变其中某些字的读音。

晋代的徐邈、北周的沈重都有过改读之例，而南宋吴棫所著的《诗补音》和《韵补》，标志着叶韵始集大成。

叶音法与后世科学地归纳古韵、构拟古音完全不同，叶韵中的改字往往是主观的，像《诗经·召南·行露》上下章同是“家”字，朱熹却分别叶音为“谷”、“空”，为后人所诟病。

明末清初的学者顾炎武根据以《诗经》为代表的先秦韵文韵例、古字的谐声关系，并借助声训、假借材料，离析《广韵》的韵部，由此得到了先秦时期的实际韵部，现代汉语音韵学进而据音理、方言、对音等材料构拟出古音，这才称得上是科学的方法。

不过，叶音说作为人们认识古音的一个必要阶段，在一定程度上也能反映出上古音中的字音关系、韵部分合，如“下”字叶音“户”，这两个字在上古时期确实都是在匣纽鱼韵中的。

平仄

汉语与其他语言的一个显著区别就是，汉语语音有声调上的差别，不论在今天还是在古代，汉语语音都有四种声调，称为“四声”。

普通话的四声如下。

第一声（阴平声）：如冰、东、湾。

第二声（阳平声）：如辽、文、韩。

第三声（上声）：如举、宝、好。

第四声（去声）：如玉、叫、叶。

古代汉语四声与现代汉语四声有所差别。

平声：包括普通话中的阴平和阳平声。

上声：即第三声。但是，古代汉语中的一部分上声字，按照今天的读法已变成了去声字。

去声：即第四声。古汉语中的一小部分去声字，按照今天的读法已变成了上声字。

入声：古代汉语的入声字读音非常短促，普通话中已经不存在这个声调，原来读作入声的字，现在已变为普通话中的四声。但在江浙、皖、闽、赣、粤等地方言中，入声字还有所保存。

汉字的四种声调，又分为平声和仄声两类。其中阴平和阳平通称为平声，而上声和去声通称为仄声，原来的入声字，过去也归为仄声。在诗句中，字的平声、仄声的安排非常重要，讲究平仄是格律诗最主要的特色。古体诗对诗句中平仄安排的要求虽然不是很严格，但大体也要安排得适当，才能使诗句声调高低起伏，富于音乐性，以增强艺术效果。

在近体诗中，每句中的各个节拍（不包括句末一字）之间平声、仄声字交错使用的情况叫做平仄交错；每一联出句和对句之间，凡是作为节拍（不包括末一字）使用的平仄声字，两句要互相对立、不能相同，这叫做平仄对立；上联对句和下联出句之间，作为节拍的平仄声字（不包括句末一字）要相同，这叫平仄相粘。

以下面的一首七言绝句为例：

┌去岁曾经此县城，

平仄对立┤　｜　—　｜⊙

├县民无口不冤声。

平仄相粘┤　—　｜　—⊙

├今来县宰加朱绂，

平仄对立┤　—　｜　—

└便是生灵血染成。

｜　—　｜⊙

可见，平仄交错使每一句诗的韵律都具有起伏变化，而平仄的粘对则构成了诗的整体韵律的反复变化。

对仗

对仗是中古时期诗歌格律的主要特点之一。对仗又称对偶、排偶、队仗。它是把表示相同或对立概念的词语放在同一联两句相对应的位置上，使之呈现出相互映衬的状态，进而使语句更具有韵味，更能增强词语的表现力。

对仗是由汉魏时代的骈偶文发展而来的。

近体诗对仗的具体内容，首先是要求同一联上下两句的平仄必须相反，其次是要求两句句型相同，句法结构也要保持一致，例如主谓结构对主谓结构，述补结构对述补结构，以单纯词对单纯词，以合成词对合成词等。再次，要求上下两句相同位置上词语所属的词类（词性）相互一致，如名词对名词，动词对动词等；另外，相对词语的词汇意义也应当相同。如天文、地理、器物、服饰、植物、动物、行为、动作等表示同一意义范围的词才可以为对。再有，要避免同字相对。对仗的运用有严有宽，因而有工对、宽对、邻对、借对、流水对、扇面对等各种不同类型。在内容上则有事对、言对、正对、反对等各种名目。

对仗可使诗句在形式上和意义上都显得整齐匀称，给人以强烈的美感，这也是汉语所特有的艺术手段。

工对

近体诗中使用得十分工整的对仗，称为“工对”。

要想做到对仗工整，一般必须用同一个门类范围内的词语为对，对仗还必须用同类词性，如名词对名词，形容词对形容词，代词对代词，副词对副词，虚词对虚词。

古代人把名词又分为天文、地理、时令、器物、服饰、饮食、文学、鸟兽虫鱼、草木、形体、人事、人伦等多种门类。如杜甫的《绝句》：“两个黄鹂鸣翠柳，一行白鹭上青天。窗含西岭千秋雪，门泊东吴万里船。”对仗就非常工整。诗中的“一行”对“两个”，是数量结构对数量结构；“白鹭”对“黄鹂”，是鸟类名词相对；“青”对“翠”，是颜色名词相对；“万”对“千”，是数词相对，这些都是同类词为对，堪称工对中的典范。

宽对

宽对是近诗体对仗中的一种，是与工对相对的一个概念。

相对于工对而言，宽对是一种不是很工整的对仗，一般来说，只要两句句型相同、相对的词的词性相同，即可成为对仗。

由于这种对仗要比邻对的要求再宽泛一些，因此一般称之为“宽对”。

宽对只要以名词对名词、形容词对形容词即可。如黄庭坚的《答龙门潘秀才见寄》的第二联“明月清风非俗物，轻裘肥马谢儿曹”就是宽对。

黄庭坚

黄庭坚，字鲁直，自号山谷道人，晚号涪翁，北宋著名诗人、词人、书法家，江西诗派的开山之祖。

邻对

邻对是指用词义的门类不同但比较接近的词为对。

所谓词义的门类比较接近，就如天文与时令、器物与衣饰、植物与动物、方位对数量之间的关系。用这些在意义上较为接近的词为对，就是邻对。如白居易所作的《感春》中的两句：“草青临水地，头白见花人。”草与头、水与花、地与人都不同类，这就可以算是邻对。

借对

借对是对仗中的一种特殊类型，也称为假对。借对的基本情况是这样的：一个词有两种或两种以上的意义，诗人在诗中用的是它的一种意义，但同时借用这个词的其他意义，来与另一词相对。它一般通过借义或借音等方式实现对仗工整的目的。

借义是指利用词的多义性，通过词的某一种意义与相应的那个词形成对仗，但在诗中所用的并不是这种意义，而是另外一种意义。如杜甫的《曲江》："酒债寻常行处有，人生七十古来稀"。"寻常"一词就具有多种意义，一是"平常"，一是"八尺为寻，倍寻为常"。前者是副词，后者却是数量词，诗中用"寻常"来与数词"七十"构成对仗，用的是它在数量方面的意义，但诗中用的却是它在副词方面的意义。这就是所谓的"借义对"。

借音是指利用词与词之间同音的关系，以一句中某字的同音字与另一句中的字相对。如俞弁的《逸老堂诗话》中说："洪觉范《天厨禁脔》有琢句法，中假借格如'残春红药在，终日子规啼'，以红对子（谐紫），如'住山今十载，明日又迁居'，以十对迁（谐千），皆是假借，以寓一时之兴，唐人多此格，何以穿凿为哉。"文中所说的就是"借音对"。

◎ 偷春格

所谓的"偷春格"实际上是对偶的一种。典型的例子就是王勃的《送杜少府之任蜀州》：

城阙辅三秦，风烟望五津。
与君离别意，同是宦游人。
海内存知己，天涯若比邻。
无为在歧路，儿女共沾巾。

这首诗首联对仗，而颔联不对仗，仿佛芳香的花朵提前绽放，故称为"偷春格"，它能造成一种独特的气韵，把齐整和舒缓两种风格融合在一起，别有一番风味。

流水对

流水对是指相互对仗的上下两句之间在意义上往往一气呵成，而如果分别来读则没有意义，至少意义不全。

同一联中的出句和对句，从形式上看是两句话，但实际上是一整句话分为两句来说。也就是说，出句和对句在理解时应该如流水般贯穿下来，所以称为"流水对"。例如"即从巴峡穿巫峡，便下襄阳向洛阳"、"请看石上藤萝月，已映洲前芦荻花"、"欲穷千里目，更上一层楼"即是这样的例子。一般来说，流水对常出现在尾联中。

流水对无论是在律诗中还是在对联中都很受人欣赏，艺术性也较高。一首诗中如果有了一联流水对，就显得增添了几分灵动之气。

扇面对

扇面对是指一首诗中，各联中的出句和对句，本身并不对仗，但前联与后联构成对仗，因此又叫做“隔句对”。例如白居易的《夜闻筝中弹潇湘送神曲感旧》诗：“缥缈巫山女，归来七八年。殷勤湘水曲，留在十三弦。苦调吟还出，深情咽不传。万重云水思，今夜月明前。”诗中第一、三句，第二、四句分别为对。扇面对在词中也可使用，如北宋词人柳永的《玉蝴蝶》上片：“水风轻，苹花渐老；月露冷，梧叶飘黄”，下片“念双燕，难凭远信；指暮天，空识归航”。但总的来说，扇面对是非常罕见的。

谋篇

谋篇是就诗词的结构章法而言的。对于诗的谋篇，前人总结的经验归结起来一般不外乎“起”、“承”、“转”、“合”四字。“起”即起因，是文章的开头；“承”是事件的过程；“转”是转折；“合”是对事件的议论，作为结尾。

如贺知章的《回乡偶书》：

少小离家老大回，（起）
乡音未改鬓毛衰。（承）
儿童相见不相识，（转）
笑问客从何处来。（合）

这首诗甚至在一句之中也有“起承转合”的安排。如：“少小（起）离家（承）老大（转）回（合）”。

当然，“起承转合”可以根据内容的需要而灵活变化。

对于作诗的谋篇方法，有云雾山人总结出来的《作诗谋篇十法》。分别是：习题法、依句法、依韵法、浑成法、推敲法、集句法、口占法、化用法、反意法、定题法。云雾山人认为“诗无定法”，就是说诗人并不会完完全全地依据其中一种方法作诗。一首诗的成形，往往是混用各法的结果。

◎ 换韵

换韵也叫“转韵”。除律诗、绝句必须一韵到底，不得换韵外，古体诗（尤其是长篇古体诗）换韵比较自由，可以每隔若干句换一次韵，既不限平、仄，也不限于邻韵。换韵时一般在换韵那一联的出句先转，然后联末韵脚跟着转。

互文

互文，也称互辞，是古诗文中经常使用的一种修辞方法。

在古诗文中，把本来属于一个句子（或短语）的意思，分写到前后两个句子（或短语）里，在作解释时要把前后句的意思互相补足，这就是互文。

互文最显著的特征是“文省而意存”，主要表现在以下两个方面。

一、结构互省。如：“将军百战死，壮士十年归”（《木兰诗》），前句省去“壮士”，后句省去“将军”，“将军”与“壮士”分置于前后两句，前后结构互相交错。

二、语义互补。如：“当窗理云鬓，对镜贴花黄”（《木兰诗》），木兰对着窗户，同时也对着镜子，“理”和“贴”这两个动作是在同一情境中发出的，解释时就应将它们拼合起来。

花木兰替父从军

互文包括以下两种形式。

一、同句互文。即在同一句话里出现的互文。如“秦时明月汉时关”这一句诗，“秦”和“汉”就互为补充。

二、邻句互文。即在前后相邻的句子里出现的互文。如《木兰诗》中“东市买骏马，西市买鞍鞯，南市买辔头，北市买长鞭”。“东市”、“西市”、“南市”、“北市”构成了互文，意思是走遍许多市集，才置备齐了出征所需之物，而不是在一个集市上只买一样东西。

联句

联句是古代诗人常用的作诗方式之一，即由两人或多人共同完成一首诗，联结成篇。

晋宋时代就已经有不少人用“联句作诗”，现存的陶渊明、鲍照、谢朓等人诗作中均有这种形式的作品，一般是一人作四句，并要有相对完整的意思，所以有些学者认为“五言绝句”就出自于此。

到了唐代，用联句作诗更为普遍，赵翼在《瓯北诗话》中说：“又如联句一种，韩、孟多用古体；惟香山与裴度、李绛、李绅、杨嗣复、刘禹锡、王起、张籍皆用五言排律，此亦创体。”

用联句作诗最初没有定式，有一人一句一韵、两句一韵甚至两句以上者，诗人们依次联成一篇；后来习惯于由一人出上句，继者先对成一联，然后再出上句，轮流接续，最后成篇。联句诗多数为友人间宴饮时的游戏之作，少有佳篇。

唱和

唱和原指唱歌时一方唱、另一方和，后来“唱和”也作为人们彼此之间以诗词赠答的代词。

唱和主要有两种方式：一种是甲方赠予乙方诗词，乙方则根据甲方所赠诗词的原韵写诗来回答，唐代白居易、元稹两位诗人的这种依韵唱和的作品颇多。另一种是乙方只根据甲方原作的意思而另自用韵，唐代柳宗元与刘禹锡之间的唱和诗大多属于这一类。

此外，还有一种与唱和类似的追和，即根据前人所作的某一首诗的原韵或诗意而写成的诗。如李贺所作的《追和何谢〈铜雀妓〉》一诗就是此例。

赋得

借古人的诗句或成语命题作诗，诗题前面一般都要冠以“赋得”二字。这是古代文人聚会时分题作诗或科举考试时命题作诗的一种特殊方式，称为“赋得体”。南朝梁元帝的《赋得兰泽多芳草》诗是现存比较早的“赋得体”诗。

“赋得体”盛行于唐代，以后为历代所沿用。

韦应物的《赋得暮雨送李曹》即是一例：“楚江微雨里，建业暮钟时。漠漠帆来重，冥冥鸟去迟。海门深不见，浦树远含滋。相送情无限，沾襟比散丝。”这是一首借景抒怀的送别诗。首联两句写出了送别之地，扣紧“雨”、“暮”的主题。二、三两联着力渲染暗淡的景色。尾联写出了无限的离愁，由此潸然泪下。全诗句句不离雨，句句不离惜别之情，使整首诗情景交融，浑然一体。

唐诗分期

唐代是我国诗歌发展的黄金时代。大唐强盛的国力、兼收并蓄的文化精神与深厚的文化积淀，为唐诗的发展和繁荣奠定了良好的基础。众多伟大而杰出的诗人把这一时期的诗歌艺术推向了巅峰。唐代诗歌的发展大致上可以划分为初唐、盛唐、中唐、晚唐四个时期。

初唐诗风仍然承袭南朝的宫体诗的风格，以风格“绮错婉媚”的“上官体”为代表。之后相继出现的“文章四友”、“沈宋”、“初唐四杰”等一扫萎靡的宫廷诗风，开始描写现实生活。

盛唐时期诗人辈出、各种诗歌样式也遍地开花。诗仙李白、诗圣杜甫，山水田园诗派、边塞诗派都产生在这个时代。无数优秀的诗人和诗歌作品簇拥出云蒸霞蔚的盛唐气象。

中唐时期，由于安史之乱的爆发，整个唐代诗坛的诗风为之一转。更多的诗人开始关注社会现实，描写民生疾苦。这个时期诗人的风格也异彩纷呈，诗歌创作也比较丰富。

晚唐时期，虽然大唐气象似乎已经荡然无存，唐王朝开始走向衰微和覆灭，但是诗坛上仍然出现了李商隐、杜牧这样杰出的诗人。

2

初唐诗歌

初唐时期大体上是指唐代开国至唐玄宗先天元年，即公元618年至公元712年。这一时期是唐代诗歌发展的奠基时期，这一时期的诗风开始从六朝时的浮艳转向较为刚健清新，诗歌内容不再局限于宫廷，而是走向广阔的社会。

贞观诗坛

唐王朝建立后，一代英主李世民和他的元勋重臣，都十分明确地表示要革除齐、梁时期的浮靡文风，提倡诗歌创作，要歌颂太平，赞美寰宇一统，同时也倡导建功立业、匡世济时的积极入世精神。但是，对六朝诗的辞彩宏丽、英华秀发，也不是全然否定，因而抒情和文采并重，对唐代诗歌的发展有着十分重大的影响。

◎ 贞观之治

“贞观”是唐太宗李世民的年号，即公元627年至公元649年。贞观共二十三年，唐太宗在位期间吸取隋朝灭亡的教训，居安思危，励精图治，先后实行了一系列比较开明的统治政策，如重视农业生产，减轻赋税徭役，休养生息；完善三省六部制，加强中央对地方的监督；重视对人才的网罗，完善科举制度，任人唯贤，善于纳谏。唐太宗对少数民族采取开明的民族政策，促进了各民族间经济文化的交流和融合，同时也树立了唐朝的声威。这一段历史时期内政治清明，经济繁荣，社会秩序良好，大唐国力强盛，历史上称之为“贞观之治”，是我国封建时代少有的“太平盛世”。“贞观之治”是我国历史上最为璀璨夺目的时期。这是唐朝的第一个盛世，为“开元盛世”奠定了基础。

贞观时期诗坛虽有六朝齐、梁的余风，但综观这一时期君臣的诗作，已经出现了新变化、新气象、新内容。如唐太宗李世民的《正日临朝》，以及颜师古、杨师道、岑文本等人的奉和之作，都是极力赞扬天下一统的宏伟功业、描摹太平盛世的景象、抒发颂扬功勋的情怀。这些诗歌遣词雅丽，对仗精工，显示出一种雍容华美的风采。

在贞观诗坛上，即使是那些描写饮宴游乐的诗篇，或是抒发平定四海的豪情、辅佐明主功成名就的诗篇，都与齐、梁时期宫廷诗的轻佻放荡迥然不同。其中最突出的是唐太宗的《经破薛举战地》、《辽东山夜临秋》，魏徵的《述怀》，长孙无忌的《灞桥待李将军》等诗作，或是追怀昔日戎马倥偬的军旅生活，或是描绘山川景色的辽阔壮美，或是抒发建功立业的激昂豪情，或是表露“人生感意气”的胸襟情怀，都有着雄浑刚健、挺拔壮伟的气势与风韵，表现了贞观诗坛的新变化和新气象。

● 文成夺赏

武后命赋龙门诗，先成者赐锦袍。左史东方虬先成拜，赐座未安，宋之问诗成，文理兼美，左右莫不称善，乃就夺袍衣之。

宫廷诗人

唐初统治者对文艺采取了比较宽容的态度。唐初的几代君主，自唐太宗至唐高宗、武则天、唐中宗等都擅赋文辞。他们广引天下饱学之士，编纂类书，赋诗唱酬，先后形成了几个宫廷诗人集团。其中最具代表性的诗人，有唐太宗朝的虞世南、许敬宗、魏徵，唐高宗朝的上官仪，武则天时的“文章四友”，唐中宗时的宋之问、沈佺期等。

宫廷诗人在唐太宗时达到极盛，之后绵延不衰。这些诗人位居显贵，亲近皇帝。他们的大量创作，以劝诫规谏、应制酬唱、歌功颂德、游宴娱乐为诗歌主要内容，除劝诫规谏类作品较有意义外，其余内容多充满台阁气，但却形成了一种独特的艺术风气。在他们的其他一些作品中，也透露了诗歌沿革的动态，文章四友、沈宋等人发展了声律学，使律诗走向定型，对诗歌体制的建设作出了积极的贡献。

上官体

“上官体”是指唐高宗龙朔年间出现的，以上官仪为代表的宫廷诗风，题材以奉和、应制、咏物为主，内容空泛，追求诗歌的形式技巧、声律之美。上官仪的诗歌以“绮错婉媚”为主调，他提出的“六对”、“八对”的说法，对唐诗的对偶、声律等艺术形式作出了有意义的探索。

《旧唐书·上官仪传》中记载：“（上官仪）工五言，好以绮错婉媚为本，仪既贵显，故当时颇有学其体者，时人谓之上官体。”上官仪在南方寺院中成长，受南朝文化的熏陶和宫体诗影响很大，“文并绮艳”。上官仪擅写五言诗，词藻华丽，格律工整，多为应制奉命之作，为君主歌功颂德，粉饰太平，形式上追求程式化。由于他身居显位，时下多有人效仿，故称“上官体”。上官仪归纳六朝以后诗歌的对偶方法，各以名物、声韵、造句、寓意等类相对，提出六对、八对之说，代表了当时宫廷诗人的形式主义倾向，但对律诗的定型有促进作用。

《诗苑类格》一书中记载了上官仪的诗观：“诗有六对，一曰正名对，天地日月是也；二曰同类对，花叶草芽是也；三曰连珠对，萧萧赫赫是也；四曰双声对，黄槐绿柳是也；五曰叠韵对，彷徨放旷是也；六曰双拟对，春树秋池是也。又曰诗有八对……”所谓“六对”即正名对、同类对、连珠对、双声对、叠韵对和双拟对。“八对”即的名对、异类对、联绵对、回文对、隔句对、双声对、叠韵对、双拟对。

上官仪对律诗的逐步趋于成熟，作出了较大的贡献。在他之后，经过初唐四杰、沈佺期、宋之问等人的努力，律诗逐渐成为唐代诗歌的主要形式。

上官仪的《入朝洛堤步月》诗：“脉脉广川流，驱马历长洲。鹊飞山月曙，蝉噪野风秋。”这首诗写的是诗人在东都洛阳皇城外等候入宫朝见，现出天下太平的景象，又流露出自己执政治世的气魄。全诗字里行间充溢着显扬之气，流露出作者春风得意，倨傲、自荣的情态，虽无深刻的寓意，但气象较为阔大。《全唐诗》录其诗一卷。

◎ 上官仪

上官仪（约608—664年），字游韶，陕州陕县（今属河南）人。贞观初年，考中进士，被召授弘文馆直学士，后又升迁秘书郎，曾参与《晋书》的编撰工作。唐太宗十分赏识他的才华，每次属文，都会让上官仪审稿。身处宫中，上官仪有机会经常参加宫中的宴会。唐高宗即位后，上官仪为秘书少监，进西台侍郎，同东西台三品。

上官仪刚正直谏，因建议唐高宗废武则天，遭到了武则天的嫉恨。麟德元年（664年），被诬告与废太子梁王李忠通逆谋反，上官仪及其子上官庭芝同时被处死，籍没其家。唐中宗李显即位后，才得以平反，被追赠为中书令、秦州都督、楚国公，以国礼改葬。他的肖像被列入凌烟阁，牌号是西台侍郎同东西台三品兼弘文馆学士、楚国公。

沈宋体

“沈宋”是初唐武则天时期的宫廷诗人沈佺期、宋之问的合称。沈佺期、宋之问都是初唐宫廷诗人，同以五言律诗见长。

所谓“沈宋体”，在当时是指以沈宋诗为规范的五七言律诗，内容多为奉和应制、侍从游宴，形式上对仗工整、平仄谐调、词藻精丽，代表作如沈佺期的《仙萼亭初成侍宴应制》（五律）、《奉和春日幸望春宫应制》（七律），宋之问的《麟趾殿侍宴应制》（五律）、《奉和春初幸太平公主南庄应制》（七律）等。

“沈宋体”的主要贡献是使唐代律诗的体制趋于定型。唐初以来，诗歌讲究声律和骈对的趋向日益明显。沈佺期、宋之问在永明体的基础上，从讲求四声发展到只辨平仄，从“八病”中参悟出平仄规律，从只讲求一句一联的音节协调发展到全篇平仄的粘对，最终形成了在平仄上有着严密规则可循的完整律诗。除了使五言律诗的体制得到固定，他们还使七言律诗的体制趋于规范，并通过他们的创作实践使这些规范逐渐被其他诗人所接受。他们的这一历史功绩，史书上也给予了充分的肯定，《新唐书·宋之问传》中说：“魏建安后迄江左，诗律屡变。至沈约、庾信，以音韵相婉附，尾对精密。及之问、佺期，又加靡丽，回忌声病，约句准篇，如锦绣成文，学者宗之，号为‘沈宋’。”“回忌声病”是沈佺期、宋之问对沈约“四声八病”说的继承，“约句准篇”是他们的发展和创造。

沈佺期、宋之问在当时可谓一代宗师，但他们的诗作在内容上多不可取，即使是在贬谪途中所写那些颇具真情实感的作品，也无非叹老嗟贫。在艺术上，除了声律精严、对仗工巧外，也只见其词采的富艳精丽，还不足以开一代新风。

初唐四杰

“初唐四杰”是初唐四位年轻诗人王勃、杨炯、卢照邻和骆宾王的合称。《旧唐书·杨炯传》说：“炯与王勃、卢照邻、骆宾王以文诗齐名，海内称为王杨卢骆，亦号为‘四杰’”。四杰齐名主要用以评其诗。

四杰是初唐文坛上新旧过渡时期的代表人物。王勃、杨炯、卢照邻、骆宾王四人都出生于唐太宗时，才高位下，在唐高宗时以文词齐名天下。

四杰的诗文虽然还没有脱离齐梁残余的绮丽风韵，但是已经初步扭转唐初的文学风气。王勃明确提出反对当时的“上官体”，“思革其弊”，得到卢照邻等人的支持。“初唐四杰”从理论到实践上与“上官体”对立，反对纤巧绮靡，提倡“建安风骨”的刚劲雄健的诗风。他们将诗歌从宫廷引到了市井，从台阁移到了江山塞漠，题材更趋广泛，扩大了诗歌的表现领域，发展和完善了唐代的律诗、绝句及歌行体，为唐代诗歌的发展确立了正确的方向。

王勃

王勃，字子安，绛州龙门（今山西河津）人，“初唐四杰”之首。才华早露，十四岁便应举及第。著名的《滕王阁序》就出自他之手。

卢照邻、骆宾王的七言歌行趋向辞赋化，气势稍显雄壮；王勃、杨炯的五言律绝开始规范化，音调铿锵。陆时雍《诗镜总论》说："王勃高华，杨炯雄厚，照邻清藻，宾王坦易，子安其最杰乎？调入初唐，时带六朝锦色。"代表作有王勃的《送杜少府之任蜀州》，杨炯的《从军行》，卢照邻的《长安古意》，骆宾王的《在狱咏蝉》等。

◎ 建安风骨

"风骨"一词最早大量应用于魏、晋、南朝人物的评论，后引用到书画理论和文学评论之中。"风"就是文章的生命力和内在的感染力，而"骨"是指文章的表现力。

"建安"是汉献帝最后的年号，这一时代的作家，以曹氏父子（曹操、曹丕、曹植）、建安七子（孔融、陈琳、王粲、徐干、阮瑀、应玚、刘桢）为代表。他们处于动荡的战乱年代，逐步摆脱了儒家的思想束缚，作品感情表现得更为慷慨激昂。他们创作了一大批文学巨著，形成了诗文内容充实、感情丰富的特点，俊爽刚健的风格，即人们常说的"建安风骨"。

文章四友

文章四友是武则天统治时期的宫廷诗人李峤、杜审言、苏味道、崔融的并称。他们四人的作品风格较为接近，内容多为歌功颂德、宫苑游宴之作，在他们其他的一些作品中，也透露出诗歌变革的消息，对诗歌体制的建设作出了积极的贡献。从唐高宗后期起，即以诗文为友，"文章四友"因此得名。这四人中，以杜审言成就为最高。

胡应麟《诗薮》说："初唐无七言诗律，五言亦未超然。二体之妙，杜审言实为首倡。"现存的二十八首杜审言的五言律诗，除一首失粘外，其余的诗完全符合近体诗的粘式律。在五言律诗方面，杜审言的成就已经超过了杨炯，使五言律诗的创作首先达到了较高的艺术水准。李峤的诗歌创作，因过于重视技巧反而导致缺乏情思，词藻华丽有余而雄浑不足，总的说来不如杜审言。这与他一生仕宦显达而较少挫折不无关系。

苏味道和李峤又以"苏李"并称。

盛唐诗歌

盛唐大体上是指唐玄宗先天元年至唐代宗永泰末年，即公元712年至公元766年，是唐诗发展的第二个历史时期，也是唐代诗歌最辉煌的阶段。这一阶段的诗歌表现出一种前所未有的豪迈乐观、激昂慷慨、积极进取、奋发有为的时代精神，和强烈的匡时济世的责任感和使命感。同时产生了一大批光彩夺目的诗坛巨匠，使盛唐诗坛呈现出前所未有的繁荣景象。

盛唐气象

“盛唐气象”，在宋元明清是一个文学批评的专门术语，指盛唐时期诗歌的总体风貌特征。宋代严羽在《沧浪诗话》中指出，盛唐诗的特征是笔力雄壮，气象浑厚。此后的明清诗论家继承了严羽的观点，常把“雄壮”、“浑厚”（有时合称雄浑）作为盛唐诗歌的风貌特征，称之为盛唐气象。

唐诗经过一百多年的准备和酝酿，终于达到了全盛的高峰。虽然，在唐诗的初、盛、中、晚四个阶段中，盛唐为时最短，却取得了最辉煌的成就。这一时期，不但涌现出一大批才华横溢的优秀诗人，还留下了许多千百年来脍炙人口、广为传诵的诗篇。

◎ 安史之乱

“安史之乱”是唐代社会和唐代诗歌发展的转折点。

“安史之乱”是指唐玄宗末年，节度使安禄山和史思明发动的叛乱。公元755年，安禄山以讨伐杨国忠为借口在范阳起兵，相继攻占了洛阳、长安，称“大燕皇帝”。公元757年，其子安庆绪弑父自立，命部将史思明回守范阳，史思明不甘受安庆绪的节制而降唐。不久史思明复叛。公元758年，史思明杀安庆绪，并接收了他的部队，返兵范阳，称“大燕皇帝”。公元761年，史思明为其子史朝义所杀，次年唐军收复洛阳，史朝义自杀，安史之乱至此始告平定。安史之乱是唐朝由盛而衰的转折点，此后唐朝形成了藩镇割据的局面；中原战乱地区经济遭到严重的破坏，国力大为削弱，全盛时代就此结束。

盛唐气象的形成，是对前代优秀诗歌传统的继承和发扬。从南朝到初唐，诗歌的风貌大多追求绮靡柔弱，重视雕琢词句，缺乏雄浑之气。盛唐诗人竭力扫除南朝至初唐的浮靡诗风，向汉魏古诗、乐府诗学习，注意发扬汉魏明朗刚健的优良诗风。唐玄宗开元、天宝年间，直至“安史之乱”爆发以前，是唐代社会高度繁盛而且极富于艺术气氛的时代。诗人们生活在国势强大、经济文化繁荣的时代，大抵开阔胸襟，意气昂扬，希冀建功立业。他们喜欢描写祖国壮丽的山河、边疆奇伟的风光，抒发自己的豪情壮志，追求壮阔的诗境。这就形成了盛唐诗的雄壮风貌。

中、晚唐的诗歌，有的偏于平易柔弱，如大历十才子、白居易、贾岛、姚合等，缺乏雄壮；有的偏于雄健，如韩愈等，但由于刻意追求奇险，而缺乏浑成自然，所以雄浑确是盛唐诗区别于初唐与中、晚唐诗歌的突出特征。

吴中四士

“吴中四士”是指贺知章、张旭、张若虚、包融四人。这是以相同的地域来称谓同一时期的四位诗人。贺知章，会稽永兴（今浙江萧山）人；张旭，苏州吴县（今江苏苏州）人；张若虚，扬州（今江苏扬州）人；包融，润州延陵（今江苏丹阳）人。他们都是吴、越之士，诗歌都写得清新婉丽，文辞俊秀，自成风格，名扬于长安，时人称之为“吴中四士”。

四人中除包融外，都有名诗传世。

山水田园诗派

山水田园诗派是盛唐时期以山水或田园为歌咏对象的诗歌流派，诗作内容多描绘自然风光，以及恬淡闲适的山水田园生活，格调清新自然。

诗歌以山水、田园为描写对象，起源于南北朝时期的陶渊明与谢灵运。陶渊明的诗多歌咏田园，谢灵运的诗则摹绘山水，各有成就，对后世的诗歌创作产生很大影响。

唐朝开国之后，政治统一，政府奖励生产，生产力得到发展，社会经济繁荣，出现了“贞观之治”。随着社会物质财富的积累，给一些知识分子创造了饱览祖国壮美山川、游赏田园风光的物质条件。唐代科举取士重视声名，一部分求仕困难的知识分子往往由隐而仕，走所谓的“终南捷径”，在隐居生活中，许多知识分子四海游学，广泛交际，遍览祖国名胜山水。加之唐初佛道盛行，文人们或隐遁山水虔诚向佛，或游历山川求仙访道，有更多机会接触自然。于是，以山水田园为描写对象的诗作也随之兴盛起来，诗人们以歌赞祖国的山川壮丽来抒发壮志豪情，以描写田园的闲适淡美来表现社会的和平安定。因而产生了大量的山水田园诗篇，并形成影响很大的山水田园诗派。

◎ 隐士

唐代的很多诗人，都可以称之为“隐士”，就是隐居不仕的士人。他们有的屡试不第，有的对黑暗的仕途失望，故隐居不仕，或生活在乡村田园，或遁迹江湖游历。

《辞海》中释“隐士”是“隐居不仕的人”。《南史·隐逸》云：隐士“须含贞养素，文以艺业。不尔，则与夫樵者在山，何殊异也。”《易》曰：“天地闭，贤人隐。”又曰：“遁世无闷。”又曰：“高尚其事。”简言之，有才能、有学问，不去做官的人，叫做“隐士”。

“隐士”一词现在借指对某事物不关心或厌倦，故表示沉默、不出头露面的人。有时也指有条件、有机会担任领导职务而不担任，或已经担任领导职务却辞任的，在某一学科有一定影响的学者。

山水田园诗派以孟浩然、王维为代表，此外还有常建、储光羲、綦毋潜、裴迪、祖咏等人。他们继承了南北朝晋宋以来陶渊明、谢灵运等人开创的田园、山水诗的创作传统，形成了具有共同题材、内容和相近艺术风格的诗歌流派。他们的诗作以描绘山水和田园风光为主，表现返璞归真的情趣，抒写隐逸生活的闲淡情致，提高了诗歌表现自然景物的艺术技巧，是唐诗艺苑中的一朵奇葩。

边塞诗派

盛唐时期主要描绘边塞风光、反映戍边将士生活，以及战争带来的各种矛盾如离别、思乡、闺怨等内容的诗歌流派。边塞诗在形式上多为七言歌行和五、七言绝句，诗风悲壮，格调雄浑，最能表现盛唐恢弘气象。

边塞诗歌早在汉魏六朝时已经出现，到隋代这一题材的诗歌数量不断增多。及至唐朝建国之后，在初唐四杰和陈子昂的促进和影响下，边塞诗歌得到了进一步的发展，在盛唐时期达到了全面成熟。

唐代疆域辽阔，各民族之间的经济、文化交流频繁，国际交往也日益增多。为了维护国家的安定团结、和平统一，保护国际通商，时常会发生安边性质的战争。除此之外，不少帝王好大喜功、一些将帅邀功边关，也不断导致一些开边战争。这样，以战事为中心的边塞生活便成了盛唐诗人关注的焦点。他们一方面受到积极进取的时代精神的鼓舞，另一方面也受立功边关的进仕道路的吸引，有的心向边关、有的亲赴边塞，再加上一些边帅喜好延揽饱学之士，使文人学士得到了诗赋创作的环境。因此，盛唐时代的边塞诗便得以繁荣发展起来。

王昌龄《观猎》诗意图

王昌龄是盛唐著名的边塞诗人，被后人誉为“七绝圣手”。此图描绘了一位打猎少年的英武形象。

边塞诗派诗人以高适、岑参、李颀、王昌龄最为著名，其中以高适、岑参成就为最高，故后人也称“高岑诗派”。其他诗人如王之涣、王翰、崔颢、刘湾、张谓等也很知名。这些诗人大都有在边塞生活的经验和体会，从各方面深入表现边塞的风土人情，艺术上也有所创新。他们不仅描绘了壮阔苍凉的边塞风光，而且抒发了投笔请缨的豪情壮志，以及许多征人离妇的思怨之情。诗人们对战争的态度不一，有歌颂，有批评，也有遣责，在思想感情上往往达到一定的高度和深度，使得这些边塞诗情辞慷慨、气氛浓郁、意境雄浑。较为杰出的作品如高适《燕歌行》、岑参《走马川行奉送出师西征》等。另外，中唐卢纶、李益也有些格调苍凉的边塞绝句诗作。

李杜

“李杜”是李白和杜甫的合称，他们代表着唐诗发展的两座高峰。

我国古典诗歌的发展史上，李白与杜甫齐名。李白是浪漫主义诗歌的最高峰，杜甫是现实主义诗歌的最高峰，他们的诗作不仅是盛唐时代诗歌发展到繁荣的标志，而且是我国古典诗歌发展的顶点。

唐玄宗天宝三年（744年），李白与杜甫在洛阳相识，并结成好友，同往开封、商丘游历，次年他们又同游山东，把酒论文，赋诗作歌，亲密无间，成为我国文学史上的佳话。

李白、杜甫互相间的赠寄诗充满了真诚的情谊。杜甫在《与李十二白同寻范十隐居》中写下了二人同游的乐趣：“余亦东蒙客，怜君如弟兄。醉眠秋共被，携手日同行。”在《赠李白》、《春日忆李白》、《冬日有怀李白》、《天末怀李白》、《梦李白》等诗中，也表达了杜甫盼望着再次与李白把酒言欢的情意。杜甫时常挂念着李白的生活起居，担心他被贬逐以后的安全，“江湖多风波，舟楫恐失坠”，“水深波浪阔，无使蛟龙得”等诗句对李白被诬遭贬表示了极大的同情。

◎ 李杜祠

李杜祠建于清光绪二十六年（1900年），时绵州拔贡（国子监的生员）吴朝品仰慕唐代诗人李白和杜甫，为纪念李白、杜甫都来过绵州，遂在唐代治平院的旧址上，合李杜共祀一祠，成为巴西第一胜景。李杜祠位于四川绵阳市东2公里的芙蓉溪东岸。祠前临清澈的芙蓉溪，后倚葱茏的富乐山。现存建筑物有大门、照壁、工部祠、水榭、水池等。李杜祠为单檐悬山式抬梁木结构建筑，面积120.96平方米，内有李白、杜甫塑像，旁侧配有黄庭坚、陆游等人塑像。前廊有“李杜祠碑记”、“古春酣亭记”两通碑刻。水榭体量较大，为单檐歇山式抬梁结构，长15.4米，宽5.9米，横跨于水池之上。祠内环境幽静，景色宜人。近年已修葺一新，游人络绎不绝。

李白比杜甫年长十一岁，但对杜甫仍非常敬重。他曾写下《沙丘城下寄杜甫》一诗：“我来竟何事，高卧沙丘城。城边有古树，日夕连秋声。鲁酒不可醉，齐歌空复情。思君若汶水，浩荡寄南征。”杜甫不在身边同游，“齐歌”也不能引起李白的感情，“鲁酒”也不能提起兴致，对杜甫的思念之情就像永不停息的汶河水。

《新唐书·杜甫传》记载："甫……少与李白齐名，时号李杜。"韩愈在《调张籍》中有言"李杜文章在，光芒万丈长"。李杜二人的诗风、性格有鲜明的不同，后世对其有很多论述，形成所谓的"李杜学"。今四川绵阳市游仙区芙蓉溪畔建有李杜祠。

中唐诗歌

中唐大体上从唐代宗大历元年到唐穆宗长庆末年，即公元766年到公元824年。是几乎可以跟盛唐诗歌成就相媲美的繁盛时期。这一时期的诗坛上的显著特点是：流派众多，诗人艺术个性鲜明，风格各异。这一时期最重要的两大诗派：一是以白居易、元稹为代表的写实讽喻诗派；另一派是以韩愈、孟郊、贾岛为代表的险怪奇崛诗派。

大历十才子

"大历十才子"是指以活跃于唐代宗大历年间的十位诗人为代表的一个诗歌流派。他们在大历年间活跃于长安，因特殊的唱和酬赠关系，在京师乃至全国极负盛名，而被当时人冠以"大历十才子"之名。据《新唐书·卢纶传》载：十才子为卢纶、吉中孚、韩翃、钱起、司空曙、苗发、崔峒、耿沣、夏侯审、李端十人。他书所载，十人姓名略有出入。

"大历十才子"大多是政途失意的中下层士大夫，他们的诗歌很少反映社会的动乱和人民的疾苦，大多是唱和、应制之作，主要以歌颂升平、吟咏山水、称道隐逸为主。十才子的共同特点是偏重诗歌形式技巧，所作诗歌多应景献酬，粉饰现实。诗歌多为近体，有较高的艺术造诣，尤其是五言律诗取得了较高的成就。

十才子都擅长五言律诗，善写自然景物及乡情旅思等，语词优美，音律协和，但题材风格比较单调，个性表现不强烈不分明，遣词造句都偏重于工整精练。选择的诗歌词语往往带有凄清、萧瑟、暗淡的色彩，诗作整体具有凄凉的风格。十才子大都以王维为宗，秉承山水田园诗派的风格，寄情于山水，歌咏自然，善写意境深冷、幽僻的山水诗，勾勒出"诗中有画"的优美诗境，但往往做不到通篇浑融一气的意境。

总的来说，十才子的作品虽然在气格上不及盛唐，但对前辈名家还是有所传承的，他们揭开了中唐诗坛的序幕。

新乐府运动

中唐时期由白居易、元稹倡导的，以创作新题乐府诗为中心的诗歌革新运

● 白居易

白居易是新乐府运动的领导人。因晚年长期居住在洛阳香山，因此号“香山居士”。据说白居易诗的语言通俗易懂，老妪能解。

动。乐府诗的作者主要有白居易、元稹、李绅、张籍和王建等人。

新乐府运动是特定时代条件下的产物。安史之乱后，唐王朝由盛而衰。藩镇割据、宦官擅权、赋税繁重、战祸频仍，使社会矛盾显露出来。统治阶级中的部分有识之士，希望改良政治，缓和社会矛盾，获得“中兴”。这种情况反映在文坛和诗坛上，就是韩愈、柳宗元倡导的古文运动和白居易、元稹倡导的新乐府运动。

“新乐府”即“新题乐府”，是相对于古乐府而言的。白居易所倡的“新乐府”是以新题写时事，他继承了杜甫既用新题，又写时事的传统，以新乐府专门歌颂或讽刺现实。同时不再以入乐作为衡量的标准。新乐府诗从音乐角度看是以“乐府”为名，在内容上直接继承了汉乐府的现实主义精神。

元和四年（809年），李绅写了《新题乐府》二十首（今佚）送给元稹，元稹认为“雅有所谓，不虚为文”，于是“取其病时之尤急者，列而和之”，写作了《和李校书新题乐府》十二首。后来白居易把担任左拾遗时写的“美刺比兴”、“因事立题”的五十多首诗编为《新乐府》，正式标举“新乐府”的旗帜。新乐府运动的诗歌创作并不限于新题乐府，张籍、王建、刘猛、李馀等人既写新题乐府，又写古题乐府，也体现了诗歌革新的方向。元稹曾与白居易、李绅约定不再写古题乐府，见到刘猛、李馀等人的古乐府诗，感到很有新意，于是又和了古题乐府十九首。虽用古题，但创新词、无古义，其实质、作用与新乐府是一致的。

白居易在《与元九书》、《新乐府序》、《寄唐生》、《伤唐衢》、《读张籍古乐府》等诗文中阐述了新乐府运动的主张。白居易认为“文章合为时而著，歌诗合为事而作”，“为君、为臣、为民、为物、为事而作，不为文而作”，明确提出了新乐府运动的宗旨，强调了诗歌的社会功能和讽喻作用，主张诗歌要有现实内容，要反映民间疾苦和社会弊病。这些诗歌理论，与大历以来逐渐抬头的逃避现实的诗风截然相反，发扬了《诗经》、汉魏乐府和杜甫以来的优良的现实主义传统，是具有进步意义的。

新乐府运动的代表作有白居易的《新乐府》五十首和《秦中吟》十首，元稹的《田家词》、《织妇词》，张籍的《野老歌》、《筑城词》、《贾客乐》，王建的《水夫谣》、《田家行》、《簇蚕辞》，以及李绅的《悯农》诗二首等。其中，李绅《悯农》诗二首中有“春种一粒粟，秋收万颗子。四海无闲田，农夫犹饿死”，“锄禾日当午，汗滴禾下土。谁知盘中餐，粒粒皆辛苦”，已成为千古传诵的名句。

元和体

“元和体”是唐宪宗元和年间开始流行的诗体的专称，有广义和狭义之分：从广义上看，“元和体”指的是唐宪宗元和年间以来各种新体诗文的总称。李肇《唐国史补》卷下中记载：“元和以后，为文笔则学奇诡于韩愈，学苦涩于樊宗师；歌行则学流荡于张籍；诗章则学矫激于孟郊，学浅切于白居易，学淫靡于元稹，俱名为元和体。”李肇认为元和以后流行的新的文风、诗风，是由韩愈等元和时期的著名作家开创，所以总称为“元和体”。

从狭义上看，“元和体”是指元稹、白居易之间唱和相酬的长篇排律和吟咏杯酒光景、艳情风月的零篇碎章，是元白诗体中的一个方面及后世模仿的作品。代表作家有韩愈、孟郊、元稹、白居易等。《旧唐书·元稹传》说，元稹“与太原白居易友善。工为诗，善状咏风态物色。当时言诗者，称元、白焉。自衣冠士子，至闾阎下俚，悉传讽之，号为元和体。”元稹《白氏长庆集序》：“予始与乐天同校秘书之名，多以诗章相赠答。会予谴掾江陵，乐天犹在翰林，寄予百韵律诗及杂体，前后数十章。是后各佐江、通，复相酬寄。巴、蜀、江、楚间洎长安中少年递相仿效，竞作新词，自谓为元和诗。”杜牧曾指斥说：“自元和以来，有元白诗者，纤艳不逞，非庄士雅人，多为其破坏。”而苏轼也有“元轻白俗”的评语。他们所讥评的“元白”诗歌，便是指“元和体”。

韩孟诗派

“韩孟”是中唐诗人韩愈、孟郊的并称。韩愈是“元和体”中以“奇诡”著称的名家，孟郊是以“矫激”著称的名家。唐人有“孟诗韩笔”的称法，是指一诗一文而言。宋代梅尧臣之时，才开始以诗歌并称“韩孟”。韩愈与孟郊在诗歌艺术上的共同点是“用思艰险”，不同之处是韩愈的诗境界壮阔，孟郊的诗风格清苦。韩孟诗派的代表人物除韩愈、孟郊外，还包括贾岛、卢仝、马异等人。韩孟诗派通过抒写个人的不幸遭遇，来揭示社会的弊病，主张“不平则鸣”，苦吟以抒愤，并互相切磋唱和。其诗风追求奇险，韩愈奇而雄，孟郊奇而古，贾岛奇而清，卢仝奇而怪。

唐德宗贞元八年（792年），孟郊到长安赶考，韩愈作诗相赠，二人交往，为日后诗派的兴起奠定了基础。贞元十二年至十六年间，韩愈先后做汴州董晋和徐州张建的幕僚，孟郊、张籍、李翱均来访游；韩愈担任国子监博士时，与孟郊、张籍等聚首赋诗；到东都洛阳后，与孟郊、李贺、贾岛、张籍等成员时时往来相聚，这些交往对韩孟诗派群体风格的形成至关重要。起初是年长的孟郊以自己的独特诗风，影响着步入诗坛未久的韩愈；到韩愈的诗歌风格已成形时，他的诗体和风格又得到了同派诗人的认同和效仿。诗派成员常相聚会，酬唱切磋，相互奖掖，达到了审美意识和艺术上的共同趋向和追求。最终形成了“韩孟诗派”及其独特诗风。

韩孟诗派具有独特的审美品位，他们以震荡光怪、瘁索枯槁、五彩斑斓为美。此外，受到韩愈古文运动“陈言务去”主张的影响，在艺术上有意打破传统的表现手法，标新立异，注重苦吟和锤炼，力求矫正大历诗风的平弱纤巧。这种新的追求和变化，对后世诗歌尤其是宋诗散文化特点的形成，具有直接而重要的影响。

元白

“元白”是元稹、白居易的并称，“元白”并称，在唐代即已盛行。白居易《〈刘白唱和集〉解》序云：“予顷与元微之唱和颇多……江南士女语才子者，多云‘元白’。”杜牧在文章中正式使用，后世于是承袭沿用。宋代严羽《沧浪诗话·诗体》并称他们的诗体为“元白体”。元稹、白居易写有大量反映现实的作品，都擅长新乐府、七言歌行、长篇排律等诗体，注意诗歌语言的平浅和通俗性，强调诗歌的讽喻作用，在中唐诗坛具有很大影响。但在主题、思想深度、形象刻画等方面，元稹稍逊于白居易。

◎ 通江唱和

元稹、白居易分别被贬通州、江州后，虽然路途遥遥，仍频繁寄诗，酬唱不绝，即所谓“通江唱和”，成为文学史上一个令人注目的现象。

元、白此期的唱和诗多为长篇排律，短则五六十句，长则数百句。如白居易作《东南行一百韵》赠元稹，元稹就回赠《酬乐天东南行诗一百韵》。据不完全统计显示：元白通江时期，即唐宪宗元和十年（815年）三月三十日至元和十四年三月十日，唱和诗共有七十九首。除诗歌外，二人还有书信往来：元和十年六月，元稹初到通州时，作《叙诗寄乐天书》，白居易对此已有诗寄赠，元稹也有诗回酬。十二月，白居易有《与元九书》，未见元稹酬答；元和十二年四月十日，白居易写《与微之书》，元稹有《得》诗酬答。

后世对于“元白诗”的评价，历来褒贬不一。

扬者始自张为，在其所撰《诗人主客图》书中论述中晚唐诗人流派，将唐代诗人按作品内容、风格分为六类，各以一人为主。列白居易为“广大教化主”。元稹与白居易齐名，列在白氏门下为“入室”。该书得到吴融的称赞：“昔张为作诗图五层，以白氏为广德大化教主，不错矣。”（《禅月集序》）宋代叶梦得、明代贺贻孙、清代尤侗、翁方纲等人都是褒扬元白。

抑者始自杜牧，他在《唐故平卢军节度巡官陇西李府君墓志铭》中指称：元白诗“淫言媟语”、“纤艳不逞”。其后，明代王世贞、王世懋，清代王夫之、王士禛对“元白”的态度都是贬抑。苏轼虽说过“元轻白俗”，实际上他是很仰慕白居易的。

郊寒岛瘦

“郊”指孟郊，“岛”指贾岛，二人以苦吟著称。“郊寒岛瘦”由孟郊、贾岛简啬孤峭的诗歌风格而来，后人用“寒”和“瘦”来概括两位诗人的诗风，孟郊、贾岛的诗风清奇悲凄，幽峭枯寂，讲究苦吟推敲，锤炼字句，往往让人觉得寒瘦窘迫，故称“郊寒岛瘦”。

寒指清寒枯槁，孟郊的诗多俊寒，力求表现诗人对生活的特殊感受。瘦指孤峭瘦硬，贾岛的诗多清瘦，注重意境上的孤寂和字句上的清冷。两者含义相似。宋朝欧阳修在《书梅圣俞稿后》中曾说：“孟郊、贾岛之徒，又得其悲愁郁堙之气。”苏轼的《祭柳子玉文》中正式提出这一评语：“元轻白俗，郊寒岛瘦。”南宋朱熹则在《次韵谢刘仲行惠荀》中写作“岛瘦郊寒”：“君诗高处古无诗，岛瘦郊寒讵足差。”苏轼的评论成为了郊、岛诗风的定评，后人往往加以批评。如宋严羽《沧浪诗话·诗评》云：“李杜数公，如金鸡擘海，香象渡河。下视郊岛辈，直虫吟草间耳。”张表臣《珊瑚钩诗话》卷一曰：“（诗）以气韵清高深眇者绝，以格力雅健雄豪者胜。元轻白俗，郊寒岛瘦，皆其病也。”也有人对这种说法持有异议，如清朝潘德舆在《养一斋诗话》中认为“郊岛并称，岛非郊匹，人谓寒瘦，郊并不寒也”。

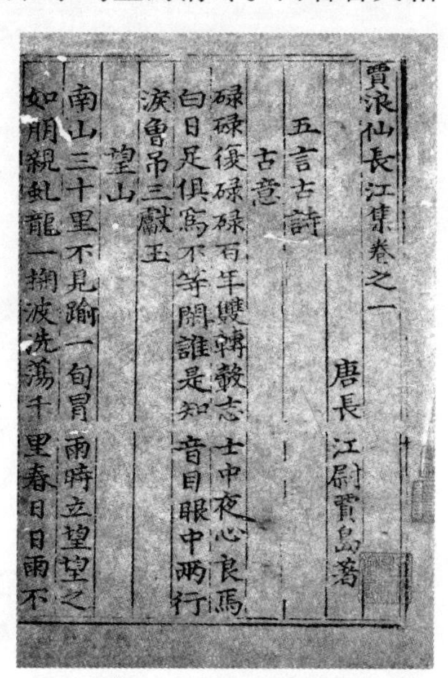
賈浪仙長江集卷之一
唐長江尉賈島著
五言古詩
古意
碌碌復碌碌百年雙轉轂志士中夜心良馬
白日足俱爲不等閑誰是知音目眼中兩行
淚曾吊三獻玉
望山
南山三十里不見踰一旬冒雨時立望望之
如朋親虬龍一掬波洗蕩千里春日日雨不

《贾浪仙长江集卷》书影

贾岛，字浪仙。其著有《长江集》十卷，此为其中的一部分。

晚唐诗歌

晚唐时期大体上从唐敬宗宝历元年至唐哀帝天祐四年，即公元825年至公元907年，是唐诗发展的第四个历史时期。这一时期宦官专权、党争激烈，国力日衰，而藩镇势力日趋壮大，阶级矛盾十分尖锐。此时的诗歌创作侧重于抒发报国无门的忧闷，同时也借怀古咏史，一吐感慨。晚唐的诗风逐渐向形式主义发展。

小李杜

“小李杜”指晚唐诗人李商隐和杜牧。“大李杜”在盛唐时期创造了诗歌发展史上一个无法逾越的巅峰，与此相比，“小李杜”在晚唐诗坛的作用可以说是在业已没落的诗坛上书写了色彩瑰丽的一笔。杜牧和李商隐都很推崇李白、杜甫，并学习李白、杜甫的诗歌创作传统和风格。两人恰好一姓李一姓杜，所以世人称之为“小李杜”。

李商隐曾赠诗二首给杜牧。《杜司勋》：“刻意伤春复伤别，人间唯有杜司勋。”《赠司勋杜十三员外》：“前身应是梁江总，名总还曾字总持。”字里行间可见李商隐对杜牧的仰慕之情。

“小李杜”二人遭遇相近，他们均胸怀大志，却无处施展自己的政治抱负。所不同的是，在理想破灭之后，李商隐陷入了难以自拔的痛苦与忧闷之中，表现在诗歌上就形成了一唱三叹、深情绵邈、绮丽精工的艺术风格。而杜牧仍然执著于理想，希望以“知兵”来救国，也影响到他的气质和个性，反映在诗作上则形成了健爽豪迈、清新俊逸的独特风格。

无题诗

唐代诗歌中，常见以“无题”为题的诗篇。无题胜有题，之所以名“无题”，或是因为作者不便于直接用题目来表明诗歌的主旨，或是难以选择一个恰当的题目来表现。这样的诗，往往寄托着作者难言的痛楚和情思、执著的情怀和追求等。

无题诗的写作，以李商隐最为著名，但并非始于李商隐。中唐的诗人卢纶、张籍、李德裕等都各有无题诗传世，但是都没有像李商隐那样大规模地写作无题诗。李商隐的无题诗共十七首，是唐代有名的诗篇，后人作诗也常常沿用此题。

李商隐诗名《无题》，多以爱情相思为题材，后人就把无题诗作为爱情诗的别称。李商隐的无题诗有两种情况：一种是朦胧隐晦的爱情诗。诗人的恋情和对象在当时是不能公之于众的，相思情深而又无法直说，所以写得扑朔迷离。另一种则是借恋情来寄托激愤、抒发感慨。李商隐的无题诗意境朦胧、情思婉转、文辞瑰丽；部分诗歌有所寄托，寓意明显；还有的作品则很难看出有无寄托。无题诗有没有寄托，是一个难解的问题。脱离诗歌的整体形象，只抓住片言只语，穿凿附会，是完全违反艺术创作规律的。我们从诗歌的整体形象出发，把无题诗与诗人的身世际遇和其他作品联系起来，也可以对其中的某些无题诗作这方面的探讨。但不论这些无题诗有无寄托，它们都是经典的爱情诗，并不降低他们的艺术价值。

花间词派

词是一种韵文形式，由五言诗、七言诗和民间歌谣发展而来，始见于初盛唐时期，中唐以后流行起来，到宋朝时达到兴盛。词原指一切可以配乐歌唱的诗体，句的长短随着歌调而改变，因此又叫做长短句，有小令和慢词两种，一般分为上下两阕。唐代人称时下流行的杂曲歌词为“曲子词”，后来简称为词，就是现在所说的跟诗或曲对称的词。

唐代崔令钦所著的《教坊记》中记录当时流行的三百多种曲名。现传最早的唐代民间词，是1900年在敦煌鸣沙山第288石窟里发现的曲子词。由于民间词的广泛流传，一些诗人开始了词的创作，如张志和、刘长卿、韦应物等。中唐以后，文人写词逐渐增多，以温庭筠词作数量最多，对后世影响也最大。

“花间词派”因五代后蜀赵崇祚所选编的词集《花间集》而得名。词集中选录了唐末五代时温庭筠、皇甫松、韦庄等十八位诗人的五百首词，其中温庭筠、皇甫松、韦庄等为晚唐人，其余多数是五代西蜀地区的文人，包括流寓、游宦者等。这些词人在艺术风格上大体一致，因此后世统称为“花间词人”。

温庭筠精通音律，对词的格律形式的规范化起到了重要作用。温庭筠的词内容偏重闺情，以浓艳的色彩和华丽的词藻，构成他特有的“香而软”的风格。花间词派把温庭筠尊为“鼻祖”，他们大都继承温庭筠的创作传统，风格浓艳香软。

花间词派的形成，温庭筠起到了开山作用，但“花间词”可以衍生成流派，风行一时，是与当时社会政治和文学分不开的。晚唐时政局动荡，五代西蜀苟安西南，君臣耽于声色犬马，狎妓宴饮，醉生梦死。就如欧阳炯在《花间集序》中叙述的：“家家之香径，春风宁寻越艳；处处之红楼，夜月自锁嫦娥。”花间词正是这种淫靡颓废社会风气的产物。晚唐五代的诗人已不再关注社会人生，而是纵情声色。他们的词风香软，落笔多在闺房，以堆砌华艳的词藻来描绘妇女的服饰、体态。而李商隐、温庭筠、韩偓等人的部分诗歌，在题材和表现手法上也为花间词的创作提供了借鉴。

《花间集》中也有一些表现边塞生活和异域风情的词作，如牛希济的《定西蕃》就描写了塞外的荒寒，征人梦苦，词风悲壮苍凉；而李珣的《南乡子》、孙光宪的《风流子》，则表现了南方渔村的风土人情，词风质朴清新，但这些并不是花间词的主要特征。

南唐词人

在战乱动荡的五代，偏安江南的南唐形成了一个词的中心，出现了几个跟花间词人同时的词家，史称南唐词人，代表人物有冯延巳、李璟和李煜，以李煜成就为较高。南唐词也像花间词一样，是与统治阶级酣歌醉舞的享乐生活相适应而逐渐发展繁荣起来的。

冯延巳（903—960年），字正中，五代广陵（今江苏扬州）人。他生于唐末，在南唐担任过宰相，生活富足、舒适。他受到花间词的影响，词作多写男女离别相思之情，但语言清新流转，文人的气息很浓，对北宋初期的词人有比较大的影响。代表作是《鹊踏枝》。

南唐中主李璟（916—961年），好读书，多才艺，“时时作为歌诗，皆出人风骚”，具有较高的文艺修养。他经常与宠臣韩熙载、冯延巳等饮宴赋诗，促进了词在南唐的发展。他的词情感诚挚，风格清新，言辞流畅，不事雕琢，对南唐词坛产生过积极的影响。他的“小楼吹彻玉笙寒”是流传千古的名句。李璟存词五首，其中《南唐二主词》收四首，《草堂诗余》收一首。

李璟之子李煜（937—978年），世称李后主。他即位后对北宋称臣纳贡，偏安一方，在位十五年间不修政事，纵情享乐，穷奢极欲。李煜能书善画，洞晓音律，工于诗文，词尤为五代之冠。他前期的词反映宫廷享乐生活，内容空虚柔靡；由皇帝变为囚徒后，他的词风也发生了显著的变化，主要反映亡国之痛，如名作《虞美人》和《浪淘沙》。后人将他与李璟的作品合辑为《南唐二主词》。李煜摆脱了花间词的浮靡之风，他的词作语言明快，不假雕饰，形象生动，性格鲜明，用情真挚，亡国后的作品意境更加深沉，成为宋初婉约派词的开山之作，也为豪放派打下基础，后世尊称他为“词圣”。

● 南唐后主李煜

李煜，字重光，号钟隐，莲蓬居士，南唐元宗李璟第六子，宋建隆二年（961年）继位，史称后主。开宝八年（975年），国破被俘，后被宋太宗毒死。

唐代诗人

唐代诗人数量众多，异彩纷呈，鸢飞鱼跃，凤翔鹤集。李白、杜甫、白居易等已是世界闻名的伟大诗人，此外，还有许多优秀的诗人，如星斗一般镶嵌在文学的天空中。唐代的诗人，据明人的统计，有个人专集传世的便有691家。《全唐诗》中录诗人2873人，诗作49403首。可以说，在唐代，上自帝王将相，下至贩夫走卒和释道倡优，上自老人，下至几岁的小孩，几乎无人不能诗。

这些诗人创作的题材非常广泛。有的从侧面反映当时社会的风貌，揭露统治阶级的黑暗；有的歌颂正义战争，抒发爱国的情思；有的描绘祖国河山的壮美；此外，还有抒写个人抱负和遭遇的，有表达青年男女之间的爱情的，有诉说友情的，有描绘人世间的悲欢离合的等。总之从自然现象、政治动态、劳动生活、社会风习，直到个人感受，都逃不过唐代诗人敏锐的目光。在创作方法上，既有现实主义的关注，也有浪漫主义的情调，而许多传世的作品，则又是这两种创作方法相结合的典范，形成了我国古典诗歌的优秀传统。

3

初唐诗人

初唐早期主要诗人有李世民、虞世南、李百药、上官仪、上官婉儿等。

初唐中期诗人代表为“文章四友”和沈佺期、宋之问。

初唐晚期诗人主要有王绩和“初唐四杰”。

此外，陈子昂是唐诗开创时期在诗歌理论的革新和实践上都有重大影响的诗人，也是从初唐到盛唐时期的承前启后的诗人。

骆宾王

骆宾王（约638—？），字观光，婺州义乌人（今浙江义乌）人。与王勃、杨炯、卢照邻合称“初唐四杰”，又与富嘉谟并称“富骆”。骆宾王七岁能诗，有“神童”之称。据说《咏鹅》诗就是他七岁时所作：“鹅，鹅，鹅，曲项向天歌。白毛浮绿水，红掌拨清波。”

公元684年九月，徐敬业（即李敬业）在扬州起兵反武则天。骆宾王起草了著名的《讨武曌檄》，慷慨激昂，气吞山河。十一月，徐敬业兵败被杀，骆宾王下落不明。有说他与徐敬业同时被杀，有说他投江而死，也有说他亡命不知所踪，还有说他落发为僧，遍游名山。

在初唐四杰中，骆宾王的诗作最多，他尤其擅作七言歌行，名作《帝京篇》是初唐罕有的长篇，在当时被称为绝唱。他的《畴昔篇》、《艳情代郭氏答卢照邻》、《代女道士王灵妃赠道士李荣》等也都具有时代意义，这种诗体吸取了六朝乐府的结构形式以及正在发展中的今体诗的对仗和韵律，言辞流畅，音节宛转和谐，声情并茂，朗朗上口，易于吟诵。张若虚、王维、元稹、白居易、韦庄，及至清代吴伟业等人的长篇歌行，都是沿着这条线索发展下来的。

骆宾王也有不少五律佳作，如《在狱咏蝉》就是一篇托物寄兴，脍炙人口的名作；《送郑少府入辽》则抒发了立功报国的乐观精神。骆宾王曾久戍边塞，写有不少反映边关风情的诗作，如《夕次蒲类津》：“二庭归望断，万里客心愁。山路犹南属，河源自北流。晚风连朔气，新月照边秋。灶火通军壁，烽烟上戍楼。龙庭但苦战，燕颔会封侯。莫作兰山下，空令汉国羞。”《从军行》：“平生一顾重，意气溢三军。野日分戈影，天星合剑文。弓弦抱汉月，马足践胡尘。不求生人塞，唯当死报君。”这些诗均可见其豪情壮志。

骆宾王的绝句小诗，如《于易水送人》、《在军登城楼》，寥寥数字中，颇能窥见诗人的个性风格，在初唐绝句中也是不多见的。

骆宾王对革新初唐的浮靡诗风，开辟唐代文学的繁荣局面起了一定的作用。唐中宗时期，郗云卿编辑有《骆宾王集》十卷，现已散佚。明清时人重新编辑有四卷本、六卷本和十卷本的《骆宾王集》，所收篇目大致相同。

王勃

王勃（649—676年），字子安，绛州龙门（今山西河津）人，“初唐四杰”之一。王勃是隋末大儒王通的孙子，王绩的侄孙。王勃生长于书香之家，自幼聪慧好学，为时人所公认。沛王李贤慕王勃之名，召王勃为沛府修撰，后因《檄英王鸡》罹祸，被唐高宗逐出沛王府。随即出游巴蜀。咸亨三年（672年）王勃补任虢州参军，因擅杀官奴治罪，遇赦得释，他的父亲因受连累被贬为交趾令。上元三年（676年），王勃南下探亲，于途中不幸溺水受惊而死。

◎《滕王阁序》

王勃的骈文最著名的就是《滕王阁序》。

《滕王阁序》全称《秋日登洪府滕王阁饯别序》，也名《滕王阁诗序》。唐肃宗上元二年（675年）九月九日，王勃路过南昌，正值洪州牧阎伯屿将滕王阁修缮一新，在阁上大宴宾客，王勃即席而作此千古名篇。文中铺叙滕王阁一带形势景色和宴会盛况，抒发作者“无路请缨”的感慨。

《滕王阁序》是典型的“四六体”，对仗工整，言语华丽。从文风来讲，《滕王阁序》壮丽宏博，高昂奋发，感慨却不伤怀，一改六朝“辞丽气惨”的风格。韩愈对此文推崇备至，称“壮其文辞”。

初唐诗坛盛行上官体，“争构纤微，竞为雕刻”，“骨气都尽，刚健不闻”，王勃“思革其弊，用光志业”，崇尚实用，他的诗作“壮而不虚，刚而能润，雕而不碎，按而弥坚”，对转变诗坛风气起了很大作用。王勃的诗今存八十多首，《全唐诗》编为二卷，《全唐诗外编》补二十首。赋和序、表、碑、颂等文，今存九十多篇。

滕王阁集会

王勃诗文俱佳，为四杰之首，在扭转齐梁余风、开创唐诗体制上功劳极大，为后世留下了一些不朽名篇。王勃的文多于诗，最为人所称道的是《滕王阁序》，伤古托怀，余味无穷。王勃写得最多的是五律和五绝，但内容多局限于旅世抒怀、临别酬赠。五言律诗《送杜少府之任蜀州》，是我国诗歌史上的杰作，虽写送别却摆脱了常格，极为旷达豪放，使人心胸为之一振。“海内存知己，天涯若比邻”更是成为千古名句，久为人们传诵。《别薛华》、《麻平晚行》、《饯韦兵曹》、《白下驿饯唐少府》、《咏风》等，也是音调和谐，感情丰沛。五绝中《羁春》、《夜兴》、《山中》等，寓情于景，格调自然。

卢照邻

卢照邻（约630—680年），字升之，自号幽忧子，幽州范阳（治今河北涿县）人。初唐四杰之一。卢照邻少时，跟随名师曹宪、王义方学习小学及经史。唐高宗永徽五年（654年）在邓王李元裕府担任典签，极受重用，邓王以司马相如比之。麟德二年（665年）邓王去世后，他离开邓王府。不久因事入狱，作《狱中学骚体》诗，以记其事。唐高宗总章二年（669年），出任益州新都（今四川成都附近）尉。在蜀期间曾与王勃相遇，并作诗纪念。在新都时感染风疾，任职期满辞官北归。离开蜀地后，寄居洛阳。咸亨四年（673年），卧病长安，因服丹药中毒，手足残废。后迁居阳翟（今河南禹县）具茨山下，买园数十亩，疏凿颍水，环绕田宅。卢照邻一生坎坷，命运多舛，怀才不遇，晚年得了风疾，境遇愈加悲凉，手足痉挛，痛苦不堪，政治上的失意和长期病痛的折磨最终使他自投颍水而死。

在诗歌创作方面，卢照邻主张抒写性情，反映现实生活，“多以适意，不以繁词为贵”。他的诗歌内容充实，“清藻”而不乏刚健之力。卢照邻早期的作品，不逊于王勃、杨炯。在他生病后，处境困苦，诗作也更加苦峻。他与骆宾王一样擅长写七言歌行，他的《长安古意》被誉为诗坛的一次革新，诗中作者借历史题材，以铺陈的笔法，描绘了京都长安的繁华景象和现实生活的各个侧面，表达了对美好生活的向往和热爱，讽喻权贵阶层的骄奢淫逸和倾轧排挤的情况，抒发了怀才不遇的寂寥和不平。他的五言律（包括排律）或豪放粗犷，或秀丽工整。

《全唐诗》编录其诗二卷，有《行路难》、《明月引》、《晚渡渭桥寄示京邑游好》、《赠许左丞从驾万年宫》、《巫山高》、《酬张少府柬之》、《过东山谷口》、《浴浪鸟》、《昭君怨》等。

杨炯

杨炯（650—？），弘农华阴（今属陕西）人，初唐四杰之一。杨炯自幼聪敏，博学善文。唐高宗显庆四年（659年）即中童子科，时人以为神童。上元三年（676年）应制举及第，授秘书省校书郎。武则天垂拱元年（685年），杨炯堂弟参与徐敬业起兵，累及杨炯，被贬官为梓州司法参军。天授元年（690年），与宋之问同在习艺馆任教。如意元年（692年），宫中出盂兰盆分送佛寺，武则天御临洛南门与百官一同观赏，杨炯献《盂兰盆赋》，文词雅丽，不久，杨炯就迁任婺州盈川令，世称杨盈川。杨炯死于盈川任上，死后归葬洛阳。与四杰中的其他三位相比较，杨炯的一生可谓平稳。

杨炯反对宫体诗，主张"骨气"、"刚健"的诗风。他的诗在内容和艺术风格上力求突破齐梁"宫体"诗风，在唐诗发展史上有着承前启后的作用。杨炯擅长五律，语言精丽严整，风格警劲弘放。他的诗篇不多，据《盈川集》载，杨炯流传下来有赋八篇、诗歌三十四首、碑铭等文四十三篇，《全唐诗》存诗一卷。数量虽然不多，但是题材非常广泛，既有抒发送别之意的《送临津房少府》，歌咏征人远戍、向往边关之情的《从军行》、《战城南》；又不乏写景记行的《广溪峡》、《巫峡》、《西陵峡》，酬答唱和的《和石侍御山庄》、《和郑雠校内省眺瞩思乡怀友》等。在他的作品中，渴望建功立业的激扬情怀与名高位卑的不平之气交织其间。

◎ 盂兰盆会

杨炯曾因在盂兰盆会上献《盂兰盆赋》而为武则天所赏识。

盂兰是梵文音译，意为"救倒悬"；盆是汉语，即盛供品的器皿。这本是印度的一种佛教仪式，佛教徒为了追荐祖先而举行"盂兰盆会"；《盂兰盆经》以修孝顺励佛弟子的旨意，合乎我国追先悼远的习俗，得以普及。每年农历七月十五日为"盂兰盆节"。

梁武帝萧衍于大同四年（538年），在同泰寺设盂兰盆斋，为我国"盂兰盆会"之始。上行下效，很快在民间普及。到唐代，每年皇家都要送盂兰盆到官寺。民间施主也到各寺献盆。唐代的盂兰盆供极为奢华，往往以金玉装饰。

杨炯虽然没有亲临关外，他的边塞之作并非亲身感受，但他的边塞诗昂扬慷慨，意气轩昂，在当时的确是难能可贵的。《从军行》、《出塞》、《战城南》、《紫骝马》等几首边塞诗，表现了为国立功的战斗精神，气势轩昂，风格豪放。其他唱和、纪游的诗篇尚未完全脱离绮艳之风，没有特色。张说对他的评价是，"杨盈川文思如悬河注水，酌之不竭，既优于卢，亦不减王"。

在《王勃集序》中，杨炯对王勃改革淫靡文风的创作实践给予了很高的评价。对时人所称"王、杨、卢、骆"，杨炯自谓"愧在卢前，耻居王后"。

陈子昂

陈子昂（661—702年），字伯玉，梓州射洪（今属四川）人，初唐诗文革新人物之一。

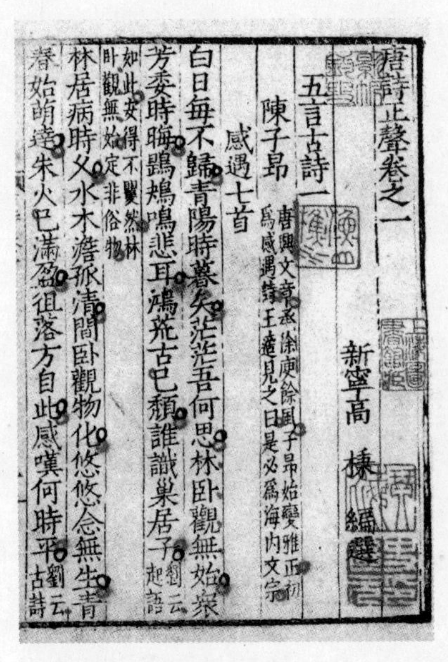
唐詩正聲卷之一　新寧高棅編選
五言古詩一
陳子昂（唐興文章承徐庾餘風子昂始變雅正初爲感遇詩王適見之曰是必爲海内文宗）
感遇七首
白日每不歸青陽時暮矣茫茫吾何思林卧觀無始衆芳委時晦鶗鴂鳴悲耳鴻荒古已頹誰識巢居子（劉云起語如此安得不翛然林卧觀無始定非俗物）
林居病時久水木澹孤清閒卧觀物化悠悠念無生青春始萌達朱火已滿盈徂落方自此感嘆何時平（劉云古詩）

陈子昂《感遇七首》书影

陈子昂少时家富，轻财重义，乐善好施。成年后才开始发愤苦读，博览群书，工于诗文。二十四岁时中进士，所著《谏灵驾人京书》一文为武则天所赏识，官拜麟台正字（秘书省属官），后升右拾遗，后世称为陈拾遗。武则天当政时重用酷吏，滥杀无辜，陈子昂不畏迫害，直言敢谏，曾多次上书言事，切中时弊，但多未被朝廷采纳。武则天垂拱二年（686年），曾随左补阙乔知之军队到达西北居延海、张掖河一带。万岁通天元年（696年），随武攸宜北征契丹，两次从军，使他对边塞形势和当地人民的生活获得较为深刻的认识。圣历元年（698年），解职回乡，权臣武三思指使射洪县令段简罗织罪名，将其诬陷入狱，最后冤死狱中。

陈子昂主张扭转六朝以来绮靡纤弱的诗风，恢复《诗经》的“风、雅”传统，强调比兴寄托，提倡汉魏风骨。张九龄、李白、杜甫、元稹、白居易都从中受到启迪。他的诗歌，内容充实、思想进步，语言质朴、刚健，对整个唐代诗歌产生了巨大的影响。陈子昂现存诗一百余首，其中最具代表性的是三十八首《感遇》、七首《蓟丘览古赠卢居士藏用》和《登幽州台歌》。他的律诗作品较少，但《晚次乐乡县》、《渡荆门望楚》、《春夜别友人》、《送魏大从军》等五言律诗，音节谐亮、风格刚健雄浑，显示出近体诗趋于成熟的特色。他在大力革除绮靡诗风的同时，也忽视了六朝诗人长期积累的艺术经验，所以他的诗作虽然质朴自然，却是语言较枯燥，略显文采不足。

陈子昂也是唐代古文运动的先驱者。他的散文虽然夹杂部分骈偶语句，但大体上自然清亮，较为接近先秦两汉的古文风格，改变了六朝至唐初只重形式的文风，但他在散文上的成就比不上诗歌。

张若虚

张若虚（约660—720年），扬州（今属江苏）人，“吴中四士”之一，曾任兖州兵曹。

《全唐诗》仅录其诗二首，《春江花月夜》和《代答闺梦还》。《春江花月夜》是千古绝唱，有“孤篇压倒全唐”的赞誉。张若虚的诗歌描写细腻，音节和谐，清丽澄澈，富有情韵，他的诗风上承齐梁，下开盛唐，在初唐诗风的转变中起到了继往开来的过渡作用。

《春江花月夜》是乐府《清商曲辞·吴声歌曲》中的旧题，陈后主始创曲调。张若虚的《春江花月夜》以春、江、花、月、夜五种事物来体现人生最动人的良辰美景，构成了极具吸引力的奇妙的艺术境界，描写景物清丽优美，意境深远，语言清新流畅，韵律婉转悠扬，细致、形象而有层次地描绘相思离别之苦，完全洗去了宫体诗的浓脂艳粉，给人以澄澈空明、清丽自然的感觉，其中虽有些消极感伤情绪，但基调还是好的。诗中的"春江潮水连海平，海上明月共潮生"、"江天一色无纤尘，皎皎空中孤月轮"、"此时相望不相闻，愿逐月华流照君"和"不知乘月几人归，落月摇情满江树"等都是描摹细腻、情景交融的佳句，被闻一多先生誉为"诗中的诗，顶峰上的顶峰"，千百年来，使无数读者倾倒。后人评价称"张若虚《春江花月夜》用《西洲》格调，孤篇横绝，竟为大家。李贺、李商隐，挹其鲜润；宋词、元诗，尽其支流"，足见其非同凡响的崇高地位和悠悠不尽之深远影响。

沈佺期

沈佺期（约656—713年），字云卿，相州内黄（今属河南）人。唐高宗上元二年（675年）进士及第，初任协律郎。武则天时期，升迁通事舍人、考功员外郎。曾因受贿而入狱，出狱后复职，任给事中。唐中宗即位后，以其谄附张易之的罪名，将沈佺期贬官流放驩州（今越南境内）。神龙三年（707年），召其回宫，并授官拜起居郎兼修文馆直学士，常侍宫中。之后，又曾任中书舍人、太子少詹事等职。

沈佺期与宋之问齐名，并称"沈宋"。他们的近体诗格律严谨精密，是律诗体制定型的代表诗人。从古律过渡到真正的律体，"沈宋"起了重要的作用。律诗在形式上要求声调谐和、对偶整齐，他们是达到定型的地步的，而这正是成为律诗的重要条件。

◎ 中书舍人

沈佺期曾任唐中宗朝"中书舍人"一职。

"舍人"一名始于先秦，原指国君、太子的亲近属官。魏晋时的中书省设置"中书通事舍人"一职，负责传宣诏命。到南朝梁，去除"通事"二字，称"中书舍人"，负责起草诏令，参与机密，权力益重，甚至专断朝政。隋唐时，中书舍人在中书省掌管制诰，多以有文学资望者充任。在唐代，此职之名常变，也称内史舍人、西台舍人、龙阁舍人、紫薇舍人等。宋朝初年沿置此官，为虚职，另有知制诰及直舍入院负责起草诏令。元丰改制后，中书舍人重新负责起草诏令。明清时，内阁中书科也设有中书舍人，负责书写诰敕、制诏、银册、铁券等。

沈佺期主要活跃在武则天时期，他的诗多是宫廷应制之作，内容空洞，徒具形式，华而不实，尚未摆脱梁陈宫掖诗风。他的其他非应制作品中，有不少佳作名句。在流放期间，沈佺期的诗作，多是抒写境遇的凄凉，诗风焕然一新。他的三首五律《杂诗》，具有较强的现实意义，诗中描写边塞征人与思妇两地相思的情境，用情诚挚，技巧完美纯熟。他的《独不见》是一首较早出现的优秀七言律诗，语言流畅，气势盈沛。另如《初达驩州》、《岭表逢寒食》、《驩州南亭夜望》等诗，抒写流放时自己思念京华和亲人的心境，情调凄凉悲苦，感情真实，和应制之作迥然不同。原有文集十卷，已佚失。明代辑有《沈佺期集》。《全唐诗》录有其诗三卷。

宋之问

宋之问（约656—713年），又名少连，字延清，汾州（今山西汾阳）人，一说虢州弘农（今河南灵宝）人。唐高宗上元二年（675年）进士，登临“龙门”，踏上了仕进正途。历任洛州参军、尚方监丞、左奉宸内供奉等职。武则天末期媚附张易之、张宗昌兄弟，为张易之首捧溺器，而“天下丑其行”。唐中宗即位后降官为泷州参军，不久启用为鸿胪丞，官至考工员外郎，修文馆学士，史称“宋考功”。后又谄事太平公主。在知贡举任上贪贿，被贬越州长史。唐睿宗即位，被流放钦州（今广西钦州），旋即赐死。

宋之问在政治上趋炎附势，无足称道，他低劣的人品也遭人唾弃。宋之问的外甥刘希夷是个极负才名的年轻诗人，他的《白头吟》中有“年年岁岁花相似，岁岁年年人不同”的佳句。宋之问看完便想据为己有。据《唐才子传》，宋之问“知其未传于人，肯求之，许而竟不与。之问怒其诳己，使奴以土囊压杀于别舍，时未及三十，人悉怜之”。此即为“因诗杀人”。

但是在诗歌创作上，宋之问却有着不可磨灭的贡献。宋之问年轻时就以诗闻名，善写五言诗，“其时无能出其右者”。作为宫廷诗人，他所创作的多是歌功颂德、粉饰太平、浮华空泛的诗歌，及至被贬职，开始接触民间，才创作了一些令人耳目一新的作品。世人将他与沈佺期齐名，称“沈宋”。

宋之问与沈佺期在齐梁庾信和初唐四杰诗歌创作的基础上，加以总结并努力实践，使律诗体制趋于成熟定型，明确了古体诗和近体诗的界限，结束了齐梁以来的新体诗运动，为后世的诗歌创作指引了方向，奠定了基础。他的诗作声律和谐，属对工整，代表作有《江亭晚望》、《晚泊湘江》、《题大庾岭北驿》、《度大庾岭》等。

王绩

王绩（585—644年），字无功，自号东皋子、五斗先生，祖籍祁县（今属山西），后迁至绛州龙门（今山西河津）。王绩出身官宦世家，是隋末大儒王通的弟弟。王绩自幼好学，博闻强记，十五岁时游历长安，拜见权倾朝野的大臣杨素，被在座公卿称为“神童仙子”。大业元年（605年），应孝廉举，授秘书省正字。唐武德八年（625年），朝廷征召前朝官员，王绩以原官待诏门下省。王绩性情旷达，嗜酒如命。按照门下省规定，每日给官员三升好酒，王绩自语待诏俸禄低，又寂寞，只有良酒三升使人留恋。侍中陈叔达听说后，将三升加到一斗，时人称为“斗酒学士”。贞观初年，太乐署史焦革善于酿酒，王绩便自动要求出任太乐丞。在焦氏夫妇相继去世后，无人继续为王绩供应好酒，于是他便辞官还乡，隐居东皋村。回到东皋后，王绩把焦革制酒的方法写成《酒经》，又收集杜康、仪狄等人酿酒的经验，写成《酒谱》。他还在东皋为杜康建造祠庙，并把焦革也供奉其中，尊称师长，并写文《祭杜康新庙文》记述这件事。贞观十八年（644年），王绩病卒于家中。与陶潜一样，王绩在生前也已为自己撰写了墓志铭，并嘱咐家人薄葬。

王绩《夜还东溪》诗意图

王绩的《夜还东溪》写夜晚在回家路上的所见所感，体现了作者的萧散洒脱。

王绩对陶潜很是仰慕，在怀才不遇的无奈之下，他转而投向林野，终于走上隐居之路，以琴酒诗歌自娱。有人邀请他饮酒，他都乐于前往。他的《醉乡记》、《五斗先生传》、《酒赋》、《独酌》、《醉后》等诗文，被太史令李淳风誉为“酒家之南董”。除好酒外，王绩也好弹琴，曾改编琴曲《山水操》，为世人赞赏。此外，他还精于卜卦，兼长射覆。

王绩的最大成就在于诗歌，有《王无功文集》五卷本传世。王绩是后世公认的五言律诗奠基人，在我国诗歌史上具有非常重要的地位。王绩的山水诗，有描摹山水景物的，如《野望》，诗中作者以质朴自然的风格，描绘秋天落日美景，也写出作者对荒原的偏爱：“东皋薄暮望，徙倚欲何依？树树皆秋色，山山唯落晖。牧人驱犊返，猎马带禽归。相顾无相识，长歌怀采薇。”而在《夜还东溪》一诗中，作者把山水林园中的自然景色摹绘得好似为游人预设：“石苔应可践，丛枝幸易攀。青溪归路直，乘月夜歌还。”王绩的诗继承了南朝山水诗的描写技巧，自然清新，真正摆脱了六朝的脂粉气。

杜审言

杜审言（约645—708年），字必简，襄阳（今湖北襄樊）人，“文章四友”之一，是大诗人杜甫的祖父。唐高宗咸亨元年（670年）中进士，为隰城尉，辗转任洛阳丞，后被贬吉州司户参军。杜审言恃才傲物，因与同僚不睦，被州司马周季重陷害下狱。唐中宗神龙元年（705年），因依附张易之、张昌宗兄弟，与宋之问、沈佺期等人同时遭贬，流放峰州。不久召还，授国子监主簿。

杜审言是唐代“近体诗”的奠基人之一。他精于律诗，尤工五律，诗风浑厚，与同时的沈佺期、宋之问齐名。他对律诗的定型作出了杰出的贡献，由此也奠定了他在诗歌发展史中的地位。自唐以后，世人对其评价很高，如陈子昂在《送吉州杜司户审言序》中说，“（杜审言）有重名于天下，而独秀于朝端”，“合绝唱之音，人皆寡和”。杜甫有云：“吾祖诗冠古。”南宋陈振孙认为：“唐初沈、宋以来，律诗始盛行，然未有以平侧失粘为忌；审言诗虽不多，句律极严，无一失粘者。”

在贬官吉州之前，杜审言的诗主要描绘山川景物，抒写羁旅情怀，如《和晋陵陆丞早春游望》、《春日京中有怀》、《登襄阳城》等，笔力雄健，能够寓湛深的艺术构思于严整的格律之中。但在武则天时期，诗风转变，更多的是歌功颂德、应制献酬的诗作。

《旧唐书·经籍志》、《新唐书·艺文志》著录《杜审言集》十卷。但到宋代已佚失，仅存一卷，“有诗四十余篇而已”。现存最早的《杜审言诗集》是宋刻本一卷，收诗四十三首。《全唐诗》编为一卷，并按体裁编次，计有五言古体二首，五律二十八首，七律三首，五言排律七首，七绝三首。

◎ 国子监

杜审言从峰州返回长安后，曾任国子监主簿。

国子监是隋代以后的中央官学，是古代教育体系中的最高学府，隶属礼部。国子监自创建以来具备三个功能：协助举行科举考试，教育优秀学子，规管士子的德行和操守。

我国古代最高学府，周代称“辟雍”，汉以后称“太学”。隋朝初期，在国都设立国子寺，不久改称国子监，并被赋予主管全国教育的行政职能。隋、唐等朝国子监之内又常设有太学、国子学等。明成祖时国都由南京迁至北京，所以南京的国子监称为“南监”或“南雍”，北京的国子监称为“北监”或“北雍”。清朝末年设立学部（民国以后改为教育部），废除了科举制度，国子监也随之撤销。

崔融

崔融（653—706年），字安成，齐州全节（今山东济南东）人，“文章四友”之一。崔融少时博闻强记，下笔成章，名盛一时。成年后参加科举考试，连中八科制举，几次升迁，官至宫门丞、崇文馆学士。唐中宗李显做太子时，崔融是他的侍读，东宫的表疏多出自他手。圣历元年（698年），武则天封禅嵩山，见崔融所撰《启母庙碑》，深加赞美，命崔融撰《朝觐碑》，由魏州司功参军提拔至授职著作佐郎，转右史。圣历二年，授职著作郎，兼右史内供奉之职。久视元年（700年），因触怒武则天宠臣张昌宗，被贬为婺州（今浙江金华）长史。不久，又被召回宫中任春官郎中，掌管宫中诏命。长安二年（702年），迁任凤阁舍人。第二年，兼修国史。长安四年，任司理少卿。张易之、张昌宗兄弟广招文学之士，崔融忍辱依附。张易之被诛后，崔融被贬为袁州（今江西袁州）刺史。不久，被召回，官拜国子司业，兼修国史。中宗神龙二年（706年），因预修《则天实录》有劳，被册封清河县子。

崔融著文华美，当时朝廷许多重要文章，大多由他草拟。从他的《洛出宝图颂》、《则天哀册文》可窥其一斑。崔融在创作《则天哀册文》时，冥思苦想，导致病发不治。唐中宗感念崔融侍读之恩，追赠他为卫州刺史，谥号“文”。

崔融对于诗歌律化的贡献是很大的。他的作品多为近体诗，格律严整，只有小部分是描写边塞生活的乐府古诗。崔融所著《唐朝新定诗体》一书，对近体诗的格律提出了新观点，如在对仗方面提出切对、切侧对等九对，在诗病方面提出相类、不调等六病，在诗体区分上则列出了形似、气质等十体，这些探讨对近体诗格律的完成是很有益的。《全唐诗》录十七首，代表作有《嵩山石淙侍宴应制》、《咏宝剑》、《韦长史挽词》、《西征军行遇风》、《吴中好风景》、《塞上寄内》、《则天皇后挽歌二首》、《从军行》、《关山月》等。他的《关山月》“月生西海上，气逐边风壮。万里度关山，苍茫非一状。汉兵开郡国，胡马窥亭障。夜夜闻悲笳，征人起南望。”可谓声律、风骨兼备。

苏味道

苏味道（648—705年），赵州栾城（今属河北）人，“文章四友”之一，与李峤以文辞齐名，号“苏李”。宋代“三苏”都是他的后人。苏味道死后葬于今栾城苏邱村。

据史料记载，苏味道自小聪颖好学，九岁时便能吟诗作赋，唐高宗乾封年间中进士，任咸阳尉。高宗调露元年（679年），吏部侍郎裴行俭征西突厥，苏味道任书记郎，从军至安西。圣历初官拜宰相。武则天当政期间，苏味道曾三度拜相，居相位达九年之久，深得武则天赏识，可谓是政坛的常青树。苏味道在朝为政期间，常常采取明哲保身的态度，处事模棱两可，世人称“苏模棱”。唐中宗即位后，因其谗附张易之兄弟，被贬为眉州刺史。不久，迁益州（今四川

● 元宵节赏灯

图为唐朝时人们在元宵节赏灯时的热闹场面。

成都）大都督府长史，未行而卒，终年五十八岁。

在初唐的诗人中，苏、李常与沈、宋相提并论，他们都大力提倡并创作近体诗，对唐代律诗的发展起了推动作用。其实苏、李的成就不及沈、宋，但由于苏、李身居高位，在当时有较大的影响。时有“苏、李居前，沈、宋比肩”之语。

苏味道的诗多为应制之作，《全唐诗》录其诗十六首。他的名篇《正月十五夜》（一作《上元》）咏长安元宵夜花灯盛况，“火树银花合，星桥铁锁开。暗尘随马去，明月逐人来，游妓皆秾李，行歌尽落梅，今吾不禁夜，玉漏莫相催”，历来为人传诵。全诗律对精切，风调清新，是初唐比较成熟的五言律诗。

◎ 模棱两可

典故“模棱两可”说的就是苏味道的故事。

《旧唐书·苏味道传》中记载，苏味道仕途顺利，官运亨通，做宰相前后长达数年之久。但他在位期间并没做出什么突出成绩来。他老于世故，处事圆滑，从不轻易表明自己的看法和观点，他认为这样不会得罪人，并把这种圆滑的处世方法说成“决事不欲明白，误则有悔，模棱特两端可也”。所以人们送他一个外号叫“苏模棱”。

后世以“模棱两可”来说明人在处理问题时，含糊其辞，不明确表态，不置可否。

李峤

李峤，字巨山，赵州赞皇（今属河北）人，“文章四友”之一。李峤年少时就极负才名，二十岁擢进士第。高宗朝官至监察御史。邕州、严州僚族起义时，李峤奉命监军进讨，劝降有功，升为给事中。武后、中宗朝，居相位，封赵国公。唐睿宗时，降为怀州刺史。唐玄宗即位，李峤被贬为滁州别驾，后又改为庐州别驾。李峤的生卒年，新旧《唐书》均无明确记载，根据《通鉴》记载推断，生年约在唐太宗贞观十九年（645年），卒年在唐玄宗开元二年（714年）。

李峤对唐代律诗和歌行的发展有着积极的影响。李峤的诗作绝大部分是五言近体诗，风格与苏味道相近，但是词采要强于苏味道。时人曾以汉代苏武、李陵比赞苏味道、李峤，也称他们为“苏李”。明代胡震亨在《唐音癸籤》一书中写道：“巨山（李峤）五言，概多典丽，将味道难为苏。”

李峤写有一百二十首咏物诗，歌咏对象有日月星辰、飞禽走兽、梅兰竹菊等自然万物，也有刀枪剑戟、笔墨纸砚、琴瑟笛笙等服章器用，无所不包。虽然是刻意描绘，并无兴寄，但仍可见摹写的细致贴切。七言歌行《汾阴行》，吟咏汉武帝巡幸河东（今山西西南一带），祭祀汾阴后土的史事，抒发对今昔盛衰无常的慨叹。这首诗既含有“初唐四杰”歌行的遗风，又有着盛唐七古的特色，文辞华丽，讲究藻饰，多用偶句，基本上以四句一节，逐层铺叙，脉络清晰，为当时传诵。据说唐玄宗逃离长安前，在花萼楼听到歌者唱这首诗的结尾四句“山川满目泪沾衣，富贵荣华能几时？不见只今汾水上，唯有年年秋雁飞”，引起了情感上强烈的共鸣，悲慨多时，并赞叹作者是“真才子”。

李百药

李百药（565—648年），字重规，定州安平（今属河北）人，唐朝史学家。

李百药出身于官宦家庭，他的父亲李德林，字公辅，北齐时官至中书侍郎，参与国史修撰，编成纪传体《齐史》二十七卷。入隋后，官至内史令，封安平公，任内又奉诏续修《齐史》，但书未成而卒。

李百药自幼受到父亲的影响，年少好学博闻，七岁能写文章，并常有独到见解。隋文帝开皇初年，李百药任东宫通事舍人、太子舍人、礼部员外郎等职，他的才能得到隋文帝的赏识，朝中奏议文告，多是他的手笔。隋炀帝时，李百药受到排挤，官运蹇滞，任职桂州司马，后升为建安郡丞。隋朝末年，李百药被胁裹到沈法兴、李子通、杜伏威等人的队伍中。

◎《北齐书》

《北齐书》，即李百药所撰《齐书》，共有五十卷，其中本纪八卷，列传四十二卷。

贞观三年（629年），唐太宗专设梁、陈、齐、周、隋五朝历史的编写机构，由李百药负责北齐史的编写。他参考、借鉴前人修史的成果，如父亲李德林的《齐史》、王劭的《齐志》、复为《齐书》、崔子发《齐纪》，杜台卿《齐纪》和姚最《北齐纪》等，李百药对这些史籍精心选择，充实了《北齐书》的内容，贞观十年成书。

《北齐书》本名《齐书》，到宋朝时，为了与萧子显的《南齐书》相区别，故改为《北齐书》。《北齐书》以北齐历史为主，记述了从高欢起兵到北齐灭亡前后约八十年的历史，集中反映了东魏、北齐王朝的盛衰兴亡。

入唐后，唐太宗看重李百药的才名，李百药受到重用，官拜中书舍人，赐爵安平县男，后任礼部侍郎、散骑常侍，最后官至宗正卿，封安平县子。

李百药人品耿直，曾直言进谏唐太宗取消诸侯，被太宗采纳。后来辅佐太子李承乾，时常匡正李承乾散漫无度的行为，对于朝中的其他政事，也不时提出自己的看法，在政治上有些作为。

唐太宗贞观年间，李百药奉诏撰写《齐书》。李百药擅作诗文，尤其擅长五言诗。诗作题材广泛，即使樵童牧子也多吟咏。李百药年老还乡，常饮酒作诗。现存传世之作有诗二十余首，文章十三篇。

刘希夷

刘希夷（约651—679年），字庭芝，汝州（今河南临汝）人，宋之问的外甥，唐高宗上元二年（675年）舅甥二人双双进士及第。

刘希夷自幼聪颖好学，精通音律，善弹琵琶，能歌善咏。幼年丧父后，与母亲寄居在外祖父家，直至二十岁返回汝州。二十四岁登进士榜，却辞官不做，开始游历名山大川，赋诗抒怀。这次长途旅行是他诗歌创作的源泉，这一时期刘希夷的诗歌创作达到了高峰。

《旧唐书·刘希夷传》记载刘希夷“志行不修，为奸人所杀”，《唐才子传》传说他因诗丧命。他的一生短暂悲苦，虽才高却不得志，这种苦闷、无奈、悲观的情绪与人生易老、青春虚度的伤感叹息充溢在他的诗作中。《全唐诗》存其诗三十五首，全是五言，可见其成就主要在五律方面。题材多样，其中闺情诗十五首，如《代闺人春日》、《捣衣篇》；从军诗三首，如《将军行》、《从军行》；怀古诗四首，如《巫山怀古》、《蜀城怀古》；行旅送别诗八首，如《送友人之新丰》、《晚憩南阳旅馆》；景物述怀诗五首，如《孤松篇》、《秋日题汝阳潭壁》，题材涉及广泛，大多为五七言古体歌行，其中《代悲白头翁》等几首都可以称得上是初唐歌行体成就较高的作品。“洛阳城东桃李花，飞来飞去落谁家。洛阳女儿好颜色，坐见落花长叹息。今年花落颜色改，明年花开复谁在。已见松柏摧为薪，更闻桑田变成海。古人无复洛城东，今人还对落花风。年年岁岁花相似，岁岁年年人不同。寄言全盛红颜子，应怜半死白头翁。此翁白头真可怜，伊昔红颜美少年……”这首诗抒情宛转，语言优美，音韵和谐，构思独特，从女子写到老翁，感叹青春的易逝、富贵的无常。在初唐极受推崇，历来传为名篇。

李世民

李世民（599—649年），即唐太宗，唐朝开国皇帝李渊的第二个儿子，唐朝第二位皇帝，伟大的军事家，卓越的政治家，书法家和诗人，堪称“千古一帝”。隋朝末年，李世民随父亲起兵反隋。李渊称帝时，李世民被封为秦王，任尚书令，后曾镇压窦建德、刘黑闼等农民起义。公元626年，李世民发动“玄武门之变”，夺取帝位。

即位后，李世民推行均田制、租庸调制和府兵制，并加强对地方官吏的考核；又修《氏族志》，发展科举制度；以亡隋为戒，任人唯贤，虚心纳谏。贞观四年（630年），击败东突厥，被铁勒、回纥等族尊为“天可汗”。曾发展西域的交通，促进文化和贸易交流。贞观十五年，以文成公主嫁吐蕃赞普松赞干布，促进藏族经济文化的发展，加强了汉藏两族的联系。李世民在位二十三年期间，政治清明，社会安定，经济繁荣，国力强大，史称“贞观之治”。

◎ 十八学士

李世民做秦王时建“文学馆”，广招天下学士入馆，先后入选的有褚亮、杜如晦、房玄龄、于志宁、苏世长、薛收、姚思廉、陆德明、孔颖达、李玄道、李守素、虞世南、蔡允恭、颜相时、许敬宗、薛元敬、盖文达、苏勖十八人，号称“十八学士”。他们分成三批，每天六人值班，讨论典籍，时称“十八学士登瀛洲”。阎立本为十八学士画像，为《十八学士写真图》，由褚亮题赞。唐太宗常与十八学士弈棋，因此后人画有《十八学士弈棋图》。

“十八学士”是一群博览古今、明达政事、善于文辞的文人。入唐前，“十八学士”中的大部分人已是誉倾一时的知名人物。入唐后，他们追随李世民，各展所长，为国家统一、政治稳定和文化建设，做出了杰出的贡献。

李世民具有极高的个人修养和天赋，他精工书法，开创了行书写碑的先河，被后世奉为鼻祖，著名作品有《温泉铭》、《晋祠铭》等。他还擅赋文辞，编写了著名的《秦王破阵乐》，撰写《帝范》，他的诗歌在唐诗发展史上也占有重要地位，正是在他的大力弘扬和鼓励支持下，才有唐代书法、文学、艺术之盛。《全唐诗》存其诗一卷，包括《帝京篇十首》、《饮马长城窟行》、《幸武功庆善宫》、《经破薛举战地》、《过旧宅二首》、《还陕述怀》、《入潼关》、《辽城望月》、《春日玄武门宴群臣》、《登三台言志》、《春日望海》、《临洛水》、《望终南山》等。

虞世南

虞世南（558—638年），字伯施，越州余姚（今属浙江）人。凌烟阁二十四功臣之一，其父虞荔、兄虞世基、叔父虞寄，均名重一时。虞寄没有儿子，虞荔将虞世南过继给他，所以取字“伯施”。隋炀帝时任起居舍人，隋炀帝爱其才，但嫌虞世南为人严正，所以他的七品官一坐十年不曾升迁。隋朝灭亡后，虞世南任窦建德幕下黄门侍郎。唐高祖武德四年（621年），在李世民秦王府任参军，后转记室，授弘文馆学士，改太子中舍人。李世民即位后，任著作郎，兼弘文馆学士。时年六十九岁，请求告老还乡，唐太宗不准。官至秘书监，封爵永兴县子，世称“虞永兴”或“虞秘监”。

虞世南敢于直谏，曾劝谏太宗整顿刑狱，救济灾民。唐太宗好作宫体诗，并命群臣相和，虞世南以“体非雅正”不奉诏。唐太宗称他有德行、忠直、博学、文辞、书翰五绝。虞世南死后，唐太宗赠礼部尚书，谥文懿，并画像于凌烟阁。

虞世南年轻时学书于王羲之的七世孙智永，深得“二王”书法妙旨和智永笔法。他的书体外柔内刚，笔致圆融遒丽，与欧阳询、褚遂良、薛稷并称唐初四大书法家，传世书迹有石刻《孔子庙堂碑》等。著有《帝王略论》、《书旨述》、《笔髓论》、《观学篇》等。

虞世南的诗风与书风相似，清丽中透着刚健，代表作有《出塞》、《结客少年场行》、《怨歌行》、《赋得临池竹应制》、《蝉》、《奉和咏风应魏王教》等。他的咏物诗描摹状物，以托物言志。他紧紧抓住事物特点，刻画传神，例如《蝉》诗写蝉饮清露，栖居高处，声因高而远，寓意君子应像蝉一样居高而声远，而不必凭借他物。

长孙无忌

长孙无忌（？—659年），字辅机，河南洛阳人。祖先是鲜卑族拓跋氏，北魏皇族的支系，后改为长孙氏。长孙无忌是唐太宗长孙皇后的哥哥。

长孙无忌

长孙无忌非常好学，博文通史。公元617年，李渊起兵太原。长孙无忌进见，李渊爱惜人才，授其渭北行军典签之职。后来辅佐李世民，建功立业，是唐朝的开国功臣，封齐国公，后改赵国公。唐高祖武德九年（626年），长孙无忌策划发动“玄武门之变”，助李世民夺得帝位。长孙无忌受到唐太宗的信赖，不但在贞观朝发挥了特殊作用，而且受托辅佐高宗，成为唐初政治史上的两朝良佐。历任吏部尚书、尚书右仆射、司空，与房玄龄等同朝为相。贞观十一年（637年），长孙无忌奉命与房玄龄等修《贞观律》。贞观十七年，唐太宗命人图画二十四位功臣像于凌烟阁，长孙无忌位列第一。贞观二十三年，唐太宗病危，长孙无忌和褚遂良受太宗遗命辅政。唐高宗即位后，册封长孙无忌为太尉，同中书门下三品，为朝廷宰相，掌握大权。永徽二年（651年），长孙无忌奉命对唐律逐条解释。永徽四年，《律疏》三十卷成，即现存的《唐律疏议》。长孙无忌因反对唐高宗立武则天为后，被许敬宗诬构陷害，削爵并流配黔州（今重庆彭水），被迫自缢。现存诗三首，即《灞桥待李将军》、《新曲二首》、《与欧阳询互嘲（无忌嘲询）》。

◎ 长孙无忌与欧阳询互嘲

长孙无忌作有一首《与欧阳询互嘲（无忌嘲询）》诗。欧阳询也有一首《与欧阳询互嘲（询嘲无忌）》诗。

欧阳询（557—641年），字信本，潭州临湘（今湖南长沙）人，世称“欧阳率更”。楷书四大家之一，与虞世南、褚遂良、薛稷并称初唐四大家。因为他的儿子欧阳通也善书，所以又称“大欧”。欧阳询最初仿效王羲之的书法，后自成一家。他的楷书法度严谨，骨气劲峭，被后代书家奉为圭臬，以“欧体”之称传世。传世的墨迹有《卜商帖》、《张翰帖》等，碑刻有《九成宫醴泉铭》、《皇甫诞碑》等，堪称书法艺术的瑰宝。他以自身学书经验撰写《传授诀》、《用笔论》、《八诀》、《三十六法》，总结书法的技巧和美学要求，是我国书法理论的珍贵遗产。

武则天

武则天（624—705年），并州文水（今山西文水东）人，唐代开国功臣武士彟的女儿，我国历史上唯一的女皇帝。武则天十四岁时被唐太宗选入后宫为才人，唐太宗赐名“媚”，人称“武媚娘”。唐太宗死后，入感业寺为尼。不久，被唐高宗召回，封为昭仪，永徽六年（655年）立为皇后，长孙无忌、褚遂良等均因反对被贬逐而死。以后又参与朝政，上尊号为“天后”，与唐高宗并称“二圣”。弘道元年（683年）唐高宗崩，唐中宗即位，武氏为皇太后，临朝称制，并改名为“曌”。次年，废唐中宗，立唐睿宗。载初元年（690年）废唐睿宗，自称圣神皇帝，改国号为周，改元天授，史称武周。她开创殿试制度，亲自考试贡士；令九品以上官和百姓可自行荐举；任用酷吏，屡兴大狱，宗室、朝臣被牵连冤杀者不少。初年能纳谏，晚年豪奢专断，弊政颇多。神龙元年（705年）唐中宗复位，上尊号为“则天大圣皇帝”，是年冬死。谥号“大圣则天皇后”，后世通常称武氏为“武曌”、“武则天”或“武后”。

武则天能诗善文，有《垂拱集》一百卷和《金轮集》六卷，可惜俱佚。《全唐诗》录诗四十六篇。现存五十九首诗歌，多为五言古诗，兼有三言、四言、六言、七言、八言诗，可谓体裁多样。以内容而言，多为祭神告庙之作，大约占其现存诗作的三分之二。其余诗篇有写男女相思之情的，有褒奖臣下的，有游宴山水的，有咏物述怀的，其中不乏佳作。《如意娘》诗："看朱成碧思纷纷，憔悴支离为忆君。不信比来长下泪，开箱验取石榴裙。"《腊日宣诏幸上苑》诗："明朝游上苑，火急报春知。花须连夜发，莫待晓风吹。"《曳鼎歌》诗："羲农首出，轩昊膺期。唐虞继踵，汤禹乘时。天下光宅，海内雍熙。上玄降鉴，方建隆基。"这三首是武则天诗作的精品，她的诗歌的艺术特点是讲求骈偶对仗，注重声律，语言优美而不华糜。

上官婉儿

上官婉儿（664—710年），陕州陕县人（今河南三门峡），上官仪的孙女，后人称其为"巾帼宰相"。麟德元年（664年），上官仪获罪后，刚刚出生的上官婉儿与母亲郑氏被配没掖庭（皇宫中的旁舍，宫嫔所居的地方）。在郑氏的精心培养下，上官婉儿吟诗著书，明达吏事，聪敏异常。仪凤二年（677年），武则天召见上官婉儿，当场命题，让其依题作文。上官婉儿文不加点，须臾而成，辞藻华丽，语言优美。武则天看后大悦，当即下令免除其奴婢身份，让其掌管宫中诏命。此时上官婉儿年仅十四岁。此后，武则天所下制诰，多出上官婉儿的手笔。

神龙元年（705年），唐中宗复位后，仍得中宗、韦后宠信，专掌起草诏令，被封为昭容，世称"上官昭容"。曾建议中宗扩大书馆，广召当朝才学之臣，多次赐宴游乐，赋诗唱和。对大臣所作之诗，唐中宗让上官婉儿进行评定，名列第一者，赏赐金爵。景龙四年（710年），中宗死后，韦皇后想要效仿武则天称帝，临淄王李隆基发动政变，上官婉儿与韦后同时被杀，年四十六岁。开元初年，唐玄宗广征上官婉儿的作品，编成文集二十卷，由张说作序。《全唐诗》收其遗诗三十二首。

上官婉儿对于促进唐诗的发展作出了积极的贡献。她建议唐中宗广召学士，品评天下诗文，对于优异者予以奖赐，使得朝廷内外吟诗作赋蔚然成风。她虽然在当时引领一代诗风，但是因为留传下来的诗很少，所以她并不是以诗人的身份被世人确认的。加之盛唐时代的到来，诗歌大家层出不穷，相形之下，上官婉儿的诗人身份就很微不足道了。现存的三十二首诗中，包括三言诗二首，四言诗五首，五言绝句九首，七绝六首，五律十首，绝大部分都是应制诗。其中最优秀的是五律《彩书怨》："叶下洞庭初，思君万里余。露浓香被冷，月落锦屏虚。欲奏江南事，贪封蓟北书。书中无别意，惟怅久离居。"人们大多认为这首诗是写给李贤的。诗中表达了自己对意中人的思念之情，笔调清新，意境高远。

◎ 昭容

上官婉儿曾被封为昭容，世称“上官昭容”。

“昭容”是古代嫔妃的封号。南朝宋世祖孝武帝刘骏时始置，为九嫔之一。唐宋时沿用。明清时已不见使用。

九嫔，是指帝王之妾，位列后妃之下，在其他侍妾之上，既可与妃合称“妃嫔”，也可与其他侍妾合称“嫔御”。《礼记·昏义》中记载周代后妃制：“古者天子后立六宫，三夫人，九嫔，二十七世妇，八十一御妻。”晋武帝依此置九嫔：淑妃、淑媛、淑仪、修华、修容、修仪、婕妤、容华、充华。唐朝以昭仪、昭容、昭媛、修仪、修容、修媛、充仪、充容、充媛为九嫔。

盛唐诗人

盛唐诗人流派众多。

盛唐前期诗人有张九龄、王翰、王湾以及“吴中四友”。

田园诗派的诗人有孟浩然、王维、储光羲、常建、祖咏、裴迪、丘为等。

边塞诗派的诗人有高适、岑参、王昌龄、王之涣、崔颢、李颀等。

这个时期还出现了“诗仙”李白和“诗圣”杜甫两位大诗人，李白以他的文化人格为后世称道，杜甫更是诗歌的集大成者。

李白

李白（701—762年），字太白，号青莲居士，出生于安西都护府碎叶城（今吉尔吉斯斯坦境内），五岁时迁居到四川绵川昌隆县（今四川江油），唐代伟大的浪漫主义诗人。

李白少年时就展现了非凡的才华，吟诗作赋，博学广览，并好行侠。从二十五岁起只身离川，长期在各地漫游，从洞庭湘江到吴、越，最后寓居在安陆（今湖北安陆）。他到处游历，结交朋友，向当世名流自荐，希望以此登上高位，去实现政治理想和抱负。可是，十年漫游却一事无成。后来他又继续北上太原、长安，东到齐、鲁等地，并寄居山东任城（今山东济宁）。此时他已结交了不少名流，同时创作了大量优秀诗篇，名满天下。天宝初年，经道士吴人筠引荐，唐玄宗召他进京，任翰林供奉。天宝三、四年间，李白被权贵陷害，遭排挤出京。此后，他在江淮一带逗留。天宝十四年（755年）冬，安史之乱爆发，李白正隐居庐山。永王李璘率大军东下，三次派人上庐山请李白下山。后来李璘反叛唐肃宗，兵败被杀，李白也被牵连，被判处流放夜郎（今贵州境内），中途遇赦放还，往来于浔阳（今江西九江）、宣城（今安徽宣城）等地。唐代宗宝应元年（762年），病死于安徽当涂县。

● 李白《望庐山瀑布》诗意图

“日照香炉生紫烟，遥看瀑布挂前川。飞流直下三千尺，疑是银河落九天。”此诗气势豪放，表现了诗人的狂放不羁。

李白生活在唐代的极盛时期，他的一生是为实现自己“济苍生”、“安黎元”的理想而努力奋斗。他的大量诗篇，既反映了时代的繁荣昌盛，也批判了统治集团的荒淫和腐败。在艺术上，他的诗意境奇伟，想象丰富，构思独特，感情强烈，语言明快，音律和谐，气势雄浑，风格豪迈洒脱。他善于从民歌、神话中汲取素材，构成其特有的瑰丽绚烂的艺术特色，是屈原以来积极浪漫主义诗歌的新高峰，与杜甫并称“李杜”，又称为“诗仙”。

李白的诗歌现存九百多首，诗歌题材多种多样。代表作有：七言古诗《蜀道难》、《行路难》、《梦游天姥吟留别》、《将进酒》、《梁甫吟》等，五言古诗《古风》五十九首、《长干行》、《子夜吴歌》等，七言绝句《望庐山瀑布》、《望天门山》、《早发白帝城》等。其中很多都成为流传千古的名篇。李白在唐代已经享有盛名，他的诗作“集无定卷，家家有之”，为中华诗坛第一人。

杜甫

杜甫（712—770年），字子美，河南巩县（今郑州巩义）人，世称杜工部、杜拾遗，自号少陵野老。杜甫祖籍襄阳（今湖北襄樊），远祖为晋代灭孙吴的大将军杜预，祖父是初唐诗人杜审言。

◎ 三吏三别

“三吏”指的是《石壕吏》、《新安吏》和《潼关吏》，“三别”指的是《新婚别》、《无家别》和《垂老别》，是杜甫现实主义创作的一个顶点。

乾元元年（759年）杜甫从洛阳探亲回华州任所途中，经新安（今河南新安）、潼关（今陕西潼关北）、石壕（今河南陕县东南）等地，目睹战乱给百姓造成的巨大灾难，特别是征丁抓夫的惨状，于是写下这六首诗。这组诗真实地描写了特定环境下的县吏、关吏、老妇、老翁、新娘、征夫等人的思想、感情、行动、语言，生动地反映了当时的社会现实和广大劳动人民深重的灾难和痛苦，表达了诗人对饱受苦难的人民的深深同情，以及对官吏奴役、迫害百姓的深恶痛绝。

杜甫自幼好学，七岁便能作诗，二十岁后开始漫游吴越之地，五年之后回到洛阳参加科举考试，落榜后又漫游齐赵之地。在洛阳与李白相识，二人结下深厚友谊，继而又遇高适，三人结伴同游梁、宋（今河南开封、商丘一带）。杜甫三十五岁时到长安应试，客居长安十年，奔走献赋，却不被重用，仕途失意，一直过着贫困的生活。安史之乱后，杜甫投奔唐肃宗，任左拾遗，后来因为直言进谏被贬官华州（今陕西华县）。乾元二年（759年）弃官西行，在成都西郊浣花溪畔筑茅屋而居。唐代宗广德二年（764年）在剑南（治今四川成都）节度使严武的幕下任节度参谋，兼检校工部员外郎。严武病死后，蜀中大乱，杜甫不得不又过着颠沛流离的生活。唐代宗大历五年（770年）发病而死。

杜甫生活在唐朝由盛转衰的历史时期，他的作品题材广泛，寄意深远，大多反映政局动荡、政治黑暗、人民疾苦的现实社会，被誉为“诗史”。杜甫忧国忧民，人格高尚，诗艺精湛，被后世尊为“诗圣”。杜甫一生写诗一千四百多首，其中很多是传颂千古的名篇，并有《杜工部集》传世。

杜甫是新乐府诗体的奠基人。他善于运用古典诗歌的体制，并加以创新。他摆脱乐府古题的束缚，创作了不少新题乐府，如著名的“三吏”、“三别”等，受到韩愈、元稹、白居易等人的大力推崇。除了五古、七古、五律、七律外，杜甫还写了不少排律、拗体诗。杜甫的诗风，基本上是“沉郁顿挫”，语言精练，格律严谨，感情真挚，细腻感人，形象鲜明。“语不惊人死不休”是他的创作风格。韩愈曾把杜甫与李白相提并论：“李杜文章在，光焰万丈长。”

杜甫的诗歌受到广泛重视是在宋朝以后，王安石、苏轼、黄庭坚、陆游等人对杜甫推崇备至，文天祥则更以杜甫的诗作为坚守民族气节的精神力量。清初文学家金圣叹把杜甫的诗，和《离骚》、《庄子》、《史记》、《水浒传》、《西厢记》合称“六才子书”。

王维

王维（701—761年），字摩诘，祖籍山西祁县，迁至蒲州（今山西永济），崇信佛教，晚年无心仕途，居于蓝田辋川别墅，专诚奉佛，故后世人称其为“诗佛”。

王维自幼聪颖，九岁时便能作诗写文章，在青年时代便已名动京师，得到皇族诸王的敬重。唐玄宗开元九年（721年），王维进士及第，官大乐丞，后因故被贬为济州司仓参军。五年后辞去官职。开元二十二年，张九龄为中书令，王维被提拔为右拾遗。又为监察御史，四十岁时，迁殿中传御史。天宝末年，安禄山攻占长安，王维被安禄山胁迫做了伪官。两京收复后，受伪职者分等定罪，王维所作《凝碧池》诗得到唐肃宗嘉许，他的弟弟王缙请削官为兄赎罪，王维因此得到了赦免，降职为太子中允，后转尚书右丞，故世称“王右丞”。

王维的书画也很有名，擅画人物、花竹、山水，尤其是对山水画贡献极大，提出“水墨为上”的概念，被称为“南宗画之祖”，是我国山水画的奠基人。

王维在诗歌领域有很高的成就，他是唐代山水田园派的代表人物，与孟浩然并称“王孟”。苏轼评价王维的诗：“味摩诘之诗，诗中有画；观摩诘之画，画中有诗。”王维以五言律诗和绝句著称。他的诗有两种风格，前期的诗大都反映现实，后期则多是描绘田园山水。现存诗四百首，其中最能代表王维创作特色的是描绘山水田园风光，以及歌咏隐居生活的诗篇，如《华岳》、《渭川田家》、《新晴野望》、《汉江临眺》、《终南山》、《山中》、《鹿柴》、《山居秋暝》、《鸟鸣涧》等都极具特色。王维的山水田园诗丰富多彩，具有不同的风格和情调，有气象雄伟、意境开阔者，也有雅致清淡、闲适幽静者。他继承并发展了谢灵运开创的山水诗传统，吸取了陶渊明田园诗清新自然的特点，使唐代的山水田园诗发展到了高峰，在我国诗歌史上占有重要的位置。

孟浩然

孟浩然（689—740年），本名浩，字浩然，襄州襄阳（今湖北襄樊）人。世称“孟襄阳”。因他未曾入仕，又称之为“孟山人”。

孟浩然年轻时曾四处游历，早年曾隐居鹿门山，故后人称他“孟鹿门”、“鹿门处士”。四十岁时，游历长安，应考进士未成。孟浩然曾游览东南各地，与张九龄、王维、李白、杜甫均有交往。李白有两首怀念孟浩然的诗。孟浩然的一生经历比较简单，他早年有用世之志，在经历了科举考试失利的挫折之后，在政治上困顿失意，才把更多的目光投注于自然山水，以隐世终身。他一生中绝大部分时间都是隐居乡里或漫游四方，为后世留下了许多不朽的诗篇，被后世称为“隐逸诗人之祖”。孟浩然是个洁身自好的人，不乐于逢迎谄媚。他正直的性格和高尚的情操，为当时和后世所仰慕。孟浩然以布衣终身，在唐代著名诗人中是比较罕见的。

盛唐山水田园诗，在继承陶、谢的基础上，有了新的发展，代表作家中以孟浩然年辈最长，开风气之先，对当时和后世都有很大的影响。孟浩然的诗歌绝大部分为五言短篇，题材大多关于山水田园和隐居、羁旅行役的心情。他和王维并称，虽然孟浩然的诗境远不如王维广阔，但在艺术上却有着独特的造诣。他善于发掘自然和生活中的美，写出一时真切的感受。如《秋登万山寄张五》、《夏日南亭怀辛大》、《过故人庄》、《春晓》、《宿建德江》、《夜归鹿门歌》等篇，自然浑成，而意境清迥，韵致流溢。

天宝四年（745年）宜城王士源辑录孟浩然诗，得二百一十八首，其书现已佚失。现在通行的《孟浩然集》，收诗二百六十三首。

岑参

岑参（约715—770年），荆州江陵（现湖北江陵）人，与高适并称“高岑”。

◎ 安西四镇

岑参曾经在“安西四镇”生活过两年。

唐太宗贞观十四年（640年），唐灭高昌国，在西州交河城（今新疆吐鲁番西交河古城址）设置安西都护府，管理西域地区的军政事务。贞观二十年，西突厥乙毗射匮可汗奏请和亲，以龟兹、于阗、疏勒、朱俱婆、葱岭五国作为聘礼。贞观二十二年，唐军进驻龟兹国，将安西都护府移至龟兹国都城（今新疆库车），同时在龟兹、焉耆（今新疆焉耆西南）、于阗（今新疆和田西南）、疏勒（今新疆喀什）四城修筑城堡，建置军镇，由安西都护统一管辖，故称“安西四镇”。

安西四镇存在了近一百七十年，对于巩固唐朝西北边防，保护中西陆上交通要道，起到了十分重要的作用。

岑参出身于官宦世家，曾祖父、伯祖父、伯父都官至宰相，父亲也曾两次出任州刺史。但由于父亲早死，家道衰落。他自幼跟从兄长学习，遍读经史。唐玄宗天宝三年（744年）中进士，授职兵曹参军。天宝八年，随安西四镇节度使高仙芝赴安西、武威。天宝十年回到长安。天宝十三年，再度出塞，成为封常清北庭幕府的判官。直至唐肃宗至德二年（757年）才回朝，由杜甫等推荐任右补阙，官至嘉州（今属四川）刺史，后罢官，客死成都旅舍。世称岑嘉州。

● 岑参《题僧读经堂》诗意图

岑参的诗多豪迈，此诗主要刻画了一位隐居深山的僧人形象，颇具禅意。

岑参的诗歌，形式多样，他最擅长七言歌行；题材广泛，除一般感叹身世、赠答朋友的诗作外，还有一些山水诗。他的山水诗风格清逸，诗风与谢朓、何逊相近，但意境新奇，常带有感伤不遇、嗟叹贫贱的忧愤情绪，如《感遇》、《精卫》、《暮秋山行》、《至大梁却寄匡城主人》等。

岑参的主要成就是边塞诗的创作。岑参先后两度出塞，在边疆军队中共生活了六年，对征战生活和塞外风光有亲身的观察和体会。六年边塞生活，使岑参的诗境界空前开阔，雄奇瑰丽的浪漫色彩成为他边塞诗的主要风格。他的诗想象丰富，夸张大胆，意境新奇，气势磅礴，风格峭拔，色彩绚丽，具有浪漫主义特色。爱国诗人陆游曾称赞说，“以为太白、子美之后一人而已”。他既热情歌颂了边防将士的勇武和战功，也委婉揭示了战争的残酷和悲惨。此外，他还写了边塞风俗和各民族的友好相处以及将士的思乡之情，大大开拓了边塞诗的创作题材和艺术境界。他对边疆景色予以生动夸张的艺术描绘，火山云、天山雪、热海蒸腾、瀚海奇寒、狂风卷石、黄沙入天等异域风光，都成了他创作的对象。代表作有《白雪歌》、《走马川行奉送出师西征》、《轮台歌奉送封大夫出师西征》、《白雪歌送武判官归京》、《玉门盖将军歌》。著有作品《岑嘉州集》，存诗三百六十首。

高适

高适（701—765年），字达夫，沧州（今河北景县）人，居住在宋中（今河南商丘一带）。有《高常侍集》传世。死后，赠礼部尚书，谥号忠。

高适早年潦倒失意，曾往来东北边陲。唐玄宗天宝八年（749年），高适由睢阳太守张九皋推荐，应举有道科中第，授封丘尉。天宝十一年，辞官回到长安。第二年入陇右、河西节度使哥舒翰幕下，为书记。安史之乱后，高适先后任淮南节度使、彭州刺史、蜀州刺史、剑南节度使等职，官至左散骑常侍，封渤海县侯，世称“高渤海”。《旧唐书·高适传》说：“有唐已来，诗人之达者，唯适而已。”

高适的边塞诗成就最高，与岑参同为著名的边塞诗人，并称“高岑”。他的诗作题材广泛，内容丰富，感情深挚，现实性较强。诗风雄健有力，气势奔放，洋溢着盛唐时期所特有的蓬勃进取、奋发向上的时代精神。代表作如《燕歌行》、《蓟门行五首》、《塞上》、《塞下曲》、《蓟中作》、《九曲词三首》等，歌颂了战士奋勇杀敌、建功报国的豪情壮志，也写出了军旅生活的艰辛苦闷，以及对于和平的美好向往，同时揭露了边关将领的穷奢极欲、不恤士卒的失职和朝廷赏罚不明、安边无策的庸碌，流露出忧国爱民的思想感情。

高适也创作有讽时伤乱、反映民生疾苦的诗，指斥弊政，深刻地揭露了统治阶级和人民之间的矛盾，如《古歌行》、《行路难二首》、《自淇涉黄河途中作十三首》之九、《东平路中遇大水》等。他的咏怀诗数量很多，内容较复杂，如抒写怀才不遇、壮志难酬的忧愤的《别韦参军》、《淇上酬薛三据兼寄郭少府微》、《效古赠崔二》、《封丘作》等。

以诗体而论，高适的古体诗胜过近体诗，其中以七言歌行体最为优秀。他的歌行长诗，气势壮阔，声情顿挫。五言古诗质朴，接近汉魏古诗的气息。近体诗则以七言律诗和绝句为优。高适作品的编集，原有天宝七年左右张九皋编、颜真卿作序的诗集，今佚。新、旧《唐书》著录高适文集二十卷，亦不存。今有《四库全书》所收明汲古阁影宋抄本《高常侍集》，凡诗八卷、文二卷。又有《四部丛刊》影印明活字本八卷。另有明张逊业、许自昌等辑本，皆为二卷。明杨一统辑《高适集》一卷。敦煌《唐诗选残卷》、《高适诗集残卷》等，尚存部分佚诗。今存诗二百三十八首。

王昌龄

王昌龄（？—756年），字少伯，京兆长安（今陕西西安）人。

王昌龄家境比较贫寒，开元十五年（727年）进士及第，授秘书省校书郎。开元二十二年，王昌龄选博学宏词科，超绝群伦，于是改任汜水（今河南荥阳）尉，再迁为江宁丞。晚年被贬龙标（今湖南洪江西）尉，世称王龙标。离任回乡途中，经亳州（一作濠州），被刺史闾丘晓所杀。

王昌龄在唐玄宗开元、天宝年间诗名极盛，有“诗家夫子王江宁”之称。因为诗名早著，所以与当时名诗人如李白、孟浩然、高适、李颀、岑参、王之涣、王维、储光羲、常建等交游颇多，交谊很深。广泛的交游和丰富的生活经历，对他的诗歌创作极有好处。王昌龄的诗作，特别是七言绝句，在名作如林的盛唐独标一格，有“七绝圣手”的美称。

王昌龄是一个创作边塞诗的能手，他的边塞诗既多且好，尤其善于多方面表现征戍者的生活和内心世界，呈现出豪迈与悲壮、昂奋与凄怆相交融的深沉风格。如《出塞》诗：“秦时明月汉时关，万里长征人未还。但使龙城飞将在，不教胡马度阴山。”慨叹边关守将的无能，意境开阔，感情深沉，实为唐代诗歌中的珍品，后人赞誉为“唐人七绝的压卷之作”。又如《从军行》中“烽火城西百尺楼，黄昏独坐海风秋。更吹羌笛《关山月》，无那金闺万里愁”、“青海长云暗雪山，孤城遥望玉门关。黄沙百战穿金甲，不破楼兰终不还”也都是脍炙人口的名作。还有《长信秋词》、《西宫秋怨》等反映宫女们不幸遭遇的诗歌，格调哀怨，意境超群；《闺怨》、《采莲曲》等，细致抒写了思妇的情怀和少女的天真，文笔生动，格调清新优美。

王昌龄诗今存一百八十余首，其中七绝七十五首，五绝十四首。

◎ 旗亭画壁

唐玄宗开元二十五年（737年）冬，一日微雪，王昌龄与王之涣、高适相约去旗亭饮酒，看到梨园女弟子在排练歌曲，她们演唱的都是时下著名的诗篇。王昌龄提议在诗歌上分个高低，谁的诗入歌词多，谁就最优秀。第一个歌伎唱的是王昌龄的“一片冰心在玉壶”，王昌龄就在壁上画了一笔。另一个歌伎唱的是高适的“开箧泪沾臆”，高适也画了一笔。随后王昌龄的诗又被唱了一首，又画一笔。王之涣不甚服气，与二人打赌，如果最漂亮的歌伎唱的不是他的诗，他就不再争名比胜；反之，二人要拜他为师。事实果然如王之涣所料，最漂亮的歌伎唱的真是王之涣的“春风不度玉门关”。这件事传开后，文人们都认为王之涣的这首绝句，确实应为当代诗人的压卷绝唱，不服也不行。

贺知章

贺知章（659—744年），字季真，一字维摩，号石窗，自号“四明狂客”，又称秘书外监。越州会稽永兴（今浙江萧山）人，早年迁居山阴（今浙江绍兴）。太子洗马贺德仁的孙子，因排行第八，人称“贺八”，“吴中四士”之一。

贺知章少时以诗文闻名。武则天证圣元年（695年）中进士，初授国子四门博士，后迁太常博士。开元十年（722年），由张说推荐入丽正殿书院，参与撰修《六典》、《文纂》等书，未成，转官作太常少卿。开元十三年，升为礼部侍郎、集贤院学士。后调任太子右庶子、侍读、工部侍郎。开元二十六年，改任太子宾客、银青光禄大夫兼正授秘书监，因而人称“贺监”。天宝三年（744年），贺知章告老还乡，为道士。离开京师时，唐玄宗曾赐诗，皇太子及文武百官前往为其饯行。

● 贺知章

贺知章书法品位颇高，尤擅草书和隶书，当世称重，其书飘逸多姿，“虽古之张（芝）、索（靖）不如也”。温庭筠云：“知章草书，笔力遒健，风尚高远。”贺知章的墨迹留传很少，现存尚有绍兴城东南宛委山南坡飞来石上的《龙瑞宫记》石刻和流传到日本的《孝经》草书。

贺知章生性旷达豪放，善谈笑，好饮酒。当他看到李白的诗文，即赞为“谪仙人”，后二人成为忘年之交，并把李白引荐给唐玄宗。贺知章与张旭情投意合，交往甚密，又为姻亲，时人常以“贺张”称。贺知章晚年放荡不羁，自称“四明狂客”，又因其诗豪爽狂放，人称“诗狂”。他常与李白、李适之、王琎、崔宗之、苏晋、张旭、焦遂一起饮酒，切磋诗艺，时称“醉八仙”。

贺知章诗文俱佳，尤以绝句见长，写景、抒怀之作风格独特，清新脱俗，《回乡偶书》、《咏柳》等都是脍炙人口、千古传颂的不朽名篇。《全唐诗》存录其诗共十九首，多为祭祀乐章和应制诗。

王之涣

王之涣（688—742年），字季凌，祖籍晋阳（今山西太原），家居绛州（今山西新绛）。新旧《唐书》中都没有为王之涣立传，《唐才子传》中对他的记载也很简单。20世纪60年代在河北出土了一块石碑，上面刻有《唐故文安郡文安县太原王府君墓志铭并序》，这是唐人靳能为王之涣所作的墓志铭。于是王之涣的生平情况终于得以重见天日。

王之涣出身于太原王家，是当时名门望族。他的五世祖王隆之是后魏绛州刺史，曾祖王信是隋朝著作郎，入唐任安邑（今山西夏县）县令，祖父王表是唐朝散大夫、任文安县令，父亲王昱是鸿胪主簿、任浚仪县令。王之涣排行第四，自幼聪颖好学，还不到二十岁，便能精研文章。不知何故，王之涣未走科举之途，而以门子身份调任冀州衡水主簿。王之涣才高气傲，有人诬陷攻击他，他便辞官而去，在家过了十五年闲散自由的生活。之后再次入仕，任文安郡文安县尉。他在职期间以政风清白，理民公平著称，颇受当地百姓称道。不久，王之涣竟一病不起，以五十五岁之壮年死于任内。

王之涣早年精于文章，并善于写诗，他的诗多被当时乐工引为歌词，名重一时。王之涣善写五言诗，善于描写边塞风光，常与高适、王昌龄等相唱和。他的诗只流传下六首，确为唐代诗歌宝库中的精华。《登鹳雀楼》、《凉州词二首》（其一）和《送别》三首都是名篇，前两首最为脍炙人口，王之涣也因这两首传世名作而成为著名的盛唐边塞诗人。《凉州词》中“黄河远上白云间”这一首，岑仲勉认为它与高适《塞上听吹笛》是相酬唱和之作，唐薛用弱《集异记》记载有与此诗有关的旗亭听歌画壁的故事，可见此诗的盛名。

张九龄

张九龄（678—740年），一名博物，字子寿，韶州曲江（今广东韶关）人，世称张曲江。唐代著名政治家、文学家、诗人，和张说并称“二张”。

张九龄是开元时期的贤相之一，也是唐代唯一一个由岭南书生出身的宰相。他耿直温雅，风仪甚整，时人誉为“曲江风度”。他出生于官宦世家，自幼聪慧能文，唐中宗景龙初年（707年）中进士，任秘书省校书郎、右拾遗。唐玄宗开元时历官中书侍郎、同中书门下平章事、中书令等。

张九龄敢于向皇帝直言进谏，他曾多次规谏唐玄宗居安思危，整顿朝纲；也曾坚拒武惠妃的贿赂，粉碎了她危及太子的阴谋；又曾因反对任用奸佞的李林甫、庸懦的牛仙客为相，多次触怒唐玄宗。开元二十四年（726年），唐玄宗听信李林甫的谗言，降张九龄为尚书右丞相，罢知政事。次年又被贬为荆州（今属湖北）长史。在他死后，曾被其预言“必反”的安禄山掀起了“安史之乱”，导致唐朝迅速从“全盛”走向没落。

◎ 张九龄墓

张九龄享年六十三岁，谥号“文献公”，唐玄宗开元二十九年（741年）葬于于今广东省韶关市北郊的罗源洞山麓。张九龄墓及其妻卢氏，弟张九皋、九章的墓冢，是广东省最具代表性的唐代大墓。张九龄墓为砖室墓，分墓室、甬道、耳室三部分。墓室为四角攒尖式顶，长7.98米，宽4.8米，高5.35米，四壁及甬道壁都绘有侍女蟠桃园等壁画，是广东境内绝无仅有的唐代墓葬壁画。墓前神道两旁原立有石座像，今存唐代岭南节度使、著名书法家徐浩撰写的《神道碑》和杜甫作诗的《故右仆射相国张九公龄诗碑》。墓下飨堂内保存有明清以来的碑刻。墓地前面是张文献公祠。

张九龄家族墓地是广东省的重点文物保护单位。

张九龄诗歌成就很高，写出了不少留存后世的名诗，并对岭南诗派的开创起了启迪作用。张九龄前期的诗作温婉淡雅，后期质素遒劲，雄浑刚健。有诗《感遇》十二首，名列《唐诗三百首》第一首，和陈子昂的《感遇》三十八首相提并论，其中“草木有本心，何求美人折”一联，更是他高洁情操的写照。另外，张九龄的五言律诗词采清丽，情致深婉，如《望月怀远》一句“海上生明月，天涯共此时”唱绝千古。有《曲江集》二十卷传世。

崔颢

崔颢（？—754年），汴州（治今河南开封）人，唐玄宗开元十一年（723年）进士。《旧唐书·文苑传》把他和王昌龄、高适、孟浩然并提，但他宦海浮沉，郁郁不得志。《旧唐书·崔颢传》里非常简略，连他文学上的成就也未提及，故乡汴州也极少有关于他的故事流传下来。

崔颢才思敏捷，长于写诗，他的足迹遍及江南塞北，诗歌内容广阔，风格多样。他早期的诗作，多写儿女之情，流于纤艳。后期诗风骤变，崔颢游历边关，诗作多是描写戎旅的困苦，风骨凛然，雄浑奔放，表现出“出身事边”和“报国赴难”的昂扬感情。

崔颢作诗勤奋，他的朋友笑他吟诗吟得人也瘦。现存崔颢诗仅四十多首，最有名的一首莫过于《黄鹤楼》，连李白也自认不及，“眼前有景道不得，崔颢题诗在上头”，有李白为此而“搁笔”的传说。宋代诗评家严羽《沧浪诗话》对这首诗评价极高：“唐人七言律诗，当以崔颢《黄鹤楼》为第一。”

崔颢的其他作品，如《赠王威古》和《游侠呈军中诸将》，则着力于人物意气风度的刻画。诗中将春草射猎、野中割鲜的场面描摹得极富生气。在《雁门胡人歌》中诗人描写秋日出猎、山头野烧的代北景色，以及胡人在和平时期从容醉酒的风习，内容新颖别致。

李颀

李颀（？—753年），望出赵郡（今河北赵县），长期居住颍水之北的东川别业（今河南登封西）。

李颀少时家富，因结识富豪纨绔子弟，“倾财破产”。后来立志苦读十年，终于在唐玄宗开元二十三年（735年）考取进士，授任新乡县尉。任职多年，没有升迁，故辞官返乡，晚年过着隐居生活。

李颀一生交游广阔，王昌龄、高适、王维等都与他关系密切。

李颀的诗内容涉及较广。他的边塞诗成就最大，最著名的有《古从军行》、《古意》、《塞下曲》，以豪迈的语调写塞外的景象，揭露帝王穷兵黩武的罪恶，情调悲凉沉郁。李颀还善于用诗歌来描写音乐和塑造人物形象，如《听董大弹胡笳兼寄语弄房给事》、《听安万善吹觱篥歌》，记述的是当时自西域传入的新声，可以看出唐朝文化艺术的多方面发展。他擅长五、七言歌行体，也擅长创作短诗，他的七言律诗尤为后人推崇。

《新唐书·艺文志》著录李颀诗集一卷。《全唐诗》编为三卷，但仍有遗漏。如宋代洪迈《容斋随笔》卷四“李颀诗”条目下，曾提到并加以称许的“远客坐长夜，雨声孤寺秋。请量东海水，看取浅深愁”四句，就不见于《全唐诗》。后人辑有《李颀诗集》。

王翰

王翰（《旧唐书》作王瀚），生卒年不详，字子羽，并州晋阳（今山西太原）人。王翰年少时生性豪放，倜傥不羁，好饮酒。

唐睿宗景云元年（710年）考中进士。当时的并州长史张惠贞欣赏他的才略，对他礼遇有加，王翰常撰诗以感念张惠贞的知遇之恩。后来，张说任并州长史时，王翰曾举直言极谏、超拔群类等制科，又一度调为昌乐县尉。唐玄宗开元九年（721年），张说入朝为相，在张说荐引下，王翰入朝任秘书正字、通事舍人、驾部员外郎等职。张说罢相后，王翰出任汝州（今属河南）长史，改仙州（今河南叶县）别驾。因整日与才士游侠饮酒作乐，被贬为道州司马，卒于途中。

◎ 夜光杯

王翰的《凉州词二首》其一诗有云"葡萄美酒夜光杯，欲饮琵琶马上催"，诗以杯名世，杯因诗增辉。

据《十洲记》记载，夜光杯是白玉之精，光明夜照。又据西汉东方朔《海内十洲记》载，周穆王赴瑶池盛会，西王母馈赠他一只碧光粼粼的酒杯，名曰"夜光常满杯"。周穆王爱不释手，从此夜光杯名扬千古。

夜光杯造型别致，风格独特，质地光洁，一触欲滴，色泽斑斓，宛如翡翠，倒入美酒，酒色晶莹澄碧。尤其皓月映射，清澈的玉液透过薄如蛋壳的杯壁熠熠发光。

夜光杯的特点是：抗高温，耐严寒，盛烫酒不炸，斟冷酒不裂，碰击不碎。如在夜晚，对着皎洁月光，把酒倒入杯中，杯体顿时生辉，光彩熠熠，令人心旷神怡，豪兴大发！

王翰的诗作多是吟咏沙场少年、玲珑女子以及欢歌饮宴，表达了他对短暂人生的感叹和及时行乐的旷达情怀。他的诗感情奔放，词华流丽，代表作有《凉州词二首》、《饮马长城窟行》、《春女行》、《古蛾眉怨》等，其中最负盛名的当数"葡萄美酒夜光杯，欲饮琵琶马上催。醉卧沙场君莫笑，古来征战几人回。"诗中写边塞的一场盛宴，描摹了征人们开怀痛饮、尽情酣醉的场面，从内容看，没有厌恶戎马生涯的话语，没有哀叹生命不保的意思，也没有非难征战痛苦的寓意，而是以热闹的气氛烘托出一种豪迈悲凉、荡气回肠的情调。《古蛾眉怨》一诗想象奇崛、秀词瑰丽，让人联想到李白和屈原的作品。《全唐诗》录其诗十三首。

● 常建《三日寻李九庄》诗意图

《三日寻李九庄》这首诗写的是三月三日这一天，诗人乘船去寻访好友的情景。语言真率脱俗。

常建

常建（708—765年），字号不详，《唐才子传》中记为长安（今陕西西安）人，2006年有古碑出土证实常建的祖籍为邢台。唐玄宗开元十五年（727年）与王昌龄同榜进士，任盱眙（今属江苏）尉。后隐居鄂渚西山（今湖北鄂州西）。常建一生潦倒失意，清高自律，往来之人无显贵，与王昌龄关系密切，常有文字相酬。

常建的诗歌多为五言，以写山水逸趣、田园风光为主，语词自然精妙，意境恬淡悠远，质朴清新，风格接近王维、孟浩然，是盛唐山水田园诗派的重要作家。他的诗作在当时就很为人推重，殷璠《河岳英灵集》把他的诗列在卷首，位在李白、王维等人之前，并在诗序中大加称赞："其旨远，其兴僻，佳句辄来，唯论意表。"他的山水田园诗中往往流露出"淡泊"情怀，表现了人生无常、追求隐逸的消极思想。他对现实的感慨、期望或指摘，在他为数不少的边塞诗中可见一斑。如他的《塞下曲》就极见气势："玉帛朝向望帝乡，乌孙归去不称王。天涯静处无征战，兵器销为日月光。"在这首诗里诗人独辟蹊径，针对唐玄宗晚年开边黩武的乱政有感而发，立足于民族和睦的高度，称颂和亲政策和弭兵的理想，可以说是一剂针砭时弊的对症良方。

现存常建诗五十七首，名作如《题破山寺后禅院》、《宿王昌龄隐处》、《吊王将军墓》。今存《常建诗集》三卷和《常建集》二卷。

储光羲

储光羲（约707—762年），祖籍兖州（今属山东），润州延陵（今江苏丹阳南）人。唐玄宗开元十四年（726年）中进士，与崔国辅、綦毋潜同榜。历任冯翊、汜水、安宜、下邽等县尉。仕途不得意，在终南山的别业隐居。后又出山，任太祝，世称储太祝。天宝末年官至监察御史。安史之乱前，储光羲奉使范阳。途经邯郸，以途中所见所感作《效古》二首："大军北集燕，天子西居镐。妇女役州县，丁壮事征讨。老幼相别离，哭泣无昏早。稼穑既殄灭，川泽复枯槁。""翰林有客卿，独负苍生忧。中夜起踯躅，思欲献厥谋。君门峻且深，踠足空夷犹。"储光羲忧念时局之心，在诗中表露无遗。又有《观范阳递俘》诗说："四履封元戎，百金酬勇夫，大邦武功爵，固与炎皇殊。"对朝廷的昏聩，安禄山的野心，了然于心。安史叛军攻陷长安，他被迫接受伪官，事乱平定之后，被唐室贬官岭南，死在那里。

在我国诗歌史上，储光羲曾是长期与王维齐名的人物，人们将他们二人并称为"储王"。殷璠《河岳英灵集》对储光羲诗作的评价是"格高调逸，趣远情深，削尽常言，挟《风》、《雅》之迹，浩然之气"，把他与王昌龄相提并论，认为"两贤气同体别"，都继承了曹植、刘桢、潘岳、陆机的风骨。

储光羲的山水田园诗较为著名，如《牧童词》、《钓鱼湾》、《田家即事》、《同王十三维偶然作》、《田家杂兴》等，风格朴实清新，情旨恬淡闲适，生活气息浓厚，给人以真实亲切的感觉。苏辙特别推崇储光羲的诗作。《四库全书总目》说他的诗“源出陶潜，质朴之中，有古雅之味，位置于王维、孟浩然间，殆无愧色”。沈德潜说：“陶诗胸次浩然，其中有一段渊深朴茂不可到处。唐人祖述者，王右丞有其清腴，孟山人有其闲远，储太祝有其朴实，韦左司有其冲和，柳仪曹有其峻洁，皆学焉而得其性之所近。”

储光羲著有《正论》十五卷、《九经外义疏》二十卷，今已佚。现仅存《储光羲诗集》，《全唐诗》编为四卷。

张旭

张旭，生卒年不详，字伯高，一字季明，吴郡吴县（今江苏苏州）人，“吴中四士”之一。在唐朝开元年间官至常熟尉，后又为金吾长史，世称他为“张长史”。

◎ 酒中八仙

张旭是唐代“酒中八仙”之一。

《新唐书·李白传》以李白、贺知章、李适之、李琎、崔宗之、苏晋、张旭、焦遂八位嗜酒的学者名人为“酒中八仙人”，也称“酒中八仙”或“醉八仙”。杜甫的《饮中八仙歌》中将八人的特点描绘得淋漓尽致：

知章骑马似乘船，眼花落井水底眠。（贺知章）
汝阳三斗始朝天，道逢麹车口流涎，恨不移封向酒泉。（李琎）
左相日兴费万钱，饮如长鲸吸百川，衔杯乐圣称避贤。（李适之）
宗之潇洒美少年，举觞白眼望青天，皎如玉树临风前。（崔宗之）
苏晋长斋绣佛前，醉中往往爱逃禅。（苏晋）
李白一斗诗百篇，长安市上酒家眠，天子呼来不上船，自称臣是酒中仙。（李白）
张旭三杯草圣传，脱帽露顶王公前，挥毫落纸如云烟。（张旭）
焦遂五斗方卓然，高谈雄辩惊四筵。（焦遂）

张旭为人洒脱，豁达大度，学识渊博。与李白、贺知章、李适之、李琎、崔宗之、苏晋、焦遂称为“酒中八仙”。张旭的书法，学于张芝、“二王”，又加以创造，独具新意，以草书成就最高，称“草圣”。据《新唐书》记载，他喜欢在酒醉之后书写作品，故称之为“狂草”。唐文宗曾下诏，以李白诗歌、裴旻剑舞、张旭草书为“三绝”。盛唐时期，以张旭为代表的一体草书风靡一时。张旭草书的特点是在草书原有的结构上，将上下字的笔画紧密相连，有时两个字看起来像是一个字，有时一个字看起来又像两个字。字与字之间所占的空间也是疏密悬殊，从而使草书在结构和字形的变化上，更加连绵回绕，栩栩如生。《旧唐书》中赞誉为“变化无穷、若有神助”，传世书迹有《肚痛帖》、《古诗四帖》等。

张旭也善诗，以七绝尤为妙。代表作《桃花溪》、《山中留客》等。《桃花溪》诗云："隐隐飞桥隔野烟，石矶西畔问渔船：桃花尽日随流水，洞在清溪何处边？"诗人由远而近，由实及虚，淡淡几笔，勾勒出桃源仙境的幽深、神秘，将情寓于景中，情景交融，就像写意画清远含蓄，期间也隐约地透露出诗人感到理想境界渺茫难求的怅惘心情。

王湾

王湾（693—751年），字号不详，洛阳（今属河南）人。唐玄宗先天年间进士及第，授荥阳县主簿。开元五年（717年），王湾参与《群书四部录》集部的编撰辑集工作，九年书成，唐玄宗赏赐所有英才，王湾因功授任洛阳尉。王湾本想辞官不做，但又碍于张说的情面，勉强回到故乡，又做了几年的官，在开元十八年，归隐山林。

王湾"词翰早著"。现存诗十首，《全唐诗》中有收录。其中最出名的是《次北固山下》："客路青山外，行舟绿水前，潮平两岸阔，风正一帆悬。海日生残夜，江春入旧年。乡书何处达，归雁洛阳边。"《河岳英灵集》题作《江南意》，字句稍有不同。这首诗是王湾在先天年间或开元初年游历江南时所作，诗中描写了他舟泊北固山下所看到的两岸春景。写景逼真，叙事确切，而且表现出具有普遍意义的生活真理，给人以乐观、积极向上的艺术鼓舞力量。格调壮美，意境开阔，预示了盛唐诗歌健康发展的前景。据说开元年间，宰相张说曾亲自将这首诗题写在政事堂内，"每示能文，令为楷式"。明代胡应麟认为这首诗中的"海日生残夜，江春入旧年"之句，是盛唐与初唐、中唐诗界限相区别的标志。这首五律虽然以第三联驰誉当时，并传诵后世，但并不是只有这个佳句而已；从整体看，也是相当和谐，相当优美的。

皇甫冉

皇甫冉（约717—770年），字茂政，润州丹阳（今属江苏）人。现存诗二百二十二首。

皇甫冉十岁时便能作文写诗，张九龄称呼他为"小友"，与独孤及、刘禹锡关系友善。唐玄宗天宝十五年（756年）考中进士，历任无锡尉、左金吾兵曹、左拾遗、右补阙等职。为躲避战乱寄居在义兴（今江苏宜兴），据说他所住村庄后来被称为皇甫舍（今属江苏无锡）。

皇甫冉的诗多为送别寄赠之作，语言工巧，"发调新奇，远出情外"。如五绝《送王司直》："西塞云山远，东风道路长。人心胜潮水，相送过浔阳。"

独具创意，以越拍越远的潮水来替他为好友多送几程，这样的才情，比起李白的“桃花潭水深千尺，不及汪伦送我情”有过之而无不及。

皇甫冉对义兴的山水情有独钟，常赋诗题咏。如《荆溪夜湍》、《洞灵观》、《三月三日同义兴李明府泛舟》等。皇甫冉的弟弟皇甫曾，也善诗，历官监察御史。兄弟二人诗名不相上下，世称“二皇甫”。皇甫曾也很倾慕义兴山水之秀，多次前来小住，曾作诗《送陆鸿渐南山采茶》：“千峰待逋客，香茗复丛生。采摘知深处，烟霞羡独行。幽期山寺远，野饭石泉清。寂寂燃灯夜，相思磬一声。”

安史之乱后，皇甫冉的诗文，更多地反映了动荡的社会状况。《春思》：“莺啼燕语报新年，马邑龙堆路几千。家住层城临汉苑，心随明月到胡天。机中锦字论长恨，楼上花枝笑独眠。为问元戎窦车骑，何时返旆勒燕然。”这首诗借汉写唐，闺妇期望早日了结战事，征夫能早日功成返乡。全诗流露非战情绪，讽刺穷兵黩武。

李隆基

唐玄宗李隆基（685—762年），又称唐明皇，唐睿宗李旦第三个儿子。景云元年（710年），李隆基与太平公主合谋发动政变，杀死韦后，拥护父亲李旦即位，被立为太子。延和元年（712年），受禅即帝位，并改年先天，第二年改元开元。从公元712年至公元756年，在位四十四年。

唐玄宗统治前期先后任用姚崇、宋璟、张说、张九龄为相，整顿武周后期以来的弊政，社会经济继续向前发展，唐朝进入鼎盛时期，后人称这一时期为“开元盛世”。后期贪图享乐，宠信并任用李林甫、杨国忠等奸臣执政，官吏贪渎，政治腐败。又爱好声色，奢侈荒淫，终于导致安史之乱的爆发。天宝十五年（756年），逃亡蜀中，太子李亨（唐肃宗）在灵武即位，他被尊为太上皇，唐肃宗至德二年（757年）末回长安，后抑郁而死。

唐玄宗李隆基

李隆基酷爱音乐、书法、舞蹈、绘画等艺术，对诗歌亦有相当的修养，有“风流天子”之称。胡应麟认为：“唐人主工文词者，太宗、玄宗尚矣！”《全唐诗》辑《明皇诗》一卷，共六十首；《唐诗三百首》所录诗作者，只有他一人是帝王。他自己则说每运笔赋诗，辄“乐以忘忧”，常“涤烦想于诗书，超然玄览，自足为乐”。

◎ 李林甫

唐玄宗在位后期，任用李林甫等奸臣执政，导致朝政衰败。李林甫被认为是使唐朝由盛转衰的关键人物之一。

李林甫（？—752年），号月堂，陕西人。唐高祖李渊祖父李虎的五世孙，小名“哥奴”，生性阴柔奸诈，人称“口蜜腹剑”，又称他为“肉腰刀”。唐玄宗开元十四年（726年），任御史中丞。李林甫于开元二十二年至天宝十一年（752年）间任宰相，专权十七年，排斥贤才，导致纲纪紊乱。

李林甫有一次写信，将“弄璋”写成了“弄獐”，于是有人以“弄獐宰相”来戏称他。

李隆基的诗歌创作，有不少附庸风雅的劣作，但总的内容倾向，却还是面对社会生活的，脂粉气味并不浓，题材比较开阔，颇有真情实感。在艺术形式上，李隆基擅长写作四言、七言、五七杂言各种诗体，其中以五言为最多。早在他做临淄郡王的青年时代，便形象地描述过“野老韭为室，樵人薜作裳”的农樵生活。登基初期，又以“我有握中璧，双飞席上珍”、“俾予成百揆，垂端问彝伦”等诗句，表达自己获得贤相的喜悦。其他如故地咏怀的《过晋阳宫》，逃难途中写的《幸蜀日至剑门》，以及《送张说巡边》、《送贺知章归四明》、《北军观拔河俗戏》等，都是以事件入诗的感时伤事诗作。他晚期的作品多抒写思念之情，如被后世称道的追忆马嵬坡之行的《雨霖铃》，怀念贤相张九龄的《谪仙怨》等。

祖咏

祖咏，洛阳（今属河南）人，后迁居汝水以北。生卒年不详。少时就负有文名，擅长诗歌创作。与王维、储光羲相交友好。王维在济州《赠祖三咏》诗云：“结交二十载，不得一日展。贫病子既深，契阔余不浅。”可知其潦倒落拓、怀才不遇的情况。

唐玄宗开元十二年（724年），祖咏进士及第，长期未授官。他在长安应试时作《终南望馀雪》诗。按照规定，应该作成一首六韵十二句的五言排律，但他只写了四句，就以“意尽”而交卷。王士《渔洋诗话》把这首诗和陶潜的“倾耳无希声，在目皓已洁”、王维的“洒空深巷静，积素广庭宽”等并列，称为咏雪的“最佳”作。祖咏在张说的推荐下，任过短时期的驾部员外郎，后又遭迁谪，仕途不顺，辞官归隐汝水一带。

祖咏的诗作以描写山水为主，辞意清新质朴，文字简练利落。代表作有《终南望馀雪》、《望蓟门》、《七夕》、《汝坟秋同仙州王长史翰闻百舌鸟》、《陆浑水亭》、《家园夜坐寄郭微》、《送丘为下第》、《古意二首》等，其中以《终南望馀雪》和《望蓟门》两首诗为最著名。七律《望蓟门》描绘边塞景色，抒写立功报国的激动心情，意境融浑阔大，而风格秀明。殷璠《河岳英灵集》说他“翦刻省静，用思尤苦，气虽不高，调颇凌俗”。《全唐诗》编存其诗一卷。

丘为

丘为（694—789年），苏州嘉兴（今属浙江）人。

丘为青年时曾多次参加科举考试，但却屡试不第，后来他干脆归隐山林，埋头苦读，精心钻研数年。在唐玄宗天宝初年，丘为终于进士及第，之后官运亨通，一直做到太子右庶子之职。丘为活到九十六岁，相传是唐代享寿最高的一位诗人。

◎ 唐代享寿最高的一位诗人

丘为（694—789年），享年九十六岁，据说是唐朝享寿最高的诗人。

在唐朝，诗人们都很有理想，但是大部分人都命运多舛，仕途不顺。因此，诗人们大多忧愤、苦闷，如杜甫曾说自己“名岂文章著，官应老病休”，杜牧说自己“乐游原上望昭陵”，李白写自己是“大道如青天，我独不得出”，诸如此类诗句抒写自己的不满。他们郁郁不得志，心情不快乐，健康也会受到影响。据资料显示，大部分诗人是死于八十岁以下的，极少有长寿的诗人。丘为活到了九十多岁，这个岁数不仅在唐代，即使在今天，也可以说是一位长寿的老人。

丘为为人谦和淡泊，有长者隐士的风度。他与王维、刘长卿等人关系友善，常有酬唱相和的诗作。丘为的诗歌创作主要集中在五言诗部分，大多描写田园、山村的闲淡生活，他是盛唐山水田园诗派的代表诗人之一。

丘为的诗歌创作，主要成就集中在唐玄宗开元、天宝年间，他的诗歌基本上都表达了一种与世无争、清静平和、隐逸的思想，他向往宁静、向往自然，他在书中学到了很多，也看到了很多，达到了“不以物喜，不以己悲”的境界，所以他才能够长寿。在丘为的诗作里也多反映了他的无欲无求，如《寻西山隐者不遇》诗云：“绝顶一茅茨，直上三十里。扣关无僮仆，窥室唯案几。若非巾柴车，应是钓秋水。差池不相见，黾勉空仰止。草色新雨中，松声晚窗里。及兹契幽绝，自足荡心耳。虽无宾主意，颇得清净理。兴尽方下山，何必待之子。”《左掖梨花》：“冷艳全欺雪，余香乍人衣。春风且莫定，吹向玉阶飞。”诗篇风格清静平和、自然淡雅。

裴迪

裴迪（716—？），关中（今属陕西）人。裴迪曾任职蜀州刺史及尚书省郎。

裴迪的一生以诗文著称于世，他是盛唐的山水田园派代表诗人之一。他与大诗人王维、杜甫关系友好密切。裴迪早年与“诗佛”王维过从甚密，晚年时他在辋川、终南山等地居住，与王维的往来更为频繁，所以他的诗作多是与王维的唱和应酬之作。“寒山转苍翠，秋水日潺蝯。倚仗柴门外，临风听暮蝉。渡头余落日，墟里上孤烟。复值接舆醉，狂歌五柳前。”这首“诗中有画”的诗篇就是王维闲居辋川时，答赠裴迪的诗歌。裴迪受王维的影响较深，他的诗大多为五言绝句，多描写山林幽寂的景色，大致和王维山水诗风格相近。

裴迪《华子冈》诗意图

《华子冈》描写了山中清幽的景色，衬托出诗人萧散的情趣。

《辋川杂咏》组诗是裴迪的代表作。其中《漆园》一首诗云：“好闲早成性，果此谐宿诺。今日漆园游，还同庄叟乐。”不论从思想性上，还是在艺术性上来说，都达到了很高的境界和成就，可以和王维的诗相提并论。裴迪的传世诗作不多，但却是裴氏中最有成就的诗人。裴迪极为注重诗作的质量，他的作品为盛唐诗坛添加了亮丽的一笔。

中唐诗人

秉承着杜甫乐府诗的现实主义精神，中唐早期的诗人元结、顾况、戎昱和戴叔伦等人继续在诗歌中贬斥朝廷官吏，关注民生疾苦。

继盛唐的王维和孟浩然之后，中唐的山水诗派主要诗人有刘长卿、韦应物等。

边塞诗的传统仍在延续，代表诗人为李益、卢纶等。

大历十才子的诗歌大多数是唱和、应制之作。歌颂升平，吟咏山水，称道隐逸是他们诗歌的基本主题。

在白居易的率领下，中唐的新乐府运动如火如荼。主要诗人还有元稹、张籍、王建等。

韩愈、孟郊、贾岛、卢仝等人别为一派，作诗以奇绝险怪为傲，但是也带来了以文为诗，讲才学，发议论，追求险怪等不良风气。

在元白派和韩孟派之外，刘禹锡、柳宗元也是中唐时代优秀的诗人。

李贺是一个富于创造性的诗人，在我国诗歌史上他也算得上是异军突起、独树一帜的天才诗人。

白居易

白居易（772—846年），字乐天，号香山居士，河南新郑（今郑州新郑）人。白居易与元稹并称“元白”，与刘禹锡并称“刘白”，尊号为“诗魔”。白居易晚年官至太子少傅，谥号“文”，世称白傅、白文公。

唐德宗贞元十六年（800年），白居易进士及第。贞元十九年，白居易与元稹以书判拔萃同登科，同授秘书省校书郎，两人成了最亲密的朋友。任期满后，二人又一起应制举，制举登科后，白居易被任命为盩厔（今陕西周至）县尉。唐宪宗元和二年（807年），白居易被召回长安，任翰林学士，第二年改授左拾遗，仍任翰林学士。元和十年白居易上书奏论，引起了旧官僚集团的不满，以越职言事之罪被贬为江州司马，三年后改任忠州刺史。元和十五年，唐穆宗即位，白居易被召回长安担任尚书司门员外郎，接着又改任主客郎中、知制诰。白居易不愿卷入党争，于是请求外调，长庆二年（822年）出任杭州刺史，三年后调任苏州刺史。在任苏州刺史回洛阳后，在宰相裴度和韦处厚的推荐下，白居易相继出任秘书监及刑部侍郎。唐文宗太和三年（829年），白居易辞去刑部侍郎职，以太子宾客分司东都的名义回到洛阳。白居易胸怀“兼济”的理想，却又由于党争激烈而对仕途失望，在这样矛盾苦闷的心情中度过寂寞的晚年。白居易一生中结识了很多朋友，大多是当时著名的诗人、文学家、政治家，如韩愈、张籍、王建、徐凝、李绅、牛僧孺、裴度、韦处厚、崔群、令狐楚、李建、元宗简、崔玄亮、李宗闵、沈传师等。

白居易在文学上积极倡导新乐府运动，他的散文在当时就享有很高的声誉。白居易是唐代伟大的现实主义诗人，写下了不少感叹时世、反映人民疾苦的诗篇，但反映现实的诗歌并不是他作品的全部。白居易曾将自己的诗分为讽喻、闲适、感伤和杂律四类。他最为重视的是讽喻诗。他的讽喻诗反映了人民的苦难，揭露统治者的罪恶，控诉封建统治者对农民的残酷剥削，如《卖炭翁》、《红线毯》、《杜陵叟》，也有哀叹妇女命运的悲歌，如《上阳白发人》、《后宫词》等。

白居易的诗歌平易浅近，他将白话融入诗中，甚至连乡下的老婆婆都能懂，被誉为第一“白话诗人”。他的诗在当时已经广泛流播，上自宫廷，下至民间，甚至声名远播到朝鲜、日本、泰国等地。白居易的诗对后世的影响巨大，晚唐皮日休、宋代陆游及清代吴伟业、黄遵宪等，都受到白居易诗歌的启示。著有《白氏长庆集》七十一卷，现存诗近三千首。

韩愈

韩愈（768—824年），字退之，河阳（今河南孟州）人。韩愈祖籍河北昌黎，故称韩昌黎；晚年担任吏部侍郎，称韩吏部；谥号“文”，又称韩文公。他是唐代古文运动的倡导者，杜牧把杜甫的诗歌和韩愈的文章并列，称为“杜诗韩笔”；苏轼称他“文起八代之衰”，明代人以他为唐宋八大家之首，与柳宗元并称“韩柳”，有“文章巨公”和“百代文宗”的称号。在思想上，韩愈是我国“道统”观念的确立者，是尊儒反佛的里程碑式人物。

韩愈在三岁时父母双亡，他在兄嫂的抚育下成长。韩愈七岁开始读书，十三岁能写文章，有读书经世的志向。韩愈从二十岁到长安参加科考，由于没有门第资荫，三试不第，直到唐德宗贞元八年（792年），二十五岁的韩愈终于中进士，之后又三试博学鸿词科，也都没成功。贞元十二年起，韩愈先后任于宣武军节度使董晋、武宁节度使张建封幕下，并在张建封死后迁居洛阳。贞元十七年，韩愈担任国子监四门博士，两年后，升任监察御史，因上书纠弹国戚李实，被贬阳山令。唐宪宗元和六年（811年），韩愈回朝任国子博士，后由裴度提拔为礼部郎中。元和十年，韩愈跟随裴度出征淮西，因功升任刑部侍郎。任期内，因谏阻唐宪宗迎佛骨，而被贬为潮州刺史。唐穆宗即位后，韩愈奉旨回京，历任国子监祭酒、兵部侍郎、吏部侍郎、京兆尹兼御史大夫等职。

韩愈的赋、诗、论、说、传、记等各种体裁的作品，都有不凡的成就。在诗歌方面，他推崇陈子昂、李白和杜甫，是韩孟诗派的代表人物之一。韩愈的诗力求新奇险怪，雄浑而重气势。他以文为诗，把古文的语言、章法和技巧引入诗坛，扩大了诗的领域，纠正了大历以来的平庸诗风。但也带来了讲才学、发议论、追求险怪等不良风气，尤其是以议论为诗，对宋代以后的诗歌发展产生了不良影响。

韩愈的诗歌内容丰富，有的反映时事，有的抒写政治失意和个人遭遇，都很有特色，代表作如《汴州乱》、《八月十五夜赠张功曹》、《山石》、《左迁至蓝关示侄孙湘》、《次潼关先寄张十二阁老使君》、《早春呈水部张十八员外》、《南山诗》、《调张籍》、《听颖师弹琴》、《春雪》、《晚春》等。尤其是《早春呈水部张十八员外二首》其一“天街小雨润如酥，草色遥看近却无。最是一年春好处，绝胜烟柳满皇都”写得清新而富于神韵。不过像《陆浑山火》、《南山》、《石鼓歌》、《月食》等，故意搜集险怪，过分散文化、议论化，有伤诗意。韩愈著有《昌黎先生集》，现存诗三百多首。

◎ 唐宋八大家

韩愈被誉为“唐宋八大家之首”。

唐宋八大家，又称唐宋古文八大家，是唐代韩愈、柳宗元和宋代欧阳修、苏洵、苏轼、苏辙、王安石、曾巩八位散文家的合称。明朝初年，朱右选韩柳等八人古文编成《八先生文集》，始用八家之名。明朝中叶唐顺之的《文编》，唐宋古文也取此八家。明朝末年，茅坤继承前人之说，选辑了《唐宋八大家文钞》，唐宋八大家之名广为世所知。

唐宋八大家中，苏洵、苏轼、苏辙人称“三苏”，又有“一门三学士”之称。所以可以用“唐有韩柳，宋为欧阳、三苏和曾王”来概括。

李贺

李贺（790—816年），字长吉，祖籍陇西，生于福昌县昌谷（今河南宜阳）。李贺自称陇西长吉、庞眉书客、唐诸王孙李长吉。世称李长吉、鬼才、诗鬼、李昌谷、李奉礼，与李白、李商隐并称唐代“三李”。

李贺是唐朝宗室郑王李亮的后代，但家道已经没落。李贺志向远大，勤奋苦学，博览群书，顺利通过河南府试，获得了“乡贡进士”的资格。因为他的父亲名叫晋肃，和进士音近，一些妒忌他才华的人就以避讳为理由阻止他参加科举考试。韩愈为此作《讳辩》诗：“父名‘晋肃’，子不得举进士，若父名‘仁’，子不得为人乎？”鼓励李贺应试。李贺虽应举赴京，却因礼部官员昏庸草率，遭馋落第。李贺在长安当过三年奉礼郎的小官，就辞官返回昌谷，后又依附潞州张彻做幕僚。但他终生落魄不得志，二十七岁就英年早逝。

● 李贺

李贺的诗作多是讽刺黑暗政治和不良社会现象，有的直陈时事，有的是借古刺今，如《汉唐姬饮酒歌》、《仙人》、《昆仑使者》、《苦昼短》、《秦王饮酒》、《雁门太守行》、《猛虎行》、《荣华乐》、《秦宫诗》、《吕将军诗》、《摩多楼子》、《宫娃歌》等。李贺还有直抒个人愤懑不平之情的作品，他有积极用世的政治怀抱，发出“男儿屈穷心不穷，枯荣不等嗔天公”、“少年心事当拏云，谁念幽寒坐呜呃”的豪言壮语，更满怀着“男儿何不带吴钩，收取关山五十州”的雄心壮志；可是世道黑暗，导致他报国无门，所以又有《开愁歌华下作》中“我当二十不得意，一心愁谢如枯兰”的消沉。此外，他还有一部分咏物诗，如《李凭箜篌引》、《申胡子觱篥歌》、《听颖师弹琴歌》、《杨生青花紫石砚歌》、《昌谷北园新笋四首》、《马诗二十三首》等。

李贺诗具有独特的艺术风格，被称作“长吉体”。李贺善于从历史故事和神话传说中取材，运用丰富的想象力和超常的构思，来驾驭语言和素材，构造出怪奇的诗境。即使是日常生活中常见的事物，也往往加以不平凡的夸张和联想，使之具有神奇的意味。严羽在《沧浪诗话》中用“瑰诡”来形容他的诗。但是他的诗也有不少缺点。由于过分雕琢求奇，有的作品语意晦涩、堆砌词藻，艺术形象欠完整，情思脉络欠连贯。

柳宗元

柳宗元（773—819年），字子厚，河东解（今山西运城西）人，世称柳河东。唐代著名文学家、哲学家和散文家，与韩愈、欧阳修、苏洵、苏轼、苏辙、王安石、曾巩合称“唐宋八大家”。与韩愈并称“韩柳”，与刘禹锡并称“刘柳”，与王维、孟浩然、韦应物并称“王孟韦柳”，与韦应物并称“韦柳”。

柳宗元出身于官宦世家，少时即有才学，文以辞采华丽著名。唐德宗贞元九年（793年）中进士，授校书郎。十四年登博学鸿词科，授任集贤殿正字。一度调任蓝田尉，后入朝为官，参与王叔文集团政治革新，任礼部员外郎。唐顺宗永贞元年（805年）九月，革新失败，柳宗元被贬邵州（今属山西）刺史，十一月再贬永州（今湖南零陵）司马。唐宪宗元和十年（815年）春回京师，又出任柳州刺史，所以称“柳柳州”。贬官柳州期间，政绩卓著。元和十四年卒于柳州任所。

柳宗元一生留诗文作品达六百余篇，他的散文的成就要高于诗歌。散文峭拔矫健，说理透彻，结构严谨，笔调犀利，讽刺辛辣；山水游记，文笔明丽峻洁，写景状物，均有兴寄。刘禹锡将柳宗元的作品编成《柳河东集》。

柳宗元存诗较少，共一百四十余首，其中不乏传世之作。他以自己的生活经历为基础，并借鉴前人的艺术成就，创造出独特的诗风。现存柳宗元的诗作，绝大部分是贬谪以后的作品，题材广泛，体裁多样。他的叙事诗文笔轻快质朴，寓言诗寓意深刻隽永，抒情诗用情诚挚委婉。不论何种体裁，他都写得细腻精致，韵味悠长，以简洁淡雅的格调表现深厚浓重的感情，呈现出一种独特的面貌。他的部分五言古诗风格趋近陶渊明，语言朴素澄澈，风格淡雅而意味深长；也受到谢灵运的影响，时现玄理妙语。柳宗元以慷慨悲壮见长的律诗《登柳州城楼寄漳汀封连四州》是唐代七律名篇，绝句《江雪》在唐代绝句中也是不可多得的佳作。

◎ 二王八司马

柳宗元参与“永贞革新”失败，被贬为柳州司马，为“八司马”之一。

“二王”是指王伾、王叔文，“八司马”是指韦执谊、韩泰、陈谏、柳宗元、刘禹锡、韩晔、凌准、程异八人，在改革失败后，他们全部被贬为州司马，故得此名。

唐代中后期宦官专权，引起皇帝和某些官僚士大夫的不满。永贞元年（805年），唐顺宗李诵即位，东宫旧臣王叔文、王伾与韦执谊、柳宗元、刘禹锡等人结成政治上的革新派，共谋打击宦官势力，史称“永贞革新”。改革引起以宦官俱文珍为首的宦官集团及与之相勾结的节度使的强烈反对，他们发动政变，幽禁唐顺宗，拥立太子李纯为帝。王叔文被贬后赐死，王伾外贬后病死，柳宗元等八人均被贬为外州司马。永贞革新历时百余日，以失败告终。

刘禹锡

刘禹锡（772—842年），字梦得，彭城（今江苏徐州）人。唐朝著名哲学家、文学家，诗人，有“诗豪”之称。刘禹锡出生于一个世代以儒学相传的书香之家。曾任监察御史，参与王叔文“永贞革新”，是王叔文派政治革新的核心人物。

永贞革新失败后，刘禹锡被贬为朗州（今属湖南常德）司马。但是他没有就此沉沦，反而以一种积极乐观的精神进行诗歌创作，积极学习民歌，创作了《采菱行》等仿民歌体诗歌。刘禹锡曾一度奉诏返京，又因诗句“玄都观里桃千树，尽是刘郎去后栽”触怒新贵，再次被贬为连州（今属广东）刺史。后被任命为江州（今江西九江）刺史，在那里创作了大量的《竹枝词》。公元824年夏，他写了著名的《西塞山怀古》：“王濬楼船下益州，金陵王气黯然收。千寻铁锁沉江底，一片降幡出石头。人世几回伤往事，山形依旧枕寒流。今逢四海为家日，故垒萧萧芦荻秋。”这首诗表面上是客观地叙述往事，描绘古迹，其实是对当时重新抬头的割据势力的抨击。后世的文学评论家对这首诗极为推崇，《唐诗鼓吹笺注》认为是“唐人怀古之绝唱”。《一瓢诗话》云：“似议非议，有论无论，笔着纸上，神来天际，气魄法律，无不精到，洵是此老一生杰作，自然压倒元、白。”后来，几经调动，刘禹锡前往苏州担任刺史。为政期间，免赋减役，开仓赈饥。苏州人民为纪念他，把曾在苏州担任过刺史的韦应物、白居易和他合称为“三杰”，建立了三贤堂。唐文宗也褒奖刘禹锡的政绩，赐给他紫金鱼袋。刘禹锡晚年回到洛阳，任太子宾客加检校礼部尚书，曾与白居易共创《忆江南》词牌。死后被追赠为户部尚书。

刘禹锡的诗作现存八百余首。他的诗歌题材广泛，汲取民歌含蓄宛转、朴素优美的特色，反映民众生活和风土人情，格调清新自然，健康活泼，充满生活情趣。他的讽刺诗托物寓意，抨击镇压永贞革新的权贵，深刻反映各种社会现象。晚年的诗歌风格趋于含蓄内敛，讽刺而不露痕迹。刘禹锡的词作今存四十余首，民歌特色浓厚。

贾岛

贾岛（779—843年），字浪仙（亦作阆仙），范阳（今北京附近）人。早年出家为僧，号无本。

唐宪宗元和五年（810年）冬，贾岛到长安见张籍。第二年春天到洛阳。据说当时洛阳禁止和尚午后外出，贾岛作诗发牢骚，于是被韩愈赏识。后向韩愈学习，并还俗参加科举考试，但屡试不中。后来，韩愈奉调入京为职方员外郎，贾岛也到了长安，并结识了孟郊、张籍等人。从此，贾岛与韩、孟等诗人时常来往，彼此唱和。唐文宗时被排挤，贬做长江（今四川蓬溪）主簿。唐文宗开成五年（840年），任普州司仓参军。他到任后，曾组织讲学。政务之余常去南楼读书作诗，《夏夜登南楼》、《寄武功姚主簿》、《送裴校书》、《送僧》、《原上草》、《咏怀》等诗篇，都是此时写成。唐武宗会昌三年（843年），在普州病逝。

贾岛

贾岛的诗歌风格在晚唐形成流派，影响很大。晚唐李洞、五代孙晟等人十分尊崇贾岛，甚至对他的画像和诗集焚香礼拜，奉若神明。

贾岛是著名的苦吟派诗人，这在他的诗句中也有所反映。《送无可上人》诗中“独行潭底影，数息树边身”句下就自注：“二句三年得，一吟双泪流。知音如不赏，归卧故山秋。”“二句三年得”是夸张的说法，但他吟诗常常煞费苦心却是真有其事，著名的典故“推敲”指的就是他。传说贾岛在驴背上苦思“鸟宿池边树，僧推月下门”两句，反复斟酌用推还是用敲字，以至错入了韩愈的仪仗。推敲从此也就成为了脍炙人口的常用词。

◎ 推敲

贾岛初次到京城应试期间，一天他在驴背上想到了两句诗：“鸟宿池边树，僧敲月下门。”又想用“推”字来替换“敲”字，反复思考没有定下来，便在驴背上继续吟咏，伸出手来做着推和敲的姿势。当时韩愈乘车马出巡，贾岛不知不觉，直走到韩愈仪仗队中，还在不停地做推推敲敲的手势。于是一下子就被侍从推搡到韩愈的面前。韩愈很好奇，便询问贾岛原因。贾岛详细地回答了他在酝酿的诗句，用“推”字还是用“敲”字。韩愈思考了好一会，对贾岛说：“用‘敲’字好。”两人于是一同议论作诗的方法，互相舍不得分开。韩愈因此跟贾岛结下了深厚的友谊。“推敲”从此也就成为了脍炙人口的常用词，用来比喻做文章或做事时，反复斟酌。

贾岛著有《长江集》十卷。他的诗大多是写自然景物和闲居情致，以清奇凄苦著名。代表作有《寻隐者不遇》、《剑客》、《题李凝幽居》、《雪晴晚望》、《寄韩潮州愈》、《题兴化寺园亭》等。

孟郊

孟郊（751—814年），字东野，湖州武康（今浙江德清）人。孟郊早年生活贫困，他曾游历两湖、广西一带，屡试不第。直到四十六岁才考中进士，唐德宗贞元十七年（801年），孟郊出任溧阳（今属江苏）尉。唐宪宗元和初年，河南尹郑余庆保奏孟郊任河南水陆转运从事，在洛阳定居。元和九年（814年），孟郊在阌乡（今河南灵宝）病逝。张籍私谥为“贞曜先生”。

孟郊专写古诗，现存诗有五百多首，其中以五言短篇最多，没有律诗。在艺术手法上，孟郊的诗歌中出现了大历、贞元诗歌所没有，在这以前也不曾有过的新特点，他在诗歌创作上，用语刻琢而不尚华丽，不蹈袭陈言，不嵌用典故，而是擅长用白描的手法，寓奇特于古拙之中，语言明白淡素，却又不会流于平庸浅易，一扫大历以来的靡弱诗风。孟郊用词往往精思苦练，追求奇险，导致一些诗句过于艰涩枯槁，缺乏自然之趣。孟郊和贾岛都是苦吟诗人，并称“郊岛”，唐代人张为《诗人主客图》中称他为“清奇僻苦主”。

孟郊的诗歌题材多样，超出了大历、贞元时代诗歌狭窄的题材范围，有的诗反映现实生活，揭露社会弊病，如《征妇怨》、《感怀》、《杀气不在边》、《伤春》等；有的关心百姓疾苦，愤慨贫富不均现象，如《织妇辞》、《寒地百姓吟》等，在杜甫之后，又一次用诗歌深入地揭露了社会中贫富不均、苦乐悬殊的矛盾。有的描绘山水风景，如《汝州南潭陪陆中丞公宴》、《与王二十一员外涯游枋口柳溪》、《石淙》、《寒溪》、《送超上人归天台》、《峡哀》、《游终南山》等；有的抒写仕途失意，抨击浮薄世风，如《落第》、《溧阳秋霁》、《伤时》、《择友》等；还有的自伤身世，叹老嗟病，如《秋怀》、《叹命》、《老恨》等。孟郊还有一些诗描写了平凡的人伦之爱，骨肉亲情，如《结爱》写夫妻之爱，《杏殇》写父子之爱，《游子吟》写母子之爱，这些题材已经在很长时间内被诗人们忽视了。其中《游子吟》是一首真挚深沉、感人至深的小诗："慈母手中线，游子身上衣。临行密密缝，意恐迟迟归。谁言寸草心，报得三春晖。"

韦应物

韦应物（约737—791年），京兆万年（今陕西西安）人。

韦应物十五岁起担任唐玄宗的近侍三卫郎，出入宫闱，随侍皇帝游幸。安史之乱爆发后，唐玄宗逃亡，韦应物失去官职，才开始立志读书。唐代宗广德至唐德宗贞元年间，韦应物先后出任洛阳丞、京兆府功曹参军、鄠县令、比部员外郎、滁州和江州刺史、左司郎中、苏州刺史等职，世称韦江州、韦左司或韦苏州。

韦应物是山水田园派诗人，后人每以"王孟韦柳"并称。他的山水诗描绘清静幽美的山水田园景色，表达恬淡自适和幽远独寂的意境，风格恬淡、意境远逸、气韵温润、言辞洗练，为山水田园诗的创作开创出新面貌。他最有特色的山水田园诗，是以五言古体写成的，如《寄全椒山中道士》等，笔意自然质朴，人称"化工之笔"。他用绝句与七律写成的山水田园诗，也传诵后世，如《滁州西涧》、《自巩洛舟行入黄河即事寄府县僚友》等，写景如画，为后世称许。他的田园诗中也反映了民间的疾苦，代表作有《观田家》，诗中通过对农民终岁辛劳而不得温饱的具体描述，深刻揭示了当时赋税徭役的繁重和社会制度的不合理。

此外，韦应物也创作小词，如《调笑令》："胡马，胡马，远放燕支山下。跑沙跑雪独嘶，东望西望路迷。迷路，迷路，边草无穷日暮。"这首词写的是边塞，传达出一种悲壮、忧虑的氛围。

韦应物作品今传有十卷本《韦江州集》、两卷本《韦苏州诗集》、十卷本《韦苏州集》，散文仅存一篇。

刘长卿

刘长卿（？—789年），字文房，宣城（今安徽宣州）人，一作河间（今属河北）人。幼时在嵩山读书，后移居鄱阳。

唐玄宗天宝年间，刘长卿考中进士。唐肃宗至德年间官任监察御史，后为

刘长卿《逢雪宿芙蓉山》诗意图

《逢雪宿芙蓉山》描述了雪夜旅人夜晚投宿的情景，凝练隽永。

长洲（今属江苏）县尉，因事下狱，被贬岭南南巴尉。经过江西时，与李白等诗人有诗往还。唐肃宗上元二年（761年）从南巴返回，旅居江浙一带。唐代宗大历五年（770年）以后，任职淮西、鄂岳转运使判官。刘长卿性格刚强，得罪了鄂岳观察使吴仲孺，被诬蔑贪赃，再次贬为睦州（今浙江淳安）司马。在睦州时期，与皇甫冉、秦系、严维、章八元等都有诗酬答。唐德宗建中二年（781年），转任随州（今属湖北）刺史，故称刘随州。唐德宗兴元元年（784年）至贞元元年（785年）间，刘长卿离开随州，不知所终。

刘长卿一生坎坷，曾两次遭到贬谪，旅居各地期间多次遭到战乱，所以他的一些作品都在感伤身世，同时反映了战乱后荒凉凋敝的景象。如《穆陵关北逢人归渔阳》、《疲兵篇》、《新息道中作》等，笔调苍凉沉郁，极具现实性。《新唐书·艺文志》著录其集十卷。较流行的是明翻宋本《唐刘随州诗集》（十卷诗，一卷文），《全唐诗》编录其诗五卷。

刘长卿的诗作以五、七言近体为主，尤其擅作五言律诗，自号为“五言长城”。他的五律简练精秀，如《新年作》、《岳阳馆中望洞庭湖》、《碧涧别墅喜皇甫侍御相访》、《海盐官舍早春》等。他的七言律诗也有很多佳句，如“细雨湿衣看不见，闲花落地听无声”（《别严士元》）、“秋草独寻人去后，寒林空见日斜时”（《长沙过贾谊宅》），传诵至今。绝句如《逢雪宿芙蓉山主人》、《江中对月》、《送灵澈上人》等，则以白描取胜，极富风韵情致。

元稹

元稹（779—831年），字微之，河南（今河南洛阳）人，居住在京兆万年（今陕西西安）。与白居易关系密切，常相唱和，世称“元白”，同为新乐府运动的倡导者。

元稹八岁丧父，家道衰落。唐德宗贞元九年（793年），元稹举“明经科”，贞元十九年，举“书判拔萃”科，授秘书省校书郎。唐宪宗元和初，元稹应制策第一。元和四年（809年），元稹任监察御史。第二年，因得罪宦官和权臣，被贬江陵府士曹参军。之后历任通州司马、虢州长史等职。元和十四年，元稹任膳部员外郎，第二年倚靠宦官崔潭峻的引荐，升为祠部郎中、知制诰。唐穆宗长庆元年（821年），元稹迁中书舍人，充翰林院承旨。第二年，官拜宰相，后又出任同州刺史、浙东观察使。唐文宗太和三年（829年），元稹任尚书左丞，两年后逝于武昌军节度使任上。赠尚书右仆射。

元稹的创作，以诗成就最大。元稹的诗词浅意哀，仿佛孤凤悲吟，极为扣人心扉，动人肺腑。他非常推崇杜甫的诗作，学习杜甫的风格并加以创新，于平浅明快中呈现丽绝华美的特点，色彩浓烈，铺叙曲折，细节刻画真切动人，比兴手法富于情趣。在诗歌形式上，元稹是“次韵相酬”的创始者，如《酬翰林白学士〈代书一百韵〉》、《酬乐天〈东南行诗一百韵〉》，都依次重用白居易的诗歌原韵，韵同而意不同。“次韵相酬”的做法，在当时影响很大，也很容易产生流弊。

元稹的代表作有《菊花》、《离思五首》、《遣悲怀三首》、《兔丝》、《和裴校书鹭鸶飞》、《夜池》、《感逝（浙东）》、《晚春》、《靖安穷居》、《送致用》、《宿石矶》、《夜坐》、《雪天》、《织妇词》、《夜别筵》、《山枇杷》、《所思二首》、《白衣裳二首》、《鱼中素》、《一至七言诗》等，都极负盛名。元稹曾自编其诗集、文集、与友人合集多种。他的本集《元氏长庆集》收录诗赋、诏册、铭谏、论议等共一百卷。《全唐诗》编诗二十八卷。

◎ 元稹与薛涛

薛涛是成都名妓，她与抑郁不得志的元稹结识后，爱上了这个比自己小八岁的多情风流才子。但是，好景不长，元稹回京任职后二人从此分开。据说，薛涛是笑着举杯为元稹送行的，也许她知道这一别将永远不会再见，所以才以超然洒脱的心态为爱人送行。

后来元稹曾作《寄赠薛涛》：“锦江滑腻蛾眉秀，幻出文君与薛涛。言语巧偷鹦鹉舌，文章分得凤凰毛。纷纷辞客多停笔，个个公卿欲梦刀。别后相思隔烟水，菖蒲花发五云高。”返京后的元稹意气风发，仕途得意。纳妾娶妻享尽齐人之福，估计早已经忘记了“别后相思隔烟水，菖蒲花发五云高”的相思情。

或许因为绝望，薛涛终身未嫁，在浣花溪边隐居，身着女冠服，写诗制笺，了此一生。

李绅

李绅（772—846年），字公垂，祖籍安徽亳州。他的父亲李晤，历任金坛、乌程（今浙江吴兴）、晋陵（今江苏常州）等县令，举家迁至无锡。

李绅幼年丧父，由母亲教导他学习经义。十五岁时在惠山读书。青年时目睹农民终日劳作而不得温饱的境况，以同情和愤慨的心情，写成了千古传诵的《悯农》诗二首，被誉为“悯农诗人”。唐德宗贞元二十年（804年），李绅第二次进京赶考，应试未中第，于是在元稹的住处寄居。期间李绅为元稹的《莺莺传》命题，并写作《莺莺歌》，二者相辅相成，相得益彰，流传后世。唐宪宗元和元年（806年），李绅考中进士，任国子监助教。之后李绅离开长安前往金陵，加入节度使李锜的幕府。由于不满李锜谋叛而得罪下狱，在李锜被杀后，李绅被释放出狱，返回无锡惠山寺继续读书。元和四年，李绅重回长安任校书郎，与元稹、白居易共同倡导新乐府运动，作有《乐府新题》二十首。元和十四年，李绅升任右拾遗，第二年升任翰林学士，参与牛李党争，是李（德裕）党核心人物，与李德裕、元稹被誉为三俊。唐穆宗长庆四年（824年），李党失势，李绅被贬为端州（今广东肇庆）司马。贬官期间，李绅写了大量描绘行途艰险、发泄心中愤懑的诗作。自唐文宗宝历元年（825年）至太和四年（830年），李绅历任江州（今江西九江）刺史、滁州（今安徽滁州）刺史、寿州（今属浙江）刺史，处境得以改善。太和七年，李德裕为相，起用李绅出任浙东观察使。唐文宗开成元年（836年），李绅转任河南尹（管理东都洛阳的长官），不久又任汴州刺史、宣武军节度使等职。开成五年，李绅任淮南节度使不久入京任中书侍郎、同中书门下平章事（宰相），接着又晋升为尚书右仆射门下侍郎，封为赵国公，李绅共做了四年宰相。唐武宗会昌四年（844年），李绅因中风辞去相位，再次出任淮南节度使。会昌六年，李绅在扬州病逝，归葬于故乡无锡。赠太尉，谥文肃。

李绅所写的二十首新题乐府已经散佚，今存《追昔游诗》三卷、《杂诗》一卷，收录于《全唐诗》。另有《莺莺歌》，保存在《西厢记诸宫调》中。李绅在《追昔游》中，用各种体裁来追述生平的遭遇和经历，内容单薄。但他早年所写的《悯农二首》，思想性较强，对“四海无闲田，农夫犹饿死”的社会现实作了较深刻的揭露。

王建

王建（约767—830年），字仲初，许州（今河南许昌）人。

王建出身寒微，少时就离开家寓居魏州（今河北大名东）乡间。二十岁左右，与张籍相识，一起从师求学，并开始写乐府诗，并称“张王乐府”。唐德宗贞元十三年（797年），王建离家参军，向北到达幽州，向南到达荆州等地，并创作了一些以边塞战争和军旅生活为题材的诗篇。在离开军队后，王建寓居咸阳乡间，生活贫困。唐宪宗元和八年（813年）前后，王建出任昭应县丞。唐穆宗长庆元年（821年），升为太府寺丞，后转秘书郎。在长安时，王建与张籍、韩愈、白居易、刘禹锡、杨巨源等均有往来。唐文宗太和初年，王建再次迁任太常寺丞。不久，出任陕州司马，世称“王司马”。太和五年（831年），王建为光州（今河南潢川）刺史，贾岛曾前去拜见他并有诗相赠。

● 王建《十五夜望月》诗意图

《十五夜望月》描绘了幽静的月夜，流露出诗人对友人的思念之情。

王建的乐府诗，用笔简洁雄健，语意含蓄，意在言外。体裁大多是七言歌行，篇幅较短。他的诗歌题材广泛，生活气息浓厚，思想深刻。如《白纻歌二首》、《羽林行》、《射虎行》等，揭露了帝王的荒淫、权贵的骄横和藩镇的混战等；《田家行》、《簇蚕辞》、《当窗织》、《织锦曲》、《促刺词》、《去妇》、《水夫谣》、《海人谣》等，反映了劳动人民所遭受的残酷剥削压迫，特别对劳动妇女的悲惨境遇深表同情；《古从军》、《辽东行》、《渡辽水》、《凉州行》等，抨击统治阶级的穷兵黩武，同时谴责边将的无能。他还有一些作品，如《赛神曲》、《田家留客》等描写农村的风土人情；《寄远曲》、《镜听词》等，表现了闺妇对远行亲人的思念；《望夫石》、《精卫词》等，歌颂了坚贞的爱情和被压迫者的反抗斗争精神。也有少数作品，流露出人生无常、叹老伤贫等消极情绪。

◎ 张王乐府

中唐诗人张籍和王建所作的乐府诗并称为“张王乐府”。明代胡应麟《诗薮》以“元白长篇，张王乐府”并称。他们都是新乐府运动的重要成员，他们创作的乐府诗，继承并发扬了《诗经》、汉乐府的优良传统，以短篇七言歌行体为主要体裁，揭露并抨击统治阶级的荒淫暴政、穷兵黩武，以及藩镇混战的罪恶，同情广大人民遭受剥削、压迫的不幸遭遇，题材广泛，主题深刻。他们善于运用比兴、白描及对比、映衬等手法，通过典型的事件和人物的语言来表现主题，在诗篇结尾处用重笔突出主题，语言通俗凝练，韵律变化多端，形成了一致的诗风。相比而言，王建诗的题材较张籍要广阔，描写也比张籍诗更细腻含蓄，口语化程度更高；张籍诗的言辞则比王建诗典雅。

王建又以《宫词》知名。他的《宫词》一百首，突破了前人抒写宫怨的套路，广泛地描绘宫中的宫阙楼台、早朝仪式、节日习俗，以及君王的行乐游猎、歌伎乐工的歌舞弹唱、宫女的生活琐事，犹如一幅幅宫禁风俗画。欧阳修《六一诗话》曾指出《宫词》的内容“多言唐宫禁中事，皆史传小说所不载者”。诗中的描绘惟妙惟肖，广为传播。

王建的五、七言近体诗，其中有一部分抒写征戍迁谪、行旅离别、幽居宦况的诗作，因为源自真实的生活经历和体验，所以能“感动神思，道人所不能道”。但这些诗往往表现得消极颓废，缺乏明显的艺术特色。王建的绝句清新婉约，多传世之作。此外，王建还写过《宫中三台》和《江南三台》等小令，是中唐文人词的重要作者之一。

张籍

张籍（约767—830年），字文昌，原籍苏州（今江苏苏州），后迁居和州乌江（今安徽和县乌江镇）。唐德宗贞元初，张籍与王建一起在魏州学诗，后来返回和州。贞元十二年（796年），孟郊到和州拜访张籍。贞元十四年，张籍到北方游历，在孟郊的介绍下，与韩愈相识。第二年，张籍参加科举考试，在长安进士及第。唐玄宗元和元年（806年），张籍调补太常寺太祝，与白居易相识，二人互相切磋、影响。张籍共做了十年太祝，由于身患眼疾，几近失明，故称“穷瞎张太祝”。元和十一年，张籍转任国子监助教，眼疾也初步好转。十五年后，再迁秘书郎。唐穆宗长庆元年（821年），在韩愈的引荐下，张籍担任国子博士，后升为水部员外郎，又升主客郎中。唐文宗太和二年（828年），张籍升任国子司业，世称“张水部”、“张司业”。

张籍的乐府诗与王建齐名，并称“张王乐府”。南唐末年张洎以张籍诗四百多首成集，为《木铎集》十二卷。南宋末年汤中编成《张司业集》八卷，附录一卷。明代嘉靖万历年间刻印《唐张司业诗集》八卷，共收诗四百五十多首。1958年，中华书局编成《张籍诗集》八卷，共收诗四百八十多首。

张籍是新乐府运动的推动者和支持者，张籍诗作的特点是语言精练、平顺自然。他的诗中广泛而深刻地反映了各种社会矛盾，同情广大人民的疾苦，如《塞下曲》、《征妇怨》等；还有一些诗歌描绘了农村的风俗和生活画面，如《采莲曲》、《江南曲》等。张籍在乐府诗上的艺术成就最高，他善于总结事物对立面，在一篇或数篇诗作中形成强烈的对比，善用素描的手法，细腻生动地刻画人物形象。张籍的乐府诗体裁多为“即事名篇”的新乐府诗，有时也会沿用乐府旧题来创出新意。他的诗歌语言简练通俗，常以口语入诗。张籍的五言律诗，不重藻饰，不事雕琢，在平易流畅中显露委婉深挚，对晚唐的五律创作影响很大。

张继

张继（约712—779年），字懿孙，襄州（今湖北襄阳）人。

张继博览有识，与皇甫冉亲密友好，感情胜似兄弟。唐玄宗天宝十二年（753年），张继进士等第。唐代宗宝应元年（762年），唐军收复长安、洛阳，张继被录用为员外郎征西府中供差遣，从此弃笔从戎。后又历任检校员外郎、检校郎中、盐铁判官等职。唐代宗大历末年，张继病逝于任上。

张继为官清正，曾作感怀诗："调与时人背，心将静者论，终年帝城里，不识五侯门。"他不逢迎权贵，也没有一般官员的官僚习气。在他死后，刘长卿为他作了一首悼诗《哭张员外继》，诗云"世难愁归路，家贫缓葬期"，可见张继为官的清廉正直。

张继有诗集《张祠部诗集》流传后世。张继所作多是登临纪行的游记诗歌，他作诗不事雕琢，流传下的作品很少，《全唐诗》收录一卷。

张继的诗歌中最著名的当属《枫桥夜泊》："月落乌啼霜满天，江枫渔火对愁眠。姑苏城外寒山寺，夜半钟声到客船。"张继构思细密，将六景一事蕴涵在四句诗中，构造出清幽寂远的意境。所有景物的挑选都独具慧眼，一静一动、一明一暗、江边岸上，景物的搭配与人物的心情达到了高度的默契与交融。"寒山寺"也拜其所赐，成为远近驰名的游览胜地。

张继的诗不但"有道者风"，也颇具"禅味"，这是当时士大夫崇尚儒道的普遍风气，他也不例外。后世对张继的诗歌也给予了较高的评价，如高仲武认为张继的诗"事理双切"，"比兴深矣"，"不雕而自饰，丰姿清迥，有道者风"。

卢仝

卢仝（约775—835年），自号玉川子，范阳（今河北涿州）人，初唐四杰中卢照邻的后代。

卢仝少有才名，未满二十岁便在少室山隐居，家境贫困，仅有几间破屋。但他刻苦读书，家中藏书甚众。朝廷曾两度要起用他为谏议大夫，而他不愿仕进，辞而不就。他的《月蚀诗》讽刺当时的宦官专权现象，受到韩愈的赞誉和赏识。唐文宗太和九年（835年），爆发甘露之变，卢仝因留宿宰相王涯家中，与王涯同时遇害。

卢仝的诗风惊奇险怪，他善用散文的句法写诗，语言和体裁力求创新。宋代韩盈评价"为体峭挺严放，脱略拘维，特立群品之外"。严羽《沧浪诗话》中称卢仝诗为"卢仝体"，并说"玉川之怪，长吉之瑰诡，天地间自欠此体不得"。

● 卢仝

卢仝极好饮茶，一首脍炙人口的“七碗茶歌”，即《走笔谢孟谏议寄新茶》，人称“玉川茶歌”，与茶圣陆羽《茶经》齐名。自唐以来，历经宋、元、明、清各代，传唱千年而不衰，至今诗家茶人咏到茶时，仍屡屡吟诵：“一碗喉吻润，二碗破孤闷。三碗搜枯肠，惟有文字五千卷。四碗发轻汗，平生不平事，尽向毛孔散。五碗肌骨清。六碗通仙灵。七碗吃不得也，唯觉两腋习习清风生。”这首诗从构思、语言、描绘到夸饰，都恰到好处，能于酣畅中求严谨，茶的功效和卢仝对茶饮的审美愉悦，在诗中表现得淋漓尽致。这首诗在日本广为传颂，并演变为“喉吻润、破孤闷、搜枯肠、发轻汗、肌骨清、通仙灵、清风生”的日本茶道。卢仝著有《茶谱》，人称“茶仙”。卢仝著有《玉川子诗集》。

◎ 茶圣陆羽

卢仝对茶道极有见解，其作的“七碗茶歌”与茶圣陆羽的《茶经》齐名。

陆羽（733—804年），字鸿渐，唐朝复州竟陵（今湖北天门）人。一名疾，字季疵，号竟陵子、桑苎翁、东冈子，又号“茶山御史”。陆羽对茶叶有浓厚的兴趣，他熟悉茶树栽培、育种和加工技术，并擅长品茗。公元758年，陆羽到升洲（今江苏南京）钻研茶事。公元760年，陆羽隐居浙江湖州苕溪，撰《茶经》三卷，成为世界上第一部茶叶专著，对我国茶业和世界茶业作出了卓越贡献，被誉为“茶圣”。《茶经》是唐代和唐以前有关茶叶的科学知识和实践经验的系统总结，全面叙述了茶区分布并评价茶叶品质，同时记录了许多新发现的名茶。如浙江长城（今浙江长兴）的顾渚紫笋茶，被陆羽评为上品，后列为贡茶；义兴郡（今江苏宜兴）的阳羡茶，是陆羽直接推举入贡的。

权德舆

权德舆（759—818年），字载之，排行第三，祖籍天水略阳（今甘肃秦安东北），父辈时举家迁至润州丹阳（今江苏丹阳）。权德舆家世源远，十二祖权翼是前秦苻坚时的尚书左仆射，封安邱公，自他以来权家世代为官。权德舆的父亲权皋，曾为安禄山的幕僚，安史之乱前，他果断逃离安禄山，为时人称道。

权德舆从小聪明好学，三岁即能辨四声，四岁就能写诗文，十五岁有文章百篇，在乡里小有名气。唐德宗好文，听说权德舆的才名后，于贞元八年（792

年）将他召入朝廷，封为太常博士，转任左补阙。贞元十年，任起居舍人，兼知制诰，之后历任驾部员外郎、司勋郎中、中书舍人，均掌诰命。贞元十八年，官拜礼部侍郎，掌管贡举。唐顺宗永贞元年（805年），改任户部侍郎。唐宪宗元和初年，历任兵部、吏部尚书。元和五年（810年），拜礼部侍郎同中书门下平章事（宰相），为政宽厚。元和八年，权德舆罢相，以吏部尚书留守东都，后又转刑部尚书，元和十三年卒于山南东道节度使任所。谥号“文”，后人称为“权文公”。

权德舆仕宦显达，并以文章著称。他的诗多是应制酬赠之作，以五言居多，五古、五律词采丰丽繁密，雅正含蓄，流亮自然，其中不少传世佳作。张荐称赞他的诗“词致清深，华彩巨丽，言必合雅，情皆中”。严羽《沧浪诗话》认为权德舆的诗歌“有绝似盛唐者”。《全唐诗》收其诗作十卷传世。

戴叔伦

戴叔伦（732—789年），字幼公（一作次公），润州金坛（今属江苏）城西南窑村人。

戴叔伦出生在一个隐士家庭，他的祖父戴修誉、父亲戴昚用，都隐居终身不仕。戴叔伦小时候聪慧过人，博闻强记，跟随著名的学者萧颖士学习，“诸子百家过目不忘”，是萧门弟子中出类拔萃的学生。唐肃宗至德元年（756年）岁末，为避永王兵乱，戴叔伦随亲族逃难到江西鄱阳。

唐代宗大历元年（766年），戴叔伦在户部尚书充诸道盐铁使刘晏的幕下供职。大历三年，经刘晏推荐，戴叔伦出任湖南转运留后。此后，历任涪州（今属四川）督赋、抚州（今属江西）刺史，以及容州（今属广西）刺史，加御史中丞，官至容管经略使。他在任期间，政绩卓著，是个出色的地方官吏。贞元五年（789年）四月，戴叔伦上表辞官归隐，六月在返乡途中客死清远峡（今四川成都北）。

戴叔伦的诗作，体裁多样，无论是古体近体、五言七言，都有佳作传世。他的诗歌内容也十分丰富，既有揭露昏暗世道的，又有同情民生疾苦的，既有慨叹羁旅离愁的，也有吟咏田园山水风光的，其中反映社会现实的作品最具价值、最富现实意义。如《女耕田行》“无人无牛不及犁，持刀砍地翻新泥”、“姊妹相携心正苦，不见路人唯见土”写出了农家妇女劳作的劳苦；《边城曲》“人生莫作远行客，远行莫戍黄沙碛，黄沙碛下八月时，霜风裂肤百草衰”写出了戍边士兵的艰辛……这些诗描写了遭受封建压迫剥削的劳动者的困苦生活，语言平易顺畅，描写细致委婉，感情丰沛真诚，具有强烈的艺术效果。

李德裕

李德裕（787—850年），字文饶，真定赞皇（今河北赞皇）人，唐朝宰相、政治家、诗人，爵位为卫公，因此又号“李卫公”。李德裕是牛李党争中李党的领袖，是前宰相李吉甫的儿子。

李德裕入仕之初为翰林学士，唐穆宗即位后，宫中书诏典册，多出自他之手。后被牛党贬谪为西川（今四川成都）节度使。唐文宗太和七年（838年）和唐武宗开成五年（840年），李德裕两度为相。主政期间，重视边关防务，极力主张削弱藩镇，加强中央集权，使内忧外患的局面暂时得到安定，被李商隐誉为“万古之良相”。唐宣宗即位后，李德裕被贬至荆南，然后再贬潮州（今属广东），最后贬为崖州（今海南岛）司户参军。大中四年（850年）正月，李德裕卒于贬所，逝后被封太尉，赠卫国公。

◎ 牛李党争

唐穆宗至唐宣宗年间，以牛僧儒为首的牛党和以李德裕为首的李党两派官僚互相倾轧、争权夺利的事件，史称牛李党争。唐文宗时牛李党争最为激烈。这时，两党并用，每逢议政，双方总是争吵不休。到唐武宗时，李德裕为相，牛僧儒等皆被排挤。唐宣宗时，牛党又得势，李党成员全遭罢斥，李德裕被贬，死于崖州。牛李朋党之争使本来腐朽衰落的唐王朝逐步走向崩溃的边缘。

牛党成员多是进士出身，代表新兴的庶族地主；而李党成员多是士族出身，代表没落的门阀世族。他们之间的分歧不仅是政见不同，也包括对礼法、门风等文化传统的态度之异。牛党因循守旧，李党主张革新，所以牛党是守旧的、李党是进步的。

李德裕年轻时就爱好文学，尤其精通《汉书》、《左氏春秋》。他在海南期间，著书立说，备受海南人民敬仰。李德裕写过一篇《文章论》，主张诗文创作要以表达思想感情为目的，反对过于讲究声律和雕琢字句。《长安秋夜》：“内官传诏问戎机，载笔金銮夜始归。万户千门皆寂寂，月中清露点朝衣。”这首诗颇具特色，如同一篇宰辅日记，反映着他从政生活的一个片断。表面看是从容叙事，却给人一种非凡的襟抱、豪迈的气概。李德裕在海南作《登崖州城作》：“独上高楼望帝京，鸟飞犹是半年程。青山似欲留人住，百匝千遭绕郡城。”这首诗通篇都没有抒写政治的愤慨、迁谪的哀愁，而是在悠游舒缓的语气中，透露出无限的忧郁与感伤。

李德裕著有《会昌一品集》，又称《李卫公集》，其中有诗一百四十首左右，《全唐诗》编诗一卷。

张志和

张志和（约730—810年），字子同，初名龟龄，号烟波钓徒、浪迹先生、玄真子。婺州金华（今属浙江）人。

张志和十六岁游太学，后以“明经”擢第，曾向唐肃宗献策，深得唐肃宗赏识和重用，任翰林待诏，后授左金吾卫录事参军，并赐名“志和”。后来，张志和因故被贬为南浦尉，还未到任就返还本籍，不再入仕，扁舟垂纶，祭三江，泛五湖，自称“烟波钓徒”。他的哥哥张鹤龄，因担心他遁世不归，所以在越州（今浙江绍兴）城东为他筑了一间茅屋。他的茅舍非常简陋，柱子椽子都是连树皮也没有刮去的树枝搭成，门前隔着小河，连个独木桥也没有。时任观察使的陈少游来拜访他，常常一坐就一整天，并为茅屋题名“馆真坊”。后来又出资扩建并造桥，时称“回轩巷”、“大夫桥”。唐肃宗曾赏赐张志和一奴一婢，张志和让他们结为夫妇，并取名“渔童”、“樵青”。

张志和《渔歌子》词意图

张志和博学多才，歌词诗画都有很高成就。他常常喝酒喝到兴起时，击鼓吹笛，吟诗作画，顷刻即成。他曾经在酒席间，和颜真卿以及其他宾客唱和渔夫词，颜真卿、陆羽、徐士衡、李成矩等共和二十五首。张志和则让人拿来丹青、剪下白绢，为词配画，不一会儿就画了五本。花木禽鱼，山水景象，古今奇绝，无与伦比。画在颜真卿和客人们之间传观、欣赏，众人惊叹不已。唐代朱景玄《唐朝名画录》定逸品三人，其中张志和居其一。明代董其昌《画旨》也认为：“昔人以逸品置神品至上，历代唯张志和可无愧色。”可见他的画工之高。

张志和著有《玄真子》，《全唐诗》录其九首诗词。《渔歌子》共有五首，其一《西塞山》：“西塞山前白鹭飞，桃花流水鳜鱼肥。青箬笠，绿蓑衣，斜风细雨不须归。”全诗着色明丽，用语活泼，生动地表现了渔夫悠闲自在的生活情趣。这首词描写了江南水乡春汛时期捕鱼的情景，有鲜明的水光山色，有渔翁的形象，是一幅用诗写的山水画。

元结

元结（719—772年），字次山，号漫郎、聱叟，河南鲁山人。

元结十七岁拜从堂兄元德秀为师，在治学和为人方面都受到他很大的影响。唐玄宗天宝六年（747年），元结到长安应举时，李林甫玩弄权术，使应举者全遭落第，他遂归隐商余山，从而对李林甫之流深恶痛绝。天宝十二年，元结进士及第。安史之乱，元结率族人逃到猗玗洞（今湖北大冶境内）避难，因此号为

"猗玗子"。唐肃宗乾元二年（759年），元结在山南东道节度使史翙幕下任参谋，招募义兵，抗击叛军。因军功卓著，擢任水部员外郎兼殿中侍御史，充荆南节度判官。唐代宗宝应元年（762年），元结以老母多病，上表辞官，代宗诏许，特授元结著作郎之职。元结遂移居武昌樊口，放情山水，以耕钓自娱，悉心著书。唐代宗广德元年（763年），元结出任道州刺史，后调任容州刺史，加封容州都督充本管经略守捉使，政绩卓著。大历四年（769年），元结再次辞官，到浯溪（今湖南祁阳）居住。大历七年入朝，同年卒于长安。

元结的散文，尤其是杂文体的散文，有的直抒胸臆，有的托物讽刺。他的文章短小精悍，笔锋犀利，发人深省。其他散文如书、论、序、表、状之类，刻意求古，意气超拔，和当时文风不同，后人把他看作古文运动的先驱。

元结继承《诗经》、乐府诗的优良传统，主张诗歌要为政治教化服务，要"极帝王理乱之道，系古人规讽之流"，认为文学应当"道达情性"，起到救世劝俗的作用。元结的诗歌创作实践了他的主张，他的诗歌内容极富现实性，揭露天宝中期日益尖锐的社会矛盾，如《舂陵行》、《贼退示官吏》，揭示了人民的饥寒交迫和朝廷的征敛无度。《闵荒诗》、《系乐府十二首》等讥讽时政，揭露时弊。元结几乎不创作近体诗。除少数四言、骚体与七古、七绝外，主要是五言古风，风格质朴淳厚，笔力遒劲。

元结有著作多部，可惜都已佚失。现存的作品集常见者有明郭勋刻本《唐元次山文集》、明陈继儒鉴定本《唐元次山文集》、淮南黄氏刊本《元次山集》。

◎ 猗玗洞

安史之乱，元结曾在猗玗洞（今湖北大冶境内）避难，故号为"猗玗子"。元结曾在洞前结庐读书，写下《异泉铭》、《石宫四咏》等诗文。

猗玗洞又名飞云洞，位于湖北黄石市东郊狮子山东面陡壁之间。洞分上、中、下三窟，各生异景，幽深奇幻，妙处横和。上窟出云，缕缕如絮；中窟出风，习习宜人：下窟出水，名曰百丈泉，锵锵悦耳。下洞又分左中右三洞，洞中奇石林立，玲珑璀璨。青黛色石为"元玉府"，白润之石名"滴乳岩"。山雨欲来时，猗玗洞云涌雾腾；阳光照射下，百丈泉流光溢彩，蔚为奇观。

姚合

姚合（779—846年），陕州硖石人（今河南三门峡），唐玄宗时宰相姚崇的孙子。

唐宪宗元和十一年（816年），姚合进士及第，初授职武功主簿，故称"姚武功"。后调任富平、万年尉。唐敬宗宝历中，姚合担任监察御史、户部员外郎等职。后来历任荆州刺史，杭州刺史，给事中，陕、虢观察使，秘书监等职，卒于任内。

姚合在当时诗名很盛，交游甚广，与刘禹锡、李绅、张籍、王建、杨巨源、马戴、李群玉等人都相往来唱酬。他与贾岛关系友好，诗风也较相近，但是比贾岛略为平浅，世称“姚贾”。姚合擅长五律，诗以幽清峭折见长，善于摹写自然景物，时有佳句。但是他的诗歌在风格、题材上都比较单调，刻画景物也较为琐碎。他的诗被南宋永嘉四灵和江湖派所师法，并称为“武功体”。

姚合著有《姚少监诗集》，又选王维、祖咏等十八人诗，编有《极玄集》。在武功尉任期间，姚合赋有五言律诗《武功县居诗》、《迎春》等四十二首，对武功地区的人文、地理、风物、土情等各方面都作了讴歌。宋真宗祥符八年（1015年），武功知县张及深慕姚合为人，在石上刻县居诗，放置在县署。到宋英宗治平年间，武功知县王颐因姚武功县居诗年久剥蚀，于是以五体书重刻于石，并作了后记。

顾况

顾况（727—815年），字逋翁，自号华阳真逸，苏州（今江苏苏州）人，一说苏州海盐（今属浙江）人。唐代诗人、画家、鉴赏家。

唐肃宗至德二年（757年），顾况登进士第。唐德宗建中二年（781年）至贞元二年（786年），韩滉任润州刺史、镇海军节度使时，曾召顾况为幕府判官。贞元三年由李泌荐引，入朝任著作佐郎。贞元五年，李泌去世后，顾况被贬为饶州司户参军。被贬的原因据说是“傲毁朝列”，“不能慕顺，为众所排”。在贬谪途中，顾况经过苏州，与韦应物有诗酬唱。大约在贞元十年，顾况离开饶州，晚年在茅山定居。据皇甫湜《顾况诗集序》记载，皇甫湜曾于贞元十六年在扬州见到过顾况。唐代宗大历六年（771年），顾况在永嘉监盐官任内，曾著有《仙游记》，其中讲述了飞云江上游的李庭寻上山砍树，迷不知路的故事。李庭寻迷路后逢见祭水，内有农田、泉竹、果莱、连栋架险、三百余人家。

顾况在《悲歌》序中写到，诗是“理乱之所经，王化之所兴。信无逃于声教，岂徒文采之丽耶？”强调诗歌的思想内容，注重诗歌的教化作用。他曾模仿《诗经》作《上古之什补亡训传十三章》，并效法《诗经》“小序”，取每首诗的首句前一二字为题，标明主题。如“囝，哀闽也”，“采蜡，怨奢也”，开创了白居易《新乐府》“首句标其目”的先例。其中以《囝》最为著名。唐代闽中官吏常残害幼童做阉奴，顾况的诗中也揭发并谴责闽吏这一残害人民的罪行。

顾况的七言歌行体，以《公子行》、《行路难三首》出名，揭露了贵族子弟的豪侈生活，讽刺封建帝王追求长生的愚昧行为，极具现实意义。又如《李

● 顾况

供奉弹箜篌歌》、《刘禅奴弹琵琶歌》、《李湖州孺人弹筝歌》等，通过生动丰富的比喻和对环境气氛的渲染，将音乐描绘得极为出色。顾况的诗想象丰富，意境奇特，色彩浓郁，是李贺歌行的滥觞。皇甫湜《顾况诗集序》中称顾况"偏于逸歌长句，骏发踔厉，往往若穿天心，出月胁，意外惊人语，非寻常所能及"。唐朝末年诗僧贯休有《读顾况歌行》一诗，对顾况的七言歌行也极为推崇。此外，顾况的七绝也写得清新自然，饶有佳作，如《宿昭应》讽刺唐玄宗求仙，《叶上题诗从苑中流出》、《宫词》等写出被禁闭深宫的宫女的哀怨之情。

顾况有《文论》、《戴氏广异记序》等文。《封氏闻见记》曾记述顾况擅长绘画。《新唐书·艺文志》子部杂艺术类著录有顾况《画评》一卷，可惜的是已佚失。

顾况著有《顾逋翁诗集》四卷，辑入《唐诗百名家全集》；《华阳集》三卷，辑入《四库全书》。《全唐诗》编录其诗四卷，《全唐文》编录其文三卷。

◎ 顾况与白居易

年轻的白居易初次到洛阳，拜见当时已名重一方的诗人顾况。当时白居易还没有成名，顾况看着"居易"这个名字，笑着说："洛阳米贵，居住不易啊！"

可是，当他翻开诗稿，读到白居易所作的诗《草》时，立刻被那美妙的诗句惊住了，连忙说："能写这样的好诗，在洛阳居住就容易了……"

《草》："离离原上草，一岁一枯荣。野火烧不尽，春风吹又生。"这首诗通过对荒原野草的热烈歌颂，抒发了诗人的豪迈气势和坚忍不拔的奋斗精神，也象征着对美好生活的信念和追求，显得情意深长而又悠然不尽。

戎昱

戎昱（744—800年），荆州人。戎昱少时曾多次举进士，均落第，于是开始纵情游历名都山川。后来又参加科举，考中进士。

唐代宗宝应元年（762年），戎昱从滑州、洛阳向西行进，途经华阴，遇见了王季友，于是二人同赋《苦哉行》。唐代宗大历二年（767年），戎昱返回故乡，在荆南节度使卫伯玉的幕府中担任从事一职。后来又寓居湖南，先后成为潭州刺史、桂州刺史的幕僚，都极受重用。唐德宗建中三年（782年），戎昱在长安居住，出任侍御史一职。第二年被贬为辰州刺史，后又改任虔州刺史。戎昱晚年在湖南零陵任职，流寓桂州而终。

戎昱是中唐前期比较注重反映现实的诗人之一。现存诗一百二十五首，明人选辑有《戎昱诗集》。戎昱的诗歌语言清丽婉朴，采用多样的铺陈描写的手法，在意境上显得悲气纵横，他的诗中常见“愁”、“泪”、“哭”、“啼”、“悲”、“涕”等字眼，极为感人。在诗歌题材上，戎昱多写边塞戎旅和秋思送别的诗作，主要代表作有《塞下曲》、《移家别湖上亭》、《苦哉行五首》、《罗江客舍》、《客堂秋夕》、《从军行》、《江城秋霁》、《送陆秀才归觐省》、《霁雪》、《江上柳送人》、《辰州建中四年多怀》、《八月十五日》、《出军》、《红槿花》、《桂州岁暮》、《旅次寄湖南张郎中》等，其中以《塞下曲》和《移家别湖上亭》最为著名。《苦哉行》描写了战争给人民带来的灾难。《桂州腊友》则是羁旅游宦、感伤身世的作品。《塞下曲》描写戍边将士在劫空敌塞后胜利凯旋，“高蹄战马三千匹，落日平原秋草中”的壮阔场面，撼动人心。《移家别湖上亭》描写诗人搬家与“湖上亭”道别，亭边的“柳条藤蔓”系着离情，生动有趣。

薛涛

薛涛（？—832年），唐代女诗人。“涛”也作“陶”，字洪度，长安（今陕西西安）人。

薛涛姿容美艳，敏慧博学，八岁能诗，洞晓音律，多才艺，名震一时。薛涛的父亲薛陨入蜀为官，父亲死后，母女二人生无所依，薛涛为了维持生计，做了诗乐娱客的诗伎，凭借美丽的容貌和惊世的才华，很快就成了成都名妓。唐德宗贞元中，韦皋迁任剑南西川（今属四川）节度使，召薛涛入府赋诗侑酒。后袁滋、高崇文、武元衡、李夷简、王播、段文昌、杜元颖、郭钊、李德裕等人相继出任节度使，薛涛都以歌伎的身份出入幕府。

薛涛和当时著名诗人元稹、白居易、张籍、王建、刘禹锡、杜牧、张祜等人都有诗歌相互赠答。薛涛住在浣花溪畔，她自造一种桃红色的小彩笺写诗，分赠给当时的社会贤达，后人仿制，称为“薛涛笺”。晚年的薛涛喜欢女道士的装束，住在碧鸡坊，创建吟诗楼，在清幽的生活中度过晚年。薛涛死后，当时的剑南节度使段文昌为她亲手题写了墓碑“西川女校书薛涛洪度之墓”。

在唐代女诗人中，以薛涛和李冶、鱼玄机最为著名。薛涛的诗，包括送别、咏物、山水等内容，其中以送别之作居多，为后世传诵的《送友人》：“水国表装夜有霜，月寒山色共苍苍。谁言千里自今夕，离罗杳如关路长。”真挚情意溢于言表，绝无脂粉气。

薛涛自抒胸臆的咏物诗，往往寓意深远。《酬人雨后玩竹》："南天春雨后，那鉴雪霜姿。众类亦云茂，虚心能自持。多留晋贤罪，早伴舜妃悲。晚岁君能赏，苍苍劲节奇。"此诗以竹子的坚忍不拔，寄托自己不同凡俗的情志和品格。《柳絮咏》："二月杨花轻复微，春风摇荡惹人衣，他家本是无情物，一向南飞又北飞。"乐伎在世人眼中地位低下，诗人以柳絮自喻，表明她对于所处环境的悲愤，感慨命运无法由自己掌控。薛涛的咏物诗，多以自然物的高洁品质来喻自己所追求的独立人格。诗歌格调高雅，词句清丽，襟怀广阔，气质脱俗，得到当时及后世人的称美，晚唐张为的《诗人主客图》将其列为"清奇雅正"类。

◎ 女校书

胡曾《赠薛涛》诗云："万里桥下女校书，枇杷花下闭门居。扫眉才子知多少，管领春风总不如。"此后，唐代文人便称薛涛为"校书"。

"校书"，即"校书郎"，在古代是掌校雠典籍，订正讹误的官员。东汉朝廷藏书于东观，置校书郎中。北魏秘书省始置校书郎，唐代秘书省与弘文馆皆置校书郎，宋代属秘书省，元代校书郎属秘书监，也掌鉴定书画。直至明清始废。

薛涛虽然身入风尘，却能以不俗的谈吐和生花妙笔，与文人学士酬答。西川节度使韦皋非常赏识她，一度想保奏她为校书，但由于她身份卑贱而作罢。自薛涛以后，"女校书"就成了妓女的美称。直到晚清，尚沿用此典。上等妓女也自称"校书"以装门楣。

杜秋娘

杜秋娘，生卒年不详，即杜秋，金陵（今江苏南京）女子。

杜秋娘十五岁时，镇海节度使李锜以重金将她买入府中，成为歌舞伎。杜秋娘不满足于只表演别人编好的节目，于是自己谱写了一曲《金缕衣》，声情并茂地唱给李锜听："劝君莫惜金缕衣，劝君惜取少年时；花开堪折直须折，莫待无花空折枝。"这首诗正合了李锜的心意，立时就把她纳为侍妾。

唐德宗驾崩后，李诵继承了帝位，史称唐顺宗。唐顺宗在位仅八个月就禅位给儿子李纯，是为唐宪宗。唐宪宗在位期间，曾经试图削减节度使的权力，引起李锜的不满，于是举兵反叛，却在战乱中被杀。杜秋娘以歌舞伎的身份入宫为奴。有一次，杜秋娘为唐宪宗表演了《金缕衣》，唐宪宗被深深地感染，对杜秋娘一见钟情，将其封为秋妃。

杜秋娘不仅是唐宪宗的宠妃，还是他的机要秘书，杜秋娘以女人的温情和宽容弥补了唐宪宗年轻气盛、性情浮躁的缺点。唐宪宗常常和杜秋娘讨论治国大事，二人过了十几年同心同意的日子。不料元和十五年（820年），唐宪宗突然不明不白地死在宫中，有传是被内侍弘志蓄意谋弑。但当时是宦官专权，此事遂不了了之。二十四岁的太子李恒嗣位为唐穆宗，杜秋娘负责照顾皇子李湊。李恒荒淫好色，沉迷于声色犬马，不到三十岁便一命呜呼。十五岁的太子李湛继位为唐敬宗，但他只知道打猎游玩，不理朝政，不久又被刺身亡。这时，李湊已被封为漳王。杜秋娘经历三位帝王连续暴死，料其必是宦官所为，于是与宰相宋申锡联合密谋，决心除掉宦官王守澄，立李湊为帝。不料宦官的耳目众多，计划被王守澄探知。结果，李湊被贬为庶民，宋申锡被谪为江州司马，而杜秋娘也削籍为民，返回乡里，结束了她的“折花”岁月。

杜秋娘

晚唐诗人

晚唐前段诗可以分为两大派，杜牧、张祜、许浑、马戴、刘沧等人风格清俊豪迈，健爽悲凉，往往在历史的咏怀中寄寓着对衰世的哀伤。

李商隐、温庭筠、段成式等人多绮丽浓艳之作，开艳丽诗风，纠正了孟郊、贾岛以来的清苦枯槁之病。

杜牧和李商隐并称“小李杜”。杜牧俊爽悲慨、风骨豪迈，李商隐深情绵邈，绮丽精工，自成一体。

晚唐后段诗也分两大派，一派是罗隐、杜荀鹤、皮日休、陆龟蒙等刺时愤世的尚俗诗人；一派是韦庄、司空图、郑谷、韩偓等感时伤世的清丽诗人。他们都擅长近体，一般多纤巧而少浑朴，多直露而少含蓄，多佳句而少完篇，多雕琢而少圆融。

李商隐

李商隐（约813—858年），字义山，号玉谿生，祖籍怀州河内（今河南荥阳），和杜牧合称“小李杜”，与温庭筠合称为“温李”，与段成式、温庭筠诗文风格相近，而且都在家族里排行十六，故并称为“三十六体”。

唐文宗开成二年（847年），李商隐进士及第，历任弘农尉、佐幕府、东川节度使判官等职。李商隐因文才出众，深得牛党要员令狐楚的赏识，而李党的王茂元也怀爱才惜才之心，于是将自己的女儿嫁给李商隐，导致他遭到牛党的排斥。从此，李商隐处于牛李党争的夹缝之中，辗转于各藩镇充当幕僚，一生郁郁不得志，潦倒终身。

晚唐诗歌在前辈的光芒照耀下大有山穷水尽的下滑趋势，而李商隐又将唐诗推向了又一次高峰，他的诗歌创作博采众家之长，继承了杜甫七律的沉郁顿挫，融和齐梁诗的华丽浓艳，仿效李贺诗的鬼异幻想，善于借用历史典故，使隐秘难言的意思得以表达，从而形成了一种深情缠绵、绮丽精巧的独特风格。

李商隐的诗歌流传下来近六百首。就诗歌的内容而言，主要包括政治诗、咏史诗、写景咏物诗和爱情诗几方面。“匡国无门”的遭遇使李商隐写出许多反映民生疾苦，批判藩镇割据、宦官擅权，揭露统治集团的糜烂政治的诗篇。李商隐的政治诗中《行次西郊作一百韵》、《安定城楼》较为出色，表达了积极奋进的精神；他的咏史诗《贾生》、《隋宫》构思奇巧、措辞婉转、意蕴悠长；咏物写景诗也有惊人之笔，如《登乐游原》等，境界苍凉，悲壮含蓄。他的爱情诗写得缠绵悱恻，广为传诵。

杜牧

杜牧（803—约852年），字牧之，号樊川居士，京兆万年（今陕西西安）人，宰相杜佑之孙。

唐文宗太和二年（828年），杜牧进士及第，之后又参加制策，登科后被授弘文馆校书郎、试左武卫兵曹参军。半年后，随外放江西观察使的沈传师做幕僚，自此开始了他的幕府吏生涯。太和九年，杜牧被朝廷任命为真监察御史，在东都洛阳上任。在洛阳期间，由于职务清闲，杜牧四处凭吊古迹，写下了不少诗篇。唐文宗开成四年（840年），杜牧前往长安任左补阙、史馆修撰。第二年，杜牧升官为膳部员外郎。唐武宗会昌元年（841年），杜牧调任比部员外郎，次年外放黄州刺史，之后历任池州刺史、睦州刺史、司勋员外郎、史馆修撰、吏部员外郎、湖州刺史、考功郎中、知制诰、中书舍人（中书省别名紫微省），人称杜紫微。杜牧晚年居长安南樊川别墅，故后世称“杜樊川”。这段时期，杜牧重新整修了祖上的樊川别墅，并且闲暇之时经常在这里以文会友。

杜牧自少喜好论兵，并做过多篇文章谈论军事。《罪言》、《战论》、《守论》、《原十六卫》等几篇文章阐述了藩镇问题和用兵方略，为司马光撰写《资治通鉴》时所采录。

杜牧的文学创作成就辉煌，无论是诗、赋、古文都堪称名家。杜牧最擅长长篇五言古诗。他的长篇五言古诗气骨遒劲。晚唐的张为在《诗人主客图序》中将杜牧的诗归为“高古奥逸”类，裴延翰将他的诗文四百五十首编为二十卷的《樊川文集》。在诗歌创作上，杜牧的古体诗受到杜甫、韩愈的影响，题材广阔，笔力峭健。他的近体诗则文词清丽、情韵跌宕。杜牧在七律《早雁》中使用比兴托物的手法，对遭受回纥侵扰而流离失所的北方边塞人民表示同情，委婉曲折而富有余味。《九日齐山登高》中，杜牧以豪放的笔调抒写自己的旷达胸怀，同时寓有深沉的悲慨。晚唐诗歌总体趋向是藻绘绮密，杜牧受到时代风气的影响，也注重辞采。这种重辞采的共同倾向和他个人“雄姿英发”的特色相结合，形成了一种风华流美而又神韵疏朗，气势豪宕而又精致婉约的艺术风格。

◎ 多情杜牧本痴情

杜牧早年曾对一位湖州少女情有独钟，于是向那位少女的父亲提亲。杜牧虽出身名门，但在当时却是一介寒儒，空怀大志，身无分文，因此遭到那位少女父亲的严词拒绝。杜牧留下豪言壮语，“三年之后必做此地太守，再来迎娶”。杜牧负笈求学，发奋读书，终于金榜题名。之后，杜牧走马湖州，立刻查访那位少女，可惜佳人已嫁。杜牧叹息不已，赋诗一首，命名《怅诗》：“自是寻春去较迟，不须惆怅怨芳时。狂风落尽深红色，绿叶成荫子满枝。”

温庭筠

温庭筠（约812—866年），本名岐，字飞卿，太原祁（今山西祁县）人，又名温八叉。与李商隐并称“温李”。幼时却已随家人迁居江淮，对江南的感情深厚，自称为“江南客”，后来在雩县（今陕西户县）郊野定居，这里靠近杜陵，所以又自称为杜陵游客。

温庭筠早年才思敏捷，以词赋知名，他多次参加科考，但是屡试屡败，仅做过随县尉、方城尉一类的小官，官终国子助教，故世称“温助教”。

温庭筠现存诗约三百三十首，其中占六分之一的乐府诗，华美秾丽，多写闺阁、宴游题材，如《春愁曲》等。温庭筠的近体诗往往格韵清拔，不同乐府诗的艳丽，其中不少抒情寄愤、感慨深切的诗作，如《过陈琳墓》、《经五丈原》、《苏武庙》等篇，历来传诵。他的诗还有些以山水、行旅为题材，写得清丽工细，如《商山早行》诗之“鸡声茅店月，人迹板桥霜”，更是不朽名句，千古流传。相传宋代名诗人欧阳修非常赞赏这一联，曾自作“鸟声茅店雨，野色板桥春”，但终未能超出温诗原意。在晚唐的诗人中，温庭筠声名鹊起，与李商隐齐名，但是他的诗作无论思想境界、表述内容，还是艺术成就，都远不能和李商隐相提并论。

温庭筠诗词俱佳，他的词在思想上虽没有较高的价值，但在艺术上却有独到之处，历代诗论家对温庭筠诗词评价很高，被誉为花间派鼻祖。《花间集》中收录温庭筠的词六十六首，可见他是第一位专力填词的诗人。"词"到了温庭筠手里才真正被重视，到五代、宋代竞相为之，终于使词在古代文坛上蔚为大观。温庭筠对词的贡献，永远受到后人的尊敬。除诗词外，温庭筠还是一位小说作家、学者。据《新唐书·艺文志》，温庭筠撰有小说《乾巽子》三卷、《采茶录》一卷，编纂类书《学海》十卷，可惜全部亡佚。

韦庄

韦庄（836—910年），字端已，长安杜陵（今属陕西长安）人。韦庄是唐初宰相韦见素的后人，诗人韦应物第四世孙，传到韦庄时，家族已衰落，父母早亡，家境寒微。

韦庄自幼好学，才识过人，但是为人不拘小节，任性固执。唐僖宗广明元年（880年），韦庄在长安应举，正值黄巢军攻入长安，战乱中与弟妹失散。中和二年（882年），韦庄才离开长安前往洛阳。不久后为躲避战乱而下江南，直到唐昭宗景福二年（893年）才回到长安，一心想要应试，以施展自己治国平天下的抱负。第二年，五十九岁的韦庄终登进士第，并授校书郎。乾宁四年（897年），韦庄被"宣谕和协使"李洵聘为书记，一同前往西川，结识了时任西川节度使的王建，之后回长安改任左补阙。天复元年（901年），韦庄应王建之邀入川任掌书记。天祐四年（907年），朱温篡唐。唐朝灭亡后，韦庄曾力劝王建称帝。王建自立为前蜀皇帝，任命韦庄为宰相，前蜀开国制度多出他手。自此韦庄终身仕蜀，官至吏部侍郎兼平章事。

◎ 黄巢起义

韦庄有很多反映唐末黄巢起义的诗作。

黄巢（？—884年），曹州冤句（今山东曹县西北）人。唐末农民起义领袖。黄巢家财丰厚，擅长击剑骑射，粗通笔墨，屡举进士不第，于是以贩私盐为生。

唐懿宗咸通末年至唐僖宗乾符初年，连岁凶荒，黄河以南地区灾荒尤其严重，各地纷纷爆发农民起义。乾符二年（875年），黄巢发动起义，提出"均平"的政治口号。唐僖宗中和元年（881年），起义军攻下唐都长安，建立了农民政权，国号"大齐"，也叫"齐"。后来起义虽被唐王朝所镇压，但却加速了唐王朝的灭亡进程。

韦庄在唐末诗坛上有重要地位。韦庄的诗词都很出名，诗歌方面今有《浣花集》十卷传世。韦庄的代表作是长篇叙事诗《秦妇吟》，与《孔雀东南飞》、《木兰诗》并称为“乐府三绝”。韦庄经历黄巢起义、藩镇混战，因此他思想的核心是“忠唐”，他的诗作广泛地反映了唐末动荡混乱的社会面貌。韦庄的写景诗，如《题盘豆驿水馆后轩》、《登咸阳县楼望雨》、《秋日早行》等，取景疏淡，清幽婉丽，极具特色。韦庄善于创作近体诗，他的律诗音调响亮、绝句包蕴丰满。韦庄的代表作有《菩萨蛮》、《浣溪沙》、《应天长》、《荷叶杯》、《清平乐》、《谒金门》、《河传》、《天仙子》、《诉衷情》、《女冠子》、《木兰花》等。韦庄与温庭筠同为花间派的重要词人，并称“温韦”。

皮日休

皮日休（838—883年），字逸少，后改袭美，襄阳竟陵人（今属湖北天门）人。因在鹿门山居住，故号“鹿门子”，又号“间气布衣”、“醉吟先生”。

皮日休《闲夜酒醒》诗意图

《闲夜酒醒》这首诗描写了诗人隐居山中的闲适生活。

唐懿宗咸通八年（867年），皮日休登进士第。第二年向东游历到达苏州。咸通十年，皮日休出任苏州刺史幕僚，与陆龟蒙相识，时常唱和往来。之后，皮日休入京担任太常博士，再出为毗陵副使。唐僖宗中和元年（881年），黄巢入长安称帝，皮日休任翰林学士。关于皮日休的死，说法不一。有人认为他因故被黄巢所杀，有的说黄巢兵败后皮日休被唐王朝所杀，也有人说他后来到了浙江，还有人说流寓在宿州终身，死后葬在濉溪北岸。

皮日休著述颇丰，主要有《皮子文薮》、《松棱唱和集》、《别集》各十卷，《鹿门家抄》九十卷、《鹿门书院》六十卷，《胥台集》七卷，《茶经》序和二十多首咏茶诗。他的散文和辞赋，多借古讽今，抒写愤慨。《全唐诗》收录皮日休诗九卷三百余首，后八卷都是《文薮》未收之诗。他的部分诗篇揭露了统治阶级的腐朽，反映了人民遭受的压迫和剥削，继承了白居易所倡的新乐府传统。

皮日休与陆龟蒙并称“皮陆”，并著有唱和集《松陵集》。皮陆唱和更多的是关注个人生活，取材于日常生活中的器具、景物、人事等，如《渔具诗》、《樵人十咏》、《酒中十咏》、《添酒中六咏》、《茶具十咏》等。二人大量地唱和，往往一题而成诗数十首，内容只是酒、茶、渔钓、赏花、玩石等琐物碎事和各种闲趣，繁杂又单调，给人空虚无聊之感。

陆龟蒙

陆龟蒙（？—881年），字鲁望，唐代诗人、文学家、农学家。自称“江湖散人”，又号“天随子”、“甫里先生”。

陆龟蒙出身官僚世家，他的父亲陆宾虞曾任御史之职。陆龟蒙从小就精通《诗》、《书》、《仪礼》、《春秋》等儒家经典，尤其是对《春秋》研究最为深入。他曾参加过科考，却以落榜告终。陆龟蒙早年曾做过湖州、苏州刺史的幕僚，后来回到故乡松江甫里（今江苏吴县东南），过起了隐居生活，此间，他写下了许多诗、赋、杂著，并于唐僖宗乾符六年（879年）卧病期间自编《笠泽丛书》，其中收录了许多反映农事活动和农民生活的田家诗，如《放牛歌》、《刈麦歌》、《获稻歌》、《蚕赋》、《渔具》、《茶具》等。

陆龟蒙在文学上的主要贡献，是他的小品文。他的小品文题材丰富，讽刺辛辣，或用譬喻、寓言，借物寄讽，如《蚕赋》、《记稻鼠》等；或用历史故事，托古讽今，如《治家子言》等。这些出色的小品文，曾被鲁迅誉为晚唐“一塌糊涂泥塘里的光彩和锋芒”。

唐懿宗咸通十年（869年），陆龟蒙与皮日休相识，二人相酬唱和，后来将唱和诗选编为《松陵集》。陆龟蒙的诗文与皮日休齐名，并称“皮陆”。陆龟蒙的诗清丽淡雅，常有佳句传世。陆龟蒙擅长写作七言绝句，多写闲适隐居生活，写景咏物为多。

◎《耒耜经》

陆龟蒙不仅是一位诗人，也是一位农学家。他撰写的《耒耜经》是我国有史以来唯一一本古代农具专志，是专门论述农具的经典著作。“耒耜”是古代一种像犁的工具，在《耒耜经》中所谓“耒耜”就是“犁”的代名词。书中共记载了四种农具，记载得最准确最详细的，是被誉为我国犁耕史上里程碑的唐代曲辕犁。《耒耜经》全篇并不长，包括序文在内，共有633字，但是层次分明，条理清晰，述论有序。《耒耜经》问世以后，得到历代好评，元代陆深曾将《耒耜经》与《氾胜之书》、《牛宫辞》誉为“农家三宝”。后来许多大型丛书、类书，如钦定《授时通考》、《古今图书集成》、《夷门广牍》、《农政全书》、《全唐文》等，都将《耒耜经》全文转引或影录。

杜荀鹤

杜荀鹤（846—904年），字彦之，号“九华山人”，池州石埭（今安徽石台）人。

杜荀鹤出身寒微，他曾多次上长安应考，却屡试不第。当黄巢起义军席卷山东、河南一带时，杜荀鹤从长安返家。从此“一入烟萝十五年”（《乱后出山逢高员外》），过着“文章甘世薄，耕种喜山肥”（《乱后山中作》）的清闲生活。后来又到大梁（今河南开封）游历，向朱温献《时世行》十首，希望他能够省徭役、薄赋敛，却没有受到朱温的采纳和重视。杜荀鹤在寺院中旅寄，朱温的部下敬翔劝说杜荀鹤“稍削古风，即可进身”，因此杜荀鹤上颂德诗三十章取悦于朱温。朱温向礼部推荐杜荀鹤。大顺二年（891年），杜荀鹤重又参加科试，得中第八名进士。第二年，政局动乱，杜荀鹤再次还乡，居于旧山。时田頵在宣州，很重视杜荀鹤，用为从事。天复三年（903年），田頵起兵叛杨行密，派杜荀鹤到大梁与朱温联络。田頵败死，朱温上表举荐杜荀鹤，获授翰林学士、主客员外郎之职。不久患重疾而卒。

杜荀鹤才华横溢，但是仕途坎坷，终未酬志。他在诗坛上享有盛名，诗风自成一家，擅长作宫词。他的诗歌语言通俗、风格清新、朴实明畅、清新秀逸，后人称“杜荀鹤体”。他的部分作品反映了唐末军阀混战造成的社会动荡和人民的悲惨遭遇。杜荀鹤长期居住在九华山，所以有很多吟咏九华山面貌的诗篇。杜荀鹤客居他乡时写的《秋日怀九华旧居》流露出诗人弃官归隐九华的心情和身在异地恋乡的苦闷。在《自江西归九华有感》、《题所居村舍》和《山中寡妇》等诗中杜荀鹤揭露了社会政治的昏暗，酷吏的残忍，导致民不聊生，反映了人民的疾苦，是当时社会现状的真实写照。杜荀鹤著有《唐风集》十卷，其中三卷收录于《全唐诗》。

韩偓

韩偓（842—923年），字致尧，一作致光，小名冬郎，号“玉山樵人”，京兆万年（今陕西西安附近）人。

韩偓十岁就能即席赋诗。唐昭宗龙纪元年（889年），韩偓才得以登进士第，出任佐河中节度使幕府，回朝后官拜左拾遗，后迁左谏议大夫。由于忤触权臣朱温，被贬为濮州司马。于是韩偓弃官南下，这期间，唐王朝曾两次诏命他还朝复职，韩偓皆不应。

韩偓的诗作中，最有价值的是感世伤时的诗篇。这些诗作以编年史的方式展现了唐王朝由衰而亡的图景。韩偓喜欢用近体，尤其是七律的形式抒写时事，诗中纪事与述怀相结合，用典贴切，善于将感慨苍凉的情境寓于清丽芊绵的词章之中，诗风沉郁顿挫，悲婉柔韧。他的作品多写上层政治的变乱，较少触及民生疾苦。在艺术价值上缺乏杜甫沉雄阔大的笔力和李商隐精深微妙的构思，有时不免流于平浅纤弱。

◎ 香奁体

香奁体又名“艳体”，是以韩偓的《香奁集》为代表的一种诗风。这类作品多写男女之情和妇女的服饰容态，风格绮丽纤巧。韩偓《香奁集序》自述：“遐思宫体，未降称庾信攻文；却诮《玉台》，何必倩徐陵作序？初得捧心之态，幸无折齿之惭。柳巷青楼，未尝糠粃；金闺绣户，始预风流。咀五色之灵芝，香生九窍；咽三危之瑞露，春动七情。”

香奁体渊源于六朝宫体，而描写范围则从宫廷贵族扩大到一般士大夫的恋情、狎邪生活，对后世诗歌有一定影响。宋代叶茵《顺适堂吟稿》中有几首写闺情的七绝，题名《香奁体》。晚明王彦泓《疑雨集》、清代袁树《红豆村人诗稿》，也刻意模仿《香奁集》。

韩偓的写景抒情诗构思新巧，笔触细腻，最大的特色是在景物画面中融入对身世的感慨，即景抒情。他的七律《惜花》写得悲咽沉痛，暗寓亡国之恨。还有一些写景小诗如《醉著》、《野塘》等，以白描手法勾摹物景，构图明晰，设色疏淡，宛如饱含诗意的水墨画卷。反映农村败坏景象的《自沙县抵尤溪县，值泉州军过后，村落皆空，因有一绝》，寓时事于写景之中，体现了画笔与史笔结合的巧妙。

韩偓的《香奁集》专写男女之情，风格纤巧。今有明汲古阁刻本《韩内翰别集》一卷，附补遗一卷。另《香奁集》有元刊三卷本和汲古阁一卷本传世。

● 罗隐

罗隐

罗隐（833—909年），字昭谏，新城（今属浙江）人。原名横，自号江东生，十试不中后有退隐之心，于是改名为隐。

罗隐的一生，历唐末文、武、宣、懿、僖、昭、哀七个王朝。唐懿宗大中十三年（859年）底，罗隐到京师应进士试，历七年不第。咸通八年（867年），罗隐把自己的诗文编选为《谗书》，更加遭到统治阶级的憎恶。之后，罗隐又断断续续考了几年，一共应考十余次，自称“十二三年就试期”，最终还是名落孙山，史称“十上不第”。黄巢起义后，罗隐避乱在九华山，唐僖宗光启三年（887年），罗隐依附吴越王钱镠，历任钱塘令、秘书著作郎、镇海军节度掌书记、司勋郎中、镇海节度判官、吴越给事中等职，最后终于盐铁发运使任上。

罗隐的讽刺散文成就很高，计有小品文《谗书》五卷约六十余篇，可以称得上是古代小品文中的奇葩。《谗书》所收讽刺小品都是抒写怀才不遇的愤懑不平，并“警当世而戒将来”，鲁迅评说“全部是抗争和愤激之谈”，一度成为朝廷禁书，纪昀在修撰《四库全书》时竟也不敢收录。如《英雄之言》中，深刻地揭露了以救民涂炭的“英雄”自居的帝王的强盗本质。《说天鸡》、《汉武山呼》、《三闾大夫意》、《叙二狂生》、《梅先生碑》等文，也都是嬉笑怒骂，动笔成趣，表现了他对现实的强烈批判意识和杰出的讽刺艺术才能。

罗隐在唐末五代诗名颇重，常有精警通俗的诗句广为传颂，成为经典名言，如“时来天地皆同力，运去英雄不自由”、“家财不为子孙谋”、“今朝有酒今朝醉”、“任是无情也动人”等等。著有诗集《甲乙集》，收诗四百余首，主要分两大类：一类是屡考不举的“下第”诗，充满愤懑不平之情；另一类是“咏物、咏史”诗，讽嘲之言溢于言表，可以警戒世人。

张祜

张祜（约785—849年），字承吉，清河东武城（今山东武城）人。最初在苏州居住，后来迁往长安。张祜在仕途上坎坷不达，他屡次举进士不第，南北奔走三十年，投诗求荐，也未获官。直至唐文宗时才由天平军节度使职被举荐进京，但被元稹排挤。唐武宗会昌五年（845年）投奔池州刺史杜牧，受到礼遇，可是年已迟暮。随后在丹阳曲阿地，隐居以终。

张祜在诗歌创作上取得了卓越的成就，以乐府宫词著称于世。他的著作和他的为人一样，具有独特的风格，他纵情声色，流连诗酒，也任侠尚义，喜谈兵剑，心存报国之志，希图步入政坛，效力朝廷，一展抱负。在人际交往中，他因诗扬名，以酒会友，酬唱相和，结识了不少名流显宦。但是由于他性情孤傲，狂妄清高，多次遭人排挤。张祜有心报国，却无门乏力，只好借酒消愁，借诗抒志，“幽栖日无事，痛饮读离骚”，“千年狂走酒，一生癖缘诗”。张祜去世后，皮日休曾为他作挽诗：“一代交游非不贵，五湖风月合教贫。魂应绝地为才鬼，名与遗篇在史臣。”

现存《张祜诗集》十卷，四百六十八首诗，《全唐诗》录为二卷。他的诗作，吟咏的题材相当丰富，有的感伤时世，有的歌咏从军，有的状景咏物，最著名的是宫词，宫词多描写宫女幽怨之情，也与他自己的遭遇相联系，有感而发。他的诗风沉静浑厚，语词浅易，笔法纯熟，平易自然，有隐逸之气，但略显不够清新生动。代表作有《题金陵渡》、《雁门太守行》、《送苏绍之归岭南》、《旅次石头岸》、《隋宫怀古》、《从军行》、《爱妾换马》、《宫词二首》、《夜宿溢浦逢崔升》、《听筝》、《散花楼》、《悲纳铁》、《樱桃》等，其中《题金陵渡》和《宫词二首》流传颇广。

◎ 张祜逢知己

张祜得知杜牧在池州做刺史，很想去拜访他。一次他经过牛渚，一时感怀，写下了《江上旅泊呈杜员外》："牛渚南来沙岸长，远吟佳句望池阳。野人未必非毛遂，太守还须是孟尝。"把自己比作毛遂。杜牧收到了张祜的诗后，很高兴，写了《酬张祜处士见寄长句四韵》来酬答："士子论诗谁似公，曹刘须在指挥中。荐衡昔日知文举。乞火无人作蒯通。北极楼台长挂梦，西江波浪远吞空。可怜故国三千里。虚唱歌辞满六宫。"杜牧在诗中称赞了张祜的诗才，并借用孔融荐举祢衡和蒯通乞火的典故，对令狐楚举荐张祜却遭到元稹拒绝的事表示遗憾和惋惜。张祜见诗后，立刻到池州与杜牧相见。布衣太守，结为了知己。

司空图

司空图（837—908年），字表圣，河中虞乡（今山西永济）人，晚唐著名诗人、诗论家。

司空图少有文才，绛州刺史王凝极为赏识他的诗文。王凝回朝任礼部侍郎，负责贡举，司空图就于唐懿宗咸通十年（869年）进京应试，擢进士上第，得到王凝的赞许，从此名声大振。可是不久后，王凝因事被贬为商州刺史，司空图为报答知遇之恩，主动上表恳请随行。唐僖宗乾符四年（877年），王凝出任宣歙观察使，召请司空图为幕府。第二年，朝廷授予司空图殿中侍御史之职，由于他不忍心离开王凝，故意拖延导致逾期未归，于是被贬职为光律寺主簿，分司东都洛阳。当时卢携罢相，正在洛阳居住，对司空图的才华和为人格外赞赏，常常相互拜访同游。有一次，卢携经过司空图的宅第，在墙壁上题了一首诗来称赞他："姓氏司空贵，官班御史卑。老夫如且在，不用念屯奇。"后来，卢携回朝再次拜相，邀请司空图为礼部员外郎，不久升迁郎中。

司空图留给后世的诗，大多是抒发隐居的闲情逸致之作，内容单调。他还曾写诗自表："诗中有虑犹须戒，莫向诗中着不平。"

在文学史上，司空图主要是以诗论著名，唐代诗歌艺术高度发展，反映在理论上就是诗论著作的出现，如司空图的《诗品》等，这是当时诗歌纯艺术论的一部集大成著作。这本书把诗歌的艺术表现手法分为二十四种风格，其中包括雄浑、含蓄、清奇、自然、洗练等，并把每格化为一品，每品采用十二句形象化的四言韵语进行比喻说明。但他的诗论缺乏严密的系统性，尤其是对“韵外之致”、“味外之旨”的过分强调，宣扬了远离现实生活的超脱意境，忽视诗歌的思想内容和反映社会现实的作用。这些都为宋代严羽的《沧浪诗话》、清代王士禛的《渔洋诗话》等继承和发挥，对后世的诗歌批评和创作产生消极影响。

司空图《诗品》文意图

段成式

段成式（约803—863年），字柯古，山东邹平（今属山东）人。唐代著名文学家、诗人。

段成式是唐朝开国功臣段志玄的后代。段成式的父亲段文昌，是唐穆宗朝宰相，著有《食经》一卷。他的儿子段安节，是唐代著名音乐家，曾任朝议大夫，著有《乐府杂录》、《琵琶故事》各一卷。

唐武宗会昌三年（843年），段成式任秘书省校书郎，精研苦学秘阁收藏的书籍，后来升迁尚书郎、吉州刺史等职。唐宣宗大中七年（853年），段成式回到京城，担任太常少卿一职。到唐懿宗咸通初年，段成式出任江州刺史。不久便免官并寄居在襄阳，与温庭筠、余知古、韦蟾、周繇等人时常有诗作唱和往来。咸通四年（863年）六月卒。

段成式博闻强记，能诗善文，在诗坛上与李商隐、温庭筠齐名。由于他们三人都排行十六，因此时人称他们的诗作为“三十六体”。

段成式一生著述颇多，有《酉阳杂俎》二十卷、《续杂俎》十卷、《卢陵官下记》二十卷、《汉上题襟集》三卷、《鸠异》一卷、《锦里新闻》二卷、《破虱录》一卷、《诺臯记》一卷。他的《酉阳杂俎》是唐人笔记作品中的传世佳作，被后世誉为“小说之翘楚”。段成式的诗词，《全唐诗词》和《全唐诗》中，收录三十多首；他的著文，《全唐文》中收录十一篇。清人辑有《段成式集》。

秦韬玉

秦韬玉，生卒年不详，字仲明，京兆（今陕西西安）人。应进士不中，唐僖宗中和二年（882年）赐进士及第。曾从唐僖宗入蜀，依附有权势的宦官田令孜，官工部侍郎、神策军判官。

◎ 神策军

秦韬玉在唐僖宗朝曾任神策军主簿一职。

神策军是唐代后期主要的禁军。神策军来自陇右，常出征藩镇；也担任长安西、北备御吐蕃的防务。神策军的地位日高，待遇也十分优厚，到唐德宗时神策军已增至十五万人。神策军以宦官统率，控制了关中地区，造成宦官集团长期专权，对唐后期的政治有重大影响。

虽然神策军的兵额扩大，但战斗力却不见增强。黄巢进军长安，唐僖宗以神策军守卫潼关，起义军毫不费力就攻破潼关，进入长安，神策军溃散。唐僖宗在成都又招募神策军五万余人，分为十军，原神策左军中尉、观军容使田令孜任左右神策十军兼十二卫观军容使。唐昭宗天复三年（903年），朱温诛杀宦官，神策军同时被解散。

秦韬玉的诗大多是七言诗，构思奇巧，语言清雅，意境浑然，多有佳句，艺术成就很高。代表作有《贫女》、《长安书怀》、《桧树》、《题竹》、《对花》、《八月十五日夜同卫谏议看月》、《边将》、《织锦妇》、《钓翁》、《天街》、《豪家》、《陈宫》、《燕子》、《仙掌》、《独坐吟》、《咏手》、《春游》等，其中以《贫女》一诗流传最广：“蓬门未识绮罗香，拟托良媒益自伤。谁爱风流高格调，共怜时世俭梳妆。敢将十指夸偏巧，不把双眉斗画长。苦恨年年压金线，为他人作嫁衣裳。”另外，《长安书怀》中的“凉风吹雨滴寒更，乡思欺人拨不平”、《题竹》中的“卷帘阴薄漏山色，欹枕韵寒宜雨声”、《八月十五日夜同卫谏议看月》中的“寒光入水蛟龙起，静色当天鬼魅惊”、《钓翁》中的“潭定静悬丝影直，风高斜飐浪纹开”和《天街》中的“宝马竞随朝暮客，香车争碾古今尘”等句都是极佳的对句，充分显示了诗人出类拔萃、高人一筹的艺术才华。

吴融

吴融，生卒年不详，字子华，越州山阴（今浙江绍兴）人。

唐昭宗龙纪元年（889年），吴融登进士第，后追随宰相韦昭度出讨西川，任掌书记，多次升迁后任侍御史。吴融曾一度辞官游历荆南，后再次出仕，历任左补阙、翰林学士、中书舍人等职。天复元年（901年）朝贺时，吴融受命在御前起草诏书，共十余篇，顷刻而成，深得唐昭宗赞赏，历任户部侍郎、翰林学士承旨，卒于任内。

吴融的诗歌基本上属于晚唐温庭筠、李商隐一派，多是流连光景、艳情酬答的诗作，很少反映社会现象，《唐才子传》评价“靡丽有余，而雅重不足”。《四库全书总目》却认为吴融的诗“音节谐雅，犹有中唐之遗风”，可能指其一部分诗作中所包含的比较疏朗恬淡的意境，如《酬僧》诗中“吟处远峰横落照，定中黄叶下青苔”、《山居即事四首》中“阑珊半局和微醉，花落中庭树影移”等句。吴融诗的最大特色，在于将温庭筠、李商隐的缛丽转变为凄清，如《红白牡丹》中“不必繁弦不必歌，静中相对更情多”、《废宅》中“几树好花闲白昼，满庭荒草易黄昏”等，这类情趣在吴融的诗作中是很常见的。他的代表作有《子规》、《叶落》、《野庙》、《途中见杏花》等。吴融也有少数感时伤事托古讽今的诗作，如《彭门用兵后经汴路三首》、《文德初闻车驾东游》、《华清宫》、《隋堤》等。其中七言律诗《金桥感事》，风格深沉雄健，音节和谐，是难得的佳篇。著有《唐英歌诗》三卷。

许浑

许浑（？—约858年），字用晦，一作仲晦，润州丹阳（今属江苏）人。武后朝宰相许圉师六世孙。

唐文宗太和六年（832年），许浑进士及第，先后担任当涂、太平令，因身患疾病而去职。唐懿宗大中年间，许浑入朝担任监察御史，又因病要求归乡，之后再次出仕，任润州司马。许浑曾任虞部员外郎，转任睦、郢二州刺史等职。许浑晚年在丹阳丁卯桥村舍闲居，自编诗集，名《丁卯集》。许浑的诗都是近体，尤以五言、七言律诗为多。他的诗作句法圆熟工稳，声调平仄自成一格，世人称“丁卯体”。许浑的诗多写“水”，所以有“许浑千首湿”的讽语。

许浑的诗作以登临怀古最具特色，名篇如《咸阳城东楼》、《金陵怀古》、《故洛城》，追抚山河遗迹。许浑俯仰古今兴废，抒发了苍凉悲慨的情致。但是，他的诗作往往局限于伤今吊古，别无深意，难免有落入俗套的感觉。许浑的其他诗作，如宦游、寄酬、伤逝诗等的，也时有佳句传世，如《暮宿东溪》中“马上折残江北柳，舟中开尽岭南花”一句，《郑秀才东归凭达家书》“两岩花落夜风急，一径草荒春雨多”一句，都能在写景中托寓自己的情思。但是意境浅狭，气格卑弱，是许浑诗作的通病。

许浑的诗现存五百余首，其中没有一首古体诗。他的律诗圆稳工整，对仗精切，田雯《古欢堂集·杂著》有“声律之熟，无如浑者”的赞誉。但是，方回《瀛奎律髓》批评他“专对偶”、“工有余而味不足”。许浑诗的警句常出现在第二联，如《咸阳城东楼》中“溪云初起日沉阁，山雨欲来风满楼”之句、《故洛城》中“水声东去市朝变，山势北来宫殿高”之句。到诗歌的后半篇往往流于平沓，句意也时见复出。许浑喜欢将律句三字尾的声调改为“仄平仄”对“平仄平”，以显示拗峭变化，为后人所仿效，称作“丁卯句法”。

郑谷

郑谷（848—909年），字守愚。袁州宜春（今江苏宜春）人。郑谷自幼聪颖，七岁就会赋诗，当时著名诗人、诗论家司空图见到郑谷很欣喜，认为他“当为一代风骚主”。

郑谷虽然自小才华横溢，但是科举、仕途却颇为不顺。他二十一岁首次参加科举考试就名落孙山。此后又连考十回，直到唐僖宗光启三年（887年），郑谷才考中进士，历任京兆鄠县尉、右拾遗补缺，后又转任都官郎中，世称“郑都官”。郑谷与薛能、李频唱和，又与张乔、许棠等交游，世称“咸通十哲”。后与诗僧齐己唱和，齐己称为“一字师”，他写的一首《鹧鸪》诗声名远播，因而又有“郑鹧鸪”之称。唐昭宗乾宁年间，郑谷毅然辞官归隐，在故乡的仰山，过着“好句未停无暇日，旧山归老有东林”的悠闲生活。

郑谷《蜀中赏海棠》诗意图

《蜀中赏海棠》是诗人中和三年（883年）落第之后所写的诗。

郑谷一生所作诗不下千余首。他曾“寓居云台道舍”，故称诗集为《云台编》，一名《宜阳集》，又叫《郑守愚文集》，共分为上、中、下三卷。此外，郑谷著有《宜阳外编》、《国风正误》等书籍，有的著作现已失传。郑谷在当时诗名颇盛。《鹧鸪》、《燕》、《竹》、《海棠》等诗作状物传神，齐己拜他为“一字师”。又与许棠、任涛、张蠙、李栖远、张乔、喻坦之、周繇、温宪、李昌符唱答往还，号“芳林十哲”（又称“咸通十哲”），有人甚至称他为晚唐诗坛巨擘。

◎ 咸通十哲

“咸通十哲”指晚唐懿宗咸通时期的一群诗人，与“大历十才子”先后辉映，也称为“芳林十哲”，包括郑谷、许棠、任涛、张蠙、李栖远、张乔、喻坦之、周繇、温宪、李昌符。他们活跃时期在唐懿宗咸通年间，故名。《唐摭言》卷十云：“张乔，池州九华人也……同时有许棠与张乔，及喻坦之、任涛、张蠙、周繇、郑谷、李栖远、温宪、李昌符，谓之十哲。”这群诗人有三个特点：都出身寒微，仕途不顺；都广结僧人，曾隐居；都是江南人士。

郑谷的诗歌清新婉丽，笔调清新，思致宛转，明白晓畅，讲究锻字炼词。郑谷仕途较顺，他的诗大多是咏景状物，或是表现士大夫的清高闲适，缺乏对社会现实的关注和反映，所以流传下来的经典不多。《全唐诗》收录郑谷诗三百二十七首。

马戴

马戴（775—？），字虞臣，曲阳（今江苏东海）人，唐代诗人。

马戴生活在中晚唐之交的动荡年代。他曾屡试不第，直到唐武宗会昌四年（844年）进士及第。唐宣宗大中初年，马戴在太原幕府任掌书记。由于直言进谏而获罪，被贬为龙阳（今湖南汉寿）尉。得赦后，马戴返回京城，后升任太学博士，卒于任。

马戴曾在华山隐居，并到边关游历。他和贾岛、姚合因诗为友，酬唱密切，和顾非熊、殷尧藩、薛能等都有诗篇往来。

马戴的诗作凝练秀朗，含思蕴藉，饶有韵致，不见晚唐纤靡僻涩的风气。他的诗很为时人及后世推崇，尤以五言律诗著称于世。马戴的诗工于写景，杨慎《升庵诗话》曾以其《楚江怀古》为例，其中“猿啼洞庭树，人在木兰舟”一联，杨慎认为“虽柳吴兴（柳恽）无以过也。”马戴的部分边塞诗作，如《陇上独望》、《边将》、《射雕骑》等，也较为沉雄激壮。五古《征妇叹》刻画了征妇悲痛的心情。严羽《沧浪诗话》赞曰：“马戴在晚唐诸人之上。”纪昀《瀛奎律髓刊误》也认为“晚唐诗人，马戴骨骼最高”。翁方纲《石洲诗话》更以为马戴五律“直可与盛唐诸贤侪伍，不当以晚唐论矣”。但是，马戴的诗多投赠、应酬或写羁旅、山林之作，较少反映社会现实。

郑畋

郑畋（825—883年），字台文，河南荥阳人。

唐武宗会昌二年（842年），郑畋进士及第，出任藩镇幕府。唐懿宗咸通五年（864年），郑畋被召入朝，五年后迁任户部侍郎。次年，充翰林学士承旨。后来因故被贬为梧州刺史。

唐僖宗即位后，郑畋再次入朝任右散骑常侍。唐僖宗乾符元年（874年），郑畋以兵部侍郎同中书门下平章事，即为宰相。乾符五年，郑畋因反对招抚黄巢之事与宰相卢携愤怒相争，都被罢相。广明元年（880年），郑畋任凤翔（今属陕西）节度使。同年冬，黄巢攻入长安，唐僖宗出逃奔蜀。郑畋招集畿内散兵，抵抗义军。唐中和元年（881年），郑畋传檄天下，号召四方藩镇出兵合力围攻长安，为阻遏黄巢义军在关中的发展，竭尽气力。不久，他的部将李昌言发动兵变，驱逐郑畋。郑畋被罢为太子少傅，分司东都洛阳。中和二年，朝廷召郑畋到成都（今属四川）主持军务。中和三年，黄巢起义军退出长安，唐僖宗率队还京。当权宦官田令孜及剑南西川节度使（今四川成都）陈敬瑄与郑畋不和，李昌言也不愿郑畋继续执政，三人合力排挤，郑畋辞官去位。郑畋赴其子彭州（今属四川）刺史任所。死后谥文昭。

郑畋性宽厚，能诗文。著有《玉堂集》五卷，《凤池稿草》三十卷，《续凤池稿草》三十卷传世。《全唐诗》录存十六首。代表作如《马嵬坡》，诗云："玄宗回马杨妃死，云雨难忘日月新。终是圣明天子事，景阳宫井又何人？"这是一首咏史诗，将读者带进那个年代，短短几句诗意境深远。

曹松

曹松（828—？），字梦徵，舒州（今安徽桐城，一今安徽潜山）人。曹松早年不显达，曾经为了避乱在洪都西山寄居，后来依附时为建州刺史的李频。李频死后，曹松流落江湖，没有遇到赏识、投合的人。唐昭宗光化四年（901年），曹松与王希羽、刘象、柯崇、郑希颜等同登第，由于他们都年过七旬，号为"五老榜"。朝廷特授校书郎（秘书省正字），卒于任上。

曹松作诗，仿效贾岛的苦吟。《崇义里言怀》说"平生五字句，一夕满头丝"，是他自我的真实写照。曹松善于写作五言律诗，炼字琢句，意境幽深，风格接近贾岛，但是并没有形成怪僻的特点，而独有一种澹宕清苦的风味。"汲水疑山动，扬帆觉岸行"（《秋日送方干游上元》）、"废巢侵晓色，荒冢入锄声"（《送进士喻坦之游太原》），正体现了他这种独特的诗风。但是，曹松的诗歌题材狭窄，多是感慨身世、抒发旅思离情的作品，接触、反映社会问题的诗作较少，但不乏佳句，如《己亥岁二首》，题下注："僖宗广明元年"。"己亥"即乾符六年（879年）的干支，这首诗是在广明元年（880年）追忆去年的时事。"己亥岁"这个醒目的诗题，就点明了诗中所写的是活生生的社会政治现实。其中"凭君莫话封侯事，一将功成万骨枯"之句更是传诵不衰。

曹松著有诗集三卷，《全唐诗》编诗二卷。

陈陶

陈陶（约812—885年），字嵩伯，自号三教布衣。《全唐诗》卷七四五"陈陶"传作"岭南（一云鄱阳，一云剑浦）人"。但是从他的《闽川梦归》等诗题，以及他称建水（今福建南平东南，即闽江上游）一带山水为"家山"（《投赠福建路罗中丞》）来看，陈陶应当是剑浦（今福建南平）人，岭南（今广东广西一带）或鄱阳（今江西波阳）应该只是他的祖籍。

陈陶早年在长安游学，精通天文历象，尤其擅长作诗。陈陶举进士不第，于是纵游名山大川。他漫游浙江、福建、广东时，曾路过今闽东地区，并留下了许多名篇。唐宣宗大中时，陈陶在洪州西山（今江西新建西）隐居，之后不知所踪。

陈陶在《飞龙引》、《谪仙词》、《步虚引》、《将进酒》等诗中，表现出向往神仙和追求长生等消极虚无的道家思想，而在《赠江西周大夫》、《续古》、《避世翁》等诗中，又抒发了济世救时、建功立业的政治抱负。《北梦琐言》认为，陈陶“歌诗中似负神仙之术，或露王霸之说”。他的七言绝句《水调词十首》及《陇西行四首》，描写征戍的苦闷，将征夫思妇的哀怨，刻画得细腻真实，凄婉动人。

橙

陈陶有诗十卷，现已散佚，后人辑有《陈嵩伯诗集》一卷。他的《陇西行》四首之二云：“誓扫匈奴不顾身，五千貂锦丧胡尘。可怜无定河边骨，犹是春闺梦里人。”把残酷的现实和少妇的美梦交替在一起，造成强烈的艺术效果，至今仍广为传诵。

◎ 陈陶卖橙

陈陶在山中隐居时间一长，渐渐地便产生了经济困难。依据陈陶自己的诗和他人的记载来看，陈陶自己似乎并不耕田种地，因此无法从土地中收益分文，所以一家人的衣食住行都需要另寻财源。陈陶虽然可以长期辟谷，但是他的妻子和儿子依然需要衣食。为了解决财源问题，陈陶在山上种植了许多柑橙。等到橙子成熟时，陈陶便招呼一些山里的孩童帮他摘取柑橙，然后把柑橙拿下山去卖。如诗僧贯休的诗中所言，陈陶这样一连卖了几年柑橙后，居然顺利地解决了经济来源问题，在生活上实现了自足。

李频

李频（818—876年），字德新，唐寿昌长汀源（今浙江建德李家镇）人。李频自幼好读诗书，博览强识。

唐大中元年（847年），时寿昌县令穆君率众游赏灵栖洞，就眼前的所见所感，即兴赋诗：“一径入双崖，初疑有几家。行穷人不见，坐久日空斜。”吟诵完这四句后，穆君稍有停顿，这时李频接着吟诵下去：“石上生灵笋，池中落异花。终须结茅屋，到此学餐霞。”穆君听后大为赞赏。大中八年，李频考中进士，先后担任校书郎、南陵县主簿、武功县令。为政期间，李频整顿吏治，安定社会，开官仓赈济灾民，雇乡民疏浚六门堰，从故道引水灌田。唐懿宗嘉奖他的功绩，赏赐以绯衣、银鱼等，并召回长安担任侍御史，之后又升任都官员外郎。不久，李频又出任建州（今福建建瓯）刺史。李频以礼法为政施治，深受百姓的爱戴。唐僖宗乾符三年（876年），李频病死任内，全建州的百姓都十分哀痛，建造梨岳庙来供奉、纪念他。家乡寿昌的百姓也建造都官祠来纪念他。

李频一生创作诗歌较多，但现在多已散佚。宋嘉熙三年（1239年），金华人王野出任建州太守，从京城书肆中得到了李频的诗作一百九十五篇，编辑成《梨岳诗集》，并为之序。《全唐诗》收录李频诗歌二百零八首。后人认为李频的诗"清新警拔"、"清逸精深"。清代建安人郑修楼把李频和李白并举，并作诗赞曰："千载嫡仙携手笑，李家天上两诗人。"李频以描写自然景物见长，《湘口送友人》是李频的代表作之一，受到历代诗家的好评。

鱼玄机

鱼玄机（844—955年），女，初名鱼幼微，字蕙兰，长安（今陕西西安）人。

鱼玄机生于普通家庭，自幼聪慧好学，才思敏捷，文采出众，十五岁被李亿纳为妾。根据《唐才子传》记载，因为原配夫人对鱼玄机的受宠"妒不能容"，李亿就让鱼玄机出家，在长安咸宜观为女道士。后因妒杀侍婢绿翘，被京兆尹温璋处死。

晚唐时，道观独立于法外，政治力量无力支配，当时某些道士、女冠、和尚、比丘尼，并非纯为修行之人，道观、寺庙甚至成为规避法网及逮捕的场所、暂时栖身之处。鱼玄机也不是真正在道观里研习道教教理，她在咸宜观居住时，仍对李亿一往情深，写下许多怀念他的诗，如《寄子安》、《寄李子安》等，这些诗情深意切，可谓"过尽千帆皆不是"的断肠之音，她那有名的《江陵愁望寄子安》，至今为人传诵不衰："枫叶千枝复万枝，江桥掩映暮帆迟；忆君心似西江水，日夜东流无歇时。"

鱼玄机曾漫游江陵、汉阳、武昌、鄂川、九江等地以遣怀，写下了不少写景状物的名篇，如《浣纱庙》；也曾放纵情怀以求知己，与许多文人名士，如温庭筠、李郢等往来酬唱，以诗相寄赠，鱼玄机在这方面的酬赠诗最为出色，如《遥寄飞卿》、《冬夜寄温飞卿》、《闻李端公垂钓回寄赠》、《暮春有感寄友人》、《秋思》等，表现了她多情而深沉的性格。鱼玄机的诗工韵调，一吟一咏；佳篇警句，往往流播士林。

唐诗用典

唐代诗歌由于其取材广泛，内容几乎涉及社会生活的方方面面，其用典自然也是无所不包。杜甫说“为人性僻耽佳句，语不惊人死不休”，贾岛说“两句三年得，一吟双泪流”，贾岛更是有“推敲”的故事被后人传为佳话。唐代有很多诗人是很讲究用典的，到了后来的韩愈、孟郊一派诗人，以文为诗，以才学为诗，讲用典，使得这一派诗人所做的诗歌用典骤然增加。到了晚唐的李商隐更是讲究用典，他的诗歌之所以会使很多人感觉晦涩难懂，实际上很大程度也是由于其诗用典过甚的缘故。

本部分介绍唐诗中一些典故的来历，其中涉及唐代社会甚至我国古代社会的各个侧面，撷取有代表性的历史人物、历史故事、神话传说等内容加以介绍。

4

古代名人

古代历史名人自然是历代诗人吟咏的主要对象，上至帝王将相，下至黎民百姓，更不用说文人墨客、迁客骚人，他们的故事、他们的际遇都经常入诗。诗人们吟咏感叹，他们有时想从这些历史人物身上思考得失，有时想借这些历史人物的经历聊以自慰，有时想借这些历史人物的言论抒发自己的不平之气……

管乐

“管乐”，即管仲和乐毅，是春秋战国时期功勋最卓著的文臣和武将。《三国志》卷三十五《蜀书·诸葛亮传》中记载，诸葛亮就常常把自己比作“管乐”。故后世也用“管乐”来代指治国辅君的贤臣良将。

管仲（？—前645年），名夷吾，又名敬仲、字仲，春秋时期齐国著名的政治家、军事家，颍上（今安徽颍上）人。管仲少时丧父，从小生活贫苦，为了维持生计，与鲍叔牙合伙经商。后从军到齐国，几经曲折，经鲍叔牙举荐，成为了齐国的上卿，也就是丞相，辅佐齐桓公成为春秋时期的第一霸主。后世称管仲为“春秋第一相”。

乐毅，生卒年不详，中山灵寿（今河北灵寿西北）人。乐毅是战国末期杰出的军事家，受封昌国君，辅佐燕昭王振兴燕国。当时燕昭王认为时机已成熟，想要讨伐齐国，于是向乐毅征求计谋。乐毅认为齐国地广人众，根基深厚，而且善攻战。面对如此强大的国家，虽有齐国内患，但是如果仅以燕国一国之力去攻打，恐怕很难取胜。所以想要伐齐，必须联合楚、魏、赵、韩诸国，使齐国陷于孤立地位，方可取胜。这就是所谓的“举天下而攻之”的伐齐方略。后来燕国终于报了强齐伐燕之仇。

管仲

唐诗中常用“管乐”来作为经邦济世之才的称美之词。如孟浩然《与黄侍御北津泛舟》：“自顾躬耕者，才非管乐俦。”李白《赠何七判官昌浩》：“夫子今管乐，英才冠三军。”陈子昂《同宋参军之问梦赵六赠卢陈二子之作》：“诸君推管乐，之子慕巢夷。”

范蠡

范蠡（前517—前448年），字少伯，楚国宛（今河南南阳）人，春秋战国末期的政治家、军事家和经济学家。

公元前496年前后，范蠡入越辅助勾践，共二十余年，终于使勾践在公元前473年灭吴报仇。范蠡认为盛名之下，难以久居，于是乘舟泛海而去。后来到了齐国，齐人认为他是个贤才，推举他当相。范蠡后又辞去相职，定居于陶，即今山东定陶西北，因经商积资巨万。

范蠡精通兵法，善于权谋和经商，是历朝历代罕见的能臣。他能在越王忍辱为吴奴仆时，相伴其左右；能在身处逆境时，矢志不渝，献计献策，保越王归国；能苦身深谋二十年，等待时机，兴师伐吴，让越王报了会稽之仇。他能在高官厚禄面前，不迷心智，预见“兔死狗烹”而毅然辞官，退隐从商；能巧用经商之术，仅十几年时间便成巨贾，使后世人“富者必称陶朱公”。

范蠡不仅能治国用兵，又能齐家保身，是先秦时期罕见的智士，史书概括他平生“与时逐而不责于人”。

◎ 范蠡急流勇退

范蠡辅佐勾践灭吴后，越军横行于江淮之间，成为春秋、战国之交争雄于天下的强国。范蠡也因谋划有功，官封为上将军。但范蠡居安思危，以为大名之下，难以久居，应适时而退。他因久随勾践，对勾践的为人有深刻的认识。他认为勾践有一个很大的弱点，即“可与同患，难以处安”。范蠡趁一次随越王勾践征伐途中经过五湖时向勾践告辞说：“君王好自勉之，臣不复入越国矣。”勾践对范蠡的举动感到很意外，硬软兼施说服范蠡留下。但范蠡不为所动，还是“乘扁舟，出三江，入五湖”，一时不知去向。

唐诗中常用“范大夫”、“范蠡舟”代称范蠡。如李白《留别曹南群官之江南》：“范蠡说勾践，屈平去怀王。”杜牧《西江怀古》：“范蠡清尘何寂寞，好风唯属往来商。”高适《古乐府飞龙曲·留上陈左相》：“天地庄生马，江湖范蠡舟。”鲍溶《淮南卧病闻李相夷简移军山阳以靖东寇感激之下因抒长句》：“教闻清净萧丞相，计立安危范大夫。”

黔娄

黔娄是春秋时齐国的高士，齐、鲁两国国君都请他做官，但他坚持不去。齐威王曾亲自请他，还远远下马脱靴，以示尊重。

黔娄出身贫寒，他的妻子施良娣却是贵族出身。嫁给黔娄后，她从一个贵族千金，变成平民庐中的黔娄夫人，从此脱下绮罗，换上布衣，洗尽铅华，插上荆钗，亲自操持家务，并常常与丈夫一同下田耕作。穿的是自己纺织缝纫的布衣，吃的是自己种植的五谷蔬菜，安贫乐道。

黔娄死后，因家贫如洗，盖体的被子太短不能盖满全身，有人建议把被子斜盖以盖住全身，黔娄的妻子说："斜之有余，不如正之不足，先生生前不斜，死后斜者，不是先生之意。"东晋诗人陶渊明曾作有一首《咏贫士》，赞誉黔娄的高贵品格："安贫守贱者，自古有黔娄。好爵吾不荣，弊服仍不周……不戚戚于贫贱，不汲汲于富贵。"

后世常用"黔娄"来喻指操守高洁的贫士。王维《过沈居士山居哭之》："善卷明时隐，黔娄在日贫。"以黔娄喻指沈居士，称颂他生前安贫自守的品行。孟郊《新卜清罗幽居奉献陆大夫》诗云："黔娄住何处，仁邑无馁寒。"诗人以黔娄自比，并对当地的地方长官有所称颂。元稹《遣悲怀三首》："谢公最小偏怜女，嫁与黔娄百事乖。"作者以黔娄自比，追述韦丛嫁给自己后，和自己一起过着贫困生活。白居易《赠内》："黔娄故穷士，妻贤忘与贫。"借此与妻子共勉。皮日休《七爱诗·元鲁山》："既卧黔娄衾，空立陈寔碑。"借用黔娄死后衣不蔽体之事，称许元鲁山操守高洁，死于贫困。

庄子

庄子（约前369—前286年），名周，字子休，还有字子沐的说法，战国时宋国蒙（今安徽蒙城）人，是著名思想家、哲学家、文学家，道家学派的代表人物，是老子哲学思想的继承者和发展者，先秦庄子学派的创始人。庄子的学说涵盖了当时社会生活的各个方面，但根本精神还是归属于老子哲学思想。后世把他与老子合称为"老庄"，他们的哲学称为"老庄哲学"。

庄子的思想包含着朴素的辩证法因素，认为一切事物都在不断变化中，"道"是"先天地生"的，从"道未始有封"，也就是"道"是无界限差别的。庄子主张"无为"，放弃生活中的一切争斗。他还认为一切事物都是相对的，所以他否定知识，否定一切事物有本质区别，并极力地否定现实，幻想一种主观的"天地与我并生，万物与我为一"的精神境界，逍遥自得，最终倒向了相对主义和宿命论。

庄子的文章，富有极丰富的想象力，文笔变化多端，并采用寓言故事形式，富有幽默讽刺的意味，具有浓厚的浪漫主义色彩，对后世文学有很大的影响。其著作有《庄子》，也称为《南华经》，是道家经典之一。《汉书·艺文志》著录《庄子》五十二篇，但现在留传下来的只有三十三篇。其中内篇七篇，一般认为是庄子所著；外篇和杂篇则可能掺杂有他的门人和后来道家传人的作品。

《庄子》在哲学、文学上都有较高的研究价值。名篇有《逍遥游》、《齐物论》、《养生主》等，其中《养生主》中的“庖丁解牛”尤其为后世广为传诵。

唐诗中常见对庄子的称呼有“庄周”、“庄生”、“庄叟”、“蒙邑先生”等，如卢照邻《失群雁》中有“唯有庄周解爱鸣，复道郊哥重奇色”之句。白居易《疑梦二首》中有“鹿疑郑相终难辨，蝶化庄生讵可知”之句。李商隐《寄太原卢司空三十韵》中有“庄叟虚悲雁，终童漫识鼮”之句。罗隐《水边偶题》中有“思量此理何人会，蒙邑先生最有才”之句。

屈原

屈原（约前340—前278年），芈姓屈氏，名平，字原；又自名正则，字灵均，战国末期楚国丹阳人，是楚武王熊通之子屈瑕的后代。

屈原早年得到楚怀王信任，担任左徒、三闾大夫，并常与楚怀王商议国事，参与制定法律制度等，主张彰明法度，举人为贤。同时，屈原主持外交事务，主张楚国与齐国联合，共同抵抗秦国。在屈原的努力下，楚国国力大为增强。

但是因为他耿直的性格，再加上他人的谗言、排挤，屈原逐渐被楚怀王疏远。公元前305年，屈原反对楚怀王同秦国订立黄棘之盟，但是楚国最终还是成为秦国的附属，屈原却被楚怀王逐出郢都，流落到汉北。

屈原在被流放期间心中感到郁闷，开始文学创作，在作品中充溢着对楚地、楚风的眷恋，以及为民为国的热情。公元前278年，秦国大将白起挥兵南下，攻破了楚国郢都，屈原在绝望和悲愤下怀抱大石投汨罗江而死。相传当地百姓向汨罗江投下粽子喂鱼，以防止屈原遗体被鱼吃掉，后来逐渐演变成为一种祭祀仪式，每年的农历五月初五为端午节，人们吃粽子、划龙舟来纪念这位伟大的爱国诗人。1953年是屈原逝世2230周年，世界和平理事会通过决议确定屈原为当年纪念的世界四位文化名人之一。

屈原

屈原是我国最伟大的浪漫主义诗人之一，他开创了“楚辞”这种文体，开创了“香草美人”的传统。他的作品文字华丽，比喻新奇，想象奇特，内涵深刻，成为我国文学的起源之一。最主要的代表作有《离骚》、《九章》、《九歌》、《天问》。《离骚》是我国最长的抒情诗。后世所见屈原作品，都出自西汉刘向辑集的《楚辞》，其中有《离骚》

一篇，《九章》九篇（《涉江》、《哀郢》、《怀沙》等），《九歌》十一篇（《东皇太一》、《云中居》、《湘君》等），《天问》一篇等。

唐诗中常用“汨罗”、“怀沙”来喻指屈原，歌咏屈原投江事，也借咏忠贤蒙冤事。如“应共冤魂语，投诗赠汨罗”（杜甫《天末怀李白》）、“乃知汨罗恨，未抵长沙深”（白居易《读史五首》其一）、“一闻怀沙事，千载尽悲凉”（张说《过怀王墓》）、“鸣玉机全息，怀沙事不忘”（柳宗元《弘农公以硕德伟材屈于诬枉左官……谨献诗五十韵以毕微志》）等。

萧曹

“萧曹”是萧何、曹参的合称，二人都是辅佐刘邦建汉的开国功臣，立国后先后为相。

萧何（？—前193年），西汉初期政治家，汉初三杰之一，沛（今江苏沛县）人。

萧何早年任秦沛县狱吏，秦朝末年辅佐刘邦起义。攻克咸阳后，诸将们都争夺金银财宝，萧何却接收了秦丞相、御史府所藏的律令、图书，了解了全国的山川险要和郡县户口状况、民间疾苦，对以后制定政策和取得楚汉战争的胜利，起到了重要作用。

项羽称王后，萧何曾劝刘邦接受分封，立足汉中。刘邦做了汉王后，以萧何为丞相。萧何极力向刘邦推荐韩信为大将军。

在楚汉战争时，萧何留守关中，使关中成为汉军的强固的后方大本营，不断地向前线输送士卒粮饷，以支援汉军作战，对刘邦打败项羽，建立汉朝起了重要作用。汉朝建立后，以萧何功劳最高，故被封为“酂侯”。

曹参（？—前190年），是继萧何后的汉朝第二位相国。泗水沛县（今江苏沛县）人。曾任沛县狱吏，后随刘邦起义。楚汉战争时，与韩信平定齐、魏，屡建战功。汉高祖六年（前201年），封平阳侯。汉惠帝二年（前193年），萧何于临终前向汉惠帝刘盈举荐曹参为汉相。曹参当相国三年，清静无为，与民休息，悉遵萧何留下的政策，不予改变。百姓歌颂说：“萧何为法，斠若画一，曹参代之，守而勿失，载其清净，民以宁一。”

“萧曹”典出《汉书·萧何曹参传赞》，唐诗中多用作歌咏功臣、将相的典故。李白《白马篇》：“归来使酒气，未肯拜萧曹。”借萧曹言明自己不愿屈事权贵之心。高适《自淇涉黄河途中作十三首》其十二：“若使学萧曹，功名当不朽。”借以感慨李密不知学萧曹建立功名。杜甫《述古三首》其三：“岂唯高祖圣，功自萧曹来。”以萧曹喻指辅佐唐太宗创业的功臣。《咏怀古迹五首》其五：“伯仲之间见伊吕，指挥若定失萧曹。”以萧曹衬托诸葛亮的谋略。

商山四皓

商山四皓，指的是秦末汉初，即公元前200年左右，东园公唐秉、角里先生周术、绮里季吴实和夏黄公崔广四位著名学者。他们四人不愿意当官，长期隐居在商山，出山时都八十多岁，眉皓发白，故被称为“商山四皓”。刘邦久闻商山四皓的大名，曾请他们出山为官，却遭拒绝。四皓宁愿过着清贫安乐的生活，也不出山为官，还写了一首《紫芝歌》以明志向，歌曰：“莫莫高山，深谷逶迤。晔晔紫芝，可以疗饥。唐虞世远，吾将何归？驷马高盖，其忧甚大。富贵之畏人兮，不如贫贱之肆志。”

刘邦做皇帝后，立长子刘盈为太子，次子如意为赵王。刘盈生性懦弱，才华平庸，而刘如意聪颖过人，才学出众，刘邦有意废刘盈而立刘如意为太子。刘盈的母亲吕后听说这件事后，非常着急，便听从张良的主意，邀请商山四皓出山相助。有一天，刘邦与刘盈一起饮宴，他见太子身后有四位白发苍苍的老人，赶忙询问，得知是商山四皓后，非常惊讶。四皓上前谢罪道：“我们听说太子有仁义孝心，能够做到礼贤下士，我们就一齐来做太子的宾客。”刘邦知道大家支持太子，又见太子有四位大贤辅佐，羽翼已成，就打消了立赵王刘如意为太子的念头。刘盈后来继承皇位，是为汉惠帝。

唐诗中常以“四皓”、“四老”、“四翁”、“商山老”、“商山芝”代指隐士，也喻指辅佐太子的官员。骆宾王《畴昔篇》：“谁能跼迹依三辅，会就商山访四翁。”李白《赠潘侍御论钱少阳》：“眉如松雪齐四皓，调笑可以安储皇。”王维《送陆员外》：“行当封侯归，肯访商山翁。”

此外也常见以“紫芝曲”、“紫芝歌”喻指隐居，如张九龄《商洛山行怀古》：“长怀赤松意，重忆紫芝歌。”杜甫《洗兵马》：“隐士休歌紫芝曲，词人解撰河清颂。”

◎ 商山

商山以四皓为世所知。商山位于今陕西省丹凤县城西7.5公里处丹江的南岸。商山清峻奇秀、静幽高洁，极富诗情画意，古人常咏商山，诗句有“势斗嵩（山）并华（山），名欺霍（山）与潜（山）”、“危石蹲虎脚，松老咤龙髯”、“溪寂钟还度，林昏锡独鸣”、“我有商山君未见，清泉白石在胸间”等，历来为人们所向往。商山之景最令人叫绝的是“商山雪霁”。雪中看山，天地一色，仿若置身画卷之中，令人神往。韩愈有诗《左迁至蓝关示侄孙湘》咏商山雪：“云横秦岭家何在，雪拥蓝关马不前。”

● 贾谊

贾谊

贾谊（前200—前168年），又称贾太傅、贾长沙、贾生，洛阳（今河南洛阳东）人，西汉初年著名的政治家、文学家。

贾谊从小才学过人，文笔十分漂亮，十八岁就闻名于郡里，被郡守招致门下。汉文帝登基后，郡守被擢升为廷尉，贾谊也在郡守的推荐下被汉文帝召为博士。尽管在博士中年岁最小，但是贾谊时有精辟见解，很被汉文帝赏识，一年后贾谊被提升为太中大夫。因遭群臣忌恨，被贬为长沙王太傅。长沙因为贾谊和屈原的影响而被称为“屈贾之乡”，至今还有贾谊故居以纪念贾谊。公元前173年，汉文帝召贾谊回洛阳，为梁怀王太傅。汉文帝曾向贾谊问以鬼神之事，既罢，曰：“吾久不见贾生，自以为过之，今不及也。”李商隐有诗“可怜夜半虚前席，不问苍生问鬼神”，为贾生不得重用而叹息。梁怀王坠马而死后，贾谊认为自己未尽职责，终日哭泣，于第二年忧郁而终，年仅三十三岁。

贾谊的著作主要有散文和辞赋两类。散文如《过秦论》、《论积贮疏》、《陈政事疏》（一称《治安策》）等都很有名；辞赋以《吊屈原赋》、《鹏鸟赋》最著。

贾谊几乎成了我国历史上的传奇人物，他在历史上俨然是怀才不遇的政治家的典型。他的文章和诗被人们称颂，其中有的留传至今。唐诗中常见“贾谊”、“贾生”、“贾长沙”、“贾傅”等，用作怀才不遇、忠贤遭忌的典故。如张九龄《酬王六寒朝见诒》中“贾生流寓日，扬子寂寥时”，以贾谊遭贬比喻王六；《将至岳阳有怀赵二》中“独无谢客赏，况复贾生心”句以贾谊自比。刘长卿《自江西归至旧任官舍赠袁赞府》中“南方风土劳君问，贾谊长沙岂不知”一句以贾谊贬谪地借指自己的贬谪地潘州南巴。杜甫《发潭州》中“贾傅才未有，褚公书绝伦”句来自比贾谊。因此，他通常被人列为儒家。

汉武帝

汉武帝即刘彻（前157—前87年），出生于长安，幼名为刘彘，是西汉王朝的第五代皇帝。刘彻是汉景帝刘启的第十个儿子、汉文帝刘恒的孙子、汉高祖刘邦的曾孙，他的母亲是皇后王娡。

刘彻七岁立为太子，十六岁登基，在位五十四年，建立了西汉王朝最辉煌的功业。据《谥法》记载“威武强睿德曰武”，就是说威严、坚强、明智、仁德称为武。他的文治武功、雄才大略使汉朝成为当时世界上最强大的国家，他也因此成为我国历史上伟大的皇帝之一。

汉武帝是我国第一个使用年号的皇帝。他登基之初，继续了景帝推行的休养生息政策，实行推恩令，并分封诸子为侯，使诸侯的封地逐渐自我缩减，有效地削弱了诸侯势力。

为了加强中央集权，在军队和经济上，汉武帝下令由中央统一管理冶铁、煮盐、酿酒、铸钱等事务，使财政权集于中央。汉武帝时期，卫青、霍去病曾三次大规模攻打匈奴。张骞出使西域，开创中西交流的先河，从此西域成为几大文明交汇之地。汉武帝被称为“冠于百王”，他一手奠定了大汉兴盛的基石。

汉武帝采纳董仲舒“罢黜百家，独尊儒术”的建议，为儒家思想成为我国传统思想奠定了基础。在宣扬儒学的同时，汉武帝也采用法规和刑法来巩固政府的权威和皇权的地位，所以汉学家认为这是一种以法为主，以儒为辅，内法外儒的体制，对百姓宣扬儒道以显示政府的怀柔，而政府内部又以严酷的刑法来约束大臣。但是，宣传儒学并不等于放弃法规，法仍是汉武帝统治时期的最终裁决手段，对司马迁动用宫刑就是一例。

杜甫《兵车行》诗云：“武皇开边意未已”，其中“武皇”即指汉武帝。唐诗中常以“汉武射蛟”作为皇帝巡行的典故，如李白《永王东巡歌十一首》中“祖龙浮海不成桥，汉武浔阳空射蛟”之句。“汉武爱祈祷”用来喻指帝王好神仙、道术，如沈佺期的《同工部李侍郎適访司马子微》中有“轩皇重斋拜，汉武爱祈祷。”“汉武眼穿”在唐诗中被用作咏后妃的典故，如元稹《山枇杷》：“亚水依岩半倾侧，笼云隐雾多愁绝。绿珠语尽身欲投，汉武眼穿神渐灭。”

司马相如

司马相如（约前179—前117年），字长卿，四川蓬州（今四川蓬安）人，一说是成都人，汉代文学家。司马相如擅长鼓琴，他用的琴名为“绿绮”，是传说中最优秀的琴之一。

司马相如年少时就喜好读书、击剑，被汉景帝封为“武骑常侍”。后来司马相如借病辞掉了官职，投奔临邛县令王吉。

临邛县里有一位富豪，名为卓王孙，他的女儿卓文君，容貌秀丽，爱好音乐，善于击鼓弹琴，而且富有文才，不幸的是还没出嫁丈夫就去世了。司马相如早就听说卓王孙有一位才貌双全的女儿，他趁做客卓家的机会，借琴对卓文君表达了自己的爱慕之情。他唱道："凤兮凤兮归故乡，游遨四海求其凰，有一艳女在此堂，室迩人遐毒我肠，何由交接为鸳鸯。"如此措辞，如今看来也是大胆、直接、热烈的，自然使得在帘后倾听的卓文君怦然心动，后与司马相如一见倾心。当晚，卓文君收拾细软走出家门，与司马相如会合，完成了两人生命中最辉煌的事件。

卓文君是一个奇女子。她与司马相如回成都后，面对家徒四壁的窘境，大大方方地又回到临邛老家开酒肆，自己当垆卖酒，终于使要面子的父亲承认了她与司马相如的爱情。后人则根据他们的爱情故事，谱成琴曲《凤求凰》流传至今。

唐诗中"相如"、"相如赋"用于称美作家富于文才。如"汉帝求仙日，相如作赋才"（杨炯《和刘侍郎入隆唐观》），以司马相如为比喻，称美刘侍郎的文才。"朝吟左氏娇女篇，夜诵相如美人赋"（李颀《送康洽入京进乐府歌》），借司马相如来表现康洽的博学。"为文无出相如右，谋帅难居郤谷先"（韩愈《酬别留后侍郎》），以司马相如喻指留后马总的文章极佳，无人可及。

司马相如擅长弹琴，成都有传为司马相如弹琴的琴台，后世用"相如台"来咏琴，也常借以咏蜀地。如李白《淮南卧病书怀寄蜀中赵征君蕤》诗云："朝忆相如台，夜梦子云宅。"这里借"相如台"表达怀念蜀地之情。

司马相如与卓文君在蜀郡临邛开设酒肆，卓文君当垆卖酒，司马相如洗酒具。后世把"相如涤器"、"相如穷"、"相如蓬门"、"马卿涤器"等用作文人落魄的典故。杜甫《醉时歌》诗云："相如逸才亲涤器，子云识字终投阁。"这里"相如涤器"作为古来文人才士失意的先例，借以自我宽慰。"莱子真为少，相如未免穷"（孟郊《赠转运陆中丞》）中以司马相如的贫困失意自喻。

李广

李广（？—前119年），陇西成纪（今甘肃秦安北）人，西汉著名将领。

李广曾做过骑郎将、未央卫尉、骁骑都尉、郡太守，镇守边郡使匈奴不敢入侵，有"飞将军"的称号。也许因时运不济，李广一生未得封侯，所以有"冯唐易老，李广难封"的典故。公元前119年，李广随卫青出征匈奴，战败自杀。

李广擅长射箭。《史记·李将军列传》中记载，有一次李广和子弟们在冥山的北麓打猎，发现草丛里有一只老虎，李广拉弓射虎，一箭就将老虎射死。后来，李广用老虎的头骨做了枕头，以此显示他的武勇。他又把自己的铜便器铸造成了老虎的形状，以示老虎不过如此，被自己一箭射死。后来，李广再次到冥山的南麓打猎，又发现一只老虎趴在草丛里，他拉弓射虎，后来上前细看，发现射中的竟是石头，甚至连箭矢的尾羽都射进去了。可见李广不愧为飞将。

李广一生都在边关戍敌，同匈奴作战四十余年，以智谋超群、骁勇善射著称，匈奴闻其名就会远而避之，不敢与其相战，称得上是不战而屈人之兵。李广治兵宽缓不苛，与士卒同甘共苦，深受边关军民的爱戴，在历代的边疆士兵中有着崇高的威望，是一位“才气天下无双”的将军。

李广冥山射虎

唐诗中常用李将军、“飞将军”代称李广，有很多诗句用以歌颂李广，如王昌龄《出塞》诗云：“秦时明月汉时关，万里长征人未还。但使龙城飞将在，不叫胡马度阴山。”李白《悲歌行》：“汉帝不忆李将军，楚王放却屈大夫。”常建《吊王将军墓》：“尝闻汉飞将，可夺单于垒。”刘禹锡《平蔡州三首》：“汉家飞将下天来，马箠一挥门洞开。”此外，也称其为李将军，并用以称颂将帅，如高适《塞上》：“惟昔李将军，按节出皇都。”

◎ 李广难封

李广前后与匈奴作战四十多年，屡立战功，却始终未能得到封侯，曾同他一起为郎中的堂弟李蔡，人品才能不及中等，名声也远在李广之下，却先后被封为轻车将军、乐安侯、丞相。李广有很多部下甚至都被封侯，而李广却得不到爵邑，官职也没有超过九卿。一次李广与望气算命的王朔交谈说：“自击匈奴而广未尝不在其中，而诸部校尉以下，才能不及中人，然以击胡军功取侯者数十人，而广不为后人，然无尺寸之功以得封邑者，何也？岂吾相不当侯邪？且固命也？”王朔回答：“将军想想是否做过什么后悔的事情？”李广想了想：“我当陇西太守时，羌族人造反，我诱降了他们后却又把他们杀死了。至今最大的悔恨只有这事。”王朔说：“罪过没有比杀死已降的人更大了。这可能就是你不能封侯的原因。”

苏武

苏武（前140—前60年），字子卿，杜陵（今陕西西安西南）人，代郡太守。

苏武年轻时因为父亲职任的关系而被任用，做了皇帝的侍从官，渐渐升到栘中厩监。天汉元年（前100年）官至中郎将。

公元前100年，匈奴新单于即位，汉武帝为了表示友好，派遣苏武率领一百多人，带了很多财物，出使匈奴。可就在苏武完成了出使任务，准备回国时，匈奴政权上层发生了内乱，苏武一群人也受到了牵连，被匈奴扣留了下来，匈奴还要求苏武他们背叛汉朝，臣服于单于。刚开始时，单于派人游说苏武，如果能归顺匈奴会得到丰厚的俸禄和显赫的高官，却被苏武严词拒绝了。匈奴见劝说没有用，就改用酷刑。但苏武仍丝毫没有屈服，于是单于决定把苏武流放到西伯利亚的贝加尔湖一带，让他去牧羊。苏武在那里牧羊达十九年之久，直到当初下令囚禁他的匈奴单于去世。后来的新单于施行与汉朝友好的政策，汉昭帝派使臣前往匈奴，得知苏武仍活着，于是骗匈奴单于说，汉朝的天子在上林苑中射到一只雁，雁的脚上系着帛书，帛书上写着苏武生活在北方的沼泽之中，这样，新单于才把苏武等人送返汉朝。

在昭帝始元六年（前81年），苏武终于回到了汉朝。第二年，上官桀、上官安父子和桑弘羊被人控告谋反，苏武与上官父子、桑弘羊关系友善，再加上苏武的儿子也参与其中，因此被罢官。汉昭帝死后，苏武因拥立汉宣帝有功，被赐爵关内侯。

唐诗中常用“苏武”、“苏君”、“苏子卿”作为使臣蒙难不屈的典故，也借以寄托塞外怀归的情绪。如杜甫《题郑十八著作虔》诗云：“贾生对鹏伤王傅，苏武看羊陷贼庭。”司空曙《夜闻回雁》诗云：“还将今夜意，西海话苏君。”齐己《寄答武陵幕中何支使二首》诗云：“闲杀何从事，伤哉苏子卿。”

王昭君

王昭君（约前52—前20年），姓王名嫱，南郡秭归（今湖北兴山）人。

王嫱天生丽质，聪慧敏秀，琴棋书画无所不精。公元前36年，汉元帝诏令天下，遍选秀女。王嫱成为南郡的首选。汉元帝下诏，命王嫱择吉日进京。同年初夏，王嫱抵达京城长安，为掖庭待诏。王嫱进宫后，因不肯向画师行贿，画师毛延寿就在她的画像上点上丧夫落泪痣，王嫱因此被贬入冷宫。

公元前33年，北方匈奴对汉称臣，首领呼韩邪单于请求和亲，以结永久之好。汉元帝尽召后宫妃嫔，王嫱挺身而出，慷慨应诏。在呼韩邪饯行宴会上，王嫱容美身窈，汉元帝惊为天人，因不可失信，便赏给王嫱大量贵重物品，并亲自送出长安。第二年初夏，王嫱随单于到达漠北，受到匈奴人民的盛大欢迎，并被封为“宁胡阏氏”，史称“昭君出塞”。

此后，汉朝与匈奴团结和睦，国泰民安，“边城晏闭，牛马布野，三世无犬吠之警，黎庶忘干戈之役”，呈现出一番和平景象。公元前31年，呼韩邪单于亡故，王嫱为单于留下一子，名伊屠智伢师，即日后的匈奴右日逐王。王嫱以大局为重，忍辱负重，按照匈奴“父死，妻其后母”的风俗，嫁给呼韩邪的长子复株累单于雕陶莫皋为妻，又生二女，长女名须卜居次，次女名当于居次，居次即公主的意思。王昭君去世后，葬于今呼和浩特市南郊，依大青山，傍黄河水，后人称之为“青冢”。到了晋朝，为避晋太祖司马昭之讳，改称王昭君为明君、明妃。

唐代诗人写有很多歌咏王昭君的诗歌，如杜甫《咏怀古迹》其三：“群山万壑赴荆门，生长明妃尚有村。一去紫台连朔漠，独留青冢向黄昏。画图省识春风面，环佩空归月夜魂。千载琵琶作胡语，分明怨恨曲中论。”

毛延寿

毛延寿（？—前33年），杜陵（今陕西西安）人。画人物像无论是年轻的、美貌的还是年老的、丑陋的，毛延寿都能画得真实生动。

汉元帝建昭元年（前38年），元帝下诏征集天下美女。貌美的王昭君被选入皇宫。后宫佳丽三千，汉元帝不可能一一召幸，就命令宫廷画师毛延寿给每位宫女临摹一幅肖像，然后呈给皇帝御览，汉元帝会召见画像好看的宫女。因此，宫女们都不惜重金贿赂毛延寿，企图毛延寿妙笔生花，在画卷上为她们增添姿色，也因此毛延寿聚敛了大笔钱财。

王昭君家境贫寒，再加上生性孤傲，不屑于毛延寿这种欺瞒天子的龌龊行为，于是没有给毛延寿行贿。毛延寿便故意把王昭君画得很丑，而且还在面额上点一颗大黑痣。五年后，王昭君仍然待诏宫中，无缘与汉元帝相见。

汉元帝竟宁元年（前33年），匈奴呼韩邪单于携带很多贡品来长安朝拜，对元帝恭敬有加，元帝设宴款待他。席间，呼韩邪提出“愿为大汉天朝的家婿”的请求，元帝当即同意，立即传旨说明有愿出塞者可申明。昭君入宫五年都没看见汉元帝，于是自请愿嫁出塞。

“宫中多少如花女，不嫁单于君不知”，昭君出塞前，当汉元帝看到“丰容靓饰、顾影徘徊”的翩翩美人时，“疑为天上人，需得月中来”，没想到宫中还有如此美冠群芳的绝色佳人。但君无戏言，只好忍痛割爱。汉元帝回到内宫，叫人把宫女画像找来，查到“王昭君”名一看，简直和真人判若两人！元帝觉得是画师毛延寿欺骗了他，大怒之下，便把毛延寿杀了。

唐诗中常以此为咏画师或宫怨的典故。如杜甫《能画》：“能画毛延寿，投壶郭舍人。”借毛延寿指代唐玄宗时的画师。杜牧《奉陵宫人》：“相如死后无词客，延寿亡来觉画工。”以“绝画工”对宫人没有出头之日表示同情。

严子陵

严子陵（前37—43年），原来姓庄，后人由于避汉明帝讳改姓严，名遵，字子陵，西汉末余姚（今属浙江）人。

● 严子陵垂钓

严子陵少年时就到外地拜师学习，他刻苦好学，博学多才，性格耿直。当时与南阳人刘秀是同学。

刘秀统一天下做了皇帝，就是东汉开国皇帝光武帝，知道严子陵是有贤能的人，便派人四处寻找。有人发现严子陵反穿着裘皮袄在湖泽中钓鱼。光武帝刘秀急忙派遣使者，备了豪华的车马，邀请他入朝为官，不料接连三次都被严子陵断然回绝。

光武帝没有办法，于是亲自到他的住处去邀请。但他竟躺在床上假装睡觉不起来，光武帝走到他的身边，拍着他的肚腹说："你这个怪人，难道不愿帮助我治理天下吗？"他忽然翻身坐起，回答说："从前尧帝那样有德有能，也还有巢父那样的隐士不愿出去做官。读书人有自己的志向，你又何必非要逼我进入仕途呢？"光武帝听后摇头叹息说："子陵，我终究不能说服你吗？"

但是，光武帝并没有就此死心，仍把严子陵请回洛阳。严子陵被安置在富丽堂皇的宫殿里，却绝不肯与朝廷显贵往来。光武帝去拜访他，他也不行君臣之礼。光武帝没有办法，说他是"狂奴故态"。后来光武帝想让严子陵担任谏议大夫，但他仍是不肯接受，最后索性不辞而别，返回了自己的故乡余姚隐居。

◎ 严子陵钓台

严子陵钓台又名双台垂钓，位于浙江省桐庐县城西15公里处富春山。山半有两磐石，耸立东西，东为严光钓鱼台，西为谢翱台。清代文学家严懋功言："自古名胜以钓台命名繁多：陕西宝鸡县渭河南岸之周吕尚钓台、山东濮州之庄周钓台、江苏淮安汉韩信钓台、福建闽县之东越王馀善钓台、湖北武昌县江滨之吴孙权钓台……吕尚、韩信、任昉三钓台较为著称，然均不及桐庐富春山严子陵钓台。"严子陵钓台在全国十多处"钓台"古迹中名列第一位，闻名于世。历代文化名人如李白、孟浩然、苏轼、陆游、李清照、康有为、郁达夫、张大千、郭沫若、巴金等都来过钓台，留下了诗文佳作。据统计从南北朝至清朝就有一千多名诗人、文学家来过此地，并留下两千多首诗文。

建武十七年（41年），光武帝又派使者到余姚邀请严子陵进京做官。严子陵听到消息，赶紧躲了起来，使者只得无功而返。为了避免朝廷再请他进京做官，严子陵带着家人，迁居到桐庐富春江边种田、钓鱼。他钓鱼的地方，被后人称为"子陵滩"。"严子陵钓台"至今遗迹犹在。严子陵后又回到余姚直至终老，享年八十岁，死后葬于余姚陈山。

严子陵视富贵如浮云的气节，千百年来一直受到人们的敬仰。北宋名臣范仲淹仰慕他的高节，特意为他建造了祠堂，并写了一篇传颂千古的《严先生祠记》，赞他“云山苍苍，江水泱泱，先生之风，山高水长”。

唐诗中常称其为“严光”、“严君”、“严子”、“严陵”、“严家”等，用于吟咏隐居的典故。如王绩《赠李征君大寿》：“副君迎绮季，天子送严光。”刘长卿《送顾长》：“严子千年后，何人钓旧滩。”

公孙述

公孙述（？—36年），字子阳，扶风茂陵（今陕西兴平）人。西汉末，因父亲职任的关系而被任用，补清水县长（今甘肃境内）。公孙述熟练吏事，他所管理的地方奸盗绝迹，由是闻名。因公孙述有能力，王莽篡汉时，任命他为蜀郡太守。王莽被杀后，天下群雄蜂起，公孙述于是自称辅汉将军兼领益州牧，联合当地豪杰，聚集数千精兵，倚仗蜀地的山川地势之险，本着“见利则出兵而略地，无利则坚守而力农”的思想，于东汉光武帝建武元年（25年），自立为白帝，定都成都，国号“成家”，建元龙兴。

公孙述改益州为司隶校尉，以蜀郡为成都尹，设置三公以下各级职官。此外，公孙述贸然废止铜钱，设官铸铁钱，导致民间货币不通；霸业未成时，他便立两个儿子为王，并分封诸子弟分布于郡县，一国政事唯任之于公孙氏，不准群臣进谏，因此大臣有很多怨恨。后来光武帝几次派遣使臣劝他归顺，公孙述不从。

建武十一年（35年），汉朝开始派兵征讨公孙述。第二年，又命大司马吴汉举兵讨伐，攻破了成都，杀死了公孙述，“成家”为东汉所灭。

杜甫《阁夜》诗中有“卧龙跃马终黄土，人事音书漫寂寥”之句。跃马，即公孙述。诗中取晋朝左思《蜀都赋》中“公孙跃马而称帝”之意，后世又把公孙述称为“跃马”。诸葛亮和公孙述在夔州都有祠庙，故诗中并提，表达贤愚同尽的意思。此外，骆宾王《畴昔篇》“诸葛才雄已号龙，公孙跃马轻称帝”句，杜甫《上白帝城》“公孙初恃险，跃马意何长”等句，都提及公孙述。

班超

班超（32—102年），字仲升，扶风平陵（今陕西咸阳东北）人，东汉著名的军事家和外交家。

班超在年少时就有宏志，刚开始入朝担任文官，后来班超投笔从戎，开始了戎马生涯。由于立功西域，班超被封为定远侯。

班超以其非凡的政治和军事才能，在经营西域的三十一年中，正确地执行了汉王朝“断匈奴右臂”的政策，自始至终坚定地立足于争取多数，分化、瓦解和驱逐匈奴势力的基本点，所以战必胜，攻必取。班超不仅维护了祖国的安全，而且加强了与西域各族的联系，为我国多民族国家的形成、巩固和发展，作出了巨大贡献。

范晔的《后汉书·班超传》曰：“超家贫，常为官佣书以供养。久劳苦。尝辍业投笔叹曰：‘大丈夫无他志略，犹当效傅介子、张骞立功西域，以取封侯。安能久事笔研间乎？’”“投笔”原指抄书时掷笔感叹要建功报国，后世常以班超投笔从戎的典故作为激励的榜样。

唐诗中也写为“掷笔”、“弃笔”、“安能守笔砚”、“班超束书”、“班笔掷”等，也常被用来指代弃文从武，投身疆场，施展抱负的豪迈情怀。如魏徵《述怀》：“中原初逐鹿，投笔事戎轩。”祖咏《望蓟门》：“少小虽非投笔吏，论功还欲请长缨。”王昌龄《箜篌引》：“便令海内休戈矛，何用班超定远侯，史臣书之得已不。”鲍溶《壮士行》：“苏武执节归，班超束书起。”元稹《纪怀，赠李六户曹、崔二十功曹五十韵》：“班笔行看掷，黄陂莫漫澄。”

庞德公

庞德公，生卒年不详，大约生活在汉灵帝建宁至三国蜀汉昭烈帝章武年间，汉末襄阳（今湖北襄樊）人，东汉名士。荆州刺史刘表曾多次请他进府，他都没有去。刘表问他不肯官禄，以后能给子孙留下什么，他回答说是世人留给子孙的只是贪图享乐、好逸恶劳的坏习惯，而我留给子孙的是耕读传家、安居乐业的生活。

庞德公与当时隐居襄阳的司马徽、徐庶、诸葛亮关系甚好，庞德公称诸葛亮为“卧龙”，即睡着的龙，醒了就会飞走；称司马徽为“水镜”，所谓水镜，意思是司马徽极冷静，能够冷眼观人，而看人看得准，像镜子一样；称庞统为“凤雏”，就是雏凤，出生不久的凤凰，将来会前途无量。

庞德公的儿子庞山民，娶了诸葛亮的二姐为妻。“孔明每至其家，独拜床下，德公初不令止。”诸葛亮以师礼对待庞德公。清人阮函在《答鹿门与隆中孰优说》中说：“庞公却辟刘表，知其不足与为；而智辩昭烈，隐然出武侯以自代。在国可扶炎鼎之衰，而在己无改岩林之乐。”阮函认为庞德公对诸葛亮的成才起了非常重要的作用。现代学者谭良啸也认为庞德公实际上就是诸葛亮的老师。

另外，庞德公对于自己的侄子庞统的培养也是特别重视的。《襄阳记》中记载：统少未有识者，惟德公重之，年十八，使往见德操。德操与语，既而叹曰：“德公诚知人，此实盛德也。”由此可见，庞德公对庞统的成才、成名都起了关键性的作用。

今襄阳城东门外庞公乡是庞德公的出生地。庞德公后来隐居在鹿门山，终日在山中采药。鹿门山上的“三高祠”就是为了纪念庞德公和唐代诗人孟浩然、皮日休而于明代所建。

唐诗中常用“庞德公”、“庞公”、“庞居士”来喻指隐居的高士，如孟浩然《题张野人园庐》中“何处先贤传，惟称庞德公”。杜甫《昔游》中“庞公任本性，携子卧苍苔”。韩翃《送客一归襄阳二归浔阳》：“空林欲访庞居士，古寺应怀远法师”。

● 庞德公

诸葛亮

诸葛亮（181—234年），字孔明，号卧龙先生，出生于琅琊郡阳都县（今山东沂南），三国时期蜀汉的丞相，著名的政治家、军事家。

◎ 伏龙凤雏

三国时期的诸葛亮与庞统都是汉末三国时期著名的谋略家、军事家。

据《三国志·蜀书·诸葛亮传》裴松之注引《襄阳记》中记载：“刘备访世事于司马德操。德操曰：‘儒生俗士，岂识时务？识时务者在乎俊杰。此间自有伏龙、凤雏。’备问为谁，曰：‘诸葛孔明、庞士元也。’”其中伏龙也称卧龙，即诸葛亮，凤雏指庞统。成语“伏龙凤雏”由此而来，后指隐而未现的有较高学问和才能的人。

诸葛亮早年在隆中隐居十年，广交江南名士，“每自比于管仲、乐毅”。建安十二年（207年），刘备三顾茅庐，向诸葛亮请教统一天下的策略，诸葛亮精辟透彻地分析了当时曹操不可取，孙权可作为援助的形势；又详述了荆、益二州的君主懦弱，提出了首先夺取荆、益两地作为根据地，对内改革政治，对外联合孙权，南抚夷越，西和诸戎，等待时机，两路出兵北伐，从而统一全国的战略思想，这次谈话就是著名的《隆中对》。

刘备听了诸葛亮这番精辟的分析后，思想豁然开朗。他觉得诸葛亮人才难得，于是恳请诸葛亮出山，协助他完成兴复汉室的大业。诸葛亮答应了刘备的请求，出山辅佐刘备联孙抗曹，赤壁之战大败曹军，形成三国鼎足之势，后又成功夺取了荆州。建安十六年（211年），攻取了益州。接着又击败了曹军，夺取了汉中。公元221年，刘备在成都建立蜀汉政权，诸葛亮被任命为丞相。

章武三年（223年）春天，刘备在永安病危，将诸葛亮召至身前嘱托后事。刘备说："君才十倍于曹丕，必能安国，终成大事。若嗣子可辅，则辅之；如其不才，君可自取。"诸葛亮忙哭道说："臣必竭心尽力相辅，效忠贞之节，死而后已！"

蜀汉后主刘禅继位后，诸葛亮被封为武乡侯，领益州牧。他建立了丞相府，来处理日常事务。当时，全国的军事、政治、财政等方面的大小政事，都由诸葛亮亲自处理，他赏罚严明，勤勉谨慎，对外与东吴联盟，对内改善和西南各族的关系，实行屯田，加强武备。建兴五年（227年），诸葛亮上疏刘禅，此即为《出师表》。诸葛亮率军出驻汉中，曾前后六次北伐中原，但多无功返回。建兴十二年，诸葛亮因积劳成疾，于五丈原军中病逝，将后事托付给了姜维。

唐诗中常用"卧龙"、"葛龙卧"、"诸葛号龙"、"龙如诸葛"来代指诸葛亮，也用以比喻怀才隐居之士。如陈子昂《岘山怀古》："犹悲堕泪碣，尚想卧龙图。"骆宾王《畴昔篇》："诸葛才雄已号龙，公孙跃马轻称帝。"李闲用《题陈将军别墅》："高虎壮言知鬼伏，葛龙闲卧待时来。"李山甫《蜀中寓怀》："蛙似公孙虽不守，龙如诸葛亦须休。"

周瑜

周瑜（175—210年），字公瑾，庐江舒县（今安徽庐江西南）人，三国时期吴国将领，杰出的军事家。

周瑜从小就同孙策很要好，孙策刚崛起时周瑜就随同他一起扫荡江东，并送钱粮物资帮助孙策成就大事。袁术非常仰慕周瑜的才干，想要聘请周瑜为将，但周瑜认为袁术难成大事拒绝了他的聘请，而与孙策一起南征北战，深受孙策信任，为打江东基业立下了汗马功劳。

孙策遇刺身亡后，周瑜与张昭一起共同辅佐孙权，执掌军政大事。孙策曾对孙权说过内事不决问张昭，外事不决问周瑜。曹操灭袁绍后，威逼孙权送儿子做人质，周瑜深谋远虑，劝阻孙权送子为质。

赤壁大战时，周瑜力主抗曹，并慧眼预见到曹军的劣势，指挥孙刘联军在赤壁、乌林大败曹军，是三国历史上最为经典的以少胜多的战役。之后他又成功地攻克了荆州战略要地——南郡。赤壁之战后，周瑜向孙权建议出兵进攻蜀地，消灭张鲁、吞并刘璋，与曹操二分天下。周瑜在江陵进行军事准备时死于巴陵，年仅三十六岁。

历史上的周瑜胸襟开阔，极具大将风范。老将程普因周瑜地位比自己高，极不服气，多次当面羞辱他，周瑜都不曾计较，最后程普被周瑜的才华和品德征服，“与周公瑾交，若饮醇醪，不觉自醉”，和他成为好友。《三国演义》中描写的心胸狭窄的周瑜，是作者罗贯中为了衬托诸葛亮所以刻意塑造的配角形象，是艺术性处理，并非真实的周瑜，“三气周瑜”也是毫无历史根据的编造，周瑜最后是病逝于出征途中。

唐诗中常称周瑜为“周郎”、“公瑾”，有时借以称美青年将领或年轻才俊之士，如刘长卿《送崔使君赴寿州》：“仲华遇主年犹少，公瑾论功位已酬。”王维《同崔傅答贤弟》：“周郎陆弟为俦侣，对舞前溪歌白纻。”卢纶《送抚州周使君》：“周郎三十馀，天子赐鱼书。”李贺《春怀引》：“阿侯系锦觅周郎，凭仗东风好相送。”

◎ 火烧赤壁

三国时期，曹操率领二十万精兵强将南下，孙权与刘备的联军共计不过五万人，形势十分危急。诸葛亮和周瑜在西津渡蒜山顶上的亭子里，共商对策。他们约定先各自在自己的手心里写一个字，以此决定对付曹操的谋略。当他们亮开手掌时，掌心里不谋而合地都写着一个“火”字。于是，就有了一场以弱胜强的著名战役，这就是广为人们传颂的“赤壁之战”。

《三国志·吴书·周瑜传》记载：“瑜少精意于音乐，虽三爵之后，其有阙误，瑜必知之，知之比顾，故时人谣曰：‘曲有误，周郎顾。’”唐诗中常以“周郎识曲误”、“周郎赏”、“周郎知音”、“周郎顾”、“顾因误曲”等，作为咏听乐的典故，也借以比喻知己之交。如刘禹锡《纥那曲二首》：“周郎一回顾，听唱纥那声。”以“周郎顾”表现乐曲的动听，引人入胜。

陆龟蒙写有《算山》诗云：“水绕苍山固护来，当时盘踞实雄才。周郎计策清宵定。曹氏楼船白昼灰。五十八年争虎视，三千余骑聘龙媒。何如今日家天下，闾阖门临万国开。”

建安七子

建安七子是指东汉献帝建安年间孔融、陈琳、王粲、徐干、阮瑀、应玚、刘桢七位文学家的合称。

孔融（153—208年），是孔子的二十世孙，鲁国曲阜人。以“孔融让梨”的故事名垂千古。早年加入讨伐董卓行列，后来为曹操所用，但因劝阻曹操攻打刘备而被处死。孔融是建安七子之首，文才出众。现存作品只有散文和诗，代表作

● 孔融

如《荐祢衡表》、《与曹公论盛孝章书》、《与曹操论禁酒书》、《杂诗》等。

陈琳（？—217年），字孔璋，广陵（今江苏江都）人，擅长章奏书记。诗歌代表作为《饮马长城窟行》，借秦筑长城之事，揭露当时繁重的徭役带给百姓的苦难。

王粲（177—217年），字仲宣，山阳高平（今山东邹县）人，七子中成就最高。他的《七哀诗》和《登楼赋》，是最能体现建安文学精神的代表作。

徐干（171—217年），字伟长，北海（今山东潍坊）人。徐干的代表作《中论》，被曹丕赞为“成一家之言，辞义典雅，足传于后”。他的情诗《室思》也写得情深义重。

阮瑀（？—212年），字符瑜，陈留尉氏（今河南开封）人。他的章表书记尤以《为曹公作书与孙权》最为出色。诗作有《驾出北郭门行》等。

应玚（？—217年），字德琏，汝南（今河南汝南东南）人。擅长作赋，有文赋数十篇。诗歌有《侍五官中郎将建章台集诗》等。

刘桢（？—217年），字公干，东平（今山东东平）人。今存诗十五首，代表作《赠从弟》三首，言简意赅，平易浅俗。

唐诗中常用“建安七子”、“建安才子”称美文士。如：孟郊《上包祭酒》：“时吟五君咏，再举七子风。”张九龄《经江宁览旧迹至玄武湖》：“七子陪诗赋，千人和棹讴。”曹邺《寄监察从兄》：“空留建安书，传说七子名。”皮日休《奉送浙东德师侍御罢府西归》：“建安七子太微仙，暂上金台许二年。”

曹植

曹植（192—232年），字子建，沛国谯县（今安徽亳州）人，三国时魏国诗人，曹操的第三个儿子。

曹植自幼聪慧，十多岁时便诵读诗、文、辞赋数十万言，出言为论，下笔成章，深得曹操的宠爱和信任。曹操曾认为儿子中只有曹植“最可定大事”，几次想要立曹植为太子。但曹植的行为放任，屡犯法禁，使曹操大为震怒，而他的兄长曹丕则颇能矫情自饰，终于在立太子斗争中逐渐占据上风，并于建安二十二年（217年）成为太子。建安二十五年，曹操病逝，曹丕继承魏王位，不久又称帝

（魏文帝）。从此曹植的生活发生了根本性的变化，他从一个过着悠闲富贵生活的贵公子，变成处处受限制和打击的对象。黄初七年（226年），曹丕病逝，曹叡继位（魏明帝）。曹叡对曹植仍严加防范、限制和打击，处境依然没有好转。曹植在魏文帝、魏明帝二世的十二年中，曾被迁封过多次，最后的封地在陈郡，封为陈王，公元232年曹植逝世，谥号“思”，后人又称他为“陈王”或“陈思王”。

曹植的作品有《曹子建集》，代表作有《野田黄雀行》、《七步诗》、《洛神赋》。诗歌是曹植文学活动的主要领域。前期与后期在内容上有很大的差异。前期的诗歌可分为两大类，一类表现他贵为公子的悠闲富贵的生活，另一类则反映他“生乎乱、长乎军”的时代感受。后期诗歌，主要抒发他在受压制打击时的愤慨和哀怨的心情，表现他不甘心被弃置，希望用世立功的愿望。

曹氏父子三人是三国时期的著名文学家，合称为三曹，为我国文学史留下了许多不朽篇章。曹植的“七步诗”更是一段千古流传的佳话，意义已不再是此诗本身价值，它包含了深邃的政治内涵，成了为争夺地位、权力、财产兄弟反目手足相残的一种真实写照。

◎ 曹植的七步诗

曹植是曹操的小儿子，自幼就才华出众，极受父亲的疼宠。曹操死后，曹丕当上了魏国的皇帝。曹丕对才华横溢的胞弟曹植一直心怀忌恨，担心曹植会威胁到自己的皇位，就想设计谋害他。

南朝刘义庆《世说新语》中记载，有一天，曹丕叫曹植在七步之内作出一首诗，如做不到就将行以大法（处死）。曹植知道哥哥存心要害死他，又伤心又愤怒。他强忍着心中的悲痛，朗声吟出：“煮豆持作羹，漉菽以为汁。萁在釜下燃，豆在釜中泣。本是同根生，相煎何太急？”因为限制在七步之中作成，故后人称之为《七步诗》。

另有别本《七步诗》为四句，以《三国演义》为代表，诗为“煮豆燃豆萁，豆在釜中泣。本是同根生，相煎何太急？”

“陈王宴平乐”典出《文选》卷二七三《国魏·曹植·明都篇》，唐诗中用作咏宴游，如李白《将进酒》中有“陈王昔时宴平乐，斗酒十千恣欢谑”一句，引用曹植诗中的语句，点明自己尽情宴乐的欢娱。

“陈王见袜”、“袜尘”典出《文选》卷一九三《国魏·曹植·洛神赋》，唐诗中用以歌咏洛神，也用来歌咏美女和女袜，如韩偓《密意》中有“经过洛水几多人，唯有陈王见罗袜”一句，以洛神来代指所咏之女子。

“陈王赋”、“陈王”、“陈王诗”典出《三国志》卷十九《魏书·陈思王植传》，唐诗中常用来称美亲王富有文才，如王维《奉和圣制与太子诸王三月三日龙池春禊应制》中有“赋掩陈王作，杯如洛水流”一句。

羊祜

羊祜（221—278年），字叔子，西晋著名的战略家，青州泰山南城人（今山东新泰羊流）。羊祜出身于汉魏名门士族之家。从他起上溯九世，羊氏各代都有人出仕二千石（郡守的通称）以上的官职，并且都以清廉有德著称。羊祜祖父羊续在东汉时任南阳（今属河南）太守，父亲羊衜是曹魏时期的上党太守，母亲蔡氏是汉代名儒、左中郎将蔡邕的女儿，姐姐羊徽瑜是司马懿的儿子司马师的妻子，封为后，即景献皇后。

羊祜十二岁丧父，年少时就以博学多才，能文盛名于世，而且仪度潇洒，身材魁梧，须眉秀美。曹魏末年，被魏文帝召见并封为大将军，曾任中部侍郎、关中侯、秘书监、相国从事中郎，中领军悉统宿卫等职，参与司马昭机密。晋武帝司马炎灭魏后，由于羊祜辅佐有功，被授为中军将军、加散骑常侍。

泰始五年（269年），晋武帝与羊祜一起策划灭吴，调任他为荆州诸军都督。羊祜率军镇守荆州，开办学校，安抚教化远近的百姓，深受江汉一带百姓的爱戴，并做好了伐吴的军事和物质准备。公元278年，羊祜病重，他举荐很有军事才能的杜预接替自己，不久去世了。武帝听到这一噩耗“素服哭之，甚哀。是日大寒，帝涕泪沾须鬓，皆为冰焉”。羊祜死后第二年，杜预按羊祜生前的军事部署一举灭吴，完成了全国统一大业，当满朝文武欢聚庆贺的时候，武帝举着酒杯，流着眼泪说：“这都是羊太傅的功劳啊！”羊祜一生虽身居高位，但立身清俭，他的不朽业绩和高尚的品格受到世人千古传颂。

唐诗中常见“羊公”、“羊叔子”的事迹。如孟浩然《与诸子登岘山》诗云：“羊公碑尚在，读罢泪沾襟。”诗人在凭吊古代政治家的贤明时，也为自己碌碌无为无法实现自己的理想而黯然神伤。李白《襄阳歌》：“君不见晋朝羊公一片石，龟头剥落生海苔。”用羊公事，寄托及时行乐的思绪。权德舆《湖南观察使故相国袁公挽歌》：“令尹自无喜，羊公人不疑。”羊祜的信义使得敌国将领信服，所赠之药食而不疑。诗人用羊祜事，称美袁公信誉远闻。另外还有羊公灭吹鱼的典故，羊祜嗜好捕鱼，时常夜间外出捕鱼，被军司徐胤以安全为由强行劝止，之后就很少晚间捕鱼，“灭吹鱼”即指此。卢纶《送史寀滑州谒贾仆射》：“军向东州问徐胤，羊公何事灭吹鱼。”以羊祜喻指贾仆射，称颂他有从善的美德。

此外，“堕泪碑”、“堕泪岘山”、“堕泪万家”、“堕泪碣”等也指羊祜事，羊祜死后，荆州百姓在岘山为其立碑以示怀念，见于陈子昂《岘山怀古》、刘长卿《朱放自杭州与故里相使君立碑回因以奉简吏部杨侍郎制文》、孟浩然《秦中苦雨思归赠袁左丞贺侍郎》、李白《襄阳曲四首》其四、《忆襄阳旧游赠马少府巨》等诗。

潘岳

潘岳（247—300年），也叫潘安，字安仁，西晋文学家。潘岳从小受到很好的文学熏陶，被乡里称为“奇童”。

潘岳是我国历史上最具传奇色彩和悲剧色彩的人物之一，民间对他最熟悉的是古代第一美男的身份，“貌若潘安”是对男子外貌的最高褒奖。潘岳因貌美，每次外出常有妇女向他掷果致意，后世以“掷果”、“潘郎貌”、“潘岳貌”、“潘貌”、“潘郎璧”等作为男子貌美赢得女子爱慕的典故。如宋之问《春湖古意》中“落日游南湖，果掷颜如玉”、祖咏《赠苗发员外》中“花残潘岳貌，年称老莱衣”、韦庄《同旧韵》中“貌愧潘郎璧，文惭吕相金”等句。

西晋咸宁年间，潘岳出任河阳（今属河南）县令，四年后迁怀县令。在河阳期间，潘岳为官清廉，带领百姓种植桃李，人民安居乐业，因此河阳也被称为“花县”，潘岳被称为“花县令”，后世常用“河阳”、“潘令”、“潘河阳”、“河阳一县花”等代指潘岳，也以此借指勤政爱民的好官。晋惠帝永康元年（300年）发生“八王之乱”，赵王司马伦擅政，中书令孙秀诬潘岳、石崇、欧阳建等阴谋奉淮南王司马允、齐王司马冏叛乱，潘岳于洛阳西市被杀，并诛灭三族。

潘岳是太康文学的首领人物，是中原文士的领军人物，代表作《西征赋》、《闲居赋》、《籍田赋》、《沧海赋》、《秋兴赋》、《芙蓉赋》、《射雉赋》等都是名垂千古的不朽之作。潘岳与陆机并称“潘陆”，古语云“陆才如海，潘才如江”。唐诗中常以“潘岳赋”、“潘仁赋”、“潘安秋兴”、“潘生秋思”、“潘兴”、“散骑悲秋”、“潘郎振藻”借指感秋之作，也借以称誉文人极富才华，如刘希夷《洛川怀古》中“词赋归潘岳，繁华称季

潘岳《秋兴赋并序》文意图

《秋兴赋并序》的序为古文，辞为骚赋。序的主题交代了作赋的原由以及赋的主旨，抒发不遇之感慨。

伦”、李林甫《秋夜望月忆韩席等诸侍郎因以投赠》中“作赋推潘岳，题诗许谢康”等句。

潘岳和妻子杨氏为世亲联姻，二人十二岁订婚，相爱终身，“潘杨”故被后世用作咏姻亲，或夫妻和睦的典故，如孟浩然《送桓子之郢成礼》中“为结潘杨好，言过鄢郢城”、白居易《和梦游春诗一百首》中“刘阮心渐忘，潘杨意方睦”等句。杨氏死后，潘岳未再娶，为她写的悼亡词情谊真挚，缠绵无尽，更成为千古佳话，所以“潘岳哀”、“潘岳无妻”、“潘簟空”等在唐诗中被用作哀挽亡妻的典故，如张九龄《故荥阳君苏氏挽歌词三首》其三：“唯应月照簟，潘岳此时哀。”李商隐《过招国李家南园二首》其一：“潘岳无妻客为愁，新人来坐旧妆楼。”元稹《李中丞表臣》：“韦门同是旧宾亲，独恨潘床簟有空。”

山简

山简（253—312年），字季伦，河内怀县（今河南武陟西）人。他是著名文学家“竹林七贤”之一的山涛的第五个儿子，与嵇绍、刘谟、杨淮齐名。山简生性温雅，颇具其父的风雅。山涛开始时并不知道山简文才出众，山简感叹说：“吾年几三十，而不为家公所知！”

山简初仕为太子舍人、历侍中、尚书，兼领吏部，有建言（通过口头或文章提出的有益的意见）。晋怀帝永嘉三年（309年），山简出任镇南将军，掌管荆、湘、交、广四州（今两湖两广一带）军事，镇守襄阳。当时西晋王朝衰弱，四方动乱，天下分崩。山简在任内不理政务，终日饮酒游乐，时常大醉而归。年六十卒，追赠征南大将军。

“山简醉酒”一词源出南朝宋刘义庆《世说新语·任诞》：“山季伦为荆州，时出酣扬。人为之歌曰：‘山公时一醉，径造高阳池。日暮倒载归，酩酊无所知。复能乘骏马，倒著白接罡。举手问葛彊，何如并州儿。’高阳池在襄阳，彊是其爱将，并州人也。”此外，《晋书·山简传》记载山简镇守襄阳时，“优游卒岁，唯酒是耽。诸习氏，荆土豪族，有佳园池，简每出嬉游，多之池上，置酒辄醉，名之曰高阳池”。山简嗜酒，一饮就醉，醉后常倒戴头巾骑在马上，醉态可掬。后世常用“醉倒山公”、“山公酩酊”、“山公倒载”、“醉酒高阳”、“高阳饮兴”、“山简醉”、“山翁醉”、“山公马”、“习池饮”、“醉习园”、“高阳池”等来咏醉饮，许多诗人都有诗提及山简优游酒醉习家池的事。如王维《汉江临泛》：“襄阳好风日，留醉与山翁。”以山简比喻襄阳当时地方官，自谓愿与山翁共饮。孟浩然《卢明府九日岘山宴袁使君、张郎中、崔员外》：“叔子神如在，山公兴未阑。”这里用山简比拟参加酒宴的友人酒兴正浓。李白《襄阳歌》：“旁人借问笑何事，笑杀山公醉似泥。”这里以山简自比，描绘自己纵酒襄阳的醉态。许浑《陪王尚书泛舟莲池》：“客散山公醉，风高月满城。”这里以山简比王尚书，写其游宴尽兴。韦庄《春暮》：“不学山公醉，将何自解颐？”这里以学山公醉酒，表达有意借酒浇愁的思绪。

唐诗中也用王导代指权臣盛气凌人的典故，如李商隐《今月二日不自量度辄以诗一首四十韵干渎尊严》中的“扇举遮王导，樽开见孔融”。

二王

“二王”的典故出自北齐颜之推《颜氏家训》卷七《杂艺》：“梁氏秘阁散逸以来，吾见二王真草多矣。”清赵曦明注：“二王，羲之、献之也。”后世将东晋大书法家王羲之和王献之父子并称为“二王”。

王羲之（321—379年），字逸少，号澹斋，原籍琅琊临沂（今属山东），后迁居山阴（今浙江绍兴），官至右军将军，会稽内史，是东晋伟大的书法家，被后人尊为书圣。王羲之一生最好的书法，代表作有《兰亭集序》、《官奴帖》、《奉橘帖》、《十七帖》、《二谢帖》、《快雪时晴帖》、《姨母帖》、《乐毅论》、《黄庭经》等。王羲之书法的主要特点是自然平和，笔势含蓄委婉，健秀遒美，后人评为“飘若游云，矫若惊蛇”。

王献之（344—386年），字子敬，会稽山阴（今浙江绍兴）人。官至中书令，世称大令，是王羲之的第七个儿子。王献之从父学书，后来取法张芝，自创一格。王献之的书法，兼精楷、行、草、隶各体，其中尤以行草最为出色。楷书以《洛神赋十三行》为代表，行书以《鸭头丸帖》最优。草书名作《中秋帖》被清内府列为“三希帖”之一。后世评其书：“笔画劲利，态致萧辣，无一点尘土气，无一分桎梏束缚。”

唐诗中常用“二王”的典故称颂人精于书法。如白居易《二王后》：“二王后，彼何人，介公酅公为国宾，周武隋文之子孙。”

陶渊明

陶渊明（约365—427年），名潜，字元亮，自号五柳先生，好友赠谥“靖节先生”，浔阳人。东晋著名田园诗人、辞赋家、散文家。

陶渊明出身于破落的仕宦家庭。他的曾祖父陶侃是东晋开国元勋，军功显著，官至大司马，都督八州军事，封长沙郡公。他的祖父陶茂、父亲陶逸都曾做过太守。陶渊明年幼时，家道衰微，八岁丧父，十二岁丧母，寄居在外祖父孟嘉家中。

陶渊明胸怀大志，东晋孝武帝太元十八年（393年），他怀着“大济苍生”的愿望，出任江州祭酒。由于门阀制度森严，而陶渊明出身庶族，受人轻视，于

● 陶渊明采菊

陶渊明喜爱菊花，他的诗中多处写到菊花，于是后人将他誉为“菊花神”。

是辞官不仕。东晋安帝隆安四年（400年），陶渊明投入桓玄门下做属吏。后因不愿与之同流合污，一年后又辞官回家。安帝元兴三年（404年），刘裕联合刘毅、何无忌等人，自京口（今江苏镇江）起兵讨伐桓玄。陶渊明离家投入刘裕幕下任镇军参军。入幕不久，陶渊明看到刘裕为了剪除异己，杀害了讨桓有功的刁逵全家和无罪的王愉父子。这使他十分失望，第三次辞职隐居。安帝义熙元年（405年），陶渊明转入江州刺史刘敬宣部下任建威参军。刘敬宣离职后，他也随着去职。同年秋，叔父陶逵介绍他任彭泽县令，但陶渊明不愿为五斗米折腰，第五次辞官。陶渊明的仕宦生活自此画上句号，回家过着“躬耕自资”的生活。

陶渊明是汉魏南北朝八百年间最杰出的诗人。陶渊明的诗今存一百二十五首，多是五言诗。内容上可分为咏怀诗、饮酒诗和田园诗三大类。陶渊明作为田园诗的兴起者与谢朓、谢灵运等诗人形成的我国南朝山水诗派，对后来由王维、孟浩然等诗人形成的山水田园诗派有巨大的影响。

陶渊明作为田园派开宗立派的诗人，明显地受到了玄学思潮的影响，诗中的理趣和玄旨，不仅只是表现在诗中多有饱含人生经验的感悟，更重要的是那种玄旨就渗透在诗中“此中有意”的田园画面上。他的诗是以自然为审美对象，并极力崇尚自然，但追求的并不是外物本身，而是心灵之趣。他的诗，是写意，而不是摹象。

◎《桃花源记》

《桃花源记》是陶渊明的代表作之一，是陶渊明为了表达对刘裕政权的不满而创作的。

《桃花源记》塑造了一个与污浊黑暗现实相对立的美好仙境，寄托了陶渊明的政治理想与美好情趣。在文章里陶渊明提供了理想的生活模式：在桃花源里的不是神仙，而是一群普普通通的人，一群避难的人，他们比世人多保留了天性的真淳。桃花源里既无法长生也没有财宝，这里的居民男耕女织，无论大人、孩子都参与劳动，没有赋税徭役，与外面的世界完全隔绝，一片安乐祥和的气氛。后世以“世外桃源”指与现实社会隔绝、生活安乐的理想境界，也指环境幽静、生活安逸的地方，或借指空想的脱离现实斗争的美好地方。

唐诗中常用“陶公”、“陶潜”、“陶令”、“陶靖节”等来代指陶渊明，并也常用来借喻县令、高士和嗜酒的人。如孟郊《隐士》：“陶公自放归，尚平去有依。”李商隐《菊》：“陶令篱边色，罗含宅里香。”李白《赠闾丘宿松》：“何惭宓子贱，不减陶渊明。”杜甫《遣兴五首》：“陶潜避俗翁，未必能达道。”白居易《访陶公旧宅》：“呜呼陶靖节，生彼晋宋间。”

谢灵运

谢灵运（385—433年），祖籍陈郡阳夏（今河南太康），东晋和南朝宋时代的诗人，是南北朝时期与陆机齐名的诗人，被称为“山水诗鼻祖”。

谢灵运出生于会稽始宁（今浙江上虞）。因从小被寄养在钱塘杜家，所以以“客儿”为乳名，故世称“谢客”，又由于他是谢玄的孙子，晋时袭封康乐公，所以又称为谢康乐。

东晋末年，谢灵运曾出任琅琊王司马德文的大司马行参军、豫州刺史刘毅的记室参军，北府兵将领刘裕的太尉参军等职。到了南朝宋后，因刘裕采取压抑士族政策，谢灵运被降爵为康乐侯，出任永嘉太守、临川内史等职。元嘉十年（433年）谢灵运被宋文帝刘义隆以“叛逆”罪名杀害，葬在了今江西省万载县。

谢灵运是我国历史上伟大的诗人之一，也是见诸史册的第一位大旅行家。谢灵运的诗歌大部分描绘了他所到之处，如永嘉、会稽等地的自然景物、山水名胜。他的诗中有很多佳句，如写春天“池塘生春草，园柳变鸣禽”（《登池上楼》）等。他的诗充满了道法自然的精神，贯穿着一种清新自然恬静的韵味。谢灵运以他丰富的创作开拓了诗歌创作的新境界，使山水的描写从玄言诗中独立了出来，一改魏晋以来晦涩的玄言诗之风，确立了山水诗的地位。从此山水诗逐渐成为我国诗歌发展史上的一个重要流派。李白、杜甫、王维、韦应物、孟浩然、柳宗元诸大家，都曾取法于谢灵运。

除了诗歌以外，谢灵运还有十多篇赋，其中较为著名的是《岭表赋》、《山居赋》、《江妃赋》等，赋中景物刻画颇具匠心、别具一格，但成就远不如诗歌。此外，谢灵运早年信奉佛道，曾注释过《金刚般若经》，润饰过《大般涅经》，著有《辩宗论》等阐释顿悟的哲学名篇。

谢灵运还于元嘉年间奉诏撰写《晋书》，《隋书·经籍志》中著录为三十六卷，现已佚失。《隋书·经籍志》又著录有《谢灵运集》十九卷，也已佚失。明代张溥辑有《谢康公集》二卷，收入《汉魏六朝百三家集》。

唐诗中常以“谢康乐”、“康乐”、“谢康”等来代指谢灵运，如李白《酬殷明佐见赠五云裘歌》：“顿惊谢康乐，诗兴生我衣。”王维《送康太守》：“何异临川郡，还劳康乐侯。”李林甫《秋夜望月忆韩席等诸侍郎因以投赠》：“作赋推潘岳，题诗许谢康。”

凌烟功臣

唐代长安城皇宫内三清殿旁有一个不太起眼的小楼，名为凌烟阁。

唐太宗李世民是一位杰出的皇帝，很善于处理君臣之间的关系，采取恩威并施、双管齐下的策略，把众多能人异士治理得服服帖帖，这些名将功臣多半得以善终。凌烟阁二十四元勋像就是例子。

贞观十七年（643年），唐太宗李世民为纪念当初和他一同打天下治天下的功臣，修建凌烟阁，并命阎立本在阁内描绘了二十四位功臣的画像，为《二十四功臣图》，比例如同真人大小，画像都面北而立。唐太宗年老体衰，常常怀念往事，时常前往凌烟阁缅怀功臣，追想当年金戈铁马气吞万里的战斗岁月。

凌烟阁中分为三层，最内一层所画的是功勋最高的宰辅之臣；中间一层所画的是功高王侯之臣；最外一层所画的是其他功臣。二十四位凌烟功臣分别是：赵公长孙无忌、赵郡王李孝恭、莱公杜如晦、郑公魏徵、梁公房玄龄、申公高士廉、鄂公尉迟敬德、卫公李靖、宋公萧瑀、褒公段志玄、夔公刘弘基、蒋公屈突通、郧公殷开山、谯公柴绍、邳公长孙顺德、郧公张亮、陈公侯君集、郯公张公谨、卢公程知节、永兴公虞世南、渝公刘政会、莒公唐俭、英公李世勣、胡公秦叔宝。

杜甫有《丹青引·赠曹将军霸》诗咏：“凌烟功臣少颜色，将军下笔开生面。”

哥舒翰

哥舒翰（？—757年），唐朝名将，安西（今新疆库车）人。他的父亲哥舒道元，曾任安西副都护，原突厥哥舒部落人。

哥舒翰勇而有谋，且喜欢读书，特别对《左传》、《汉书》最感兴趣，通晓大义，加上为人疏财重气，所以颇得士兵拥戴。最初凭借父亲的关系，在河西节度使王倕账下任职。哥舒翰治军严厉，“三军无不震慑”，从此稍有名气。

哥舒翰后来为节度使王忠嗣器重，不久便被提升为衙将。天宝六年（747年），哥舒翰因抵御吐蕃有功，被提拔为右武卫将军、充陇右节度副使、都知关西兵马使、河源军（今青海西宁）使。同年又接替王忠嗣为陇右节度使，在龙驹岛筑应龙城，建军事据点，使吐蕃不敢靠近青海。

天宝八年，哥舒翰率兵十万攻打吐蕃重要的战略要地石堡城（又名铁刃城，在今青海西宁西南）。天宝十二年，哥舒翰晋封为凉国公、河西节度使、西平郡王。同年，因病居长安家中。

天宝十四年，安禄山反叛，攻占了洛阳，哥舒翰于是奉命任兵马副元帅，率领二十万大军镇守潼关，即今陕西潼县东北。哥舒翰进驻潼关之后，立即加固城防，利用潼关险要的有利地形闭关固守。使叛军主力在潼关滞留了半年之久无法西进。安禄山见强攻不行，便命崔乾祐率领四千名老弱病残的部队屯于陕州，而将精锐部队隐蔽了起来，想诱使哥舒翰弃险出战，但是哥舒翰不为所动。宰相杨国忠怀疑哥舒翰有谋反之意，便向唐玄宗进谗言催促他出战。

杨国忠与安禄山

天宝十五年六月，哥舒翰被迫出关，与叛将崔乾祐战于灵宝（今属河南），兵败被俘，后被安禄山囚禁在洛阳。至德二年（757年），哥舒翰为安庆绪（安禄山之子）兵败撤退时所杀。

◎ 王忠嗣慧眼识珠

王忠嗣是唐朝权倾一时的良将，也是一个知人善任的统帅。他手握重权时，并没有沉醉于重权的光环当中，他远见卓识，为大唐王朝大力培养、发掘后备人才。王忠嗣兼任河西节度使后，听说哥舒翰精读史书，通晓大义，为人仗义疏财，广受士兵的拥戴。王忠嗣立即派人寻访，哥舒翰也早闻王忠嗣的盛名，希望有机会拜见王忠嗣。王忠嗣与哥舒翰相见后谈得极为投机，大有相见恨晚之感。哥舒翰感谢王忠嗣的知遇之恩，王忠嗣也很佩服哥舒翰的才能。不久，王忠嗣便提拔哥舒翰为衙将（唐代军府中的武官）。从此，哥舒翰便在王忠嗣的帐下开始了自己的辉煌人生。

西鄙人有一首《哥舒歌》云："北斗七星高，哥舒夜带刀。至今窥牧马，不敢过临洮。"就是以北斗七星来喻指哥舒翰，赞美他在边地人民心目中的崇高威望。此外，还有杜甫的《潼关吏》："请嘱防关将，慎勿学哥舒。"李白的《经乱离后天恩流夜郎忆旧游书怀赠江夏韦太守良》："函关壮帝居，国命悬哥舒。"这些诗歌有对哥舒翰事迹的引用。

公孙大娘

公孙大娘，生卒年、籍贯、身世不详，是唐代最杰出的舞蹈家之一，以舞"剑器"而闻名天下。相传她在民间献艺时，观者多如山。应邀到宫廷表演，她的舞技无人能比。她在继承传统剑舞的基础上，创造了多种“剑器”舞，如《剑器浑脱》、《西河剑器》等。

据《明皇杂录》记载：“上（玄宗）素晓音律。时有公孙大娘者，善舞剑，能为《邻里曲》、《裴将军满堂势》、《西河剑器浑脱》。遗妍妙，皆冠绝于时”。公孙大娘不仅舞技高超，而且擅长舞多套“剑器舞”。杜甫的《观公孙大娘弟子舞剑器行并序》中对公孙大娘剑舞这样描写：“昔有佳人公孙氏，一舞剑器动四方。观者如山色沮丧，天地为之久低昂。”郑嵎《津阳门诗》描写在唐玄宗生日千秋节时，宫中所举行的盛大的乐舞表演，“公孙剑伎方神奇”，并自注“有公孙大娘舞剑，当时号为雄妙”。

除杜甫诗序中提及的《西河剑器》、《剑器浑脱》外，还有《邻里曲》、《裴将军满堂势》等描写剑器舞的作品。其中最引人注目的是《裴将军满堂势》，是根据裴旻将军独具特色的舞剑技艺改编的一部舞蹈，表演其间舞者的位置变化调动很大，满场飞舞，可谓惊心动魄，是一种猛厉无比的剑舞。

历史故事

唐诗中的很多用典不仅涉及众多的历史人物，当然还涉及很多的历史故事。唐诗中有很多的咏史诗、怀古诗，很多诗人如杜牧等，就以善于咏史怀古而闻名于世。了解这些历史故事可以帮助我们更全面地了解唐诗。

二桃杀三士

春秋时，公孙接、田开疆、古冶子三人因恃宠而骄，宰相晏婴建议齐景公除去他们三人，于是设计让齐景公赏赐三人二个桃子，论功食桃。公孙接和田开疆各自讲述了自己的功劳，把桃子拿走。实际上古冶子的功劳更大，两人终于自愧弗如，让出桃子而自杀。古冶子认为自己独活是不仁、不义、无勇，也自杀身死。

“二桃杀三士”典出《晏子春秋》卷二《内篇·谏下》：“公孙接、田开疆、古冶子侍景公，以勇力搏虎闻。晏子过而趋，三子者不起，晏子入见公曰：‘臣闻明君之蓄勇力之士也，上有君臣之义……今君蓄勇力之士也，上无君臣之义……此危国之器也，不若去之。’”“因请公使人少馈之二桃，曰：‘三子何不计功而食桃？’”

晏婴用两个桃子除掉了三个勇士，后世以“二桃杀三士”，比喻用阴谋手段、谗言诡计使他人内部争斗，自相残杀。如诸葛亮《梁甫吟》中云：“一朝被谗言，二桃杀三士。”

唐诗也常引此典，如卢象《追凉历下古城西北隅，此地有清泉乔木》：“闲阴七贤地，醉餐三士桃。”“历下”是春秋时齐国之地，诗人由此联想到“二桃杀三士”的故事。李白《梁甫吟》诗云：“力排南山三壮士，齐相杀之费二桃。”借三壮士死于阴谋诡计之下，抒发自己的感慨。另有《惧谗》诗：“二桃杀三士，讵假剑如霜。”以“二桃杀三士”的典故，点明谗言之可畏。

接舆歌凤

接舆是春秋时代楚国著名的隐士，姓陆，名通，字接舆。平时“躬耕以食”，由于对当时的社会不满，于是剪去头发，佯狂不仕，因此被人们称为“楚狂接舆”。如晋朝皇甫谧《高士传·陆通》中记载：“陆通，字接舆，楚人也。好养性，躬耕以为食。楚昭王时，通见楚政无常，乃佯狂不仕，故时人谓之楚狂。”

《论语·微子》中记载了这样一个故事：“楚狂接舆歌而过孔子曰：‘凤兮凤兮！何德之衰？往者不可谏，来者犹可追。已而，已而！今之从政者殆而！’孔子下，欲与之言。趋而辟之，不得与之言。”意思是楚狂人接舆曾唱着歌走过孔子车前，他唱道：“凤鸟啊，凤鸟啊！你的德行为什么衰退了呢？过去的事情已经不能挽回了，未来的事情还来得及把握呀。算了吧，算了吧！如今那些从政的人都危险啊？”孔子听到后大为感慨，便下车想和他交谈，但是接舆快步走开了，不愿意和孔子交谈。

◎ 接舆村

相传，接舆歌凤的故事就发生在接舆村。

在山东省费县刘庄镇，有一个名叫“接峪”的村庄。在旧志上，这个村一直叫做“接舆”，清代建有接舆社，旁边还有接舆桥。后来为方便起见，就写成了“接峪”。接峪村是刘庄镇难得的一片万亩平原，连座山都没有，更何况是“峪”了。

在《康熙费县志》卷一记载：“接舆村，相传为楚狂歌凤处。”这个地方，就是隐士接舆与圣人孔子对话的地方。这个村庄也因此得名。

因为有这个接舆佯狂避世，讥笑孔子热衷仕途的故事，后世就常用“接舆”来借喻佯狂不仕的高士。如王维《辋川闲居赠裴秀才迪》：“复值接舆醉，狂歌五柳前。”以接舆喻指裴秀才。李白有“我本楚狂人，凤歌笑孔丘”之句，自称“楚狂”，用反照法表现自己政治上找不到出路的痛苦。孟浩然《山中逢道士云公》诗云：“既笑接舆狂，仍怜孔丘厄。”以接舆自比，喻指云公嘲笑自己狂放。李端《宿荐福寺东池有怀故园因寄元校书》中亦有：“从来叔夜懒，非是接舆狂。”

林回弃璧

“林回弃璧”是《庄子·山木篇》中记载的一段子桑雽对孔子讲述假国人逃亡的故事，子桑雽曰：“子独不闻假人之亡与？林回弃千金之璧，负赤子而趋。或曰：‘为其布与？赤子之布寡矣；为其累与？赤子之累多矣。弃千金之璧，负赤子而趋，何也？’林回曰：‘彼以利合，此以天属也。’”

周朝有一个假国灭亡了，亡国的难民中有个叫林回的人，他宁可舍弃价值千金的白璧，也不舍弃自己的婴儿，坚持带着孩子逃难。

有人不理解林回的选择，就问他：“你是为了钱吗？如果是为了钱，一个婴儿能值几个钱？”也有人问他：“你不怕受到牵累吗？在战乱时，一个吃奶的小婴儿，会给人添很多的麻烦。国难当头，你舍弃宝玉，却背上婴儿这个包袱是为什么？”

林回回答说：“那块宝玉固然值钱，可是这孩子是我的亲生骨肉，和我的感情连在一起，我怎么能够舍弃他？”

如果感情是以金钱利欲来维系，一旦遇到天灾人祸，就会大难临头各自飞；反之骨肉至亲情谊，在遇到危难时会挺身而出，会相依为命。可见，用金钱利欲维系的关系是暂时的、不稳定的，经不住患难的考验；人与人之间的亲情友谊，患难与共才是长久和永恒的。

“林回弃璧”被后世用作爱子情深的典故，如李白《赠武十七谔》诗云：“林回弃白璧，千里阻同奔。”诗人以“林回弃璧”之事，比喻自己对爱子难以割舍的骨肉轻轻亲情。

庄周梦蝶

庄周梦蝶

“庄周梦蝶”典出《庄子·齐物论》：“昔者庄周梦为胡蝶，栩栩然胡蝶也，自喻适志与！不知周也。俄然觉，则蘧蘧然周也。不知周之梦为胡蝶与？胡蝶之梦为周与？周与胡蝶则必有分矣。此之谓物化。”大意是说，庄子一天做梦梦见自己变成了蝴蝶，非常快乐，悠然自得，不知道自己是庄周。梦醒之后发现自己还是庄子，于是他不知道自己到底是梦到庄子的蝴蝶呢，还是梦到蝴蝶的庄子。

后世广为引用“庄周梦蝶”的典故，诗

人借助这一意象来表达人生如梦，对故国亲友的思念以及恬淡闲适的心情。

李白在《古风五十九首》中写道：“庄周梦蝴蝶，蝴蝶为庄周。一体更变易，万事良悠悠。乃知蓬莱水，复作清浅流。青门种瓜人，旧日东陵侯。富贵固如此，营营何所求。”人生如蝴蝶梦，变化无常，东陵侯成了种瓜人，富贵没有定数，怎值得去追求呢？白居易仕途受挫，理想破灭时，整日也如身在梦中，他在《疑梦二首》中写道：“鹿疑郑相终难辨，蝶化庄生讵可知。假使如今不是梦，能长于梦几多时。”

崔涂在《春夕旅怀》中借“蝴蝶梦”表达了自己漂泊异乡、思念故土的心情：“水流花谢两无情，送尽东风过楚城。蝴蝶梦中家万里，杜鹃枝上月三更。”

◎ 庄子与惠子濠梁之辩

“庄周梦蝶”的故事，表现了一种人生如梦的人生态度。《庄子》里的另一个故事“濠梁之辩”，主要反映了庄子对于“知”的态度。

庄子与惠子游于濠梁之上。庄子曰：“鯈鱼出游从容，是鱼之乐也？”惠子曰：“子非鱼，安知鱼之乐？”庄子曰：“子非我，安知我不知鱼之乐？”惠子曰：“我非子，固不知子矣；子固非鱼也，子之不知鱼之乐，全矣。”庄子曰：“请循其本。子曰‘汝安知鱼乐’云者，既已知吾知之而问我。我知之濠上也。”

历来对庄子和惠施的辩论输赢，见仁见智。从逻辑上说，惠施占了上风，因为人和鱼是不同类的，人不可能知道鱼的心理。但从审美体验上说，庄子也是有道理的，动物的动作、表情、痛苦、快乐，是可以凭观察来体验的。

钱起在《衡门春夜》写道：“不厌晴林下，微风度葛巾。宁唯北窗月，自为上皇人。丛筱轻新署，孤花占晚春。寄言庄叟蝶，与尔得天真。”诗人无忧无虑，就像梦中的蝴蝶，率性天真。《题崔逸人山亭》：“药径深红藓，山窗满翠微。羡君花下酒，蝴蝶梦中飞。”诗人自斟自饮，思绪翩飞，体悟到庄子梦蝶的乐趣。

西施浣纱

西施，原名施夷光，春秋末期人，生于浙江诸暨，天生丽质，貌美如花。

当时越国称臣于吴国，越王勾践卧薪尝胆，谋复国。勾践针对“吴王淫而好色”的个性，与范蠡设计策，“得诸暨罗山卖薪女西施、郑旦”，送于吴王。

吴王夫差见到西施大喜，在姑苏修造春宵宫，筑大池，池中划青龙舟，整日与西施戏水，又为西施修建了表演歌舞和娱乐的馆娃阁、灵馆等。西施擅长跳“响屐舞”，夫差又专门为她筑建“响屐廊”，用上百只大缸，上铺木板，西施穿着木屐，裙上系铃，在木板上舞动，铃声和大缸的回响声“铮铮嗒嗒”交织在一起，使夫差沉溺其中，不理朝政，终致众叛亲离，走向亡国丧身的道路。吴国灭亡后，西施就不知所踪。

西施浣纱之地，就是若耶溪。若耶溪源头在若耶山，山下有一深潭，相传就是郦道元《水经注》中的“樵岘麻潭”。据记载，远在两千四百多年前，薛烛就曾向越王献策：“若耶之溪涸而铜出。”此后，欧治子也曾在这里铸造宝剑。现在的平水铜矿附近，还有铸铺山和欧治大井遗址。

后人多用西施浣纱来形容极美的事物。唐诗中常见咏西施的诗歌，如李白《子夜吴歌·夏歌》：“五月西施采，人看隘若耶。回舟不待月，归去越王家。”传说若耶溪是西施采莲之地，以此切题咏夏。韦应物《广陵遇孟九云卿》诗云：“西施且一笑，众女安得妍。”以西施之美比喻孟云卿文才出众。李贺《美人梳头歌》也有“西施晓梦绡帐寒，香鬟堕髻半沉檀”之句。

知音

孟浩然《夏日南亭怀辛大》诗云：“欲取鸣琴弹，恨无知音赏。”诗中的知音指的是俞伯牙和钟子期的故事。

俞伯牙自幼酷爱音乐，擅长弹琴，他弹奏的琴声悠扬悦耳。虽有很多人赞美他的琴艺，但他却认为一直未遇到真正能听懂他琴声的人。

后来俞伯牙奉晋王之命出使楚国。有一天，在乘船的途中，俞伯牙被迷人的月色感染，于是弹起琴来。当他完全沉醉在自己悠扬的琴声中的时候，一不小心把琴弦弄断了。这时俞伯牙突然看到岸边有一人一动不动地站着，便让人询问，那个人回答说自己是个打柴的，回家晚了，经过这里听到琴声优美，不由得站定聆听。俞伯牙问打柴人自己弹的是什么曲子，打柴人回答说是孔子赞叹弟子颜回的曲谱。

俞伯牙听后非常高兴，便邀请打柴人上船细谈。打柴人还指出俞伯牙的琴是瑶琴，传说是伏羲氏所造，接着又把这瑶琴的来历说了出来。听了打柴人的一番讲述，俞伯牙心中不由得暗暗佩服，并又为打柴人弹了几首曲子，请他辨识其中的意思。

当俞伯牙弹奏的琴声雄壮高亢的时候，打柴人说：“这琴声，表达了高山的雄伟气势。”当琴声变得清新流畅时，打柴人说：“这琴声，表达的是无尽的流水。”俞伯牙听了十分惊喜，觉得自己遇到了久久寻觅不得的知音，二人越谈越投机，感觉相见恨晚，于是结拜为兄弟，并相约明年的中秋再到这里相会。这个打柴人便是钟子期。

伯牙鼓琴图

与钟子期泪别后的第二年中秋，俞伯牙如约来到了汉阳江口。可是他等了很久，也不见钟子期前来赴约。第二天，俞伯牙向一位老人打探钟子期的下落，老人告诉他，钟子期已染病去世了，临终前留下遗言，要把他的坟墓修在江边，到八月十五相会时，就可以听到俞伯牙的琴声。

听了老人的话，俞伯牙悲痛不已，他来到钟子期的坟前，凄楚地弹起了古曲《高山流水》。弹完后，他长叹了一声，挑断了琴弦，并把心爱的瑶琴在青石上摔了个粉碎，悲痛地说："我唯一的知音已不在人世了，我的琴还弹给谁听呢？"

◎《高山流水》

《高山流水》取材于"伯牙鼓琴遇知音"，是我国古代著名琴曲，传为伯牙所作。乐谱最早见于明代《神奇秘谱》，载为《高山》和《流水》二曲，《高山》"言仁者乐山之意"，《流水》"言智者乐水之意"。《高山》、《流水》与伯牙鼓琴遇知音的故事一起，在民间广泛流传。

《高山流水》有琴曲和筝曲两种，两者同名异曲，风格完全不同。清代唐彝铭所编《天闻阁琴谱》中收川派琴家张孔山改编的《流水》，尤具特色，增加了以"滚、拂、绰、注"手法作流水声的第六段，又称"七十二滚拂流水"，形象鲜明，情景交融。筝曲《高山流水》最普遍的流派谱本有浙江筝派、山东筝派和河南筝派。

两位"知音"的友谊感动了后人，为了纪念他们，在他们相遇的地方，人们筑起了一座古琴台。直至今天，人们还常用"知音"来形容朋友之间的真挚情谊。成语"高山流水"就是取材于"伯牙鼓琴遇知音"的典故，用来比喻知己或知音，也比喻乐曲高妙。

伯乐一顾

"伯乐一顾"典出《战国策》卷三十《燕策二》：苏代为燕说齐，未见齐王，先说淳于髡曰："人有卖骏马者，比三旦立于市，人莫知之。往见伯乐曰：

‘臣有骏马，欲卖之，比三旦立于市，人莫与言，愿子还而视之。去而顾之，臣请献一朝之贾。’伯乐乃还而视之，去而顾之，一旦而马价十倍。今臣欲以骏马见于王，莫为臣先后者，足下有意为臣伯乐乎？臣请献白璧一双，黄金千镒，以为马食。”淳于髡曰：“谨闻命矣。”入言之王而见之，齐王大说苏子。

春秋时期，秦穆公的相马专家孙阳特别擅长观察、品评马匹的优劣，时人以神话中掌管天马的星宿名“伯乐”来称美他。凡是孙阳相中的马，身价立即提高。一次有人牵马到市场上去卖，三天都没人询问。他请伯乐去相马，立即就有人出高价收购。

◎ 千金买骨

关于千里马的故事，除了“伯乐相马”外，还有一个很有名的，就是“千金买骨”。

燕昭王曾向郭隗请教，如何才能招得天下贤士。郭隗给燕昭王讲了一个故事：从前有一位国君，愿意用千金买一匹千里马。可是三年了，无人入宫献马。这时，有一个人自告奋勇去买千里马。三个月后，他打听到某家有一匹良马，可是他赶到时，马已经死了。于是，他就用五百金买下了马的骨头，带回去给国君。国君看到他高价买的马骨头，很不高兴。而这人却认为这样做，可以让天下人都知道，国君是真心实意地想出高价钱买马。果然，不到一年时间，就有人送来了三匹千里马。后世就用成语“千金买骨”来形容迫切招聘天下贤人。

“一顾”原指伯乐对马的回望，后世用“伯乐一顾”来表示因受到名人重视而身价大增。《后汉书·隗嚣传》记载：“数蒙伯乐一顾之价，而苍蝇之飞，不过数步，即托骥尾，得以绝群。”宋朝王观国《学林·铜斗》云：“凡物不以美恶，稍为名士所称，遂以可贵……所谓伯乐一顾，其价十倍。”也写作“伯乐一盼”、“伯乐顾”，后来用于喻指有权势者的赏识。

唐诗中常见如张九龄《南还以诗代书赠京师旧僚》诗：“上惭伯乐顾，中负叔牙知。”李峤《舞》：“非君一顾重，谁赏素腰轻。”戴叔伦《古意寄呈王侍郎》：“夜光贮怀袖，待报一顾恩。”孟郊《寄陕府邓给事》：“一顾生鸿羽，再言将鹤翩。”

楚王好细腰

“楚王好细腰”一事记载在众多古籍中。其中，《战国策》和《墨子》的描述比较详细，比较像一个原始的故事。

《战国策·威王问于莫敖子华》篇记载了楚威王和大臣莫敖子华的一段对话。威王听了莫敖子华对过去五位楚国名臣光辉事迹的介绍后，羡慕不已，感叹说："当今人才断层，哪里能找得到这样的杰出人物呢？"于是莫敖子华向威王讲述了这样一个故事：

从前楚灵王喜欢腰身纤细的人，楚国的士大夫们为了细腰，都节食减肥，大家都饿得头昏眼花。坐在席子上的人需扶着墙壁才能站起来，坐在马车上的人一定要借力于车轼（古代车厢前面用来扶手的横木）才能站起来，为了腰身纤细，即使饿死了大家也心甘情愿。莫敖子华解释说臣子们总是希望得到君王的青睐，如果君王真心诚意地喜欢贤人，引导大家都争当贤人，楚国不难再出现像五位前贤一样的能臣。

后世用"细腰"、"楚宫腰"、"楚女腰"、"楚腰"等用作咏楚女的典故，也用于赞美女子的身材苗条。如杜甫《清明二首》："胡童结束还难有，楚女腰肢亦可怜。"刘禹锡《踏歌行》："为是襄王故宫地，至今犹自细腰多。"李贺《洛姝真珠》："市南曲陌无秋凉，楚腰卫鬓四时芳。"杜牧《新柳》："无力摇风晓色新，细腰争妒看来频。"

杜鹃啼血

"杜鹃啼血"典出《十三州志》。书中记载："其后有王名杜宇，称帝，号望帝……有一死者名鳖令，其尸亡至汶山却是更生，见望帝，以为蜀相。时巫山壅江，蜀地洪水，望帝使鳖令凿巫山治水，有功。望帝自以德薄，乃委国于鳖令，号曰开明。遂自亡去，化为子规。故蜀人闻鸣云：'我望帝也。'"

杜鹃，即子规鸟，别称杜宇、望帝，啼声悲切。传说，战国时蜀王望帝杜宇禅位于鳖令，望帝修道，处西山而隐。杜宇死后，他的精魂化做杜鹃鸟，每到春天就夜夜悲鸣，一直啼叫得嘴边淌出血来，滴血染红了杜鹃花。这就是成语"子规啼血"的来历。

后世以"杜鹃啼血"喻指思念家乡、忧国忧民、惆怅恨然的心情。如沈佺期《夜宿七盘岭》："芳春平仲绿，清夜子规啼。"诗人望着浓绿的银杏树，听见杜鹃的悲啼，表达了一种独宿异乡的愁思和惆怅。

李白《宣城见杜鹃花》："蜀国曾闻子规鸟，宣城又见杜鹃花。一叫一回肠一断，三春三月忆三巴。"诗人从杜鹃花、子规鸟联想到家乡，表达了对故国深深的思念之情。

李白《蜀道难》："但见悲鸟号古木，雄飞雌从绕林间。又闻子规啼夜月，愁空山。"诗人借景抒情，用"悲鸟号古木"、"子规啼夜月"来渲染旅愁和蜀道上空寂苍凉的环境气氛。

李贺《老夫采玉歌》："夜雨冈头食蓁子，杜鹃口血老夫泪。"诗人以此抒发自己苦闷的心情。

李商隐《锦瑟》：“庄生晓梦迷蝴蝶，望帝春心托杜鹃。”诗人用望帝去国怀乡，魂化杜鹃，悲鸣寄恨的典故，寄托了追求、向往、执著之心。

◎ 杜鹃花

杜鹃花，也叫做红杜鹃、映山红、艳山红、艳山花、清明花、格桑花（藏语）、金达莱（朝鲜语）、山踯躅、红踯躅、山石榴等，是当今世界上最著名的花卉之一。北半球温带地区都有杜鹃花的分布。南亚著名的山国尼泊尔，以杜鹃花为国花，他们的国徽中有一朵盛开的红杜鹃花。杜鹃花十分美丽，有深红、淡红、玫瑰、紫、白等多种颜色。春季杜鹃花开放时，满山遍野，色彩鲜艳像彩霞绕林，被誉为“花中西施”。

杜鹃花的代表种，就是俗称的“映山红”。在我国长江流域各省以及云南、台湾等地的山地和丘陵上的疏林或灌木丛中，遍地可见映山红。映山红花呈漏斗状，花瓣有酸味，可以作为水果食用，但一次不可多食，否则会引起鼻出血。

姜太公钓鱼

姜太公即姜子牙，姜姓吕氏，名望，字子牙，号飞熊，也称吕尚或姜尚。商朝末年人。姜子牙是文王倾商、武王克殷的首席参谋官、最高军事统帅，是西周的开国功勋，齐文化的创始人，也是我国杰出的韬略家、军事家和政治家。历代典籍都认同他的历史地位，儒、道、法、兵、纵横诸家都追奉他为本家人物，故被尊为“百家宗师”。

姜太公磻溪垂钓

姜子牙出世时，家境衰落，成年后姜子牙做过屠夫，也卖过酒，聊补生计。但姜子牙人穷志不短，不因家贫而丧志，始终坚持刻苦学习天文地理、军事谋略，治国之策，期望能有一天为国家尽展才华。

姜子牙所在的商朝，纣王是一个非常残暴的人。纣王统治期间战争不断，为了躲避战乱，姜子牙到我国北方隐居了四十多年，后来又到了陕西终南山隐居。

在终南山，姜子牙经常到渭河去钓鱼，可是连续三年他一条鱼也没有钓到，因为他使用的鱼钩是直的。所以人们都嘲笑他，姜子牙却无动于衷，后世于是有成语“姜太公钓鱼，愿者上钩”。神奇的是，姜子牙有一次真的钓到了一条鱼，而且在鱼的肚子里发现了一本兵法书。更巧的是，当天晚上，周文王姬昌做了一个梦，梦见一位高人。第二天，他便前往寻找高人，遇到了直钩钓鱼的姜子牙。姜子牙向周文王讲述了自己的身世，文王当时正为了建立王朝而搜罗人才，所以就对他说：“我的先祖太公早就寄希望于你了。”因此，后人又称他为太公望，在民间称他为姜太公。

李白《行路难》诗中“闲来垂钓碧溪上，忽复乘舟梦日边”一句，就是引用姜子牙遇文王的典故。

白登山之战

白登山之战，也称平城之围。

白登山，也称为小白登山，今名马铺山，位于大同城东5公里处。白登山西临御河，东接采凉山，南傍张同公路，北靠方山。

西汉高祖六年（前201年），刘邦亲自率领三十二万大军出征匈奴。汉军先在铜鞮（今山西沁县）告捷，后来又乘胜追击匈奴军，直至楼烦（今山西宁武）一带。当时天降大雪，天气非常寒冷，汉军虽“卒之坠指者十二三”，但看见匈奴只有老弱残兵，获胜之心更加急切，就不顾前哨探军刘敬的劝解阻拦，直追到大同白登山，结果中了匈奴的诱兵之计。

刘邦率兵刚到白登山，冒顿单于就忽然率领四十万铁骑伏兵将汉军团团围住。匈奴军围困白登山七天七夜，导致汉军断粮断水，处境十分危困。此时，谋士陈平为刘邦出谋划策，给冒顿单于的妻子阏氏送去重金和美女图，另外又写了一封书信，信中说：“如果单于继续围困汉军，我们就将把美女送给单于，到那时，阏氏的地位可能就保不住了……”阏氏受贿后，极力劝说冒顿单于撤军。冒顿单于也听说汉军的增援部队马上就会赶到，害怕对自己不利，只好解围撤兵。

刘邦收军回师广武后，对探军刘敬说：“吾不用公言，以困平城。”于是重赏陈平和刘敬，并封刘敬为关内侯，号为建信侯。为了休养生息，巩固统治，刘邦采纳了刘敬的和亲政策，与匈奴和平相处。此后，直到汉景帝，匈奴对汉朝虽有小的骚扰，但相互之间基本上没有发生过大的战争，为“文景之治”的繁荣创造了良好的外部优势。

李白《关山月》诗有“汉下白登道，胡窥青海湾”之句，诗人遥想当年汉高祖率兵出征白登山大战匈奴，而今吐蕃也在觊觎着青海的大片河山。这些历朝历代的征战之地，很少看见有人能够生还。诗人借此叹息征战战士的辛苦和思念家人的愁苦。

◎ 冒顿单于

汉军曾被冒顿单于的四十万铁骑兵将围困在白登山。

冒顿单于，是匈奴部落联盟的首领。姓挛鞮。秦二世元年（前209年），冒顿单于杀死了父亲头曼单于，自立为王。

冒顿单于即位之后，作为当时匈奴帝国的最高统帅，总揽军政大权，灭东胡，统一蒙古草原，建立了强大的匈奴帝国，为匈奴的崛起作出了主要贡献，这样对秦朝也造成了极大的威胁。匈奴帝国疆域最东到辽河流域，最西到葱岭（今帕米尔高原），南达秦长城，北抵贝加尔湖一带。刘邦死后，冒顿单于按照匈奴的习俗写了书信给吕后，要求与她再婚，被吕后拒绝。汉文帝前元三年（前177年），冒顿单于曾派右贤王骚扰汉朝的边境。

金屋藏娇

"娇"，原指汉武帝刘彻的表姐陈氏。陈氏小名阿娇，故世人称"陈阿娇"或"陈娇"。

汉景帝离世后梁王夺位，当初刘彻是太子，陈阿娇的母亲馆陶长公主帮助刘彻顺利地当上了皇帝。他与陈阿娇从小青梅竹马，汉武帝幼年时，馆陶长公主问他长大要娶一个什么样的妻子，汉武帝回答说要娶表姐阿娇为妻，并为阿娇盖一座金屋子，于是从此有了"金屋藏娇"这一故事。

汉武帝坐上皇位之后履行了自己的诺言，他真的为阿娇建造了一座金碧辉煌的宫殿，并册封她为皇后。"金屋藏娇"是一个传诵千年的婚姻传奇，是一个男子对自己的原配正妻许下的结发誓言和婚姻承诺。后世以"金屋"泛称为男人所宠爱的妇女的住处，也泛指后宫。"金屋藏娇"则用于指男人宠溺爱妻、爱妾。

白居易《长恨歌》中有"金屋妆成娇侍夜，玉楼宴罢醉和春"一句，诗中的"金屋"原指汉武帝为阿娇建造的房屋，此处用"金屋"喻指杨贵妃得到唐玄宗的宠幸。李白《宫中行乐词八首》其一云："小小生金屋，盈盈在紫微。"诗中咏杨贵妃，借"金屋"将她与受汉武帝宠幸的陈阿娇相比。王翰《古蛾眉怨》："传声走马开金屋，夹路鸣环上玉墀。"表现汉武帝生前曾宠爱陈阿娇。

请缨

祖咏《望蓟门》中有"少小虽非投笔吏，论功还欲请长缨"句，表达诗人投笔从戎，平定边患，为国立功的壮志。

缨，驾车时马颈上套的革带，引申为捆人用的长绳。人们用"请缨"表示主动请求出征、出使等，多用来表现立志报国的决心和行动。

"请缨"语出《汉书·终军传》。书中记载，"南越与汉和亲，乃遣军使南越，说其王，欲令入朝，比内诸侯。军自请：'愿受长缨，必羁南越王而致之阙下。’军遂往说王，越王听许，请举国内属。天子大悦，赐南越大臣印绶，壹用汉法，以新其俗，令使者留填抚之。越相吕嘉不欲内属，发兵攻杀其王，及汉使者皆死。”

终军（约前133—前112年），字子云，济南人。终军很有才学，十八岁被选为博士弟子，后来又升迁为谒者给事中，负责迎送客、奉诏出使等。当时，正赶上南越与汉朝和亲，汉武帝于是派遣终军出使南越，劝说南越王归顺汉朝。终军主动向汉武帝请求说：“希望陛下赐给我一条长绳，我定会把南越王捆绑起来，带到宫廷门下。”

终军前往南越劝说南越王，南越王听从了他的劝说，同意把整个南越国都作为汉朝廷的属国。汉武帝十分高兴，恩准南越国统一实行汉朝的法度，用新的办法改变南越的社会习俗，命令汉朝的使者留居在南越，负责镇守和安抚南越。但是，南越的相国吕嘉不想归顺汉朝，于是起兵杀害了南越王，汉朝的使者也都被他杀死了。终军死时，只有二十多岁。所以，世人都称他为“终童”。“请缨”就是从这个故事来的。

雁足传书

“雁足传书”一典出自《汉书·苏武传》。

苏武（前140—前60年），字子卿，杜陵（今陕西西安西南）人。汉武帝天汉元年（前100年），匈奴新单于即位，汉武帝为了表示友好，派遣苏武率领一百多人，出使匈奴。在苏武准备返国之时，匈奴发生内乱，苏武受到牵连，被扣留下来。

苏武出使匈奴被扣留，面对匈奴人和汉朝降臣的威逼利诱，他从不屈服，坚守汉朝使臣的气节。匈奴单于不忍心杀苏武，又不想让他返回汉朝，于是决定把苏武流放到北海（今西伯利亚的贝加尔湖一带），让他去牧羊。苏武在断绝饮食、生活困苦的情况下，仍时刻牢记自己的身份。听说汉武帝驾崩，苏武面朝遥远的南方，大声痛哭，以至吐血。他就这样早晚哭奠，哭了好几个月。

苏武

汉昭帝即位后，匈奴与汉朝结亲和好。汉朝向匈奴索要苏武等使臣，匈奴撒谎说苏武已经死了。后来，汉朝的使臣到匈奴，苏武使团的成员之一常惠找机会在夜里会见了汉朝的使臣，把自己这些年的经历告诉了汉朝的使臣。汉朝的使臣得知苏武还没有死，可是又很难直接跟匈奴要人，常惠教使臣告诉匈奴单于："汉朝天子在上林苑（皇家园林）里射猎，打下一只雁，发现雁腿上系着一封帛书，帛书的内容是苏武在北方一沼泽中。"使臣非常高兴，按照常惠交代的话指责单于撒谎。单于很惊奇，后来只好向汉朝使臣谢罪，讲出真话："苏武等人确实还活着。"在匈奴经过十九年的艰辛生活，苏武终于回到了汉朝。

◎ 贝加尔湖

苏武牧羊的"北海"并非大海，而是贝加尔湖。在汉代称之为"柏海"，元代称为"菊海"，18世纪初的《异域录》称为"柏海儿湖"，《大清一统志》称为"白哈儿湖"。

贝加尔湖是世界上容量最大、最深的淡水湖。"贝加尔湖"意为"富饶的湖泊"，湖中盛产多种鱼类。贝加尔湖呈狭长弯曲状，所以也称"月亮湖"。湖长636公里，平均宽48公里，最宽79.4公里，面积3.15万平方公里，平均深度744米，最深点达1680米，湖面海拔456米。贝加尔湖总蓄水量23600立方千米，相当于北美洲五大湖的总蓄水量，约为地表不冻淡水资源总量的五分之一。1996年，贝加尔湖被列入联合国教科文组织世界文化遗产名单。

后来，人们就用"雁足传书"、"雁书"、"鸿雁北来"等比喻书信和传递书信的人，也有以鸿雁来指代书信的。如王勃《采莲曲》："不惜西津交佩解，还羞北海雁书迟。"李白《千里思》："鸿雁向西北，因书报天涯。"

掌中轻

"掌中轻"指的是汉朝皇后赵飞燕。

赵飞燕是汉成帝的皇后（前45—前1年），名宜主，吴县（今江苏苏州）人，因舞姿轻盈如燕飞凤舞，故称"飞燕"。

赵飞燕出生后便被父母丢弃，可三天后仍然活着，父母也觉得奇怪，于是又把她捡了回来，开始养育她。赵飞燕长大后，同妹妹一起被送入阳阿公主府，并开始学习歌舞。她很有天赋，学得一手好琴艺，舞姿更是出众。

汉成帝刘骜喜爱到处游乐，经常与富平侯张放出外游玩、寻欢作乐。他在阳阿公主家看到赵飞燕后，就被她的美貌、优美的舞姿所吸引，立即就召她入宫，并封她为婕妤，对她极为宠爱。后来汉成帝废了许皇后，立飞燕为皇后，赵飞燕的妹妹赵合德也被立为昭仪，两姐妹专宠于后宫，显赫一时。

汉成帝死后，定陶王刘欣即位为汉哀帝，赵飞燕被尊为皇太后。哀帝即位没过几年就死了，汉平帝刘衎即位，后来借口赵飞燕谋害汉成帝皇子，也被逼迫自尽。

赵飞燕是我国古代最杰出的舞蹈家，是汉成帝刘骜最宠幸的皇后，又是身材最为苗条、姿容最为美丽的绝色美人。李白在应唐玄宗的命令创制《清平调三章》歌颂杨贵妃的艳美时，其中有“借问汉宫谁得似，可怜飞燕倚新妆”的绝句，可见赵飞燕的秀美，在李白心中占有绝对的地位。我国历代文人雅士在吟诗作赋时常提到她的名字，并且创作了很多以赵飞燕为题材的诗歌、小说、绘画等作品，如徐凝作《汉宫曲》：“水色箫前流玉霜，赵家飞燕侍昭阳。掌中舞罢箫声绝，三十六宫秋夜长。”她精美绝伦的舞蹈技艺，广为人们传诵和发扬。

唐诗中常以“掌中轻”、“掌上舞”、“舞掌轻”称美宠妃宠妓体轻善舞，如杜牧《遣怀》：“落魄江南载酒行，楚腰肠断掌中轻。”以此形容美女体态轻盈。

窦车骑

皇甫冉《春思》诗云：“为问元戎窦车骑，何时返旆勒燕然。”其中“窦车骑”指的就是曾出师击破北匈奴的东汉车骑大将军窦宪。据《后汉书·窦融传》记载：“（窦宪）与北单于战于稽落山，大破之。虏众崩溃，单于遁走……宪、秉遂登燕然山，去塞三千余里，刻石勒功，纪汉威德。”后来窦车骑借指镇守边塞的主将。

窦宪（？—92年），字伯度，扶风平陵（今陕西咸阳西北）人，是东汉的权臣、名将，窦融的曾孙，章德皇后的哥哥。

章帝建初二年（77年），章帝立窦宪的妹妹为皇后，拜窦宪为郎（战国始置。帝王侍从官侍郎、中郎、郎中等的通称。职责是护卫陪从、随时建议，备顾问差遣等侍从之职），不久又升迁为侍中、虎贲中郎将（秦朝始设中郎，到西汉分五官、左、右三中郎署，各设中郎将用来统领皇帝的侍卫），窦宪日益受到宠任。和帝即位，太后掌管朝政，窦宪在内掌握国家机密，对外宣布诏命；他的弟弟窦笃、窦景也担任国家要职。

永元元年（89年），窦宪因派遣刺客刺杀太后幸臣刘畅，太后大怒，把窦宪囚禁在内宫。窦宪由于害怕被杀，主动请求攻打北匈奴来赎死。这时北匈奴大乱，南匈奴单于想要趁机吞并北匈奴，请求汉朝支持。窦宪为车骑将军，同南匈奴、乌桓、羌胡三万多兵马一起出征，在稽落山（今蒙古额布根山）大破北匈奴，北匈奴单于逃走。窦宪出边塞三千里追击北匈奴，登燕然山，即今蒙古杭爱山，刻石纪功，命中护军班固为其作铭。回师后，窦宪成为大将军，地位在三公之上。

永元二年，窦宪出屯凉州。永元三年，窦宪又派遣左校尉耿夔等出居延塞，大败北匈奴于金微山（今阿尔泰山）。北匈奴单于逃跑，下落不明。从此北匈奴破散。窦宪也因此威震朝廷，和帝害怕他功高盖主，与中常侍郑众想出计谋，想要杀死窦宪。永元四年，窦宪回朝，和帝没收了他的大将军印绶，改封他为冠军侯，并命令他到封邑去，等他到达后，和帝派人把他杀死了。

三顾茅庐

“三顾茅庐”典出诸葛亮《出师表》，表中有云：“先帝不以臣卑鄙，猥自枉屈，三顾臣于草庐之中。”

◎《出师表》

《出师表》分为《前出师表》和《后出师表》两篇，是三国时期蜀汉丞相诸葛亮在两次北伐曹魏前，上呈给后主刘禅的奏章。

《前出师表》作于建兴五年（225年），收录于《三国志》卷三十五。该文情意真切，感人肺腑，表明了诸葛亮北伐的决心与信念。他在文中告诫刘禅要“亲贤臣、远小人”，多听取别人的意见，为匡复汉室而努力。

《后出师表》作于建兴六年。在文中，诸葛亮表示了为国家“鞠躬尽瘁，死而后已”的精神，深刻地展现了诸葛亮对国家的忠心。其中“先帝虑汉贼不两立，王业不偏安”一句，经常被后人引用。

《后出师表》的作者在史学界有争议，更多历史学家认为《后出师表》为后人假托之作。

● 三顾茅庐

东汉末期，黄巾起义，天下大乱，曹操坐据朝廷，孙权拥兵东吴，汉宗室豫州牧刘备听徐庶和司马徽说诸葛亮很有学识，又有才能，就与关羽、张飞带着礼物到隆中卧龙岗去请诸葛亮出山辅佐他，隆中即今湖北襄樊市，还有一说是今河南南阳城西。

刘备来请诸葛亮，可恰巧诸葛亮这天不在家，刘备只好失望地回去了。不久，刘备再次和关羽、张飞冒着大雪第二次去请诸葛亮。不料诸葛亮又出外闲游去了。张飞本不愿意再来，见诸葛亮不在家，就急着要回去。刘备留下一封信，表达了自己对诸葛亮的敬佩以及想请他出来帮助自己挽救国家危险局面的意思。

过了些时候，刘备为了表示诚意，吃了三天素，准备再次去请诸葛亮。关羽说诸葛亮或许是徒有虚名，未必有真才实学，不用去了。张飞却主张由他一个人去，如诸葛亮不来，就用绳子把他捆来。刘备责备了张飞一顿，又和他俩第三次拜访诸葛亮。当时，诸葛亮正在睡觉。刘备没有惊动他，一直站到诸葛亮醒来，才彼此坐下谈话。诸葛亮见到刘备有志替国家做事，而且诚恳地请他帮助，就决定出山全力辅佐刘备建立蜀汉皇朝。

刘备三次前往隆中聘请诸葛亮，此即为“三顾茅庐”。后世常以这一典故作为对君主礼贤下士的称美。唐诗中可见沈佺期《陪幸韦嗣立山庄》：“茆室承三顾，花源接九重。”储光羲《贻王侍御出台掾丹阳》：“赤墀高daxian，一见如三顾。”李商隐《五言述德抒情诗一首四十韵献上杜七兄仆射相公》：“得主劳三顾，惊人肯再鸣。”

八阵图

八阵图是三国时诸葛亮所创设的一种阵法。

传说诸葛亮在御敌时，将乱石堆成石阵，按遁甲分成生、伤、休、杜、景、死、惊、开八门，阵法变化万端，可抵十万精兵。

据《三国志·蜀书·诸葛亮传》记载：“亮性长于巧思，损益连弩，木牛流马，皆出其意；推演兵法，作八阵图，咸得其要云。”可见，八阵图是战争中一种战斗队形及兵力部署图，原“图”今虽已不见，但是也有说是诸葛亮的练兵遗址——“八阵图垒”。

八阵图分别以天、地、风、云、龙、虎、鸟、蛇命名，加上中军共九个大阵。中军由十六个小阵组成，周围八阵则分别辅以六个小阵，共为六十四个小阵。八阵中，天、地、风、云是“四正”，龙（青龙）、虎（白虎）、鸟（朱雀）、蛇（螣蛇）为“四奇”。另外，后方还有二十四阵。

诸葛亮创制的“八阵图”吸收了井田和道家的八卦进行排列组合，兼容了天文地理知识，是古代不可多得的作战阵法。谨慎堂《诸葛氏宗谱》中记载有“八阵功高妙用藏与名成八阵图”的诗词赞歌。

杜甫《八阵图》诗云：“功盖三分国，名成八阵图。江流石不转，遗恨失吞吴。”杜甫对诸葛亮的济世之才情有独钟，就在诸葛亮遗迹处作此诗。以“八阵图”代指诸葛亮，颂扬了诸葛亮在魏、蜀、吴三分天下的斗争中，为创立蜀国基业立下的盖世功勋。

姜维胆大如斗

姜维（202—264年），字伯约，天水冀县（今甘肃甘谷东南）人。三国时期蜀汉著名的军事家，蜀国第五代执政大臣，诸葛亮北伐事业的继承者，蜀汉末期的军事统帅。

姜维投降蜀汉后，官拜义将军，封当阳亭侯。诸葛亮对姜维评价很高："姜维忠勤时事，思虑精密，他的才能连李邵、马良都比不上，应是凉州的上选人才。"又说："姜维不但精通兵法，而且勇敢大胆，深明义理。更为可贵的是他心系汉室，我打算让他一边操练中虎六千步兵，一边教习我平生所学的军事知识，然后带他进宫觐见天子，请天子予以重用。"

建兴十二年（234年），诸葛亮死于五丈原后，蜀国后主刘禅封姜维为右监军、辅汉将军，命他统率全军，并加封其为平襄侯。之后姜维历任司马、镇西大将军，兼任凉州刺史、卫将军、大将军，朝廷授予符节。

《三国志》记载，公元238年至公元262年之间，姜维共进行了11次北伐。公元262年，姜维败给魏将邓艾后，蜀汉军力大伤，姜维因和蜀汉宦官黄皓不合，为避祸而屯田沓中。

公元263年，魏国将领邓艾、钟会进攻蜀汉。魏军势如破竹，最后和蜀军在剑阁僵持不下。魏军冒险一搏，从阴平绕过剑阁奇袭绵竹，蜀将诸葛瞻、诸葛尚、黄崇、张遵等战死，直逼成都，刘禅决定投降。姜维设计挑拨钟会和邓艾的关系，怂恿钟会叛乱，在蜀地的魏军发生兵变后，钟会、姜维和一些蜀汉遗臣在混乱中都被乱军杀死。

据《世语》记载，在姜维死后剖开的腹部，发现他的胆跟斗一样大，故有"大胆姜伯约"之说。后世用"胆大姜伯约"作咏勇将的典故，如韩翃《送刘将军》："胆大欲期姜伯约，功多不让李轻车。"以姜维喻指刘将军。施肩吾《壮士行》："一斗之胆撑脏腑，如磥之筋碍臂骨。"以"一斗胆"喻指所咏壮士。

以茶代酒

"以茶代酒"典出《三国志·吴书》。书中记载："皓每飨宴，无不竟日，坐席无能否率以七升为限，虽不悉入口，皆浇灌取尽。（韦）曜素饮酒不过二升，初见礼异时，常为裁减，或密赐茶荈以当酒。"

韦曜字弘嗣，原名韦昭，陈寿为了避司马昭之违，将其改称为韦曜，吴郡云阳人，以博学多闻而为孙皓所器重。孙皓是吴国的第四代国君，也是末代君主，在位之前曾被封为乌程侯，景侯死后他继位成为国君，生性嗜酒，又残暴好杀。孙皓每次举行宴会，在座每个人不管能不能喝，至少要饮七升酒，虽然未必完全喝入肚中，但也要斟满全喝干并要看见盏底的。大臣韦曜只有二升的酒量，孙皓对他礼待有加，就允许他少喝点，或者偷偷给他换上茶，让他以茶代酒。在陆羽的《茶经》里收录了这一段“以茶代酒”的故事。

唐代诗人大多好饮酒，但也有不胜酒力之人，所以会发生“以茶代酒”之事。而诗歌中也多有反映。如钱起《过张成侍御宅》云：“杯里紫茶香代酒，琴中渌水静留宾。”白居易《宿蓝溪对月》：“清影不宜昏，聊将茶代酒。”柳宗元《同刘二十八院长述旧言怀感时书事奉寄澧州……赠二君子》：“劝策扶危杖，邀持当酒茶。”“以茶代酒”一词直到今天仍被人们广为应用，称得上是一件大方之举，文雅之事。

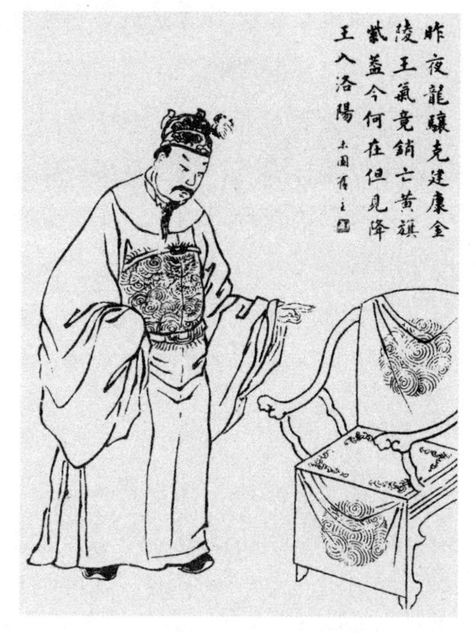

孙皓

◎ 柴米油盐酱醋茶

茶，被列为居家饮食主要的必需品，是“开门七事”之一，即“早起开门七件事，柴米油盐酱醋茶”。

最早提出这种说法是在元代剧作家武汉臣的作品《玉壶春》，第一折词云：“早晨起来七件事，柴米油盐酱醋茶。”后广为民众沿用。相传唐伯虎曾戏作《除夕口占》诗云：“柴米油盐酱醋茶，般般都在别人家。岁末清闲无一事，竹堂寺里看梅花。”皖南民间有才女讽刺丈夫纳妾诗道：“恭喜郎君又有她，奴今洗手不当家。开门诸事都交付，柴米油盐酱与茶。”这首诗的妙处在于七件事只交待了六件，唯独留下一“醋”字不提，意在不言中。

相传，北京六必居酱园店是山西临汾西社村人赵存仁、赵存义、赵存礼兄弟开办的小店铺，专卖柴米油盐，因为不卖茶，就起名六必居。

程昱捧日

钱起《赠阙下裴舍人》诗云：“阳和不散穷途恨，霄汉常悬捧日心。”其中“捧日”典出《三国志·魏书·程昱传》：“程昱少时，常梦见两手捧日，私异之。以语荀。太祖曰：‘卿当终为吾腹心。’昱本名立，太祖乃加其上日，更名昱。”诗人借此喻指自己也像程昱一样对皇帝忠心不二。

程昱（141—220年），字仲德，三国时期东阿人（今属山东），原名为程立，他之所以改名为程昱，这里面还有段有趣的来历。程昱小的时候，做了一个美丽的梦，梦见他从东路登上泰山，直达日观峰。此时，天鸡一鸣，东方云霞满天，在水天云海之际，金光四射之中，跃出一轮美丽红日，年幼的程昱心想，天上的玉盘太美丽了，我要把它带回家去。于是，他腾身一跳，直上云际，把那玉盘牢牢地捧在手里。可是那玉盘竟热得像团火，把程昱烧得疼痛难忍，不禁失声大叫起来，梦也就醒了。

后来，程昱长到十八岁，身长八尺，膀宽腰圆，力大无比，虽是武夫的身材，却也眉目清秀，风度翩翩。他跟随曹操征战南北，足智多谋，屡立奇功。有一次，曹操拉着程昱的手，十分感激地说："没有你，我连立锥之地也不会有。你小时候曾梦见在泰山捧日，气魄非凡，我看你不如改名叫程昱吧！"宰相赐名，程昱哪有不从之理？于是，程立便改名为程昱。陈寿对他的评价是："程昱，世之奇士，虽清治德业，殊于荀攸，而筹画所料，是其伦也。"

怜女

元稹《遣悲怀三首》其一云："谢公最小偏怜女，自嫁黔娄百事乖。"此句是引用东晋宰相谢安最宠爱的侄女谢道韫的典故，来借指元稹之妻韦氏。

谢道韫，又作谢道蕴，陈郡阳夏（今河南太康）人，东晋女诗人。是东晋后期打败苻坚的百万大军的一代名将谢安的侄女，安西将军谢奕的女儿，大书法家王羲之的二儿媳，王羲之的儿子王凝之的妻子。公元399年，王凝之被孙恩起义军所杀，她一直寡居会稽。

谢道韫自幼聪识，有才辩，七岁时赢得了"咏絮才女"的美名。叔父谢安曾问她："《毛诗》何句最佳？"她回答说："吉甫作颂，穆如清风。仲山甫永怀，以慰其心。"谢安称赞她有"雅人深致"。一次谢安召集家人讲论文义，正值大雪纷飞，谢安问道："白雪纷纷何所似？"谢安的侄子谢朗回答说："撒盐空中差可拟。"而谢道韫说："未若柳絮因风起。"谢安非常高兴。这一咏雪名句，被人们广为传诵。今存散文《论语赞》一篇和《泰山吟》（一作《登山》）、《拟嵇中散咏松诗》二首。《拟嵇中散咏松诗》借歌咏松树来抒发人生无常的感慨。

谢道韫嫁到王家以后，恪尽妇道，温、良、恭、俭、让，样样做到，王羲之全家都认为她是一个不可多得的好媳妇。

元稹之妻韦丛的父亲韦夏卿，官至太子少保，死后赠左仆射，也是宰相之位。韦丛为其幼女，故诗人以谢道韫比之，并称美韦氏的贤良淑德。

锦字寄诗

"锦字寄诗"这个典故出自《晋书·烈女传·窦滔妻苏氏传》。

《晋书·列女传·窦滔妻苏氏传》记载："窦滔妻苏氏，始平人也，名蕙，字若兰。喜属文。滔，苻坚时为秦州刺史，被徙流沙，苏氏思之，织锦为回文旋图诗赠滔。婉转循环以读之，其词凄婉，凡八百四十字。"

苏氏很会写文章，极富文采。窦滔被贬至流沙县时，苏氏在锦帛上织回文诗寄给被流放的丈夫，倾诉思念之情。后世以为经典，比喻女子怀念丈夫。后也以“窦滔妇”指文思巧妙的才女。

◎ 苏氏的回文诗

窦滔的妻子苏蕙所作回文诗，也称《璇玑图》。《璇玑图》流传到后世，人们争相传抄，试以句读，解析诗体，能读懂之人却寥若晨星。女皇武则天将《璇玑图》着意推求，得诗二百多首。宋代高僧起宗，将全诗分解为十图，得诗3752首。明代学者康万民，钻研一生，撰有《〈璇玑图〉读法》，提出了一套完整的阅读方法，分为正读、反读、起头读、逐步退一字读、倒数逐步退一字读、横读、斜读、四角读、中间辐射读、角读、相向读、相反读等十二种读法，包括五言、六言、七言诗在内共有4206首诗；每一首诗都写得缠绵悱恻，一往情深，令人为之动颜。

唐诗中常见“锦字书”、“锦书”、“锦纹”、“锦字”、“织锦”等，如李峤《诗》云：“扇中纨素制，机上锦纹回。”诗中以“锦纹”借指诗歌。骆宾王《艳情代郭氏答卢照邻》云：“锦字回文欲赠君，剑壁层峰自纠纷。”诗中以“锦字”借指书信。刘长卿《赋得》诗云：“机中锦字论长恨，楼上花枝笑独眠。”杜牧《代人作》诗云：“锦字梭悬壁，琴心月满台。”耿沣《古意》诗云：“叶下绮窗银烛冷，含啼自草锦中书。”以“锦书”典故代思妇抒情。吴融《和韩致光侍郎无题三首十四韵》云：“管纤银字咽，梭密锦书匀。”以苏蕙喻指所咏女子的擅织能文。

邓攸舍子保侄

“邓攸舍子保侄”典出《晋书·良吏传·邓攸传》。

邓攸，字伯道，晋国人。邓攸的弟弟很早就去世了，留有一个小孩，算是孤儿了。当时正值社会动乱不安，北方胡人入侵首都，抢夺牲口。邓攸带着妻儿逃亡他乡。在逃亡途中，吃光了所有的食物。邓攸对妻子说：“我的弟弟死得早，只留下了一个孤儿。如果我们带着两个孩子逃命，大家都会死。不如我们舍下自己的孩子，带着弟弟的孩子逃走吧。”妻子听后泪如雨下，邓攸安慰她说：“不要哭了，我们还年轻，日后还会有孩子的。”妻子听后也就同意了。

邓攸弃子后，可惜的是妻子不再怀孕。过了江，邓攸又纳了一妾，非常宠爱，问妾家在哪里，妾回答说是北方遭乱逃慌到此，后来邓攸通过问妾的父母姓名，才知道是自己的外甥女。邓攸一向很有德行，听说后特别悔恨，于是不再纳妾，临死也没有后嗣。当时人们认为他很有义节，为他而哀叹，说：“天道无知，使邓伯道无儿。”他的学生绥，为他服丧了三年。

邓攸在逃难途中，舍子保侄，最终没有子嗣，时人同情他，为之怨天。后世用作同情贤士无子的典故。唐诗中常见的称法有“伯道无儿”、“伯道无后”、“伯道孤单”、“邓攸无儿”等。如杜甫《赠毕四》：“流传江鲍体，相顾免无儿。”元稹《阳城驿》：“有鸟哭杨震，无儿悲邓攸。”白居易《哭崔儿》：“怀抱又空天默默，依前重作邓攸身。”韩愈《游西林寺题萧二兄郎中旧堂》：“中郎有女能传业，伯道无儿可保家。”

韩寿偷香

“韩寿偷香”典出自南朝宋刘义庆《世说新语·惑溺》记载：“韩寿美姿容，贾充辟以为掾。充每聚会，贾女于青璅中看，见寿，说之……后婢往寿家，具述如此，并言女光丽。寿闻之心动，遂请婢潜修音问。及期往宿。寿蹻捷绝人，逾墙而入，家中莫知。并盗西域异香赠寿。充僚属闻寿有奇香，告于充。充乃考问女之左右，具以状对。充秘其事，遂以女妻寿。”

晋代有个叫韩寿的人，相貌非常俊美，贾充当时官居司空掾，掾为古属官之通称，如掾属、掾佐、掾吏、掾史等，简称为掾。贾充的女儿贾午对韩寿一见钟情，派侍婢前往询问，然后瞒着家人经常让韩寿翻墙来与自己相会，并从家里偷西域异香送给韩寿。贾充的属下闻到韩寿身上发出的奇香，告诉了贾充。贾充于是拷问女儿，但最后还是把女儿许配给了韩寿。

后来“韩寿偷香”逐渐成为男女暗中通情的典故。李商隐《无题二首》其二：“贾氏窥帘韩掾少，宓妃留枕魏王才。”其中，韩掾即为韩寿。贾氏也称贾娘，是贾充的女儿，后世常以“贾娘”咏追求爱情的女子。如杨巨源《独不见》诗云：“相传贾娘手，粉离何郎面。”

唐诗中常见“韩寿香”、“韩寿”之称，用以代指男女偷情。如韩偓《闺情》：“何郎烛暗谁能咏，韩寿香蕉亦任偷。”罗虬《比红儿诗》：“当时若是逢韩寿，未必埋踪在贾家。”赵光远《题妓莱儿壁》：“醉凭青璅窥韩寿，闲掷金锁恼谢鲲。”

神话传说

神话传说是我国文学的宝贵资源，从《诗经》、楚辞到汉赋、早期诗歌等艺术形式都广泛地运用了神话传说作为题材内容，唐诗当然也不例外。这些神化传说可能充满着灵异色彩，但是这些故事都饱含着诗人的情愫。

青鸟

李商隐《无题》诗云：“相见时难别亦难，东风无力百花残。春蚕到死丝方尽，蜡炬成灰泪始干。晓镜但愁云鬓改，夜吟应觉月光寒。蓬山此去无多路，青鸟殷勤为探看。”

青鸟

“青鸟”是神话传说中为西王母取食传信的神鸟，常被用来指代美好的愿望能实现。

“青鸟”典出《山海经·西山经》：“又西二百二十里，曰三危之山，三青鸟居之。”郭璞注：“三青鸟主为西王母取食者，别自栖息于此山也。”班固《汉武故事》：“七月七日，上（汉武帝）于承华殿斋，正中，忽有一青鸟从西方来，集殿前。上问东方朔，朔曰：‘此西王母欲来也。’有顷，王母至，有两青鸟如乌，侠侍王母旁。”后遂以“青鸟”为信使的代称。如南朝陈伏知道《为王宽与妇义安主书》云：“玉山青鸟，仙使难通。”清代黄遵宪《奉命为美国三富兰西士果总领事留别日本诸君子》诗之四云：“但烦青鸟常通讯，贪住蓬莱忘忆家。”

唐诗中多见“青鸟”诗句，李白的《有所思》云：“西来青鸟东飞去，愿寄一书谢麻姑。”李峤《东飞伯劳歌》诗云：“传书青鸟迎箫凤，巫岭荆台数通梦。”孟浩然《清明日宴梅道士房》诗云：“忽逢青鸟使，邀入赤松家。”

凤凰

凤凰，也称为朱鸟、丹鸟、火鸟、鹍鸡等。在西方神话里又叫做火鸟、不死鸟。

据《尔雅·释鸟》郭璞的注释，凤凰的形象特征是：“鸡头、燕颔、蛇颈、龟背、鱼尾、五彩色、高六尺许”。凤凰“出于东方君子之国，翱翔四海之外，过昆仑，饮砥柱，濯羽弱水，莫宿风穴，见则天下安宁。”神话中的凤凰每次死后，会周身燃起熊熊烈火，然后在烈火中重生，并获得比之前更强大的生命力，这就是所谓的“凤凰涅槃”。如此周而复始，凤凰获得了永生，所以有“不死鸟”的名称。

凤凰和麒麟一样，是雌雄统称，凤为雄，凰为雌，总称为凤凰。自古以来凤凰就是中华民族文化中的重要组成部分，凤凰齐飞是吉祥和谐的象征。可以说，凤凰文化的和谐理念涵盖了自然与社会的各个方面。

凤凰“五色”就被比作维系古代社会和谐安定的“德、义、礼、仁、信”五条伦理的象征。如《山海经·南山经》载：“（凤凰）首文曰德，翼文曰义，背文曰礼，膺文曰仁，腹文曰信。”《山海经·海内经》也说：“有鸾鸟自歌，凤鸟自舞。凤鸟首文曰德，翼文曰顺，膺文曰仁，背文曰义，见则天下和。”因此在古代，凤凰常常也被用来指代有德的人。

主张“和为贵”的圣人孔子，是我国历史上第一个被尊称为“凤”的人。古代思想家老子曾用凤凰来喻指孔子，据《庄子》记载：“老子见孔子从弟子五人，问曰：‘前为谁？’对曰：‘子路为勇。其次子贡为智，曾子为孝，颜回为仁，子张为武。’老子叹曰：‘吾闻南方有鸟，其名为凤……凤鸟之文，戴圣婴仁，右智左贤。’”

◎ 凤凰涅槃

关于“凤凰涅槃”有两个传说。第一个是，相传在天方国，有一对神鸟，雄名凤，雌名凰。两只神鸟满五百岁后，就要收集香木以自焚，再从死灰中重生，从此更加鲜美，而且不死。

第二个传说是这样的，凤凰是主管人世间幸福的使者，每五百年一循环，凤凰就要背负着人世间积累的所有不快和仇恨恩怨，投身熊熊燃烧的烈火之中自焚。凤凰以生命和美丽的终结换取了人世间的幸福和祥和，而它们在经受了巨大的肉体痛苦和轮回之后，才能够以更美好的躯体获得重生。

李白《登金陵凤凰台》诗云：“凤凰台上凤凰游，凤去台空江自流。”凤凰台上曾经有凤凰鸟来这里游憩，而今凤凰鸟已经飞走了，只留下这座空台，伴着江水，仍径自东流不停。诗人凭吊历史、感慨当今，抒发了有志难酬的感慨。

高蟾《长门怨二首》其二诗有云：“天上凤凰休寄梦，人间鹦鹉旧堪悲。”郑谷《长门怨二首》其一云：“闲把罗衣泣凤凰，先朝曾教舞霓裳。”

九天

王维《和贾至舍人早朝大明宫之作》：“九天阊阖开宫殿，万国衣冠拜冕旒。”古代把天分为九个方位，指传说中的玉皇大帝居住的地方，后来用以形容极高的天空，唐诗中常用此代指宫禁。

据《吕氏春秋·有始》记载：“天有九野，谓中央与四正四隅：中央曰钧天，东方曰苍天，东北方曰变天，北方曰玄天，西北方曰幽天，西方曰颢天，西南方曰朱天，南方曰炎天，东南方曰阳天。”

还有另外一种解释：相传天有九重，九天是天的最高层。一为中天，二为羡天，三为从天，四为更天，五为睟天，六为廓天，七为咸天，八为沈天，九为成天。唐代诗人李白《望庐山瀑布》诗句“疑似银河落九天”中的“九天”就应取此解。

用“九”代天的说法，不仅我国有，外国也有。比如但丁的《神曲》，就有“九曲天”、“火球天”、“月球天”，直到最高一层“水晶天”为止。

道教所指的九天是：郁单无量天、上上禅善无量寿天、梵监须延天、寂然兜术天、波罗尼密不骄乐天，洞元化应声天、灵化梵辅天、高虚清明天、无想无结无爱天。

唐诗中关于九天的诗句有很多，如李白《独漉篇》有“为君一击，抟鹏九天”之句，刘长卿《喜朱拾遗承恩拜命赴任上都》中有“閶阖九天通奏籍，华亭一鹤在朝行”之句。

宓妃

李商隐《无题二首》其二中有“贾氏窥帘韩掾少，宓妃留枕魏王才”之句，“宓妃”是指传说中伏羲氏之女，她溺死洛水后成为洛水之神。

洛神指的就是宓妃，宓妃是伏羲氏的女儿，因喜欢洛河两岸的秀丽景色，降临人间，来到洛河岸边。当时居住在洛河流域的是一个勤劳勇敢的民族，即有洛氏。宓妃便加入到有洛氏当中，并教会有洛氏的百姓结网捕鱼，还把父亲教给她的狩猎、放牧、养畜的方法也教给了有洛氏的人们。

有一天，大伙儿劳动之余，宓妃拿起七弦琴，奏起悠扬悦耳的乐曲来。这优美动听的琴声被黄河里的河伯听到了，河伯便潜入洛河，看到宓妃，马上被宓妃的美貌所吸引。于是河伯化成一条白龙，在洛河里掀起轩然大波，并将宓妃吞没在水中。

◎《洛神赋》

《洛神赋》是曹植的浪漫主义名篇。原名《感鄄赋》，一般认为是因曹植被封鄄城所作。

王献之以小楷书写的曹植《洛神赋》，名为《洛神赋十三行》，简称《洛神赋》。原稿写在麻笺上，到唐宋时就已经残损并亡佚。宋人根据真迹制成包括“碧玉版本”和“白玉版本”两种拓本，其中“碧玉版本”较好，明万历年间在杭州西湖葛岭的半闲堂旧址出土，现藏于辽宁博物馆。

《洛神赋图卷》是顾恺之取材曹植《洛神赋》而作的连续性的神话故事画。画曹植从京城回东藩路经洛水时遇洛神宓妃的爱情故事，格调缠绵，情节浪漫。全卷可分为相望、初见、缱绻、惜别四部分。

宓妃被河伯押入水府深宫后，每天都郁郁寡欢，只好用七弦琴排遣愁苦孤寂。这时，后羿来到了宓妃的身边。后羿是一位善射的天神，他的妻子嫦娥因为偷吃仙药，一人飞升到月宫，只剩后羿独自留在人间。后羿听说了宓妃的遭遇，很愤怒，便把宓妃从深宫中解救出来，送回到有洛氏百姓中去，并与宓妃产生了感情。河伯恼羞成怒，他化作一条白龙潜入洛河，吞噬了众多田地、村庄和牲畜。后羿得知后义愤填膺，张弓射中了河伯的左眼。河伯中箭后仓皇逃跑，并来到天帝面前去告状。天帝早就知道了一切，并不偏向河伯，河伯只好灰溜溜地回到水府，再也不敢管后羿与宓妃的事情了。

从此，后羿与宓妃便在洛阳居住了下来，过上了甜美幸福的生活。后来，为表彰他们，天帝封后羿为宗布神，宓妃为洛神。

五城楼

韩翃《同题仙游观》诗有云："仙台初见五城楼，风物凄凄宿雨收。"

"五城楼"的典故出自《史记》："方士有言黄帝时为五城十二楼以候仙人。"

黄帝，可以算得上是中华民族古代领袖中最杰出的一位。相传，古代的帝王，如尧、舜、禹及夏、商、周三代首领都是黄帝的后裔。

黄帝曾居住在涿鹿，联合炎帝族打败了九黎族。后来黄帝与炎帝发生冲突，黄帝战胜了炎帝，定居中原，奠定了中华民族的基础，所以黄帝被公认为中华民族的始祖。

据《史记·封禅书》和《云笈七签·轩辕黄帝》记载，黄帝一边征战，一边学仙，常常游历天下名山并和神仙相会，修建了五城十二楼来等候神人，经过了一百多年才盼来仙人。黄帝还"登崆峒山见广成子问至道"，"东到青丘山见紫府先生受《三皇内文》"，"南至青城山谒中黄丈人"，"登云台山见宁先生受《龙跷经》"，问正一之道"，又"练石于缙云台"，"合符瑞于釜山，得不死之道"。黄帝飞升后，为"太一君"，后来"享之列为五帝之中方君也"，合之为我国历史传说之"五帝"。

黄帝

唐诗中提及"五城楼"还有崔颢的《相逢行》："春生百子殿，花发五城楼。"

精卫填海

"精卫填海"典出《山海经·北山经》："炎帝之少女名曰精卫。精卫游于东海，溺而不返，故为精卫，常衔西山之木石，以堙于东海。"

炎帝有一个女儿，名为女娃。女娃很乖巧，被炎帝视为掌上明珠。炎帝不在家时，女娃便独自玩耍，她非常想让父亲带她去东海——太阳升起的地方看一看。可因炎帝每日都很忙，总是没时间带她去东海。一天，女娃没告诉父亲，自己偷偷驾着一只小船向东海太阳升起的地方划去。不幸的是，海上突然起了狂风大浪，巨浪把女娃的小船打翻了，女娃不幸落入海中，被无情的大海吞没了。炎帝虽非常痛念自己的小女儿，但却不能用太阳光来照射她，使她死而复生，也只有独自神伤嗟叹了。

女娃死了，她的灵魂化成了一只花脑袋、白嘴壳、红脚爪的海鸥，发出“精卫，精卫”的悲鸣，所以，人们称这种鸟为“精卫”。精卫痛恨大海夺去了自己年轻的生命，她要报仇雪恨。所以，她一刻不停地从她住的发鸠山上衔石子、树枝，飞到东海。她在波涛汹涌的东海上空回翔，悲鸣着，把石子、树枝投下去，想要把大海填平。她衔呀扔呀，成年累月，往复飞翔，从不停息。后来，一只海燕飞过看见了精卫，海燕被精卫大无畏的精神所感动，就与精卫结成了夫妻，生出许多小雏鸟，雌的像精卫，雄的像海燕。小精卫和她们的妈妈一起，每天去衔石填海。直到今天，她们还在做这种工作。

精卫锲而不舍的精神，宏伟的志向以及善良的愿望，受到人们的尊敬。晋代诗人陶渊明在《读山海经》中写道“精卫衔微木，将以填沧海”，热烈赞扬精卫小鸟敢于向大海抗争的悲壮战斗精神。后来人们也常常用“精卫填海”来比喻志士仁人所从事的艰巨卓越的事业。

◎《山海经》

《山海经》是我国历史上最古老的奇书之一。先秦古籍《山海经》，是一部富于神话色彩的古老地理书，记述了古代地理、物产、巫术、神话、宗教、古史、医药、民族、民俗等方面的内容。此外，《山海经》还记载了一些奇怪的事件，对这些事件至今仍存在较大的争论。全书十八篇，三万多字。五藏山经五篇、海外经四篇、海内经四篇、大荒经四篇、海内经一篇。《汉书·艺文志》记作十三篇，没有把大荒经和海内经计算在内。书以五藏山经和海外经作为一组；海内经作为一组；而大荒经以及书末海内经作为一组。每组内容都各具首尾，前后贯通，有纲有目。五藏山经依南、西、北、东、中的方位次序分篇，每篇又分成若干节，前后节又有关联的语句相承接，篇节关系清晰。

唐诗中对“精卫”多有提及，如岑参《精卫》：“玉颜溺水死，精卫空为名。”李白《登高丘而望远》：“精卫费木石，鼋鼍无所凭。”温庭筠《公无渡河》：“愿持精卫衔石心，穷取河源塞泉脉。”

后羿射日

相传后羿和嫦娥都是尧时期的人，传说当时天上有十个太阳同时出现在天空，把土地都烤焦了，庄稼也都枯死了，人们热得喘不过气来，都倒在地上昏迷不醒。一些怪禽猛兽，也都从干涸的江湖和火焰似的森林里跑出来，到处残害人民。

人间的灾难惊动了天上的神，天帝命令善于射箭的后羿来到人间，协助尧除掉人民的苦难。后羿带着天帝赐给他的一张红色的弓，许多白色的箭，还带着他的妻子嫦娥一起来到人间。后羿将箭一支支地射向骄横的太阳，顷刻间十个太阳被射去了九个，只因尧认为留下一个太阳对人民有用处，才拦阻了后羿的继续射击。

后世用作咏日或咏乌的典故，唐诗中常见“后羿落九乌”、“射日弓”等。如杜甫《观公孙大娘弟子舞剑器行》诗云：“霍如羿射九日落，矫如群帝骖龙翔。”将舞剑时剑器散发的光芒比喻成后羿射日的光芒，可见舞者精湛的舞技和完美的舞姿。李白《古朗月行》：“羿昔落九乌，天人清且安。”以此代指太阳，与蟾蜍蚀月相对仗。李贺《日出行》：“羿弯弓属矢那不中，足令久不得奔，讵教晨光夕昏。”诗人借射日的神话表达留住光阴的愿望。又李贺《古邺城童子谣效王粲刺曹操》：“切玉剑，射日弓。”以“射日弓”代指良弓。

嫦娥奔月

嫦娥，也称为姮娥，是我国古代的女性神话人物。她美貌非凡，后来飞天成了神仙，在月亮上的广寒宫里居住。在古诗文中有时也被用来指代月亮。

据史料记载，后羿统一了东夷各部落后，组成强大的国家，《山海经》中称之为“十日国”。

◎ 三皇五帝

传说中的后羿和嫦娥是尧时候的人。尧是我国历史传说中“三皇五帝”之一。

三皇五帝，是传说中夏朝以前的“帝王”。三皇所处的时代要早于五帝的年代，而五帝时代则距离夏朝不远，约在四千多年前。

关于三皇有多种说法：《尚书大传》中列伏羲、神农、燧人；《风俗通义》列伏羲、神农、女娲；《古微书》列伏羲、神农、黄帝；《史记》中列天皇、地皇、泰皇。

关于五帝也有多种说法：《史记·五帝本纪》、《世本》、《礼记》中列黄帝、颛顼、帝喾、尧、舜；《尚书序》中列少昊、颛顼、帝喾、尧、舜；《战国策》中列伏羲、神农、黄帝、尧、舜；《资治通鉴外纪》中列黄帝、少昊、颛顼、喾、尧。

《淮南子·览冥训》中记载：“羿请不死之药于西王母，姮娥窃以奔月，怅然有丧，无以续之。”高诱注释为：“姮娥，羿妻；羿请不死药于西王母，未及服食之，姮娥盗食之，得仙，奔入月中为月精也。”后裔向西王母求到不死药后，嫦娥趁后裔不在就偷吃了不死药，飞到月宫。但是，高处不胜寒，嫦娥被众仙排斥，只得居住在月宫里，终日被罚捣不死药，倍感孤独寂寞。李商隐曾有诗感叹嫦娥："嫦娥应悔偷灵药，碧海青天夜夜心。"

嫦娥向丈夫倾诉着自己的懊悔说："平时我不能下来，在月圆之夜，你做面丸，像圆月的形状，放在屋子的西北方，然后连续呼唤我的名字。到三更时分，我就可以回家了。"羿按照妻子的嘱咐去做，嫦娥果真由月中飞回，夫妻团圆。后世中秋节做月饼供嫦娥的风俗，由此形成。

"嫦娥奔月"的传说在民间脍炙人口，家喻户晓，所以唐诗中对"嫦娥"多有提及，如薛涛《试新服裁制初成三首》诗云："霜兔毳寒冰茧净，嫦娥笑指织星桥。"皮日休《天竺寺八月十五日夜桂子》诗云："至今不会天中事，应是嫦娥掷与人。"春台仙《游春台》诗云："玉魄东方开，嫦娥逐影来。"徐仲雅《潭州》诗云："凿开青帝春风圃，移下嫦娥夜月楼。"胡曾《题周瑜将军庙》诗云："且游萧帝新松寺，夜宿嫦娥桂影潭。"

二妃垂泪

"二妃垂泪"典出晋张华《博物志》卷八："尧之二女，舜之二妃，曰湘夫人。舜崩，二妃啼，以涕挥竹，竹尽斑。"

相传，在尧舜时代，湖南九嶷山上有九条恶龙，它们经常到湘江来戏水，导致洪水暴涨，冲毁庄稼，冲塌房屋，引起百姓的强烈不满和怨恨。舜帝关心百姓的疾苦，得知恶龙祸害百姓，茶饭不思，一心想要去惩治恶龙，帮百姓除害解难。

舜帝走后，他的两个妃子——娥皇和女英在家日夜为他祈祷，等待着他凯旋的喜讯。年复一年，舜帝依然音信全无，二人思前想后，决定前去找寻。她们来到九嶷山，几乎找遍了九嶷山。在一个名叫三峰石的地方，她们发现了三块大石头，翠竹围绕，珍珠贝垒成的舜帝的坟墓。舜帝斩除九条恶龙后病死了，湘江的百姓为了感激舜帝的恩德，为他修了这座坟墓。九嶷山上的仙鹤也为之感动，从南海衔来灿烂夺目的珍珠，撒在舜帝的坟墓上，便成了这座珍珠坟墓。娥皇和女英得知实情后，难过

娥皇女英

极了，二人抱头痛哭，哭了九天九夜，眼睛肿了，嗓子哑了，最后哭出血泪来，也死在了舜帝的旁边。

娥皇和女英的眼泪，洒在九嶷山的竹子上，竹竿上便呈现出点点泪斑，有紫色，有白色，还有血红血红的，这便是“湘妃竹”。

后世用作咏悲戚或帝王之死的典故。唐诗中常见有“二妃愁”、“悲二女”、“斑竹”、“染竹啼”、“竹上泪”等。如张九龄《杂诗五首》其四云：“湘水吊灵妃，斑竹为情绪。”用娥皇女英的故事，以斑竹来寄托诗人思念的情怀。杜甫《奉先刘少府新画山水障歌》云：“不见湘妃鼓瑟时，至今斑竹临江活。”诗人用湘妃泣竹的故事点染画中江边景色。韩愈《晚泊江口》云：“二女竹上泪，孤臣水底魂。”以此点名诗人停泊的地点，即泊于湘水自湖入江处，并渲染一种伤别的悲凉气氛。李涉《鹧鸪词二首》其一云：“二女空垂泪，三闾枉自沉。”用娥皇女英为舜哭泣的典故，借以衬托鹧鸪的鸣叫声，以此引起行客的愁怀。

八骏

传说中周穆王驾车用八匹骏马，能日行万里（一说三万里）。

周穆王是周朝第五代王。姬姓，名满。周昭王之子，是我国历史上最富于神话色彩的君王之一。据说周穆王五十岁方才即位为帝，享年一百零四岁。根据夏商周断代工程的研究成果，穆王在位时间是公元前976年至公元前922年。

周穆王时期，国力强盛，致力于向四方发展。《穆天子传》记载了周穆王周游天下，与西北各方国部落往来，这是中原与西域进行交流的最早史料记载。《竹书纪年》中记载周穆王伐楚“至于九江”的事情，但是具体的年份各书记载有所不同。伐楚的结果都是以周穆王胜利，“荆人来贡”而告终。伐楚胜利之后，穆王又致力于向东南方发展，通过巡游使许多地方国家部落归顺于周的统治，对周的巩固和发展具有积极意义。周穆王曾因游牧民族戎狄不向周朝进贡，两次征伐犬戎，俘虏五位犬戎王，并把部分戎人迁到太原（今甘肃镇原一带），在涂山（今安徽怀远东南）会合诸侯，巩固了周朝在东南部的统治。

唐诗中常用“周王驾”吟咏帝王出巡的典故，如杜甫《江陵望幸》诗云：“未枉周王驾，终期汉武遥。”这里以“周王驾”比喻江陵一带从未受到帝王的“临幸”。李白《古风》其四十三云：“周穆八荒意，汉皇万乘尊。”这里用周穆王出游不归的典故，暗讽君主淫乐误国。李颀《谒张果先生》：“尝闻穆天子，更忆汉皇帝。亲屈万乘尊，将穷四海裔。车徒遍草木，锦帛招谈说。八骏空往还，三山转亏蔽。吾君感至德，玄老欣来诣。”诗人反用周穆王的典故，称颂当时的皇帝感动了神仙（张果），降临人间。

据《穆天子传》记载，周穆王喜欢游历，曾驾八骏之乘驱驰九万里，西行到“飞鸟之所解羽”的昆仑山，在瑶池设宴，并与西王母作歌相和。《穆天子传》卷一记载：“天子之骏：赤骥、盗骊、白义、逾轮、山子、渠黄、骅骝、绿耳。”是以马的毛色命名。而《拾遗记·周穆王》中以马的速度命名：“（穆）王驭八龙之骏：一名绝地，足不践土；二名翻羽，行越飞禽；三名奔霄，夜行万里；四名超影，逐日而行；五名逾辉，毛色炳耀；六名超光，一行十影；七名腾雾，乘云而奔；八名挟翼，身有肉翅。”

后世以“八骏”泛指宝马良驹，或是皇帝的车驾。如张说《舞马词六首》其二云：“将共两骖争舞，来随八骏齐歌。”这里泛指骏马。韦应物《酬郑户曹骊山感怀》：“万马自腾骧，八骏按辔行。”以八骏来喻指唐玄宗的车驾。杜甫《城上》诗云：“八骏随天子，群臣从武皇。”以八骏跟随周穆王巡行，喻指唐代宗离京赴陕州避难。李商隐《九成宫》：“云随夏后双龙尾，风逐周王八骏蹄。”以八骏作为比喻，追述唐太宗四方巡视的情景。

瑶池

瑶池是传说中西王母所居住的地方，位于昆仑山上。

在《山海经校注》上曾经记载，“西王母虽以昆仑为宫，亦自有离宫别窟，游息之处，不专住一山也。”意思是说，西王母的居住地点，也就是所谓瑶池，应该不止一处。西王母最大的瑶池是青海湖，最古老的瑶池是德令哈市褡裢湖，最美丽的瑶池是孟达天池，海拔最高的瑶池，是昆仑河源头的黑海。

西王母曾在瑶池宴请远道而来的周穆王。诗文中常借以咏游仙，也用来比喻宫廷游宴的场所。

姚崇《奉和圣制夏日游石淙山》：“周王久谢瑶池赏，汉主悬惭玉树宫。”陈子昂《奉和皇帝上礼抚事述怀应制》：“愿罢瑶池宴，来观农扈春。”以瑶池宴喻指宫廷宴乐，用来讽谏皇帝。李白《秋夜独坐怀故山》：“入侍瑶池宴，出陪玉辇行。”借此追述自己曾入侍宫廷宴会。杜甫《秋兴八首》：“西望瑶池降王母，东来紫气满函关。”用瑶池西望可及，来衬托长安城宫阙的巍峨。

神女

李商隐《无题二首》其二云：“神女生涯原是梦，小姑居处本无郎。”“神女”即宋玉《神女赋》中所说的巫山神女，曾与楚王在梦中欢会。

巫山神女，是中华民族文化之泉浇灌出的幻想之花，是中华民族的美神和爱神，被誉为东方的“维纳斯”。千百年来，很多文人墨客写下了无数有关巫山神女的优秀篇章。

伟大的爱国诗人屈原在《九歌·山鬼》中最早将神女写进诗歌。经专家考证，当时的巫山属于楚国本土，神女是楚国本土的神仙。屈原在《山鬼》中提到的“於山”就是巫山，“山鬼”指的就是巫山神女。

《山鬼》是一首描写人神相恋却终至失恋的凄美哀歌。多情的神女独自站立在山巅，心中满怀思念，等待着她的情人，孤寂哀怨而又充满惆怅。神女的情感纯真而质朴，没有半点虚华和娇柔。作为神和女性，她是大胆热烈的。

《山鬼》不仅是一首颂扬爱情的诗歌，也是一首颂扬人生理想的诗歌。神女勾画了一个美丽的爱情时空，塑造了一个广阔的思维空间，引导人们去想象，去追求，即使理想虚无缥缈，同时在这个过程中会遇到挫折，但仍可以通过努力而实现。诗人屈原把炽热的情感倾注在神女身上，把深沉的爱念和期待凝聚在神女身上，想要在诗中寻找自我，希望自己像神女一样，能为了理想不懈努力。屈原的思想历程同山鬼是一脉相通的，都是从满怀热情和希望到惆怅失望。屈原为了楚国的强大而上下求索，但是他的热情和积极换来的却是忠而被谤，是惨遭放逐，是失望和悲痛。因此，神女成了屈原对理想执著追求，对国家深沉眷恋的参照物。

牛郎织女

牛郎织女是我国著名的民间传说，是我国人民最早关于天上星斗的故事，记于南北朝时期写成的《荆楚岁时记》。

牛郎是农村里一个放牛的孩子。牛郎只是贪玩，不肯帮哥哥种田，也不肯帮妈妈做家务。牛郎最好的朋友就是他所看守的老牛。一天，他在梦幻中看到天上的仙境，便牵着老牛到天上去了。

织女

在天上有一位织女却想要下凡到人间，去享受人间的温暖。王母娘娘可怜织女的寂寞，便派金童玉女和喜鹊把织女带到天涯海角去和牛郎相会。牛郎游遍了天上的美丽胜境，日子久了，便觉得平淡无奇了。而织女要继续纺织云锦天衣，不能总陪着他。

牛郎感觉无聊，又从金童那里得知家里人日夜都在盼望他回去，便把回家的想法告诉了织女。织女决心和他一同到人间生活，可惜被西王母知道了。西王母用玉簪划成一道银河，把牛郎和织女隔开，只在每年七夕派遣喜鹊结成天桥，让他们渡河相会一次。

牛郎回到人间后，不再偷懒，不再作无谓的幻想，每天努力劳动。让他惋惜的是所爱的织女不能和他一起劳动，一起享受人间的温暖。只能期盼每年七夕的相会。

◎ 鹊桥相会

牛郎织女鹊桥相会的传说，是一个千古流传的爱情故事，与孟姜女哭长城、梁祝化蝶和许仙与白娘子同是我国四大民间爱情传说。

鹊桥，七夕晚上喜鹊在银河上搭的桥。权德舆《七夕》诗有云："今日云耕渡鹊桥，应非脉脉与迢迢。"民间传说，每年的七夕之夜，喜鹊会在银河上搭桥，让牛郎、织女在桥上相会，这一天多雨正是他们哭泣的泪水。"鹊桥相会"用来比喻情人或夫妻久别之后的团聚。

后来，每逢农历七月初七夜晚，姑娘们就会仰望星空，寻找银河两边的牛郎星和织女星，希望能看到一年一度的相会，乞求上天让自己能和织女一样心灵手巧，祈祷自己能有称心如意的婚姻。

"牛郎织女"的神话传说古已有之，故古诗中多以此典故来指代久难相见的伴侣，如《古诗十九首》："迢迢牵牛星，皎皎河汉女。"元稹《决绝词三首》："乍可为天上牵牛织女星，不愿为庭前红槿枝。"刘禹锡《浪淘沙》："如今直上银河去，同到牵牛织女家。"曹唐《织女怀牵牛》："北斗佳人双泪流，眼穿肠断为牵牛。"

鸳鸯

在人们的心目中，鸳鸯是永恒爱情的象征，基于人们对鸳鸯的这种认识，我国历代流传着不少以鸳鸯为题材的歌颂纯真爱情的美丽传说和神话故事。晋干宝《搜神记·韩凭夫妇》中就有这样的记载：

宋康王的舍人名为韩凭，妻子何氏。宋康王因贪念何氏的美貌把她夺了过来。并将韩凭囚禁了起来，判韩凭服城旦（城旦是秦汉时的一种刑罚名。服四年兵役，夜里筑长城，白天防敌寇）这种苦刑。何氏暗中送信给韩凭，故意使语句的含义曲折隐晦，信中说："久雨不止，河大水深，太阳照见我的心。"后来宋康王得到了这封信，把信给亲信臣子看，亲信臣子中没有人能解释其中的意思。臣苏贺回答说："久雨而不止，是说心中愁思不止；河大水深，是指长期两人不得往来；太阳照见心，是内心已确定死的志向。"韩凭自然是看懂了妻子的信，不久韩凭含恨自杀了。何氏因死意已决，便暗中使自己的衣服朽烂。趁着和宋康王一起登高台的机会，何氏从台上跳下自杀。宋康王的随从想拉住她，但因何氏衣服已经朽烂，经不住手拉，何氏自杀而死。何氏在衣带上写下了遗书："王以我生为好，我以死去为好，希望把我的尸骨赐给韩凭，让我们两人合葬。"

宋康王大怒，不听从何氏的请求，使韩凭夫妇的坟墓遥遥相望。宋康王说："你们夫妇如此相爱，假如能使坟墓合起来，那我便不再阻挡你们。"不久，两座坟墓上长出了两棵大梓树，十天内就长得有一抱粗。两棵树树干弯曲，互相靠近，根在地下相交，树枝在上面交错。树上长期栖息着两只鸳鸯，相传是韩凭夫妇灵魂变成的，鸳鸯早晚都不离开，交颈悲鸣，凄惨的声音令人感动。宋国人都为这叫声而悲哀，于是把这种树称为相思树。相思的说法，就从这开始。

唐诗中，常以"鸳鸯"吟咏爱情，如韩翃《送客游江南》："月净鸳鸯水，春生豆蔻枝。"孟郊《列女操》："梧桐相待老，鸳鸯会双死。"

驾鹤仙人

崔颢《黄鹤楼》诗有云："昔人已乘黄鹤去，此地空余黄鹤楼。"

依《极恩录》记载，黄鹤楼原是辛氏开设的酒店，一道士为感谢辛氏千杯之恩，临行前在墙壁上画了一只鹤，告诉辛氏它能下来起舞助兴。从此酒店宾客盈门，生意兴隆。过了十年后，道士又来了，并取出笛子吹奏起来，壁上的鹤飞了下来，道士跨上黄鹤直上云天。辛氏为了纪念这位帮自己致富的仙翁，便在其地建楼，取名为"黄鹤楼"。

关于这段美丽的神话传说，历代有三种不同的说法，介绍如下：

一、以为是仙人黄子安

据《南齐书·州郡志》载："古代传说，有仙人子安尝乘黄鹤过此，故名。"指出黄鹤楼命名的由来，是由于曾有一位名子安的仙人，乘黄鹤经过此地，故名为黄鹤楼。

二、以为是仙人费祎

据《图经》记载："昔费祎登仙，尝驾黄鹤还憩于此，遂以名楼。"是指费祎尸解成仙后，曾乘黄鹤回来，并在此楼休息，故命名为黄鹤楼。

三、只说是一位仙人

这个传说记载得较为详细，出自《报应录》。一天，一位身材魁伟但衣着褴褛，看起来很贫穷的客人跟辛氏讨酒喝，辛氏没有因对方衣着褴褛而有所怠慢，急忙盛了一大杯酒给这位客人。如此经过半年，辛氏并不因为这位客人付不起酒钱而显露厌倦的神色，每天依然请这位客人喝酒。有一天，客人对辛氏说：“我欠了你很多酒钱，没有办法还你。”于是从篮子里拿出橘子皮，在墙上画了一只黄色的鹤，接着边唱歌边打节拍，墙上的黄鹤也随着歌声，合着节拍，翩翩起舞，酒店里其他的客人看到这种奇妙的事都付钱观赏。辛氏也因此累积了很多财富。十年后的一天，那位客人又飘然来到了这个酒店，辛氏上前致谢说：“我愿意照您的意思供养您。”客人笑着答说：“我哪是为了这个而来呢？”接着便取出笛子吹了几首曲子，只见一朵朵白云从空而下，壁上的黄鹤随着白云飞到客人面前，客人便跨上鹤背，乘白云飞上天去了，辛氏为了纪念及感谢他，便在此盖了一栋楼，命名为黄鹤楼。

◎ 李白游黄鹤楼

李白喜欢到处游览。

有一次，他与朋友登上黄鹤楼。临江远眺，看见晴空万里，江水滔滔。长江中的鹦鹉洲树木茂盛，对岸的汉阳城草木郁郁葱葱。河山的秀美景色尽收眼底。李白诗兴大发，正想题诗来抒发心中的感受时，忽然看见墙上写着一首崔颢的诗，李白看后，放下了笔，谦虚地说：“崔颢这首诗情景交融，的确好极了，我想不到更好的诗句，不写算了！”李白没有题诗便走了。

黄鹤楼是李白与朋友相聚和离别的地方。李白在游历中，结识了诗人孟浩然。他们常在一起饮酒作诗，由于志趣相投而成为知己。后来，孟浩然要到广陵去，李白专程到黄鹤楼与孟浩然告别，作诗送别好友。这诗便是流传千古的《送孟浩然之广陵》。

蚕丛和鱼凫

李白《蜀道难》诗云：“蜀道之难，难于上青天！蚕丛及鱼凫，开国何茫然。”诗中提到的“蚕丛”和“鱼凫”，是指神话中蜀人的祖先。

在《华阳国志·蜀志》中有这样的记载：“有蜀侯蚕丛，其纵目。蚕丛，即蚕丛氏，是蜀人的先王。”蚕丛，又称为蚕丛氏，是蜀国首位称王的人，他是位养蚕专家，相传他的眼睛跟螃蟹一样是向前突起的，头发在脑后梳成“椎髻”，衣服样式的左边是斜着分了叉的，最早他居住在岷山石室中。他的主要功绩是“教民蚕桑”。他为了发展养蚕事业，便率领部族从岷山迁到成都居住。在夏桀十四年，夏桀派大将军扁率兵攻打蚕丛和有缗氏，蚕丛和有缗氏商议以美女来迷惑夏桀，使他没有心思继续打仗，结果夏桀见到美女后就中了“美人计”，无心再战，于是下令班师回朝。西周时期，蚕丛被其他的部落打败后，他的子孙后代分别逃到姚和嶲地，两地在今天的四川西昌一带，最后由新势力鱼凫来结束这场战争。

蚕丛、鱼凫都活了几百岁，“神化不死”。从古代的《蜀王本记》到今日川西民间的口头故事都有许多关于这方面的故事流传下来。鱼凫的主要功绩是“教民捕鱼”。《蜀王本纪》中记载：“鱼凫田于湔山，得仙，今庙祀之于湔。”《华阳国志》中记载：“鱼凫王田于湔山，忽得仙道，蜀人思之，为立祠。”还有一个版本的《蜀王本纪》则这样记载：“（鱼凫）王猎至湔山，便仙去，今庙祀之于湔。”这些记载给后来的学者和作家留下了极大的想象空间。

刘阮遇仙

李商隐《无题二首》其一云：“刘郎已恨蓬山远，更隔蓬山一万重。”“刘郎”是指东汉刘晨。

◎《幽明录》

《幽明录》中记载的刘晨、阮肇入天台山遇仙女的故事广为流传。

《幽明录》是南朝宋刘义庆撰写的志怪小说集，是南北朝志怪小说中篇幅较大的一部。原书现已失传。鲁迅《古小说钩沉》中辑集佚文二百六十多条。《幽明录》中记载的都是神鬼怪异故事，与《搜神记》同为志怪小说的代表作之一。《幽明录》是作者根据前人旧说纂辑而成，并不是个人创作，所以有不少与《列异传》、《搜神记》、《搜神后记》雷同的故事。唐人编纂《晋书》时也曾采用其中的资料。

《幽明录》篇幅较长，有的已多达千余字；许多故事情节曲折，神怪形象有人情味，和易可亲，极富现实性；许多篇幅呈现抒情写意的诗化特征，有的穿插诗歌，充满了诗情画意。

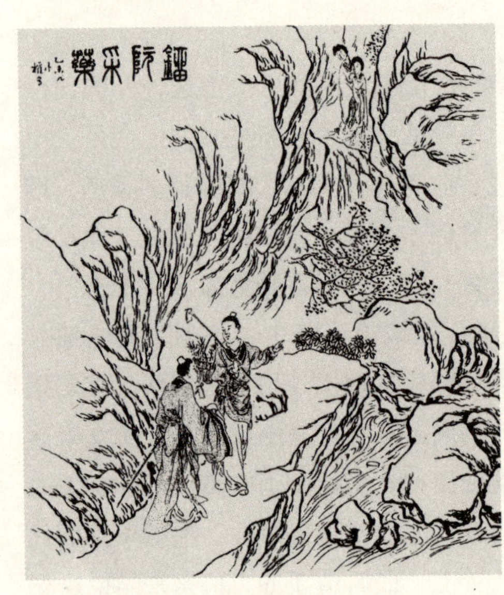

● 刘阮采药

根据南朝宋刘义庆的《幽明录·刘阮遇仙》记载，在汉永平五年（62年），刘晨、阮肇二人到天台山采药。他们埋头采药，直到天色已晚，后来二人肚子很饿，无意中看见山间小溪中有“胡麻饭”。他们想溪中有胡麻饭，山中一定有人家居住，便沿着小溪向前走，只见溪边有两位十分漂亮的女子。女子看见刘阮二人便笑说：“刘阮二郎为何来晚也？”熟悉的程度好像老朋友一样。

刘晨、阮肇二人很惊讶，可还是被女子热情地邀到了家里。走进女子的家门，他们看见房内悬挂绛罗帐，帐角上挂着金铃。餐桌上有山羊脯、牛肉、胡麻饭、美酒，十分丰盛，此外还有乐队在演奏乐曲。

大家吃完饭后，几个侍女捧着桃子，笑笑说：“二位贵客请随我来。”刘阮随着侍女进入房间与二位仙女结为夫妻。

过了十天，刘阮二人想回家，仙女不同意，苦苦挽留，于是刘晨、阮肇又住了半年。后来因他们思乡心切，仙女终于答应让他们回乡。刘、阮回到家乡后却找不到自己的家了，于是到处询问，结果在一个小孩子口中听到，长辈传说祖翁入山采药，却始终没有回来。

原来，刘阮二人在山上虽然只住了半年，但是山下却已到了晋太元八年（388年），那个小孩子就是刘晨的第七世孙。

刘阮二人没了老家，他们只得返回深山寻找仙女。结果他们怎么找也找不到仙女，就在溪边踱来踱去，惆怅不已。后世用“刘阮遇仙”的典故借喻艳遇。

后来，这条小溪被人们称为“惆怅溪”，溪上的桥名“惆怅桥”。这条溪流就是现在的桃源溪；桥，就是桃树坞的迎仙桥。后人在那里建了刘阮庙，庙内塑有刘阮像。山上有采药径、仙人洞、阮公坛等景点。

大力毒龙

王维《过香积寺》诗云：“薄暮空潭曲，安禅制毒龙。”此处借“毒龙”喻指人世的钻营机巧之心。

相传很久之前有一只大力毒龙，它有无与伦比的强大威力，能在指掌间轻易毁灭一切，但它却不随便伤害生灵。而且它十分向往修行生活，也想要寻求解脱之道。

一天，毒龙前往道场求受一日一夜的八关斋戒。以虔诚敬慎的心受完戒后，它身心感到无比的清凉，来到一处宁静的树林里思维法义。一段时间的用功后，毒龙感到有点疲倦，便在大树下睡着了。毒龙身体盘曲，好似蛇的模样，且表皮鳞片的花纹更显得光彩斑斓。正当此时，有个猎人经过，他看到熟睡中的大力毒龙，惊叹不已：“没想到这个世界上竟有花纹这么漂亮的大蛇，实在是罕见难得啊！这大蛇的皮如此稀有漂亮，如果献给国王做成衣服，肯定会获得一番奖

王维

赏……”猎人越想越高兴，他慢慢地接近毒龙，小心翼翼地拿着木杖，深深吸了一口气后，举起木杖朝毒龙的头部大力一挥，重重敲下并压着不放，另只手拿出刀子，迅速地向毒龙身体割了下去。

一阵刺骨锥心的痛楚从皮肤渗透到心髓，皮与肉撕裂的疼痛使大力毒龙难以忍受，愤怒之火油然生起：“是谁如此大胆，竟然敢伤害我，以我的神力，要消灭整个国家可说是易如反掌，难道他不想活了吗？”愤怒的毒龙正要反击时，突然又产生了觉念：“我现在正受持一日一夜的八关斋戒，应该承佛恩嘱咐守净戒，即使再疼也要忍下来，绝不能因此而破戒、伤害生灵。”大力毒龙护戒的心意坚决，它忍着剧痛让猎人活生生地把皮给剥下来，而且一点也不后悔，甚至担心猎人因靠近它会中毒，不但不敢睁开眼睛，而且闭着气不呼吸，生怕毒气会伤害了猎人。毒龙因没有了皮肤的保护，身体血肉直接碰触在粗糙的地面上，疼痛不堪。

当时天气很热，毒龙想到大河里舒缓一下身体，正要起身的时候，却看见自己身上有很多小虫在爬动，它想：“到河里泡水，虽然可使自己的疼痛稍微减轻点，但这些小虫就会被淹死，那岂不又犯了杀生戒吗？”于是，它决定留在原地不动，任凭小虫啃噬。种种的痛苦煎熬，都没有使毒龙产生一丝悔意，反而激发出它那深藏内心的悲愿：“为了成就道业，我宁可布施身体给这些小虫；将来，如果我能成就佛道，更要用正法布施给这些众生！”发了这个誓愿后，大力毒龙便死了，因持戒的殊胜功德，它投生到了忉利天上，忉利天是佛教用语，又称三十三天，在须弥山顶。我国佛教一般认为玉皇大帝住在忉利天。

大力毒龙，是释迦牟尼佛的过去生，猎人是提婆达多，而那些小虫就是释迦牟尼佛成道时最初度化的八万天人。

唐诗地理

唐代国力强盛，疆域异常辽阔。唐朝的疆域在鼎盛时期东至朝鲜半岛，西达中亚咸海地区，南到今越南顺化一带，北至贝加尔湖，总面积达1251万平方公里。唐朝周围守边的少数民族很多，为了有效管理突厥、回纥、靺鞨、铁勒、室韦、契丹等民族，唐朝在边疆分别设立了安西、安北、安东、安南、单于、北庭六大都护府。不仅如此，唐王朝还和周围的国家关系密切，交往频繁。由此我们可以看到，唐代诗人的活动范围比以往的诗人要大得多，唐诗中所包含的地理名称比我国以前任何一个时代都要丰富。从名山大岳到塞外风光，从江河湖沼到州峡津渡，从亭台楼阁到寺院庙宇，从宫廷台阁到江山塞漠……几乎无所不包。

本章重点介绍了一些在唐诗中出现的地理位置或者名称，详细介绍它们的来历。

5

名城古国

我们在唐诗中经常能看到楼兰、龟兹等一些异域或少数民族地区的地名，这一方面是由于唐王朝和少数民族的交往频繁，另一方面也是战乱频仍，导致边塞经常发生动荡所致。诗人是时代的观察者，忧国忧民的诗人们时刻关注着边关的动向。所以很多诗人们虽然没去过边塞，但是我们仍然可以在他们的诗歌里找到对边塞的描写或者抒怀。

三秦

项羽灭秦后，把关中地区划分为雍、塞、翟三个王国，地域在长安附近关中一带，历史上称为“三秦”。

春秋战国时期，陕西是秦国的属地，所以后人将陕西简称为“秦”，横贯陕西中部的山脉称为“秦岭”，渭河平原称为“秦川”。秦王嬴政即位后，从公元前230年至公元前221年，先后灭掉了齐、楚、燕、韩、赵、魏六国，建立了我国历史上第一个统一的封建集权制国家。由于秦朝赋役繁重，法律严酷，使得民不聊生，纷纷揭竿而起。公元前206年，刘邦率军队攻占咸阳，秦帝国覆灭。

后来，项羽率兵进入咸阳后，杀死了已投降的秦王子婴，并大肆烧杀掠夺。项羽表面上尊楚怀王为义帝，实际却将楚怀王发配到江南，自立为西楚霸王，以彭城（今江苏徐州）为都，同时分封十八诸侯王。

刘邦率军入关

项羽将刘邦封为汉王，以南郑为都，管辖陕南及巴、蜀等地。为了牵制刘邦，防止刘邦势力的扩张，项羽又将陕西的关中和陕北一分为三：封秦降将章邯为雍王，以废丘（今陕西兴平东南）为都，管辖咸阳以西及甘肃东部地区；封司马欣为塞王，以栎阳（今陕西西安阎良附近）为都，管辖咸阳以东地区；封董翳为翟王，以高奴（今陕西延安东北延河北岸）为都，管辖陕北地区。所以后世常用“三秦”来代指陕西，咸阳成了三秦的分界点。其实当年三秦之地并不包含陕南地区，只是后来人们理解的“三秦”观念发生了变化，将陕北、关中、陕南称为“三秦”。

“三秦”的称谓出现后，也有人将它作为政权的名称。例如五胡十六国时期，氐族首领苻洪起兵，自号“三秦王”，建立政权。他的儿子苻健称帝后，以长安为都，立国号为“秦”，史称“前秦”；前秦末年，羌族首领姚苌擒杀前秦皇帝苻坚，公元386年，姚苌称帝，以长安为都，立国号为“秦”，史称“后秦”。

唐诗中常吟及“三秦”，如杨炯《和刘长史答十九兄》诗云：“帝尧平百姓，高祖宅三秦。”杜甫《冬至》诗云：“心折此时无一寸，路迷何处见三秦。”李贺《许公子郑姬歌（郑园中请贺作）》云：“相如冢上生秋柏，三秦谁是言情客。”韦庄《投寄旧知》云：“万里有家留百越，十年无路到三秦。”

楼兰

楼兰，古国名，是汉代西域三十六国之一。楼兰国位于新疆罗布泊西方，也就是古代天山南路的东端，是东西交通要冲。

楼兰之名最早见于《史记·匈奴列传》记载，“鄯善国，本名楼兰，王治扜泥城，去阳关一千六百里，去长安六千一百里。户千五百七十，口四万四千一百。”楼兰国西南通且末、精绝、拘弥、于阗，北通车师，西北通焉耆，东当白龙堆，通敦煌，扼丝绸之路的要冲。王昌龄《从军行》诗中有“黄沙百战穿金甲，不破楼兰终不还”之句，李白《塞下曲》中有“愿将腰下剑，直为斩楼兰”之句，其中“楼兰”都指此。

大约在公元前3世纪左右，楼兰人建立了国家，当时楼兰处于月氏的统治之下。公元前177年至公元前176年，匈奴打败了月氏，楼兰又被匈奴统辖。

汉武帝通西域，往来使者都要经过楼兰。楼兰由于不堪沉重的负担，以至杀戮使者。元封三年（前108年），西汉派兵出征楼兰，俘获楼兰王。楼兰投降西汉，却又遭到匈奴的攻击，于是分遣侍子，表示在匈奴、西汉之间严守中立。汉昭帝元凤四年（前77年），西汉派遣傅介子到楼兰，刺杀匈奴侍子安归，立汉侍子尉屠耆为王，改国名鄯善，迁都打泥城（今新疆若羌附近）。西汉派部队驻屯楼兰境内，自玉门关至楼兰，沿途设置烽燧亭障。

4世纪之后，楼兰国突然销声匿迹。据《水经注》记载，东汉以后，由于塔里木河中游支流注滨河改道，导致楼兰严重缺水。最终楼兰古城因断水而废弃了。公元400年，高僧法显西行取经途经此地，目之所及已是“上无飞鸟，下无走兽……唯以死人枯骨为标识耳”。楼兰这座丝绸之路上的重镇在辉煌了近五百年后，终于从历史舞台上消失了。

1900年，瑞典探险家斯文·赫定最早发现了楼兰国都古城遗址。楼兰古城遗址西北距库尔勒市350公里，西南距若羌县城330公里。占地面积12万平方米，接近正方形，边长约330米，几乎全部被流沙掩埋。遗址城墙是用黏土与红柳条混合夯筑而成。一条古运河从西北至东南贯穿古城。运河东北有一座八角形的圆顶土坯佛塔。佛塔南侧的土台上有一组高大的木结构建筑遗迹，其间出土大量汉文、佉卢文文书、简牍，以及五铢钱、丝毛织品、桌椅残件等生活用具。运河西南的中部，有三间大型木结构土坯房址，房屋周围出土大量汉文文书、木简及早期粟特文和佉卢文文书，可知其为衙署遗迹。西边的一组庭院可能是官宦宅邸，南边则分布着结构矮小的民居。

长安

长安，其意为“长治久安”，即现在的西安。西安位于陕西关中平原的渭河南岸，面向秦川，背依秦岭，泾水、渭水、灞水、沣水、涝水流经境内，形成沃野千里，号称“八百里秦川”。

西安，古时称长安、西都、西京、大兴城、京兆城、奉元城等，是我国历史上建都朝代最多、历时最久的城市，是我国七大古都之首，是古代我国鼎盛时期（强汉、盛唐）的都城，与开罗、雅典、罗马并称“世界四大古都”。

在历史上，先后有西周、秦、西汉、新莽、西晋（愍帝）、前赵、前秦、后秦、西魏、北周、隋、唐等十二个王朝在长安建都，时间长达一千一百多年。此外，长安也是赤眉、绿林、大齐（黄巢）、大顺（李自成）等农民起义政权建立都城之选。自约公元前11世纪至公元9世纪末的漫长历史岁月里，长安是古代我国的政治、经济与文化中心，并历来是地方行政机关——州、郡、府、路、省的治所。

唐朝建立后，以长安为都城，时至盛唐，长安是当时规模最大、最为繁华的国际都市。唐长安城由廓城、宫城、皇城三部分组成。廓城平面呈长方形，东西长9721米，南北宽8651.7米，周长36745.4米。每面有三座城门，南面正门明德门有五个门道，其余都有三个门道。宫城位于廓城北部的中央，平面呈长方形，东西长2820米，南北宽1492米。中部是太极宫，即隋朝大兴宫，正殿为太极殿，即隋朝大兴殿。东部是皇太子的东宫，西边是宫人居住的掖庭宫。皇城位于宫城的南边，有东西街七条，南北街五条，左为宗庙，右为社稷，并设有中央衙署及其附属机构。

西汉、隋、唐都在长安建都，所以唐以后常通称国都为长安，但是有时并不一定指长安，如李白《金陵》诗云：“晋朝南渡日，此地旧长安。”此诗中李白用“长安”来指代晋朝南渡后的都城建康。

长安留下了诗人们的足迹，留下了许多有关长安的名篇佳作，如骆宾王的《帝京篇》：“山河千里国，城阙九重门，不睹皇居壮，安知天子尊”，充分描绘了长安城的雄浑壮观。白居易的《登观音台望城》诗说：“千百家如围棋局，十二街似种菜畦。遥认微微上朝火，一条星宿五门西。”这首诗则描绘了长安城内皇宫衙署，市民住宅，布局规整，不相混杂的风貌。

◎ 中国古都

我国最初有“四大古都”之说，即北京、西安、洛阳、南京；后来增加了开封、杭州，形成了“六大古都”的称法；20世纪80年代，安阳跻身其中，演变成了“七大古都”。现在，郑州市也以郑州商城为平台，进入了“八大古都”的序列。

在八大古都中，西安（周、秦、汉、唐）、洛阳（夏、商、周、汉）、南京（明、中华民国）、北京（元、明、清、中华民国、中华人民共和国）、开封（宋）、郑州（商早期）和安阳（早期三皇五帝时代、商）六大古都都曾作为全国性政权的首都。由于中原地区是中华文化的发祥地，八大古都中，有四个（洛阳、开封、安阳、郑州）位于今河南省境内。

唐代诗人咏长安，单就一首诗来看，只是描绘了长安城的一处风光，但这些诗歌汇聚在一起，就呈现出一幅完整的画卷。

金陵

南京，在历史上有过很多名称，其中最响亮的莫过于“金陵”。

南京是一座历史文化名城，是我国七大古都之一。南京市东郊汤山猿人头骨的出土，表明早在三十五万年前南京就已有古人类的活动遗迹。公元前472年越王勾践灭吴后，在今天南京的中华门西南侧建城，开创了南京的城垣史，迄今已有两千四百多年。

“金陵自古帝王州”，3世纪以来，继孙吴之后，东晋、宋、齐、梁、陈、南唐、明朝、太平天国以及中华民国都曾先后定都南京，留下了丰富的民族文化遗产。春秋时代的吴王寿梦、越王勾践、西汉开国大将韩信、三国吴主孙权、南唐后主李煜、南宋名将岳飞、

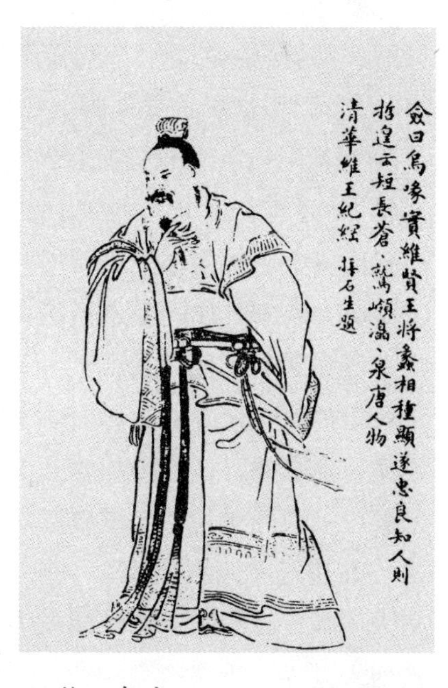

越王勾践

明代开国皇帝朱元璋、太平天国首领洪秀全、民主革命先驱孙中山等都曾在南京留下深深的历史足迹。李白的诗歌、李煜的词曲、王安石的美文，吴敬梓的小说等为古城留下了灿烂的文化遗产。

南京之名始于明代初年，之前有金陵、秣陵、建业、建邺、建康、白下、升州、江宁、集庆、应天等名。明成祖时国都北迁，应天府改称南京。太平天国称之为天京、清朝称为江宁，辛亥革命以后再改称南京。1949年4月23日南京解放，成为中央人民政府直辖市。1952年9月，南京为江苏省省辖市。1953年1月，江苏省人民政府成立，南京为江苏省省会至今。

南京地处长江下游平原，东望大海，西达荆楚，南壤皖浙，北接江淮，地理位置优越。南京属北半球亚热带季风气候区，四季分明，雨水充沛。南京夏季炎热，与武汉、重庆并称“三大火炉”。

南京山、水、城、林相映成趣，景色壮丽秀美，“春游牛首烟岚”、“夏赏钟阜晴云”、“秋登栖霞胜境”、“冬观石城霁雪”，可窥见南京美景胜境之一斑。

唐诗中吟咏金陵的诗句有李颀《送王昌龄》：“夜来莲花界，梦里金陵城。”储光羲《临江亭五咏》其一：“金陵事已往，青盖理无还。”温庭筠《春江花月夜》：“秦淮有水水无情，还向金陵漾春色。”

姑苏

姑苏，就是苏州。苏州拥有姑苏、平江、吴都、东吴、句吴、吴中、吴下、吴门、吴州、吴郡、长洲、茂苑等多个古称和别称。

公元前514年，吴王阖闾命伍子胥在这里筑建城郭作为吴国都城，至今已过了两千五百多年。公元前222年，秦始皇在吴都城设会稽郡、吴县。隋文帝开皇九年（589年）定名为苏州，因城西南的姑苏山而得名。东晋以来，由于政治中心和经济中心的南移，苏州得到了很好的开发。在唐代，京杭大运河贯通苏州，苏州成为南来北往的交通枢纽。

苏州是吴文化的发祥地和集大成者，也是中华文明的重要发源地之一。苏州是一个传统文化发达、历史底蕴深厚、风景秀美如画的城市。苏州城内河道交错纵横，水陆并行，河街相邻，因此又被称为水都、水城、水乡。《马可·波罗游记》一书称苏州为“东方威尼斯”。

苏州既有园林之美，又有山水之胜，自然景观与人文景观交相辉映，加之文人墨客题咏吟唱，使苏州成为名副其实的“人间天堂”。苏州园林甲天下，已被列入世界文化遗产名录；“吴中第一名胜”虎丘，是游客来苏州的必游之地；

唐朝诗人张继的一首《枫桥夜泊》，让古今游客竞相观游枫桥，倾听寒山寺的钟声。苏州城外风光秀丽，灵岩、天平、天池和洞庭诸山，点缀于太湖之滨，极具江南特色。

白居易在《送刘郎中赴任苏州》诗中吟道："何似姑苏诗太守，吟咏相继有三人。"唐代三位著名诗人韦应物、白居易、刘禹锡都在苏州做过官。白居易是在唐穆宗长庆二年（822年）七月被任命为杭州刺史，在唐文宗宝历元年（825年）三月，白居易又出任苏州刺史。白居易在苏州任上，写有不少吟咏姑苏的经典诗篇，如《正月三日闲行》。

另外，还有骆宾王《久客临海有怀》借景抒情："天涯非日观，地屺望星楼。练光摇乱马，剑气上连牛。草湿姑苏夕，叶下洞庭秋。欲知凄断意，江上涉安流。"这首诗也是千古流传的名篇。

广陵

广陵故址在今江苏扬州市，是魏晋南北朝时期长江北岸重要城市和军事重镇。春秋末，吴于此凿邗沟，以通江淮，争霸中原。秦置县，西汉设广陵国，东汉改为广陵郡，以广陵县为治所。晚唐时期，广陵成为扬州大都督和淮南节度使的本营所在地。由于社会安定、经济富庶、商旅群聚，晚唐时期的广陵成了我国最大的商业城市和亚洲最大的国际商贸大港。唐朝诸多诗人都有诗提及广陵，其中最著名的有李白的《送孟浩然之广陵》："故人西辞黄鹤楼，烟花三月下扬州。孤帆远影碧空尽，唯见长江天际流。"

扬州在古代也称杨州。杨州的名称最早见于《尚书·禹贡》："淮海维杨州"。春秋时称为"邗"（邗国为周代的方国，被吴灭），秦汉时称为"广陵"、"江都"，东晋置"南兖州"，北周时称为"吴州"。隋开皇九年（589年）改吴州为扬州，总管府设在丹阳（今江苏南京）。唐高祖武德八年（625年），将扬州治所从丹阳移到长江北岸，从此广陵才享有扬州的专名。

"富甲天下"的扬州城，位于江苏省的中部，南临长江，与镇江隔江相望，纵贯南北的京杭大运河与长江在这里交汇，在历史上是水陆交通的枢纽和南北漕运的咽喉。

扬州是一座拥有两千五百年历史的文化古城，是我国古代东南第一大都会，素有"雄富冠天下"之称。扬州有我国最古老运河段邗沟、汉广陵王墓、隋炀帝陵、大明寺、鉴真纪念堂、仙鹤寺、个园、何园等众多名胜古迹，使古城扬州散发出无穷的魅力。1982年国务院公布扬州为国家首批历史文化名城。

扬州文化最繁荣的时代是在唐朝。李白、杜甫、白居易、孟浩然、杜牧等都曾在扬州生活过，留下了大量的不朽佳作。后代人从唐人的吟咏里，读出了扬州的磅礴壮阔和恢宏大气，读出了唐代扬州人与自然的谐和，读出了智慧与灵性。

◎ 邗沟

扬州有我国最古老运河段——邗沟。邗沟是联系长江和淮河水系的古运河，是我国记载最早的运河，又名渠水、韩江、中渎水、山阳渎、淮扬运河、里运河。

吴王夫差筑邗城时开通了邗沟，南起长江，北经樊梁湖等，向东北入射阳湖，再向西北经淮安入淮河。东汉时期向西改道，由樊梁湖取直向北，经津湖、白马湖入淮。魏晋南北朝时期，从上游开凿支河从今仪征引江水通航。大业元年（605年），隋炀帝开挖通济渠时，又开邗沟，从山阳至江都注入扬子江，沟通江、淮，成为隋代大运河的重要组成部分。

北宋时期，在邗沟上建有世界上最早的船闸——复闸。元代开通京杭运河，邗沟成为其中的一段。今日运河是苏北航运干道，也是南水北调工程中的主要输水线路。

幽州

幽州是隋唐时期北方的军事重镇、交通中心和商业都会，其大致范围相当于今河北北部及辽宁一带。幽州在西周是召公的封地，即燕国，战国时成为七雄之一。秦始皇灭燕后，在其地设置渔阳、上谷、右北平、辽西、辽东等郡。汉武帝时设幽州刺史部，为十三刺史部之一。汉武帝灭卫氏朝鲜后，置玄菟、乐浪等郡，辖属幽州。东汉时，幽州下辖十一郡、国，九十县。幽州治所在蓟县，辖境相当于今北京市、河北省北部、辽宁省南部及朝鲜西北部地区。魏晋以后，幽州的辖境日益缩小，到北魏时仅剩燕、范阳、渔阳三郡。隋炀帝大业初年，幽州撤州设郡，故改涿郡。唐武德元年（618年）再称幽州，天宝元年（742年）改称范阳郡，乾元元年（758年）复为幽州。

● 石敬瑭

石敬瑭，太原沙陀族人，五代时后晋王朝的建立者，公元936年至公元942年在位。

幽州原是北方的陆路交通枢纽。隋大业四年（608年）开永济渠，沟通黄河与海河，北达涿郡。由于永济渠的凿通，涿郡又成为北方水陆交通的中心。

隋唐时，幽州的军事地位十分重要。隋炀帝在涿郡修筑行宫，三次用兵高丽均以涿郡为基地，集结兵马、军器、粮草等。贞观十八年（644年）唐太宗出兵高丽，陆路以幽州作为后方大本营。唐代中期，东北各民族势力趋盛，先天二年（713年）唐玄宗置幽州节度使，以辖制奚、契丹等民族。天宝元年改为范阳节度使，兵力九万余人。天宝末年，安禄山以范阳为根据地，掀起“安史之乱”，史思明自立燕帝，以范阳为燕京。叛乱平定后，复改幽州节度使。此后，幽州成为长期不尊奉朝命，割据一方的河北三镇之一，节度使的继任不由朝廷委派，而是自传子侄，或由部下悍将夺位。直至五代后梁乾化三年（913年）十二月，晋王李存勖灭幽州，结束了长达一百五十年之久的割据局面。公元936年，后晋石敬瑭把幽蓟十六州割让契丹，次年契丹以幽州为南京。据房山云居寺石经题记可知，在安史之乱前幽州城内有白米行、屠行、油行、彩帛行、小绢行、小彩行、肉行、粳米行、生铁行、杂货行、磨行、果子行、炭行等，可见当时幽州商业和手工业极为繁盛。

凉州

凉州，就是现在的甘肃省武威市，地处河西走廊东端，是“中国葡萄酒的故乡”、“西藏归属祖国的历史见证地”和“世界白牦牛唯一产地”，素有“银武威”之称。

武威历史悠久，是古丝绸之路上的重镇。公元前121年，汉武帝开辟了河西四郡，即武威、酒泉、张掖、敦煌四郡。武威郡治下辖属姑臧、张掖、武威、休屠、次、鸾鸟、扑、媪围、苍松、宣围等十个县，治所设置在故臧。元封五年（前106年），分天下为十三州，每州设刺史一名，史称“十三部刺史”。武威郡属于凉州刺史部管辖，自此称为凉州，因其“地处西方，常寒凉”，故名。曹魏、东晋、前凉、后凉、南凉、北凉及唐初的大凉，都曾在这里建都，凉州成为长安西方的大都会，中西交通的要塞。

凉州悠久的历史孕育出了灿烂的地域文化，名胜古迹众多，文化遗产丰富，突出的特色是“一马”（铜奔马）、“一碑”（西夏碑）、“一寺”（白塔寺）、“一窟”（天梯山石窟）、“一塔”（罗什寺塔）、“一庙”（文庙）。1983年，铜奔马被国家旅游局确定为我国旅游图形标志，被誉为“古典艺术品的最高峰”。西夏碑是独一无二的稀世珍宝，是我国研究西夏历史和西夏语言文字重要的实物资料。白塔寺是元代阔端太子与西藏佛教领袖萨班举行“凉州会盟”的地方，是西藏正式纳入我国版图的历史见证。天梯山石窟被称为我国“石窟之祖”，是我国早期石窟艺术的杰出代表，是云冈石窟、龙门石窟的源头，在我国佛教史上占有重要的地位。罗什寺塔是为了纪念西域高僧鸠摩罗什在武威弘扬佛法、翻译经典的功绩而建造的，鸠摩罗什是古代四大佛经翻译家之首，被誉为译经泰斗。文庙是全国三大孔庙之一，规模雄伟，素有“陇右学宫之冠”之美誉。

◎ 河西走廊

古凉州位于河西走廊的东端。河西走廊位于黄河以西，东起乌鞘岭，西至古玉门关，南北介于南山（祁连山和阿尔金山）和北山（马鬃山、合黎山和龙首山）间，长约1200公里，南北约100公里—200公里，为西北—东南走向的狭长平地，形如走廊，故名。又因在甘肃境内，又叫甘肃走廊。河西走廊分为三个独立的内流盆地：玉门、安西、敦煌平原，属疏勒河水系；张掖、高台、酒泉平原，大部分属黑河水系，小部分属北大河水系；武威、民勤平原，属石羊河水系。在地域上包括甘肃省的河西五市，即武威、张掖、金昌、酒泉和嘉峪关。

在古代，河西走廊是我国东部通往西域的咽喉要道，是“丝绸之路”的重要组成部分。15世纪以后，逐渐衰落。

唐诗中用“凉州”多描绘边塞军旅生活。如王昌龄《凉州词》诗中说：“胡部笙歌西殿头，梨园弟子和凉州。新声一段高楼月，圣主千秋乐未休。”写出了戍边士兵的怀乡情。此外，还有白居易的《题灵岩寺》：“今愁古恨入丝竹，一曲凉州无限情。直自当时到今日，中间歌吹更无声。”王建的《古从军》：“闻道西凉州，家家妇女哭。”岑参的《凉州馆中与诸判官夜集》：“凉州七里十万家，胡人半解弹琵琶。琵琶一曲肠堪断，风萧萧兮夜漫漫。”杜牧《河湟》：“唯有凉州歌舞曲，流传天下乐闲人。”

江州

江州，即今江西九江市。“九江”最早见于文字记载是《尚书·禹贡》“九江孔殷”、“过九江至东陵”。《晋太康地记》记载，九江源于“刘歆以为湖汉九水（即赣江水、鄱水、余水、修水、淦水、盱水、蜀水、南水、彭水）入彭蠡泽也”。“九江”之名意为赣江水、鄱水、余水、修水、淦水、盱水、蜀水、南水、彭水九条江河汇集的地方。

九江历史悠久。早在夏商时期，九江归属荆、扬二州，春秋时九江位于吴国东境、楚国西境，因而有“吴头楚尾”的说法。秦始皇划天下为三十六郡，就有九江郡，这是九江作为行政区划最早出现。西汉时，九江始建县称柴桑。汉高祖六年（前201年），灌婴在此凿井筑城戍守，称位城，又称灌婴城。东吴时，九江隶属武昌郡。到了唐代，九江郡改为江州，唐玄宗天宝元年（742年）改为河阳郡，至唐肃宗乾元元年（758年）恢复江州。元和十年（815年）白居易被贬为江州司马，写下了许多脍炙人口的名篇，更令九江名满古今。

庐山图

九江曾是兵家逐鹿的战场，千百年来，留下了许多古战场的遗迹，成为文人墨客竞相游历的圣地。从东晋至清末到九江和庐山为官、访友、游览、隐居的著名文人雅士多至五百余人，如陶渊明、江淹、谢灵运、李白、白居易、苏轼、王安石、陆游等，都曾在这里放歌山水，记叙游踪，敷陈掌故，抒发情怀，留下了许多脍炙人口的诗篇佳话。

唐诗中提到“江州”、“九江”的诗句有白居易《琵琶行》：“座中泣下谁最多？江州司马青衫湿。”元稹《相忆泪》：“西江流水到江州，闻道分成九道流。”曹松《送僧入庐山》：“若到江州二林寺，遍游应未出云霞。庐山瀑布三千仞，画破青霄始落斜。”崔颢《长干行二首》诗说：“家临九江水，来去九江侧。同是长干人，生小不相识。”沈佺期《巫山高》：“巫山高不极，合沓状奇新。暗谷疑风雨，阴崖若鬼神。月明三峡曙，潮满九江春。为问阳台客，应知入梦人。”刘长卿《送李二十四移家之江州》：“烟尘犹满目，歧路易沾衣。逋客多南渡，征鸿自北飞。九江春草绿，千里暮潮归。别后难相访，全家隐钓矶。”

柳州

柳州又称龙城，位于广西壮族自治区中部，是我国南方一座古老而美丽的城市，早在五万年前就有“柳江人”在这里生活，从建城至今已有两千一百多年的历史。汉武帝元鼎六年（前111年）设置潭中县，属郁林郡，这是柳州建城的开端。隋文帝开皇十一年（591年），潭中县改为桂林县，后又改为马平县。唐高祖武德四年（621年），设置昆州，领五县，以马平县为治所。唐太宗贞观八年（634年），改为柳州，《新唐书·地理志七上》中记载“以地当柳星更名”。唐玄宗天宝元年（742年），改名为龙城郡，因郡有龙城县而得名。唐肃宗乾元元年（758年），“以州界柳岭为名”，再次改称柳州。

柳州境内生活着汉、壮、瑶等多民族，几千年来汉族和岭南土著民族在这里交流、融合，形成了浓郁而独特的乡土文化，具有深厚的民族传统文化积淀。柳州属于典型的喀斯特地貌，山清水秀，洞奇石美，“柳州奇石甲天下”，被誉为“中华石都”。柳江绕着柳州市区回流，城中心三面环水，形成一个巨大的“U”字，古籍称其为“三江四合，抱城壶”，所以又称之为“壶城”。唐代著名文学家柳宗元在柳州任刺史时，曾用“越绝孤城千万峰”、“江流曲似九回肠”的诗句描绘这个美丽的城市。

“柳州柳刺史，种柳柳江边。谈笑为故事，推移成昔年。垂阴当覆地，耸干会参天。好作思人树，惭无惠化传。”这是柳宗元任柳州刺史时写的一首政治抒情诗《种柳戏题》。柳宗元到柳州任刺史后，努力在自己权限范围之内兴利除弊，做了很多有益于民的事。他亲自种植柳树，并即兴题咏，抒发了“好作思人树”的情感，表达了努力给柳州人民留下惠政的愿望。

◎ 柳江人

早在五万年前，柳州就有“柳江人”在当地生活劳作。1958年在广西壮族自治区柳江县通天岩洞穴中发现了骸骨化石，故名。柳江人所属的地质年代是更新世晚期。所发现的化石包含一个完整的头骨以及部分体骨和肢骨。头骨属于中头型，面部和鼻部短而宽，眶部低宽，门齿舌面呈铲形，眉嵴很显著，额骨和顶骨比现代人扁平，具有原始蒙古人种的特征。柳江的全部人骨化石可能属于同一个中年男性个体，属于晚期智人。柳江人是我国乃至整个东亚地区迄今为止发现的最早的晚期智人，生存年代约距今3万—5万年间。柳江人所在的区域，是我国壮族先民的活动地域，也是今天壮族的聚居地区，壮族很可能是这些古人类的后裔之一。

柳宗元的朋友吕温写了一首《嘲柳州柳子厚》和柳宗元开玩笑：“柳州柳刺史，种柳柳江边。柳管依然在，千秋柳拂天”。诗题虽说是“嘲”，其实是赞扬，末句“千秋柳拂天”，是比喻柳宗元在柳州的德政文章，会永远留在柳州人的心里。

夜郎

夜郎镇位于贵州省遵义市桐梓县中部。在唐太宗贞观十六年（642年），置为珍州夜郎县，是川黔交通要道。此后州名曾多次变更，而“夜郎”之名历唐、五代至宋代，存在县境共四百七十八年。宋徽宗宣和二年（1120年）夜郎撤县后，仍是交通要道。直到明朝初年，驿道改出松坎镇，夜郎才变成农村集镇。夜郎境内山峦起伏，沟谷纵横，河流溪沟密布。

唐肃宗至德二年（757年）至乾元二年（759年），李白连坐永王李璘案被流放夜郎，中途遇赦放还，往来于浔阳（今江西九江）、宣城（今安徽宣城）等地。唐代宗宝应元年（762年），病死于安徽当涂县。

李白流放期间，写下了《题楼山石笋》、《南流夜郎寄内》、《忆秋浦桃花旧游时窜夜郎》、《流夜郎赠辛判官》等不少与夜郎有关的诗篇。“夜郎天外怨离居，明月楼中音信疏”、“我愁远谪夜郎去，何日金鸡放赦回”、“三载夜郎还，于兹炼金骨”……这些诗句反映了诗人与夜郎难解难分的惆怅情怀。此后，李白与夜郎之名便联系在一起，胜迹留传，词章遗世，声名远播。

◎ 夜郎自大

成语“夜郎自大”中的“夜郎”指的是汉代西南夷中较大的一个部族，也称为南夷。夜郎族的原居住地是今贵州西部、北部、云南东北及四川南部部分地区，与李白流放的夜郎并非同一概念。

夜郎故事首见于司马迁的《史记·西南夷列传》：“滇王与汉使者言曰：‘汉孰与我大？’及夜郎侯亦然。以道不通，故各以为一州主，不知汉广大。”滇王询问汉朝使者汉朝滇国相比，哪个大？汉朝使者抵达夜郎后，夜郎王也提出了同样的问题。这是因为道路不通，各自以为自己是一州之主，不知道汉朝的广大。这段故事后来演变成家喻户晓的成语，用来比喻骄傲无知的肤浅，以及自负自大的言行。

夜郎镇的文物胜迹很多，有纪念李白谪贬夜郎的太白坟、太白泉、望月台、百碑台，有夜郎宋墓群、七孔石崖墓、陈天官墓、王正儒、大屋土司衙门遗址、狮子山夜郎县城遗址、铧尖山土炮及战场遗址等。

交趾

交趾，是越南的古称。秦始皇统一中原以后，南下入侵今越南。公元前214年，秦朝将越南北部地区划归象郡管理，并向越南北部大量移民。

公元前204年，秦朝南海尉赵佗起兵兼并桂林郡和象郡后，自立为南越武王，国都位于番禺（今广东广州），疆域包括今天广东、广西大部地区，福建、湖南、贵州、云南的一小部分地区和越南的北部。公元前196年和公元前179年，南越国曾先后两次名义上臣属于西汉，成为西汉的“外臣”。公元前112年，南越国丞相吕嘉发动叛乱，谋害了第四代南越国君主赵兴以及汉朝的使者，立赵兴的哥哥赵建德为第五代南越国君主。公元前111年，汉武帝调遣十万大军，分五路进攻南越国，终于灭掉南越国，并在越南北部地区设立交趾、九真、日南三郡，实施直接的行政统治。在此后的一千多年时间里，越南北部交趾地区虽然出现多次反叛，但是基本上一直受到我国政权的直接管辖。

汉朝的交趾郡下辖羸娄县、安定县、苟屚县、麊泠县、曲昜县、北带县、稽徐县、西于县、龙编县、朱覲县十县，以羸娄为治所。到东汉改以龙编为治所。东汉末期至东吴初期，交州太守士燮形成独立的割据政权。隋朝灭南朝陈国之后，重新设置交趾郡，下辖九县，郡治设于交趾县。到唐代，废除交趾郡，原交趾郡故地归属于交州，交趾县成为交州州治所在地。

◎ 象郡

交趾在秦朝时归属象郡管理。象郡是秦朝在岭南地区设置的郡级行政机构，其管辖范围包括今广西西部、越南北部和中部等地区。象郡初设于公元前214年，与桂林郡、南海郡同为岭南三郡。《汉书·地理志》中班固在南郡下自注为："故秦象郡，元鼎六年开，更名。"可见汉代的南郡就是秦代象郡。班固之后至唐代数百年间，各正史和志书，都因袭班固的说法，认为汉的南郡即秦的象郡，在今越南境内。近现代关于象郡的位置也有争议，一说是在今广西与广东雷州半岛，统辖面积达到10万平方公里以上；一说认为象郡包含了越南境内的北圻和中圻，统辖面积广达30万平方公里以上。象郡的设置，对于岭南地区的开发有着不可忽略的关键作用。

唐代诗人多次言及交趾，如杜审言《旅寓安南》："交趾殊风候，寒迟暖复催。"杜甫《送段功曹归广州》："交趾丹砂重，韶州白葛轻。"白居易《送客春游岭南二十韵》："诃陵国分界，交趾郡为邻。"

名山大岳

瑰丽的自然风光历来为文人墨客所青睐，一些名山大川也是迁客骚人的向往之地。诗人们在欣赏大自然的奇异风光的同时，也不曾忘记用他们的笔来记录下他们游历的感受，这才留下了很多千古吟唱的描写山峰的著名诗句。本部分介绍了一些在唐代诗歌中经常出现的名山。

北固山

北固山坐落于江苏省镇江市区北长江边上，北临长江，形势险固，因名北固。南朝梁武帝曾登山顶，北览长江壮丽景色，题书"天下第一江山"，又名北顾山。北固山与金山、焦山成犄角之势，并称为"京口三山"，王湾《次北固山下》所指就是这里。

● 甘露寺图

北固山由前峰、中峰和后峰三部分组成。现在北固山多指中峰和后峰，后峰是主峰。北固山可以称得上是一座"三国山"，山上保留了许多有关三国时代吴国的传说和遗迹。

位于北峰之巅的甘露寺，相传是刘

备招亲的地方。《三国演义》第五十四回“吴国太佛寺看新郎，刘皇叔洞房续佳偶”的故事就发生在这里。赤壁之战后，刘备占据东吴的荆州，周瑜向孙权献计，以孙尚香为诱饵招亲，设下美人计，引诱刘备来京口联姻，趁机将其扣为人质，以此讨回荆州。诸葛亮将计就计，使孙刘联姻弄假成真，使东吴赔了夫人又折兵，京剧“龙凤呈祥”唱的就是这段故事。

甘露寺兴建于梁代，原址在山下，唐代李德裕始改建于山上。寺内有老君殿、观音殿和江声阁等建筑，极具“寺冠山”的特色。寺后保留有刘备、孙权同坐过的“狠石”，寺西有传为孙、刘并肩赛马的“溜马涧”。

甘露寺后面的多景楼，面对大江，是北固山风景最佳处，楼名取自李德裕的“多景悬窗牖”的诗句。楼额上还高悬有米芾书写的“天下江山第一楼”匾额。

◎《京口三山图》

北固山为“京口三山”之一。清代张崟绘有一幅《京口三山图》。

张崟（1761—1829年），清代画家。字宝厓，号夕庵、夕道人，又号“樵山居士”、“观白居士”等，丹徒（今江苏镇江）人。张崟年轻时，常临摹家藏古代书画，并向前辈名家请教切磋；他曾游历杭州、金陵等地，画艺诗文初露头角。家道衰落后，生活艰难，以卖画为生。

张崟善画花卉、竹石及山水，他的山水画脱离了四王窠臼，独辟蹊径，尤其擅长画松。张崟的画风细密，色彩雅致，世称京江派（又作丹徒派）。张崟与顾鹤庆有“顾柳张松”之誉。代表作《山海长春图》等传世。《京口三山图》所绘山石有石田的沉郁厚重，树木房舍有文徵明的幽淡疏寥，整体表现苍秀浑噩，兼具清疏之气。

多景楼东侧的凌云亭，又名祭江亭。相传刘备西征入川后，孙权讹称母亲病重，骗孙尚香回吴。后来，孙夫人听说刘备猇亭兵败，死于军中，悲痛不已，在此遥祭，而后投江自尽。后人为纪念孙夫人称为“祭江亭”。

中峰上有气象楼，现为国画馆。中峰与后峰之间有龙埂相通，太平军守镇江时，曾沿着龙埂建筑新城直至后峰江边。

新中国成立前，北固山东麓是国民党反动派杀害革命志士的刑场。新中国成立后，在前峰建有革命烈士纪念塔、烈士公墓和烈士事迹陈列室。

天门山

天门山位于安徽芜湖市鸠江区大桥镇境内，在当涂县与和县之间的长江两岸。天门山是东梁山与西梁山的合称，这两座山夹江而立，宛如天设之门，所以统称天门山。远望又像妙龄女子的两道细眉，所以又名蛾眉山。

东梁山又称为博望山、望夫山，在安徽当涂县城西南15公里；西梁山又称作梁山，在安徽和县城南30公里。天门山中以东梁山最为陡峭，如刀削斧砍，巍巍然砥柱中流，令一泻千里的长江折转北去。

天门山以其独有的山形水势和丰厚的历史文化底蕴吸引着历代名流来游玩题咏。唐玄宗开元十三年（725年），二十六岁的李白乘舟顺江而下时写了一首著名的七绝《望天门山》："天门中断楚江开，碧水东流至此回。两岸青山相对出，孤帆一片日边来。"这首诗生动地描绘出天门山的风姿，极言春江天门日出奇观之壮美，抒发了诗人挚爱江山社稷的一腔激情。

此外李白还在其他诗中多次歌咏天门山，如《游泰山六首》诗云："清晓骑白鹿，直上天门山。山际逢羽人，方瞳好容颜。"《自金陵溯流过白壁山玩月达天门寄句容王主簿》诗云："幽人停宵征，贾客忘早发。进帆天门山，回首牛渚没。"

天门山山势陡峭，如刀削斧砍，突立江中，东西梁山隔江对峙，即"天门中断楚江开"。只见遥远的水天相接处，大小船只从"天门"中穿梭往来，令游人赏不尽这鬼斧神工的美景。船过"天门"顺江而下便可游览诗仙李白江中揽月、骑鲸升天的采石矶和青山太白墓，再往下不远处就是和县的乌江镇，这里有著名的西楚霸王项羽庙。

此外，天门山下还有两处不可多得的人文景观。一是有着悠久历史的天门书院，始建于元代，同桂枝书院、西湖书院、紫阳书院齐名。二是别具特色的铜佛寺，依山傍水，风景秀丽。每逢佛事，这里会吸引全国各地的信徒前来焚香拜佛。届时香烟浓郁，香客如潮，形成了芜湖市新十景之一"天门烟浪"。

岘山

岘山位于今湖北省襄樊市襄城区以南，东临汉江，与鹿门山隔江对峙，俨如扼守江汉平原北部的两扇大门。

我国有很多山被称作"岘山"，但是只有襄阳岘山才是正宗的历史文化名山。襄阳岘山俗称"三岘"，包括岘首山（下岘）、望楚山（中岘）、万山（上岘）。岘山背靠巍巍大荆山，环抱"铁打的襄阳"，远控"纸糊的樊城"，峰岩直插入滔滔汉水之中，雄踞一方。

南宋末年，京湖制置使李曾伯曾奉命率兵在此与元军争战。收复失地后，李曾伯作《襄樊铭》："壮哉岘，脊南北。翳墉壑，几陵谷。乾能央，剥斯复。千万年，屏吾国。"至今摩崖石刻犹存。

岘山到处是名胜，遍地都是古迹，如刘备马跃檀溪处，风林关射杀孙坚处，羊祜的堕泪碑与杜预的沉潭碑，刘表墓与杜甫墓，张公祠和高阳池，王粲井，蛮王洞等。登临岘山顶朝东看去，夹鱼梁州与孟浩然的隐居地鹿门山隔水相望。向西望去，孔明躬耕地——古隆中烟雨朦胧。岘山脚下的襄阳城和夫人城，是小说中郭靖黄蓉大战元兵之地。向北远眺，襄阳米癫纪念馆、关羽水淹七军的遗迹尽收眼底。

名山名水出名人，当然也出名石。在岘山的山腰上有一块苍劲的“岘石”就是极品古石，宋代的“云林石谱”己有记载。经考古发现，随州擂鼓墩曾侯乙墓出土的编钟，就是用岘山的石片磨成的。

历史上流传下来关于岘山的诗歌数不胜数。孟浩然可以说是古往今来以诗描写岘山最多的诗人。他的《与诸子登岘山》诗云：“人事有代谢，往来成古今。江山留胜迹，我辈复登临。水落鱼梁浅，天寒梦泽深。羊公碑尚在，读罢泪沾巾。”《和贾主簿弁九日登岘山》诗云：“楚万重阳日，群公赏宴来。共乘休沐暇，同醉菊花杯。”《伤岘山云表观主》诗云：“少小学书剑，秦吴多岁年。归来一登眺，陵谷尚依然。”

◎ 杜甫墓

在岘山东侧有著名的古迹——杜甫墓。相传唐代大诗人杜甫病逝于湖南后，他的孙子从河南巩县赴湖南奔丧，途经襄阳时，因该地是杜氏祖籍，于是在此建杜甫衣冠冢，以示纪念。该冢因年久荒芜，约于1928年，驻襄阳的国民党51师师长范石生，整墓立碑，正文为“唐杜工部之墓”。

诗圣杜甫的墓园，在全国至少有八处，如河南巩县、偃师，陕西华阳，四川成都浣花溪，湖南耒阳、平江等。到底何处为真墓，何处是疑冢，千百年来众说纷纭。目前，学术界大多认为河南巩县是杜甫的真正墓地，而其他几处墓冢，大概成了空穴或是衣冠冢。

唐代还有很多诗人描写岘山，如齐己《读岘山碑》：“三载羊公政，千年岘首碑。何人更堕泪，此道亦殊时。”胡曾《咏史诗·岘山》：“晓日登临感晋臣，古碑零落岘山春。松间残露频频滴，酷似当时堕泪人。”

碣石山

碣石山坐落在河北素有“花果之乡”美称的昌黎县城北，距避暑胜地北戴河约30公里，跨越昌黎、卢龙、抚宁三县境内。

碣石山连绵起伏有大小上百座奇险峻峭的峰峦，碣石山主峰为仙台顶，俗称“娘娘顶”，海拔695米，顶尖呈圆柱形，远望如楬似柱，极像直插云霄的天桥柱石，山因此得名“碣石”。

碣石山的主峰仙台顶峭拔挺峻，又紧临大海，从远古时就被古人当成北方沿海地区重要的地理坐标，并被载入我国最早的地理名著《山海经》和《尚书·禹

● 曹操《观沧海》诗意图

《观沧海》这首诗通篇写景，诗人通过写景抒发了统一中国建功立业的抱负。

贡》中。因此，碣石山成了古代名山之一，在五岳之外，曾被称为“神岳”。

据史书记载，秦始皇、汉武帝、曹操以及北魏文成帝、北齐文宣帝、唐太宗等各代君主都曾登临此山。秦始皇在公元前215年过碣石山求仙；汉武帝在公元前110年时“行自泰山，复东巡海上，至碣石”，并在碣石山的主峰仙台顶筑有汉武台；曹操在公元207年东征乌桓的归途中，东临碣石，写下了流传千古的诗篇《观沧海》：“东临碣石，以观沧海。”北魏文成帝还“改碣石山为乐游山”。唐太宗也曾几次观沧海到过碣石山，并也写下了许多诗篇。

碣石山有十大景观，即“东峰耸翠”、“碣石观海”、“天住凌云”、“水岩春晓”、“石洞秋风”、“西嶂排青”、“龙蟠灵壑”、“凤翥祥峦”、“霞晖窣堵”、“仙影沧浪”。其中以“碣石观海”最为壮观，登临仙台顶，山海奇观尽入眼帘，可把从滦河口到秦皇岛港，乃至山海关与老龙头之间的宽阔海面尽收眼底，饱尝“碣石观海”的美丽风光。碣石山中的又一绝美去处是与仙台顶毗邻的西五峰山的“西嶂排青”。五峰高耸，山峰形状各异，环列如屏，山上青松如画，怪石嵯峨。在平斗峰的半山腰有一平台，这里有一座为祭祀韩愈而修筑的韩文公祠。李大钊也十分青睐此地，多次到此吟诗作词，著书立说。他在《游碣石山杂记》中，曾用“惊为天外桃源”之语来赞美碣石山。

“神岳”碣石山，山清水秀，风景宜人，有着奇特的亘古通今的魅力，堪称北国不可不游的胜地。唐诗中关于碣石山的诗句有高适《燕歌行》：“摐金伐鼓下榆关，旌旗逶迤碣石间。校尉羽书飞瀚海，单于猎火照狼山。”贾岛《题青龙寺》：“碣石山人一轴诗，终南山北数人知。拟看青龙寺里月，待无一点夜云时。”

终南山

终南山坐落在陕西省西安市南40多公里处，又名太一山、地肺山、中南山、周南山，简称南山，是秦岭山脉的一段，西起武功，东至陕西蓝田，包括翠华山、南五台山、圭峰山、骊山等山峰，素有“仙都”、“洞天之冠”和“天下第一福地”的美称。

南五台山富产药材，古人称其为终南神秀之最。圭峰山俗称尖山，山峰峭丽挺拔，形如圭玉，故称圭峰山。此峰主要景点是高冠瀑布，急流飞溅，直下深潭，响声如雷。唐代诗人岑参有诗云："岸口悬飞瀑，半空白皑皑。喷壁四时雨，傍村终日雷。"这是高冠瀑布真实而形象的写照。

终南山是道教发祥地之一。李唐宗室以道教始祖老子为圣祖，大力尊崇道教，尤其是楼观道士岐晖曾大力赞助李渊起义，所以李渊称帝后，对楼观道特别青睐。唐高祖武德初年，曾在终南山修建规模宏伟的宗圣宫，主要建筑有文始、三清、玄门等列祖殿，以及紫云衍庆楼和景阳楼等，成为古楼观的中心景观。此后历代虽然时有修葺，但屡遭兵祸，至清朝末年，宗圣宫仅存残垣断壁，一片废墟狼藉。楼观的中心也逐渐转移到了说经台。

新中国成立后，也曾对古楼观进行了多次修葺，形成了以说经台为中心的建筑群。说经台的南面峻峰上，有一座八卦形的炼丹炉，相传是老子当年炼丹所用。东南方有一个"仰天池"，传说是老子当年打铁淬火的水池。说经台北二里处是宗圣宫遗址，这里有九株历经千年仍蓊郁青翠的古柏，称为"楼观九老"。相传其中一棵为老子当年系牛所用，被称为"系牛柏"。另外西有化女泉，北有老子墓。此外楼观台还留存有很多珍贵的碑刻，其中最有名的是高文举所书《道德经》碑。此碑书法风格绚丽，近看是字，远看如梅花初放，被誉为"梅花篆字碑"。古人云："终南千里茸翠，以楼观为最佳。"终南山楼观台以其悠久的道教历史、动人的神话传说和众多的文物遗迹，吸引着古往今来的信士游客。

关于终南山的唐诗有很多，如王维《终南山》："太乙近天都，连山接海隅。白云回望合，青霭入看无。分野中峰变，阴晴众壑殊。欲投人处宿，隔水问樵夫。"祖咏《终南望余雪》："终南阴岭秀，积雪浮云端。林表明霁色，城中增暮寒。"

天姥山

天姥山坐落在浙江省绍兴市新昌县境内，在县东南围30公里，从新昌与嵊州交界的黄泥桥延绵至新昌与天台交界的横渡桥。

传说登山的人能够听到仙人天姥唱歌，因此得名。天姥山由拨云尖、细尖、大尖等群山组成，层峦叠嶂，千态万状，苍然天表。山上有姥姥岩、天姥鹰、天姥馍蹲牛岩、鸡笼岩等景观。南朝谢灵运曾说："尝自始宁南山伐木开径，直至临海。"天姥山正位于这个通道险要地段，因此名声大振。

天姥山以高雅文化名山著称。谢灵运又有诗曰："暝投剡中宿，明登天姥岑。高高入云霓，还期那可寻？"南朝宋元嘉间朝廷闻天姥山美名，派遣名画师将天姥山描绘在白团扇上。

李白等追慕前贤高情，游登天姥山，留下了许多千古名作。如李白《梦游天姥吟留别》诗云："天姥连天向天横，势拔五岳掩赤城，天台四万八千丈，对此欲倒东南倾。"歌颂了天姥山的横空气势。

此外还有很多千古绝唱，如杜甫的《壮游》诗云："剡溪蕴秀异，欲罢不能忘。归帆拂天姥，中岁贡旧乡。"白居易的《沃州山禅院记》说："东南山水，越为首，剡为面，沃州、天姥为眉目。"这些诗歌广为传颂，天姥山成了人们无限向往的神奇仙景。

1993年、1994年和1999年，三次国际唐代文学和唐诗研究会在新昌召开，海内外一百三十多家报纸杂志都报道了新昌天姥山胜景，使其在国内外有着较高的声誉和地位。

鹿门山

鹿门山，原名为苏岭山，位于湖北省襄阳县东南20公里处，濒临汉江，南接霸王山。鹿门山体峭壁苍，烟树茏荫，景色秀丽，野花飘香，云雾缭绕，有如仙境一般。

山上有座鹿门寺，据《襄阳县志》记载，东汉光武帝在巡游苏岭山时梦见了山神，也就是两只梅花鹿。为了纪念这件事在山上兴建了山神祠，并在门前雕有两只石鹿，后世称之为鹿门寺，也由此得名鹿门山。鹿门寺是我国有名的佛教圣地，历来常有处贞、丹霞等名僧来此主持佛事。这里的建筑规模宏大、工艺精巧、古朴雅致，蔚为壮观。千百年来，海内外无数香客云集于此，佛光高照。在宋代时，鹿门寺最为兴盛。当时有佛殿、僧寮、斋堂、方丈室560多间。

鹿门山群峰环峙，林密石怪。汉末名士庞德公，唐代著名诗人孟浩然、皮日休、张子容、白云先生王迥等都曾在这里隐居，鹿门山由此闻名遐迩，后人称之为"圣山"。且唐以后有"鹿门高士傲帝王"的说法。

山上还有暴雨池、八卦池、天井、龙头、万年龟、庞公地王洞、孔明拜堂等景点，和鹿门寺共同组成了海内外闻名的文化旅游区。游客上山时，可尽情品味"竹露滴清响"的妙境，别有一番情趣。

自唐以来，就有很多关于鹿门山的瑰丽诗篇。如孟浩然的《登鹿门山怀古》："渐到鹿门山，山明翠微浅。岩潭多屈曲，舟楫屡回转。"《夜归鹿门歌》："山寺钟鸣昼已昏，渔梁渡头争渡喧。人随沙路向江村，余亦乘舟归鹿门。鹿门月照开烟树，忽到庞公栖隐处。岩扉松径长寂寥，唯有幽人夜来去。"阎防的《夕次鹿门山作》："双岩开鹿门，百谷集珠湾。喷薄湍上水，舂容漂里山。”杜甫《冬日有怀李白》：“短褐风霜入，还丹日月迟。未因乘兴去，空有鹿门期。”陈羽的《襄阳过孟浩然旧居》：“襄阳城郭春风起，汉水东流去不还。孟子死来江树老，烟霞犹在鹿门山。”

白兆山

白兆山又名碧山，位于湖北安陆市城西15公里。由太白峰、钵盂山、写经岭组成，锦峰秀岭，苍翠如绘。

饮酒图扇

此图巧妙地化用了李白“举杯邀明月，对影成三人”的诗意，将李白倚石饮酒时的神态淋漓尽致地表现了出来。

白兆山令许多人神往，这主要因为“诗仙”李白曾经在安陆隐居十年。李白在唐玄宗开元十五年（727年）“仗剑去国，辞亲远游”，来到了湖北安陆，此间给后人留下了很多脍炙人口的诗篇和诸多遗迹。

在山的西麓有白兆寺，寺门两侧刻有李白《山中问答》诗：“问余何事栖碧山，笑而不答心自闲；桃花流水窅然去，别有天地非人间。”现遗址还立有《重修白兆寺碑记》。此外还有《安陆白兆山桃花岩寄刘侍御绾》：“归来桃花岩，得憩云窗眠。对岭人共语，饮潭猿相连。”

在白兆寺南山腰有桃花崖，又名仙人洞，又称谪仙桃崖，明代李通儒《桃花崖》诗云：“地势下临郧子国，山光遥射楚王城，唯有桃花崖上客，曾闻李白醉吟声。”这是对李白在安陆白兆山的生平写照。山上有一清泉，传说是李白的洗笔池。山顶现存千年银杏一株，枝干苍劲，老态横生，也为此山作历史见证。

除此之外，白兆山曾经还是道教圣地之一，相传真武神（道教的祖师爷）被白兆山的秀丽山水所吸引，于是就在此山上建了修炼的道场。只是后来把道场又迁移到了武当山。白兆山上曾有祖师殿百余间，遗憾的是新中国成立前夕大都被大火烧毁。

如今，安陆市开辟了以白兆山为主体的太白游览线，著名的景点有白兆寺、桃花岩、李白读书台、太白堂、太白林、绀珠泉、洗脚塘、洗笔池等，且每个景点都有一个美丽的传说。这里峰回路转，山峦叠翠，常年鸟语花香，甘泉流长，是旅游观光、寻幽览胜的好地方。桃花岩下有一岩洞，名曰桃花洞，可容人通过。

五松山

五松山位于安徽省铜陵县东南2公里处。山顶处原有古松，据《舆地纪胜》记载“山旧有松，一本五枝，苍鳞老干，黛色参天”，所以得名“五松山”。“五松胜游”被列为铜陵八景之一。

五松山北临碧波荡漾的天井湖，南仰巍峨葱郁的铜官山，西隔玉带河与长江相望。这里风景秀丽，跃然登临，环顾四周，见长江蜿蜒，群峦逶迤，且“凉爽宜人，盛夏不知暑”。

李白曾三次登五松山，有诗赞曰：“五松何清幽，胜境美沃洲。萧飒鸣洞壑，终年风雨秋。响入百泉去，听如三峡流。”他在这里漫游、寓居，美丽的风光令他流连忘返：“我爱铜官乐，千年未拟还，要须回舞袖，拂尽五松山。”后人为了纪念李白，在此建立了太白书堂。

后世名人，如王安石、苏东坡、黄庭坚、王十朋、汤显祖等，都相继慕名来游，题诗、作赋。

唐诗中关于五松山的诗句有很多，如李白《五松山送殷淑》：“载酒五松山，颓然白云歌。中天度落月，万里遥相过。”《宿五松山下荀媪家》：“我宿五松下，寂寥无所欢。田家秋作苦，邻女夜舂寒。跪进雕胡饭，月光明素盘。令人惭漂母，三谢不能餐。”《纪南陵题五松山》：“圣达有去就，潜光愚其德。鱼与龙同池，龙去鱼不测。”此外，还有陈陶的《闲居杂兴五首》：“中原莫道无麟凤，自是皇家结网疏。长爱真人王子乔，五松山月伴吹箫。”

天台山

天台山位于浙江省天台县城北，东北—西南走向，西南连仙霞岭，东北遥接舟山群岛。是曹娥江与甬江的分水岭。主峰华顶山海拔1098米，多悬岩、峭壁、瀑布，其中以石梁瀑布最有名。以“佛宗道源，山水灵秀”而著称，且为“中华十大名山”之一。天台山物产丰富，有被称为“长生不老药”的乌药和“救命仙草”的铁皮石斛。

天台山的自然景观各有特色，最大的特点是古、清、奇、幽。自古以来有“天台山十景”、“天台八大景”、“天台山小十景”等不同的版本之说，其中，以曹文晦所拟的“天台山十景”为最初的版本，即赤城栖霞、双涧回澜、华顶归云、石桥雪瀑、寒岩夕照、桃源春晓、琼台夜月、清溪落雁、螺溪钓艇、南山秋色十景。此外，还有华顶、琼台、赤城山等名山，仙人洞、吊船岩等怪岩，石梁飞瀑、水珠帘等瀑布美景。天台山最著名的寺庙是隋代建立的国清寺，是我国保存完好的著名寺院之一。

东晋文学家孙绰在《游天台山赋序》中描写道："天台山者，盖山岳之神秀者也……夫其峻极之状，嘉祥之美，穷山海之瑰富，尽人神之壮丽矣。"明代大旅行家徐霞客也曾三上天台山，写下了两篇游记，并将《游天台山日记》列为《徐霞客游记》的首篇。清代著名学者潘耒在游览天台山后，发出了这样的赞叹："吾足迹半天下，所见名山岳镇多矣，大率山自为格，不能变换。掩众美、罗诸长，出奇无穷、探索不尽者，其惟天台乎……台山能有诸山之美，诸山不能尽台山之奇，故游台山不游诸山可也，游诸山不游台山不可也。"这些诗文都对天台山的自然景观给予了高度的评价。

1988年天台山被国务院批准为国家重点风景名胜区，1992年又被列为"浙江省十大旅游胜地"。

关于天台山的唐诗有很多，如孟浩然的《寻天台山》："吾友太乙子，餐霞卧赤城。欲寻华顶去，不惮恶溪名。歇马凭云宿，扬帆截海行。高高翠微里，遥见石梁横。"刘昭禹的《忆天台山》："常记游灵境，道人情不低。岩房容偃息，天路许相携。"灵澈《天姥岑望天台山》："天台众峰外，华顶当寒空。有时半不见，崔嵬在云中。"

黄山

黄山，位于安徽省黄山市，地跨境内歙县、休宁、黟县和黄山区、徽州区，面积1200平方公里，有"天下第一奇山"之称，是我国最著名的风景区之一，也是世界知名的游览胜地。主峰莲花峰，海拔1864米。

黄山在秦代称为黟山，唐玄宗天宝六年（747年）改称黄山。相传黄帝曾率手下大臣容成子、浮丘公在此修身炼丹，并最终得道升天，所以敕名黄山。

黄山七十二峰，布局错落有致，天然巧成，或崔嵬雄浑，或峻峭秀丽。其二湖、三瀑、十六泉、二十四溪相映争辉。黄山的春夏秋冬四季景色各有特色。

黄山还有"天然动物园"、"天下植物园"的美称，山中有植物近1500种，动物500多种。黄山气候宜人，是得天独厚的避暑胜地，也是国家级的风景名胜区和疗养避暑胜地。1985年，黄山入选全国十大风景名胜；1990年12月，黄山被联合国教科文组织列入"世界文化与自然遗产名录"，是我国第一个同时作为文化、自然双重遗产列入名录的。2004年2月，黄山入选世界地质公园。2007年5月8日，黄山风景区得到国家旅游局的正式批准，成为国家5A级旅游景区。

古今有很多关于黄山的诗词流传于世。诗仙李白留下吟咏黄山的诗句有很多，如《送温处士归黄山白鹅峰旧居》诗曰："黄山四千仞，三十二莲峰。丹崖夹石住，菡萏金芙蓉。伊昔升绝顶，下窥天目松。"《宿鰕湖》诗曰："鸡鸣发黄山，暝投鰕湖宿。白雨映寒山，森森似银竹。提携采铅客，结荷水边沐。半夜四天开，星河烂人目。明晨大楼去，冈陇多屈伏。当与持斧翁，前溪伐云木。”《夜泊黄山，闻殷十四吴吟》：“昨夜谁为吴会吟，风生万壑振空林。龙惊不敢水中卧，猿啸时闻岩下音。我宿黄山碧溪月，听之却罢松间琴。朝来果是沧洲逸，酤酒醍盘饭霜栗。半酣更发江海声，客愁顿向杯中失。”

灵岩山

灵岩山位于江苏吴县木渎镇附近，海拔182米，面积1800多亩。因为灵岩塔前有一块“灵芝石”，状似灵芝，山也因此得名。还由于山石的颜色为深紫，可以制砚，故又称砚石山。山的南面峭壁如城，传说吴王曾在山上筑有石头城，所以又叫石城山。又因远望如巨象，故别称“象山”。

灵岩山上有很多奇石，巨岩嵯峨，怪石嶙峋，旧有“十二奇石”或“十八奇石”之说。素有“灵岩秀绝冠江南”和“灵岩奇绝胜天台”的美誉。有形影不离的鸳鸯石，埋头藏泥的牛背石，隐身探头的蛇头石，俯首饮水的双牛石，状若仙人的和合石，形如蒲鞋的草鞋石，昂首攀游的石蛇，伸首隆背的石龟，两耳直竖的石兔，敲打有声的石鼓，状若发团的石髻，以及醉僧石、飞鸽石、蛤蟆石、袈裟石、飞来石，石马、石城、石室、石猫、石鼠等，惟妙惟肖，意趣横生。还有世界上最早的山上园林——吴王夫差在山巅建造的“馆娃宫”。

历代名人中有很多都登过灵岩山，如南朝梁简文帝萧纲、唐朝大诗人白居易、刘禹锡、韦应物、李商隐，宋朝范仲淹，明朝文徵明、唐寅、高启，清朝康熙、乾隆二帝以及现代田汉、邓拓等，他们都有吟咏灵岩山的诗文流传于世。如李白来此访古寻幽，曾有“旧苑荒台杨柳新，菱歌清唱不胜春；只今唯有西江月，曾照吴王宫里人”的诗句。白居易的《游灵岩寺》诗：“高高白月上青林，客去僧归独夜深。荤血屏除能对酒，歌钟放散只留琴。更无俗物当人眼，但有泉声洗我心。最爱晓亭东望好，太湖烟水绿沉沉。”

灵岩山图

泰山

泰山古称岱山，又名岱宗，春秋时改称泰山。泰山在山东中部，京沪铁路东侧，主峰在泰安市北，海拔1532.8米，绵亘济南、泰安、历城、长清等市县间，总面积426平方公里。泰山位列五岳之首，因地处东部，故称东岳。古人以东方为万物交替、初春发生之地，故泰山有“五岳之长”、“五岳独尊”的称誉。

几千年来，每逢帝王登基、太平之岁，君王多会到泰山举行封禅大典，祭告天地。相传，仅夏、商、周三代，就有七十二位君主到这里祭祀。《史记·封禅书》中就记载了秦始皇泰山封禅之事。

泰山地区在太古时代经历了剧烈的地壳抬升和沉降，终于在三千万年前形成了现在的泰山。泰山山势磅礴雄伟，峰峦峻拔突兀，景色壮丽秀美。汉武帝赞曰：“高矣，极矣，大矣，特矣，壮矣，赫矣，骇矣，惑矣。”西汉文学家东方朔也曾著文赞美：“盖将吞西华，压南衡，驾中嵩，轶北恒，微九河其线，委小六泽其杯，盈彼王屋、太行、终南、五老、岷、嶓、雁荡之秀，拔天台、会稽之奇。”诗仙李白诗有“凭崖望八极，目尽长空闲”之句，杜甫《望岳》诗云：“会当凌绝顶，一览众山小。”

泰山分为幽（登山东路）、旷（登山西路）、奥（后石坞一带）、妙（山顶）、秀（西麓）、丽（山麓）六个游览区。名胜有望人松、龙潭水库、柏洞、中天门、云步桥、仙人桥、附瞻台、对松山、日观峰、月观峰等。“旭日东升”、“晚霞夕照”、“黄河金带”、“云海玉盘”被誉为岱顶四大奇观。文物古迹有回马岭、王母池、斗母宫、红门宫、普照寺、五松亭、碧霞祠、南天门以及历代石刻，如被称为“榜书之宗”、“大字鼻祖”的经石峪《金刚经》石刻，唐玄宗御书《纪泰山铭》靡崖石刻等。

◎ 泰山祭祀

封禅祭祀是古代帝王在泰山上举行的祭祀天神地祇的仪式，包括“封”和“禅”两部分。所谓“封”，就是在泰山顶筑圆台以祭天帝，增泰山之高来向天表功；所谓“禅”，是在泰山之下的小山丘上积土筑方坛来祭地神，增大地的厚度来报福广恩厚。相传上古时期就有七十二代君王曾封禅泰山。自秦至清，史籍上确切记载的到泰山封禅祭祀的皇帝如秦始皇、汉武帝、唐高宗、宋真宗等共有十二位。宋真宗之后，帝王来泰山只举行祭祀仪式，不再进行封禅。

封禅大典是泰山独有的传统礼仪，构成了泰山崇拜与信仰的重要内容。因这种礼仪的执行者是历代帝王，故影响更为深远，从传说中的古史到宋代皇帝，形成了贯穿于原始社会和封建社会延绵相续的礼仪传统。

华山

华山，即太华山。古时候“华”与“花”通用，正如《水经注》所说：远而望之若花状”，由此得名。华山古称“西岳”，是五岳之一，位于陕西省华阴市境内，距西安市120公里，海拔2154.9米。

华山南接秦岭，北瞰黄、渭，扼守着关中地区进出中原的门户——长安，素有“奇险天下第一山”的美称。

华山是由一块完整硕大的花岗岩体构成的，历史衍化可追溯到1.2亿年前。据《山海经》记载：“太华之山，削成而四方，其高五千仞，其广十里。”现在的华山有东、西、南、北、中五座山峰，主峰有南峰“落雁”、东峰“朝阳”、西峰“莲花”。这三座山峰鼎立，“势飞白云外，影倒黄河里”，为“天外三峰”。唐代诗人杜甫《望岳》诗中“车箱入谷无归路，箭栝通天有一门”中的“一门”指的就是莲花峰的通天门。李白诗中有“石作莲花云作台”句，也是指此峰。此外，还有云台、玉女两座山峰相辅于侧，36座小峰罗列在前，虎踞龙盘，气象森森。因为山上气候多变，形成“云华山”、“雨华山”、“雾华山”、“雪华山”等，给人以仙境美感。华山还是九大观日处之一。华山观日处位于华山东峰，朝阳台为最佳地点。

华山是中华文化的发祥地之一，据清代著名学者章太炎先生考证，“中华”、“华夏”都是源自华山。《尚书》里就有关于华山的记载，《史记》中也记有黄帝、尧、舜巡游华山的事迹。秦始皇、汉武帝、武则天、唐玄宗等帝王也都曾到华山进行过大规模祭祀活动。

◎ 沉香劈山救母

“沉香劈山救母”说的是刘沉香劈开华山救出母亲三圣母的故事。三圣母是玉皇大帝的女儿，由于她和凡人刘玺结为夫妇，违犯了天条，被二郎神压在了华山西峰顶上的一块大石头下面。

三圣母的儿子刘沉香苦练武艺，用月牙铁斧劈开华山救出了母亲。现在，在华山西峰顶上仍有一块十余丈长，被截成三节的巨石，巨石旁边插着一把七尺高三百多斤重的月牙铁斧。

沉香劈山救母的故事在民间广为流传，深入人心。现如今被搬上戏剧舞台，秦腔剧“劈山救母”与京剧“宝莲灯”演唱的都是这个故事。

自隋唐以来，李白、杜甫等文人墨客咏华山的诗歌、碑记和游记多达千余篇。如李商隐《华山题王母祠》：“莲华峰下锁雕梁，此去瑶池地共长。好为麻姑到东海，劝栽黄竹莫栽桑。”白居易《题法华山天衣寺》：“山为莲宫作画屏，楼台迤逦插青冥。云生座底铺金地，风起松梢韵宝铃。”刘得仁《监试莲花峰》诗：“太华万余重，岧峣只此峰。当秋倚寥泬，入望似芙蓉。翠拔千寻直，青危一朵秾。气分毛女秀，灵有羽人踪。倒影便关路，流香激庙松。尘埃终不及，车马自幢幢。”

西塞山

西塞山，又名道仕洑矶、矶头山，在湖北黄石市东郊，是古樊楚三名山之一。横江一面，高174米，历史上就因其吴头楚尾的地理位置和险峻的地形集古战场和风景名胜于一身。从东汉末年到新中国成立前，在西塞山发生的战争有一百多场，关于西塞山的优美诗作近百篇。

西塞山风景秀丽，景色宜人，令人叹为观止。山北侧的桃花古洞，洞高3米左右，上圆下方，形同庙门，入洞2米处被钟乳石封闭，幽深古奥，神韵盎然。相传是唐代诗人张忠隐居钓鱼时休息或避雨躲风的地方。

在山体的东北悬崖之中曾有不少摩崖石刻，如“飞来船”、“鳌鱼石”、“虎豹关”、“蛟龙窟”、“云林得意”、“震标仟仞”以及“钟崖”、“佛掌”等等。在西塞山临江面的一块4米多高的碑石上，刻有“西塞山”三个大字，每个字见方达1平方米，甚为壮观，是明朝进士朱其昌手书。由此东移还有明进士吴国伦的“龙蟠虎踞”摩崖石刻。

在西塞山东边山下，有龙窟寺，是唐代遗址。寺内曾栽有一棵明朝留下来的牡丹花，传说一贾姓人家的丫环违背主人的意愿，帮助一个穷秀才赴京赶考，之后屈死，功成名就后的秀才来此地报恩，丫环借牡丹花以表清白，使牡丹花变得更洁白芳香、艳色迷人，此花于抗战时期被日本人抢走。

在西塞山的北峰有仿古建筑北望亭，登亭可俯视奔腾东去的江涛，江北散花洲和碧绿万顷的策湖。亭的正门“北望亭”三字是樊稼生题写。亭的北面有对联“骋怀今古千秋事，放眼乾坤万里心”。南面也有对联“形胜在吴头楚尾，风流于古往今来”。

此外，西塞山脚下东侧还有著名的道仕洑，在唐代称为楚雄镇，是长江沿岸的重镇之一，名扬四方。历史上在这里先后设置过京都、西陵县、土复镇、道仕洑镇和黄石城等。在汉、晋、隋、唐、宋、元、明、清时期，这里曾是繁华的政治、经济、文化中心城镇。遗憾的是，1935年日寇猛攻西塞险隘，使道仕洑这个千年古镇变成了一片废墟，古镇的雄貌现已荡然无存。

唐诗中，有的描写西塞山美景，如张志和诗云“西塞山前白鹭飞，桃花流水鳜鱼肥”；有的描写西塞山古迹，如王周诗云“千寻铁锁无人问，石壁空存道者形”；有的描写西塞山的雄伟气势，如李白诗云“回峦引群峰，横蹙楚山断”；韦应物诗云“势从千里奔，直入江中断”。

巫山

巫山，位于四川省巫山县东巫峡两岸，是重庆市的东大门，是游览长江三峡的必经之地，是长江三峡库区的重镇。巫山历史悠久，古迹纷呈，资源丰富。早在二百零四万年前“亚洲最早的直立人”——巫山人，就是在这里繁衍生息。巫

● 巫山神女

山风景秀丽，景色宜人，令人叹为观止。元稹流传千古的绝唱“曾经沧海难为水，除却巫山不是云”，就是对巫山万古不衰的神韵和魅力的经典概括。

巫山由十二峰组成，十二峰屏列大江南北，清代许汝龙《巫峡》诗云：“放舟下巫峡，心在十二峰。”巫山十二峰分别为登龙、圣泉、朝云、望霞、松峦、集仙、飞凤、翠屏、聚鹤、净坛、起云、上昇。

望霞峰最为秀丽，由于此峰每日最先迎来朝霞和最后送走晚霞，因此得名望霞峰。又因为峰顶矗立着一个人形般石柱，宛若亭亭玉立的少女，被人们视为神女的化身，所以又被人们称为神女峰。刘禹锡曾作《巫山神女庙》诗曰：“巫山十二郁苍苍，片石亭亭号女郎，晓雾乍开疑卷幔，山花欲谢似残妆。”

◎ 巫山八景

宁河晚渡：巫山县东的象鼻山下，大宁河水缓缓流入长江，日落时霞光灿烂，雾笼横江。

青溪渔钓：巫山城南青溪下游，有一山涧小溪汇入长江，流水潺潺，幽静秀美，是钓鱼的绝佳之选。

阳台暮雨：巫山城西高都山楚阳台，原建有古代殿宇高唐观。每到落日时分，烟雾凝结，云霞迷离。

南陵春晓：巫山城对岸南陵山山势巍峨。每到春季满山桃红梨白，百花争艳，春意盎然。好似巫山城的明媚春光，都来自南陵。

夕霞晚照：巫山城对岸东南，夕阳的光线落在杨柳坪石柱缝中，有一线红霞射出，于绿树丛中，分外讨喜。

澄潭秋月：大宁河东岸有一深潭，潭深千尺，清澄见底。每到秋季夜晚，月光如练，潭面如镜，倒映着月光。

秀峰禅刹：巫山城东北的五凤山上有明代建的秀峰寺，寺观周围翠柏环绕，鸟语婉转，令人心旷神怡。

女观贞石：在巫山城北女观山上，矗立一人形石，传说一女登山望夫，后化为石，又名望夫石。

除此之外，巫山还有“三台八景”景观。“三台”是授书台、楚阳台、斩龙台。巫山县旅游资源丰富，其中以二百零四万年前的龙骨坡“巫山人”遗址和两千年神女文化传说为代表，还包括春秋战国至秦汉时期的墓葬群、大昌古建筑群和古栈道、悬棺等文化景点。因此巫山县被国家旅游局评为十七个“中国旅游强县”之一，2000年被评为全国首批4A景区。

唐诗中有很多巫山诗句流传于世，除了元稹的“曾经沧海难为水，除却巫山不是云”外，还有李白《巫山枕障》：“巫山枕障画高丘，白帝城边树色秋。朝云夜入无行处，巴水横天更不流。”《古风其五十八》：“我到巫山渚，寻古登阳台。天空彩云灭，地远清风来。神女去已久，襄王安在哉。”杜甫《更题》：“只应踏初雪，骑马发荆州。直怕巫山雨，真伤白帝秋。”白居易《夜闻筝中弹潇湘送神曲感旧》：“缥缈巫山女，归来七八年。殷勤湘水曲，留在十三弦。”

窦圌山

窦圌山，又叫圌山，位于四川江油城北20公里的涪江东岸。传说唐代彰明（今属四川江油）主簿窦圌曾在这里隐居，后羽化飞升，成仙而去。“有仙则名”，于是在圌山的前面冠以窦姓，故名窦圌山。

窦圌山远看呈团形，南北走向，长2.8公里，宽1.68公里，面积约4.7平方公里。从山脚到山顶大约5公里，行道迂回盘旋，林木苍翠，景色秀丽。窦圌山以山势奇特、林壑幽美著名，是堪与青城、峨眉媲美的川北名山。

窦圌山有山巅三峰，拔地而起，海拔高度1140米。峰顶各有古庙一座，分别是东岳庙、窦真庙、鲁班庙。三峰之中仅西峰有险路可通行，其余的两峰由上下两根铁索组成悬桥相连。载人索道安全舒适，惊险刺激，圌岭铁索飞渡堪称神州一绝。

山下不远处是云岩寺，唐代始建，明末时被兵火焚毁，清代重修。寺前的山门外有李白题赞圌山石碑一通，上书“樵夫与耕者，出入画屏中”之句。这是李白在少年时游此山题下的千古绝句，后国民党元老于右任手书把此名句镌刻在了山中石碑上。

在云岩寺内珍藏有道教文物“飞天藏”。“飞天藏”又名“星辰车”，具有八百多年历史，车高9.82米。上下共有四层，上面雕塑有天宫楼阁，腰檐上有斗拱装饰，每层都雕有执笏人物，形神自如，体态潇洒，衣纹流畅，木柱和额枋上都施沥粉彩绘，更显精美巧妙，具有重要的历史、科学、艺术价值，举世无双，属于道教文物。1956年被四川省人民委员会公布为第一批省级文物保护单位。云岩寺于1988年被国务院公布为全国文物保护单位。

天山

天山是亚洲中部的一条大山脉，长约2500公里，宽约250公里—300公里，平均海拔约5000米。天山横贯我国新疆的中部。

天山的雪峰——博格达峰上的积雪终年不化，人们叫它“雪海”。在博格达的山腰上，有一个名叫“天池”的湖泊。池中的水都是由冰雪融化而成，清澈透明，像一面大镜子。洁白的雪峰、翠绿的云杉倒映湖中，构成了一幅美丽的图画，是新疆著名的旅游胜地。传说天池便是“瑶池”，是西王母会聚众神举行蟠桃盛会的地方。据《穆天子传》记载，三千年前的周穆王曾乘坐“八骏马车”西行天山，西王母在天池接见了他。穆王赠送大批锦绸美绢等中原特产，西王母则回赠了天山的奇珍瑰宝，并邀请穆王游览天山名胜。穆王亲书“西王母之山”，留作纪念。唐朝诗人李商隐有诗赞此盛会，诗云：“瑶池阿母倚窗开，黄竹歌声动地哀。八骏日行三万里，穆王何事不重来。”天山是古代丝绸之路的一个重要支线，《大唐西域记》记载玄奘去印度取经时曾经过这里。

唐代的边塞诗人对“天山”也多有提及，有时也用“天山”来指代塞外远疆之地，如骆宾王《晚度天山有怀京邑》诗云：“忽上天山路，依然想物华。”王维《燕支行》诗云：“鸣笳乱动天山月。麒麟锦带佩吴钩。”马逢《部落曲》诗云：“日暮天山下，鸣笳汉使愁。”杨师道《陇头水》诗云：“天山传羽檄，汉地急征兵。”朱湾《寒城晚角》诗云：“何况天山征戍儿，云中下营雪里吹。”

太行

太行，即太行山，又名五行山、王母山、女娲山。太行山是我国东部地区的重要山脉和地理分界线。耸立在北京、河北、山西、河南四省市间。

太行山山势东陡西缓，西翼与山西高原相连，东翼由中山、低山、丘陵过渡到平原。太行山中多雄关，例如位于河北的紫荆关，山西的娘子关、虹梯关、壶关、天井关等。

◎ 太行大峡谷的桃花洞

太行大峡谷在太行山南脉林州市境内，有“东方的科罗拉多”的美誉。大峡谷内的景区又称为“百里画廊”。景区地质、地貌齐全，各个地质时期的岩石出露明晰，被地质学家称为“天然地质博物馆”。

峡谷内有三九寒天桃花依然盛开的桃花洞，位于太行山半腰，海拔1700多米。桃花谷的四面各峰状如竹笋。谷上悬崖百丈，荆棘丛生。在谷的西南山顶高悬一飞瀑，深渊浅潭，清澈可鉴，水美之处竟可与九寨沟中“海子”相媲美，此处春时山花怒放，夏时绿草如茵，秋时红叶漫山。最神奇的当属谷内的两大奇观：盛夏三伏天，这里却湖水结冰，好似冬天；而在严冬季节，冰雪覆盖，百花凋谢，桃花洞周围的山桃花却凌寒怒放，桃花洞也因此而得名。

太行山形势险峻，历来是兵家必争之地。从春秋战国直到明清，两千多年间烽火不息。

公元前650年，齐伐晋，齐军入孟门，齐桓公曾悬车束马穿越太行。

公元前263年，秦伐韩，在太行山“决羊肠之险”，秦军从而一举攻夺韩荥阳城。

公元前204年，刘邦被困于荥阳、成皋之间。刘邦采纳郦食其的建议，北扼飞狐口，南守白马津，终于转危为安。

东汉元初元年（114年），汉安帝为了抵防外敌侵犯洛阳城，于是下诏在太行南端36处要冲屯兵。曹操军围临漳城，袁尚轻易率军出太行，结果大败。

太行图

东晋孝武帝太元十九年（394年），后燕慕容垂率军进伐西燕，在临漳西南屯军。西燕慕容永命令全部兵马堵塞太行山口，慕容垂遂引兵从滏口进入，灭了西燕。

隋朝末年，李世民与窦建德相争，李世民率兵进据虎牢，使窦建德不能越过太行山，李世民乘机占领上党，尽收河东之地。

太行山地处中原，常为唐代诗人们所传诵，如刘长卿《太行苦热行》诗云：“迢迢太行路，自古称险恶。”白居易《太行难》诗云：“太行之路能摧车，若比人心是坦途。”王昌龄《悲哉行》诗云：“北上太行山，临风阅吹万。”王建《斜路行》诗云：“斜路行熟直路荒，东西岂是横太行。”

阴山

阴山山脉横亘于内蒙古自治区中部，东段延伸至河北省的西北部，连绵1200多公里，南北宽50公里—100公里不等，是黄河流域的北部界线。阴山的蒙古语名字为“达兰喀喇”，意思为“七十个黑山头”。

阴山最大的特点是南北坡极不对称，南坡山势陡峭，而北坡山势较为平缓。阴山仿佛是一座巨大的天然屏障，阻挡了南下的寒流和北上的湿气，冷暖湿气在此相遇，导致阴山南麓的雨水较为充沛，适宜农业发展。

阴山山脉的主峰是西端的呼和巴什格山，海拔高度2364米。在土默特右旗东北有大青山主峰，海拔高度2338米。在黄河的北岸还有大狼山、大桦背山等，都是河套地区的北部屏障。山脉内部的盆地中心以及山前地带有数个积水形成的湖泊，其中以乌梁素海、岱海、黄旗海最为著名。山脉南侧的大黑河、昆都仑河都汇入黄河，但水量较小。

阴山地区的人类活动历史悠久，是内地汉族与北方游牧民族交往的重要场所。阴山山区现存有昭君墓（青冢）、战国赵长城、高阙鸡鹿塞、五当召（汉名广觉寺）、美岱召、百灵庙等名胜。山前乌兰图格草原和辉腾梁草原都是风景优美的旅游区。

古今有许多著名诗句描写阴山。如南北朝著名民歌“敕勒川，阴山下，天似苍穹，笼盖四野。天苍苍，野茫茫，风吹草低见牛羊”，又如王昌龄的“但使龙城飞将在，不教胡马度阴山”，元稹的“阴山鸣雁晓断行，巫峡哀猿夜呼伴”，戴叔伦的“汉家旗帜满阴山，不遣胡儿匹马还”等，都如实地描写了阴山的风光和人类活动。

蜀道

古蜀道，从广义上说，南起成都，经过广汉、德阳、梓潼等城，穿越大小剑山，经广元出川，在陕西褒城附近向西拐，之后沿着褒河穿过石门，穿越秦岭，出斜谷，直通八百里秦川，全长约1000多公里。从狭义上说，蜀道仅包括四川境内的路段，南起成都，北迄广元七盘关，全长约450公里。

蜀道内涵极其丰富，包含了四面八方通往古代蜀地的道路，其中有自三峡溯江而上的水道，由云南入蜀的僰道，有自甘肃入蜀的阴平道和自汉中入蜀的金牛道、米仓道、荔枝道等，另外也包括蜀地范围内的道路，此即为广义上的蜀道。通常学术研究中所提到的“蜀道”，则是一种狭义的概念，是由关中通往汉中的褒斜道、子午道、故道、傥骆道（堂光道），以及由汉中通往四川的金牛道、米仓道等。

无论在古代，还是现代，蜀道在我国历朝历代的经济和文化的发展中，都占有举足轻重的地位，在海上交通不发达的周代至南北朝这一漫长的历史时期里，蜀道是历代王朝政治中心——京都通往西南，乃至通往与西南临近国的交通要道，与连接东西的丝绸之路具有同样重要的意义。

李白的《蜀道难》：“蜀道之难，难于上青天，使人听此凋朱颜……剑阁峥嵘而崔嵬，一夫当关，万夫莫开。”张文琮的《蜀道难》：“飞梁架绝岭，栈道接危峦。揽辔独长息，方知斯路难。”王周的《路次覆盆驿》：“曾上青泥蜀道难，架空成路入云寒。如何却向巴东去，三十六盘天外盘。”这些诗更是让“蜀道”的奇险峻峭流传千古。

司空山

司空山，又名司空原，位于安徽省岳西县城西约40公里处。相传战国时有淳于氏官至司空，曾隐居于此，因此得名司空山。

山上传衣石是佛教二祖慧可传衣处，并有“二祖禅堂”。佛教禅宗认为：“潜山的天柱山是三祖僧灿的‘合掌立化’之地，岳西的司空山是二祖慧可‘遁迹修禅’之所”。由此可见，司空山在佛家的地位高过天柱山。

在隋唐期间，这里有一千八百多间寺舍，后来大半寺舍由于兵灾被毁，然而石坊、石槽却劫而未毁。司空山自南北朝以来就是高僧名士流连的胜地。古诗曰：“司空斜插一枝峰，压倒群山万千重。借问仙家何处有？鸡鸣犬吠白云中。”

司空山方圆七十里，主峰海拔1227米。《太湖县志》中记载司空山“一峰玉立，丹壁鬼工。仰望端岩，如画屏照海。西瞻卓绝，若峭笔插天。迤东绕北，则移步换形，变幻莫测”。

司空山风景秀丽，最著名的是古八景，即“太白书堂”、“银河夜月”、“南崖瀑布”、“赤壁丹砂”、“北岭松风”、“二祖禅刹”、“乌牛古石”和“洗马春池”，展现了司空山气韵万千的生动图景。诗仙李白曾吟诗赞美司空山：“断岩如削瓜，风光破崖绿。天河从中来，白云涨川谷。”据史料记载，唐至德二年（757年）李白随永王李璘举兵东征获罪后，为了避难，也因被司空山美境吸引，于是隐居在司空山中。后人为了纪念李白，在司空山左山坳的幽壑溪畔旁建立了“太白书堂”。现在司空山的岩壁上还刻有李白所作的《避地司空原言怀》诗篇：“卜筑司空原，北将天柱邻。雪霁万里月，云开九江春。”岩壁上还有明代进士罗汝芳镌刻的“太白仙踪”四个斗字以及他的“莫题诗”警世句。

南宋安抚使张德兴和农民起义军首领刘源聚兵合司空山，在此曾共同奋力抗元，并建立了“朝天宫殿”。太平天国将领陈玉成也曾率军在司空山练兵、扎营，由此司空山被誉为“英雄山”。

现在，堪称佛教圣地的司空山得到了政府的重视，寺庙、僧舍修葺一新。香火鼎盛，钟鼓声声，“司空胜境”更加名副其实。

青城山

青城山，位于在四川灌县城西南约15公里，是邛崃山脉的分支。全山林木葱翠，四季常青，诸峰环峙，状若城郭，故名青城山，相传黄帝封青城山为五岳丈人，故又称丈人山。

青城山是道教四大名山之一，东汉末年，道教创始人张道陵来青城山设坛布道，留下不少传说古迹，被后人尊为天师。晋唐以后山上宫观林立，极盛时多达

● 青城山图

一千余座。因此道教称其为“第五洞天”。

青城山丹梯千级，曲径通幽，自古就有“青城天下幽”的美誉，同剑门之险，峨眉之秀，夔门之雄齐名，自古青城山有“三十六峰”、“八大洞、七十二小洞”、“一百八景”之说。

青城山分为前山和后山。前山的主要景点有建福宫、天然图画、天师洞、朝阳洞、祖师殿、上清宫等。后山水秀、林幽、山雄，蔚为奇观，主要景点有金壁天仓、圣母洞、山泉雾潭、白云群洞、天桥奇景等。

青城山幽静的美景为历代文人墨客所推崇。当代国画大师张大千于20世纪40年代举家寓居青城山上清宫。他寻幽探胜，泼墨弄彩，画成巨幅《青城山全图》，供自己及家人卧游，并自号“青城客”。他曾说“看山还是故乡青”，“而今能画不能归”，可见他对青城山充满眷恋之情。

◎ 中国道教四大名山

除了四川青城山外，道教四大名山还有江西龙虎山、湖北武当山、安徽齐云山。

龙虎山是我国道教发祥地，道教正一派“祖庭”。原名云锦山，相传有九十九条龙在此集结。张道陵曾携弟子出入于山，炼丹修道，被誉为道教第一仙境。

武当山又名太和山。相传“武当”有“非真武不足以当之”之意。现存的三十六处宫观是我国现存最完整、规模最大、等级最高的道教古建筑群。

齐云山因“一石插天，直入云端，与碧云齐”而得名，又名白岳，清朝乾隆帝称其为“天下无双胜境，江南第一名山”。山下的河流与小村点成了“鱼眼”，构成了世界最宏丽壮观的天然太极图，被张三丰看破玄机，也因此成为道教名山。

此外还有另一说法，终南山也是四大道教名山之一，因王重阳全真教在此修道而得名。

青城山的秀丽风景曾吸引众多的唐代诗人前来游览，杜甫曾作《丈人山》咏赞曰：“自为青城客，不唾青城地。为爱丈人山，丹梯近幽意。”李真作诗曰：“春冻晓鞲露重，夜寒幽枕云生。岂是与山无素，丈人著帽相迎。”

齐山

齐山，位于安徽省贵池县城东南1.5公里处，地处九江、芜湖之间，水陆交通方便，上接庐山，下连九华山、黄山。

关于山名的来历有两种说法。一是说由于山上有十多个山峰，这些山峰的海拔等齐，故名齐山；二是说唐贞元年间，池州刺史齐映享有威名，并经常登此山，所以以其姓命山名。

齐山周围5公里，全山如伏虎昂首，从西南向东北绵延，直抵白沙湖滨，山质由石灰岩构成，由于长期风化、侵蚀，形成一派奇景，怪石嶙峋，洞窟幽深，岩壑秀美，峡峪险绝。齐山有华盖、朝天、石虎，无极等三十二洞窟；有醒翁、窦云等十三名岩；还有二峡峪十一名泉。据史料《齐山岩洞志》记载："山虽高不逾三十仞，周围不过十里，然而有益九华之秀，可与武夷、雁荡比美。"因此，齐山有"江南名山之胜"的美誉。

唐宋以来，历代都在此修庙，建亭阁、书院。杜牧《九日齐山登高》诗曰："江涵秋影雁初飞，与客携壶上翠微。尘世难逢开口笑，菊花须插满头归。"王勃的《游梵宇三觉寺》："杏阁披青磴，雕台控紫岑。叶齐山路狭，花积野坛深。"许坚的《登游齐山》："星使南驰入楚重，此山偏得驻行踪。落花满地月华冷，寂寞旧山三四峰。"韩翃的《送齐山人归长白山》："旧事仙人白兔公，掉头归去又乘风。柴门流水依然在，一路寒山万木中。"张乔的《宿齐山僧舍》："一宿经窗卧白波，万重归梦隔烟萝。若言不得南宗要，长在禅床事更多。"

宋代名将岳飞在池州驻兵时，曾登齐山的翠微亭，写下《池州翠微亭》诗："经年尘土满征衣，特特寻芳上翠微。好水好山看不足，马蹄催趁月明归。"此外，山上还存有大量的摩崖石刻，宋代包拯任池州知府时曾题刻"齐山"两个大字，至今仍清晰可见。

火焰山

火焰山，位于新疆吐鲁番盆地中部，古书称之为"赤石山"，当地人称"克孜勒塔格"，是"红山"的意思。

火焰山位于由吐鲁番向东去的路段中，东西蜿蜒起伏百余公里，南北宽约10公里，海拔高度平均约500米，是一座褶皱低山。最高峰在胜金口附近，海拔851米。

火焰山形成于喜马拉雅山运动期间，经历了漫长的地质岁月变迁，跨越了侏罗纪、白垩纪和第三纪等几个地质年代。山脉的雏形形成于距今1.4亿年前，基本地貌格局形成于距今1.41亿年前。

火焰山主要由赤红色砂、砾岩和泥岩组成，山体雄浑曲折。由于古代水流的冲刷，山坡上布满了道道沟壑，山上寸草不生，可谓荒山秃岭。到了盛夏，在灼热的阳光照射下，红色山岩热浪滚滚，绛红色的烟云蒸腾缭绕，热气流不断往上升，红色砂岩熠熠发光，好似熊熊烈焰正在燃烧，烟云缭绕，故名火焰山。这里是全国最热的地方，夏季最高气温达47℃，据说山顶气温可高达80℃。由于火焰山山石风化，形状怪异，人行其中，俨然进入童话世界。《西游记》中写孙悟空过火焰山、斗铁扇公主的故事，即以此为背景。

岑参有诗《火山云歌送别》云："火山突兀赤亭口，火山五月火云厚。火云满山凝未开，飞鸟千里不敢来。"又诗云："火山六月应更热，赤亭道口行人绝。"以及《经火山》："火山今始见，突兀蒲昌东。赤焰烧虏云，炎氛蒸塞空。"明代陈诚有诗曰："一片青烟一片红，炎炎气焰欲烧空。春光未半浑如夏，谁道西方有祝融。"

同火焰山的荒山秃岭形成鲜明对比的是一条条穿过山体的沟谷，沟底清泉淙淙、绿树成荫，形成了一条条狭长的绿洲带。其中以葡萄沟最为著名，另外还有木头沟、胜金口沟、苏巴什沟、连木沁沟等。在这些沟谷中，绿荫蔽日，风景秀丽，犹如一条条蜿蜒曲折的绿色玉带镶饰在火焰山中。这里盛产葡萄瓜果，是吐鲁番盆地内最为富庶的地区。关于火焰山和葡萄沟，还有一段美丽的民间传说，相传天山有个恶龙，专吃童男童女，英勇少年哈喇和卓同恶龙大战七天七夜，最终哈喇和卓将恶龙砍死，并将其剁成七段，染血的恶龙遗体就化成了今天的火焰山，恶龙的鲜血则化成了葡萄沟、木头沟等汩汩清流。吐鲁番丝路艺术馆中有哈喇和卓的泥塑像。

◎ 火山夕焰

在广西壮族自治区梧州市南还有一个火山，虽与新疆的火焰山名字相似，但特点完全不同。这座火山全山林木青翠，四季常青，因有"埋剑吐芒宵烛汉，藏珠浮映夜辉山"而得名。

传说南越王赵佗把剑藏在了此山中，所以夜里起火发光，约每三五天一次，由下至上漫延，直至山顶，故全山通红，火光冲天，但顷刻间就会熄灭。第二天山上依旧青翠葱郁。相传山下有个潭，水深无底，水中有颗宝珠，在初夏时便会浮出水面，如峨眉洛伽、南岳圣灯的形状，到时便会出现"火山夕焰"的奇观。

火山盛产荔枝，就是盛名全国的"火山荔"，每年四月成熟。明末屈大均在《广东新语》中记："火山荔枝与小华山、绿罗衣三种皆美绝。"关于火山，沈佺期有"身经火山热，颜入瘴江销"的诗句。

金华山

金华山，位于四川省射洪县金华镇涪江之畔，因“山贵重而华美”而得名。金华山在汉代称名“烟墩岭”。

金华山有很多古建筑散布山间，错落有致。山上林木翁郁，有国家级保护植物古柏千余株。行走在山中，山中无尘雨，却有空翠湿人衣的感觉。

金华山秀丽的风景，素为历代文人墨客所推崇。如杜甫晚年曾扶杖前来金华山，留下《野望》：“金华山北涪水西，仲冬风日始凄凄。山连越嶲蟠三蜀，水散巴渝下五溪。”《冬到金华山》：“涪右众山内，金华紫崔嵬。上有蔚蓝天，垂光抱琼台。”这些名篇描写了山中胜景，抒发了诗人心中的慨叹。此外，还有鲍溶的《秋暮送裴垍员外刺婺州》：“婺女星边气不秋，金华山水似瀛州。含香太守心清净，去与神仙日日游。”贯休的《游金华山禅院》：“兹地曾栖菩萨僧，旃檀楼殿瀑崩腾。因知境胜终难到，问著人来悉不曾。”

金华山的前山有金华道观。南朝梁武帝天监年间，敕令修建金华观。唐代曾更名九华观。公元1065年，宋英宗赐名玉京观。元仁宗延佑二年（1315年），道士陈若海扩建金华观，并重新以“金华观”为观名。明清时期多次修缮，现仍保存有20多座完整殿堂，以及千余株参天古柏。

后山有陈子昂读书台，是陈子昂青年时代读书的地方，原名读书堂，或称陈公学堂。在唐代大历年间，东川节度使鲜于叔明曾为陈子昂在读书堂前立旌德碑。中唐末期，由于政局混乱，战争频繁，读学堂衰废。宋代时，在其遗址建立了拾遗亭。《拾遗亭记》曰：“陈公读书台旧基，构大屋四楹，题之曰拾遗亭。”清道光时将读书台迁移至金华山后的梧岗，在墙上嵌有一尊明代的陈子昂石像和清代的木刻陈子昂传略。

八宝山

八宝山在湖北荆州市江陵县城西北8公里处，古称龙山，由八道崇岭组成，也叫八岭山。此山由北向南，绵亘三十余里，势如群龙腾舞，千骑竞发，茶海松涛，烟云笼翠，兼具雄伟幽深之胜，所以有“不到八岭山，不算到荆州”的说法。

八宝山“纵岭八道，蜿蜒若游龙”，因此被古人视为风水宝地。山中古墓密集，现今已探明的大型封土堆古墓葬就有498座，无封土堆古墓更是不计其数，其中以楚墓最多，汉墓次之，并兼有其他朝代的墓葬。较大的墓冢尚有400座左右，如狮子冢、童岭岗、杨家冢、仙女台、蓑衣冢、黄金冢、奇马冢、平头冢、火烧冢、青冢、双冢、沙冢等，规模庞大，宛若山峰。史载楚国的十八位楚王、五代南平国五代帝王，以及明代十一位藩王都厚葬在这座山中。如楚庄王墓在这里，前后有十个墓冢作为陪葬，气势非凡。辽简王及肃、靖、惠、恭、庄诸王的墓葬也都在八宝山的北面。墓葬出土文物丰富，越王勾践剑和彩漆木雕座屏都出土于此。1988年古墓群被列为全国重点文物保护单位，1992年4月国家林业部批准八宝山为国家森林公园。

八宝山地处荆州城、纪南城、万城三大古城之间，人文景观极为丰富，每一座大型古冢都有一个神奇的故事，每一个景点都有一段动人的传说。平头冢是八岭山特大的封土堆古墓之一，位于八岭山中部。相传蜀国名将关羽得到青龙偃月宝刀后，欣喜若狂，纵身上马，挥舞宝刀。当骏马驰过平头冢时，关羽兴起，对准古冢上部平削一刀，此冢即成平顶，“平头冢”因此得名。此外，山上还有马跑泉，水味清醇，明澈如镜，相传也是关羽行军至此时马跑出泉之处，旁边立有《汉关公马跑泉碑记》。李白游此地时，曾有“九日龙山饮，黄花笑逐臣，醉看风落帽，舞爱月留人”的诗句抒发情怀。明代张居正也有“笙风度云回仗影，洞龙衔雨听松声，仙城香霭何因见，怅望青霄拥翠屏”的佳句。

九华山

九华山与山西五台山、浙江普陀山、四川峨眉山并称为我国佛教四大名山，是“地狱未空誓不成佛，众生度尽方证菩提”的大愿地藏王菩萨的道场。

九华山又名陵阳山、九子山，因为九华山最为雄伟的九峰的形状好似莲花，故名九华山。九华山是皖南斜列的三大山系（黄山、九华山、天目山）之一，位于安徽青阳县西南，西北隔长江与天柱山相望，东南越太平湖与黄山同辉，是安徽“两山一湖”（黄山、九华山、太平湖）黄金旅游区的北部主入口、主景区。

九华山图

九华山群山众壑，以峰为主，溪流飞瀑，奇丽清幽。山势嶙峋嵯峨，共有99座山峰，其中以天台、天柱、十王、莲花、罗汉、独秀、芙蓉等九峰最为雄伟。其中十王峰最高，海拔高度1342米。九华山的主要风景集中在100平方公里范围内，包括九子泉声、五溪山色、莲峰云海、平冈积雪、天台晓日、舒潭印月、闵园竹海、凤凰古松等风景。山间古刹林立，香烟缭绕，古木参天，灵秀幽静，气象万千，宛如一幅清新自然的山水画卷，素有“莲花佛国”、“东南第一山”、“江南第一山”的美誉。现存寺庙78座，佛像6000余尊。著名的寺庙有甘露寺、化城寺、祇园寺、旃檀林、百岁宫、上禅堂、慧居寺等，收藏的文物达千余件。另外山中还有金钱树、叮当鸟、娃娃鱼等珍稀动植物。

◎ 中国佛教四大名山

九华山是我国佛教四大名山之一，另外三座佛教名山为五台山、普陀山、峨眉山。

五台山在山西五台东北，海拔3058米。五台山五峰高耸，峰顶平坦宽阔，如垒土之台，故称五台。最著名的庙宇是佛光寺和南禅寺，建于唐代，是我国现存寺庙中历史最悠久的唐代木结构建筑。

普陀山位于浙江东北部，是舟山群岛中的一个岛屿，最高峰佛顶山，海拔291.3米。岛上海景变幻，有潮音洞、千步沙、南天门、梵音洞等风景名胜二十多处。

峨眉山在四川峨眉县西南，海拔3099米，因山势逶迤，“螓首蛾眉，细而长，美而艳”得名。山上有报国寺、万年寺、伏虎寺、清音阁、洗象池等十多处风景名胜，金顶是观看日出、云海、佛光的佳地。

关于九华山的诗词传世很多，如李白诗云：“昔在九江（长江）上，遥望九华峰，天河挂绿水，秀出九芙蓉。我欲一挥手，谁人可相从？君为东道主，于此卧云松。”其中“天河挂绿水，秀出九芙蓉”之句成为描绘九华山秀美景色的千古绝唱。刘禹锡在山中游览时曾赞叹：“奇峰一见惊魂魄”，“自是造化一尤物”，“江边一幅王维画，石上千年李白诗”。北宋文学家王安石也赞曰：“楚越千万山，雄奇此山兼。”

玉垒

玉垒，即玉垒山，位于今四川省汶川县，形似刀劈斧削，屹立于威州镇东南。汶川旧八景中有“玉垒浮云”一景。

玉垒山高奇峻险，岑参曾有诗云：“玉垒天晴望，诸峰尽觉低。”

在玉垒山山巅，原本有修筑于明宣德年间的玉观峰寺院，如今因为年久失修，已经变成了废墟。

玉垒山上现存石刻三幅，分别刻于三国、明朝、清朝，最上方一幅刻有“玉垒山”三个字，相传是蜀后主亲书，字大盈尺。在“玉垒山”题下，存有明弘治中年的知州赵符节、千户赵方所题的“三雄秀”三个字。另一刻字是在清朝初年，无名氏所题的“三定诸蛮”四字。这三幅石刻都有较高的书法艺术价值。

杜甫《登楼》诗云：“花近高楼伤客心，万方多难此登临。锦江春色来天地，玉垒浮云变古今。北极朝廷终不改，西山寇盗莫相侵。可怜后主还祠庙，日暮聊为梁甫吟。”

太白峰

太白峰，也称太白山、太乙山，位于秦岭北麓，陕西眉县城南20公里处，南界洋县，东接佛坪，西南与留坝、凤县相连，是秦岭山脉的主峰，也是我国大陆东部的第一高峰，海拔3767米。

秦岭山脉是我国南方与北方的天然屏障，也是长江、黄河两大水系的分水岭。太白山作为秦岭山脉的主峰，高耸入云的雄伟气势，瞬息万变的气候神姿，令中外文人墨客无不神往。太白山风景秀丽，景色宜人，山峰高矗入云，终年积雪，每当盛夏，从关中平原眺望，太白山白雪皑皑，银光四射，令人叹为观止，旧有“武功太白，去天三百”之说。“太白积雪六月天”，是著名的关中八景之一。

太白山有悠久的历史，自古以来就是一座中华名山。夏商时称其为“物山”，在周代时叫“太乙山”，到了魏晋称为“太白山”。历代帝王对其封王加侯，文人墨客的足迹更是遍及太白山的山山岭岭，留下了许多赞美太白山景色的绝妙诗篇。如李白的《登太白峰》：“西上太白峰，夕阳穷登攀。太白与我语，为我开天关。愿乘泠风去，直出浮云间。举手可近月，前行若无山。一别武功去，何时复更还。”岑参的《太白东溪张老舍即事，寄舍弟侄等》：“渭上秋雨过，北风何骚骚。天晴诸山出，太白峰最高。”白居易的《酬王十八见寄》：“秋思太白峰头雪，晴忆仙游洞口云。未报皇恩归未得，惭君为寄北山文。”

唐代著名医药学家孙思邈，人称“药王”，长年隐居在太白山中，研究太白山中草药，为民治病，太白山至今还遗留着他采药走过的栈道和捣药的碓窝，而药王的传说故事，也在当地广为流传。

江河湖沼

诗人们最喜欢到处游历，很多诗人都有过游历天下的经历，诗人们通过游历不仅能够怡情怡性，而且能够结交到很多朋友，李白和杜甫这两位大诗人就是在游历途中成为朋友的。上一部分主要介绍“名山”，这一部分主要介绍唐诗中出现的一些江河湖沼。

长江

长江全长6300公里，是我国的第一长河，全世界第三长河，仅次于亚马逊河和尼罗河。长江流域总面积超过180余万平方公里，约占全国土地总面积的五分之一。

长江万里图（局部）

长江发源于我国西部，干流所经的省级行政区总共有十一个，从西向东依次为青海、四川、西藏自治区、云南、重庆、湖北、湖南、江西、安徽、江苏、上海。长江有雅砻江、岷江、嘉陵江、沱江、乌江、湘江、汉江、赣江、青弋江、黄浦江等重要支流，流经区域包括甘肃、贵州、陕西、广西、河南、浙江等省的部分地区。

长江干流各段名称不同：源头至当曲口（藏语称河为“曲”）称沱沱河，是长江的正源，出自青海省西南边境唐古拉山脉的各拉丹东雪山，长358公里；从当曲口到青海省玉树县境的巴塘河口，称为通天河，长813公里；从巴塘河口到四川省宜宾岷江口，称为金沙江，长2308公里；从宜宾岷江口到长江入海口，长约2800余公里，通称为长江，其中宜宾到湖北省宜昌间一段称为川江，奉节到宜昌间的三峡河段又有“峡江”之称，湖北省枝城到湖南省城陵矶间一段称为荆江，江苏省扬州、镇江以下一段又称为扬子江。

长江干流通航里程达2800多公里，素有三峡大坝“黄金水道”之称。三峡河段上有世界上最大的水利枢纽工程——三峡工程。此外，还有葛洲坝水电站等水利工程。

◎ 长江三角洲

长江三角洲是长江和钱塘江在入海处冲积形成的三角洲，包括江苏省东南部和上海市、浙江省东北部，属于长江中下游平原的一部分，面积为5万平方公里左右。三角洲顶点在镇江、扬州一带，北至小洋口，南临杭州湾。长江每年平均输沙量4亿吨—9亿吨，一般年份有28%的泥沙在长江中沉积，个别年份甚至高达78%，三角洲不断向海延伸。1958年—1973年平均每年向前移148米。长江三角洲属北亚热带季风气候，这里雨量充沛、有水乡泽国的美誉。土地肥沃，盛产水稻、棉花、蚕丝等，是我国人口最稠密的地区之一。长江下游和沪宁线两旁，有很多重要城镇，如上海市、苏州市、无锡市、扬州市等。其中，上海是我国最大的工商业城市，是世界著名的外贸港口，苏州、无锡是风景游览胜地。

长江源远流长，与黄河一起，是中华民族的摇篮，哺育了一代又一代中华儿女。

古往今来，有无数关于长江的诗词歌赋，唐代诗人关于长江的诗歌也不胜枚举，如李白《送别》：“云帆望远不相见，日暮长江空自流。”《送孟浩然之广陵》：“孤帆远影碧空尽，唯见长江天际流。”杜甫《登高》：“无边落木萧萧下，不尽长江滚滚来。”《梅雨》：“湛湛长江去，冥冥细雨来。”贾岛《题长江》：“长江频雨后，明月众星中。”白居易《得行简书闻欲下峡先以此寄》：“欲寄两行迎尔泪，长江不肯向西流。”崔季卿《晴江秋望》：“八月长江万里晴，千帆一道带风轻。”窦巩《放鱼》：“好去长江千万里，不须辛苦上龙门。”李洞《赋得送贾岛谪长江》：“行傍长江影，愁深汨水魂。”

黄河

黄河，我国第二长河，世界第五长河，是世界上含沙量最大的河流。由于泥沙淤积，黄河的大部分河段里，河床都高于流域内的城市、农田，因此被称为“悬河”。在魏晋时期黄河下游因河水混浊有“浊河”之称。

黄河源于青海巴颜喀拉山，向东注入渤海，流经青海、四川等九个省、自治区，全长5464公里，流域面积75万平方公里，年径流量574亿立方米，但是黄河水量不及长江、珠江。黄河沿途汇集有三十五条主要支流，较大的支流在上游，如湟水、洮河等，中游有清水河、汾河、渭河、沁河等，下游有伊河、洛河等。黄河上、中游的分界点是内蒙古自治区托克托县河口镇，中下游的分界点是河南孟津。黄河在我国北方蜿蜒流动，从高空俯瞰，宛如一个巨大的“几”字。

河流决口后，改变了原来的河道而另循新道，称为“改道”。黄河多沙善淤，变迁无常，改道现象频繁，黄河下游的河道改道影响更重。据不完全统计，见于记载的黄河下游决口泛滥约有一千五百多次，有七次重大的改道，对我国黄淮海平原的地理环境影响巨大。第一次发生在周定王五年（前602年），洪水从宿胥口（今淇河、卫河合流处）夺河而出，至章武（今河北沧州）入渤海。第二次发生在汉武帝元光三年（前132年），黄河在今河南濮阳西南瓠子决口，向南由泗水（今属山东）入渤海。第三次发生在王莽建国三年（11年），黄河在今河北临漳县西决口，向东南经今河南南乐、山东朝城、聊城，到禹城又向北行，到利津一带入渤海。第四次发生在北宋仁宗庆历八年（1048年）六月，黄河冲决澶州商胡埽（今属河南濮阳），向北直奔大名，经聊城向西到达今河北青县境与卫河相合，然后由天津入渤海。第五次发生在南宋建炎二年（1128年），东京守将杜充在滑州（今河南滑县）人为决开黄河堤防以抵御金兵南下，造成黄河向东南分由泗水和济水入海。黄河由北入渤海改而南入黄海。第六次发生在清咸丰五年（1855年），黄河在河南兰阳（今河南兰考境内）铜瓦厢决口改道，再次摆回到北面，由利津入渤海。最近一次是在1938年，国民党政府消极抗日，人为扒开花园口大堤，企图以洪水来阻止日本侵略军的西进。黄河又向南流入淮河，直到1947年堵复花园口后，黄河才回归北道，自山东垦利县入海。黄河改道迁徙的范围大体上是在以孟津为顶点，北至天津、南界淮河的大三角洲上。

提及黄河的古诗如恒河沙数一般，不胜枚举，如李白《将进酒》："君不见，黄河之水天上来，奔流到海不复回。"王之涣《登鹳雀楼》："白日依山尽，黄河入海流。"《凉州词》："黄河远上白云间，一片孤城万仞山。"

平羌江

平羌江在四川省乐山市北，自平羌峡以下至乐山一段江流，古称平羌江，又名青衣江、雅河、若水。"若水"之名出自老子《道德经》"上善若水"一句，著名文学家郭沫若先生就生于平羌江和大渡河的交汇处，"沫"是大渡河的古称，所以以"沫若"为名。

平羌江的主源是宝兴河，发源于邛崃山脉巴朗山与夹金山之间的蜀西营，海拔高度是4930米，流经宝兴，在飞仙关处与天全河、荥经河汇合后，始称平羌江。之后经雅安、洪雅、夹江在乐山草鞋渡汇入大渡河。

平羌江上、中下游的分界点是飞仙关，河流总长是289公里，落差2844米，流域面积12897平方公里。

平羌江的主要支流是周公河和玉溪河，周公河是平羌江右岸的一级支流，玉溪河又称芦山河，位于芦山县宝胜乡，跨流域灌溉了芦山、邛崃、蒲江、名山等县几千万亩耕地。

峡区河道蜿蜒，江水碧蓝，两岸风光绮丽，且沿江古迹甚多，久负盛名，李白《峨眉山月歌》："峨眉山月半轮秋，影入平羌江水流。夜发清溪向三峡，思君不见下渝州。"

钱塘江

钱塘江是我国东南沿海地区的主要河流之一，是浙江省的最大河流。钱塘江河道在杭州附近曲折呈"之"字形，所以又名之江、曲江、浙江。钱塘江发源于安徽省黄山市休宁县的青芝埭尖，全长605公里，主要支流有乌溪江、金华江、新安江、分水江、浦阳江等。干流各段随地而名，自发源处到衢州有江山港和乌溪江汇入，称为衢江；到兰溪市有金华江汇入，称为兰江；到梅城与新安江汇合成为干流，称为桐江；桐庐以下称为富春江；闻家堰以下才称为钱塘江。

浙江海宁有世界上最壮观的海潮——"钱塘潮"。钱塘潮至迟在东汉就已形成。王充《论衡·书虚篇》提到"浙江、山阴江、上虞江皆有涛"，又说当时浙江一带"皆立子胥之庙，盖欲慰其恨心，止其猛涛也"。

● 钱塘观潮

钱塘潮成因除月、日引力影响之外，还与钱塘江口的喇叭状有关。杭州湾口南北两岸相距约100公里，至钱塘江口缩小到20公里，再上至海宁盐官，仅宽2.5公里。江口东段的河床又突然上升，滩高水浅，当大量潮水从江口涌入时，由于江面迅速缩小，加上江底的大量沉沙阻碍了潮流的涌入，从而形成后浪赶前浪，一浪叠一浪，一浪高一浪，层层相叠的涌潮。

每年的农历八月十八前后，秋阳朗照，金风宜人，是观潮的最佳时节。钱塘江口的海塘上，游客群集，争睹奇观。王维作有咏潮的诗句："日落江湖白，潮来天地清。"写出了海潮的巨大气势，也写出了海潮的壮观美。此外，还有李廓《忆钱塘》："一千里色中秋月，十万军声半夜潮。"孟浩然《与颜钱塘登樟亭望潮作》："惊涛来似雪，一座凌生寒。"李白《横江词》："海神东过恶风回，浪打天门石壁开。浙江八月何如此，涛如连山喷雪来。"白居易《潮》："早潮才落晚潮来，一月周流六十回。不独光阴朝复暮，杭州老去被潮催。"徐凝《观浙江涛》："浙江悠悠海西绿，惊涛日夜两翻覆。钱塘郭里看潮人，直至白头看不足。"

◎ 钱塘江观潮

观赏钱塘秋潮，有三个最佳位置。海宁县盐官镇东南的一段海塘为第一佳点。这里的潮势最盛，并且以齐列一线为特色，所以有"海宁宝塔一线潮"的赞誉。第二个观潮佳点是盐官镇东8公里的八堡，可以观赏到撞头潮的奇景。潮流速度南快北慢，潮头渐渐分为两段。速度较快的南段称为南潮，迟迟不前的北段潮头来自东方，故称东潮。当南潮扑向岸上再被激荡调头，恰与蜗行牛步的东潮撞个满怀。第三个观潮佳点是盐官镇西12公里的老盐仓，可以欣赏到"回头潮"。江心处立有一道高9米，长650米的"丁字坝"，潮头冲到丁字坝头，被反射折回撞向对面的堤坝。

建德江，就是钱塘江流经浙江建德境内的一段。孟浩然有诗《宿建德江》云："移舟泊烟渚，日暮客愁新。野旷天低树，江清月近人。"

秦淮河

秦淮河是南京的第一大河，分为内河和外河。内河在南京城中，是十里秦淮最繁华的地方。

秦淮河有两处源头，东部源头是句容市宝华山，南部源头是溧水县东庐山。这两个源头在江宁区的方山埭交汇，然后从东水关流入南京城。秦淮河由东向西横贯南京市区，南部从西水关流出，注入长江。

秦淮河古称淮水，又名“龙藏浦”，全长约110公里，流域面积2600多平方公里，是南京地区主要河道。

自古以来秦淮河就极有名气，传说秦始皇东巡时，看见金陵（今江苏南京）上空紫气升腾，认为是王气，为了防止被别人夺其江山，于是凿引淮水，横贯城中，因是秦时所开，所以称为“秦淮”。其实，淮水改称“秦淮”是从唐代开始的，据《建康志》记载，“秦淮二源合自方山埭，西注大江，分别屈曲，不类人功，疑非秦皇所开”。可见，秦始皇开凿秦淮河只是一种传说。

秦淮河是南京文化的摇篮，孕育了南京的古老文化，被称为“南京的母亲河”。远在石器时代，秦淮沿岸就人烟稠密，经济发达。沿河两岸，自东吴以来一直是繁华的商业区。从南朝开始，秦淮河两岸聚居了众多的名门望族。秦淮河的两岸酒家林立，夜夜笙歌，无数商船昼夜往来于河上，许多歌女寄身其中，轻歌曼舞，丝竹缥缈，才子文人流连忘返，佳人故事留传千古。

六朝时，秦淮河畔的乌衣巷、朱雀桥、桃叶渡成为文人墨客聚会之地，千百年来传颂不衰。乌衣巷是六朝秦淮风流的中心，东晋时曾经聚居了王导、谢安两大望族而誉满天下。唐诗中关于乌衣巷的诗有很多，如刘禹锡的《乌衣巷》：“朱雀桥边野草花，乌衣巷口夕阳斜。旧时王谢堂前燕，飞入寻常百姓家。”

◎ 秦淮八艳

秦淮八艳指明末清初在南京秦淮河畔留下凄婉爱情故事的八位才艺名妓，又称金陵八艳。秦淮八艳的事迹，最早见于余怀《板桥杂记》，记述了顾横波、董小宛、卞玉京、李香君、寇白门、马湘兰等六人。后人又把柳如是、陈圆圆加入，遂成八艳。除马湘兰外，其余几人都经历了由明到清的改朝换代的动乱。当时很多明朝官员贪生怕死、卖国求荣，而秦淮八艳虽是社会最底层的妇女，却能在国家存亡的危难时刻，表现出崇高的爱国民族气节。除此之外，在诗词和绘画方面她们都有很高的造诣，个个能诗善画，只是大部分已经佚失，只有柳如是的作品较多地保留下来。

隋唐以后，秦淮河渐趋衰落，却引来无数文人骚客凭吊，咏叹“旧时王谢堂前燕，飞入寻常百姓家”。到了宋代，秦淮繁华逐渐复苏，并成为江南文化的中心。明清两代更是十里秦淮的鼎盛时期，这里富贾云集，青楼林立，画舫凌波，成江南佳丽之地，这里素为“六朝烟月之区，金粉荟萃之所”。但到了近代，由于战乱等原因，秦淮河水日渐污浊，两岸建筑多被毁坏，昔日繁华景象已不复存在。1985年以后，江苏省南京市拨出巨款对这一风光带进行修复，秦淮河又再度成为著名的游览胜地。

古往今来有无数关于秦淮河的诗词歌赋，唐代诗人关于秦淮河的诗歌也不胜枚举，如杜牧《泊秦淮》：“烟笼寒水月笼沙，夜泊秦淮近酒家。商女不知亡国恨，隔江犹唱后庭花。”罗隐《金陵夜泊》：“冷烟轻淡傍衰丛，此夕秦淮驻断蓬。”刘禹锡《金陵五题·江令宅》：“南朝词臣北朝客，归来唯见秦淮碧。”

南湖

南湖，位于浙江省绍兴市南，原名为庆湖，又名长湖、镜湖，是我国东南部著名的水利工程——古鉴湖湮没废弃后的剩余部分。

南湖有着悠久的历史。在东汉时，会稽太守马臻引山阴、会稽两县三十六处水源为湖，总面积达200多平方公里。到唐朝时，才称为南湖，唐代中叶之后南湖逐渐淤积。到了北宋时期，地主豪奢在湖上建筑堤堰，围湖垦田，使湖的面积大为缩减。

如今所见的南湖，长约15公里，面积仅为3平方公里。保存下来的遗迹有湖塘、容山湖、扆石湖、白塔洋。湖滨有马臻墓、陆游故里、三山、快阁遗址等古迹。

南湖水质清澈，含有丰富的钙和微量元素，是酿造“绍兴黄酒”的极佳水源。由其湖水酿造出来的绍兴黄酒醇香扑鼻，驰名中外。

◎ 马臻

马臻字叔荐，东汉茂陵人，一说山阴人。东汉永和五年（140年），为会稽太守，到任之初就对农田水利作了详尽的考察，制订了治水规划，急百姓之疾苦，营建鉴湖（南湖的前身），使九千余顷荒芜之地，变成了稻麦丰熟的良田。因这项工程使地主豪绅霸占的沿湖田地受损，马臻被地主诬陷害死。马臻虽死，而鉴湖幸存，一千多年来在当地农业生产中发挥着重大作用。为了纪念他，在南湖的东畔建有马臻墓，是由清代嘉庆十二年（1807年）候选太守使司理间张元熙等捐建的。墓葬朝南，墓前青石牌坊肃立，上刻“利济王墓”四大字，“利济王”是北宋仁宗赐给马臻的封号。在墓的旁边建有庙。于唐开元年间创建，现存马臻庙是清代晚期重建的。庙的墙壁上，原绘有三十二幅马太守治水的彩画，现在遗迹仍依稀可辨。

南湖一带是典型的江南水乡风光，湖上桥堤相连，渔舟时现，青山隐隐，绿水迢迢。王羲之曾作诗：“山阴道上行，如在镜中游。”称赞南湖风景如画，唐代诗人关于南湖的诗歌也不胜枚举。如李白《越女词》之五：“镜湖水如月，耶溪女如雪。”《梦游天姥吟留别》：“我欲因之梦吴越，一夜飞渡镜湖月。”《登单父陶少府半月台》：“水色渌且明，令人思镜湖。”朱庆馀《南湖》：

“湖上微风小槛凉，翻翻菱荇满回塘。野船著岸入春草，水鸟带波飞夕阳。”贺知章《回乡偶书》：“离别家乡岁月多，近来人事半消磨。唯有门前镜湖水，春风不改旧时波。”

桃花潭

桃花潭在安徽省泾县城西南40公里处的翟村，南临黄山、西接九华山，与太平湖紧紧相连。景区内自然景观和人文景观融为一体，既有清新秀丽、苍峦叠翠的皖南风光，可观赏山川的灵气，又有保存完整、风格独特的古代建筑，可抒发思古的幽情。

桃花潭美名远扬，此处风景犹如《桃花源记》所述的武陵。唐玄宗天宝年间，泾县豪士汪伦听说大诗人李白居住在南陵叔父李冰阳的家里，特别高兴，于是给李白写了一封信说此地有“十里桃花，万家酒店”。接到信后李白欣然而来，汪伦解释说：桃花者，实际是个潭名，十里桃花是说十里外有桃花潭；万家酒店，并不是指酒店多，而是说在潭西有位东家姓万的酒馆。李白听后大笑不止，没有生气反而被汪伦的真挚所感动。桃李花开，潭水深碧，清澈晶莹，翠峦倒映，李白与汪伦一起喝酒赏景吟诗，流连忘返，也留下了千古绝唱《赠汪伦》：“李白乘舟将欲行，忽闻岸上踏歌声。桃花潭水深千尺，不及汪伦送我情。”桃花潭因此流芳千古。潭边至今仍有汪伦墓碑文“唐史官汪讳伦也之墓”相传是李白所题写。今尚存“踏歌古岸”楼阁、酌海楼和纪念李白的文昌阁。文昌阁建于清乾隆年间，仿北京天坛形状，阁内有浮雕装饰，气宇轩昂，有清翰林、书法家赵青藜题写的碑记和“文光射斗”巨匾。

根据县志《桃花潭记》记载：“层岩衍曲，回湍清深”，“清泠皎洁，烟波无际”。峭岩上古藤漫布，烟雾缭绕，朝阳夕晕，湖光山色相映成趣。驾一叶扁舟泛游水上，一篙新绿，微波涟漪，足见“千尺潭光九里烟，桃花如雨柳如绵”。

在桃花潭的东岸，有东园古渡，是汪伦踏歌送别李白的地方，明朝时曾在此筑建踏歌岸阁。桃花潭四周点缀着众多的自然人文景观，如屹立千年的垒玉墩、深藏奥妙的书板石、李白醉卧的彩虹岗、踏歌声声的古岸阁、青砖黑瓦的古民居

李白斗酒量

等等。沿桃花潭水而上，是皖南山区最大的陈村水电站，登上电站大坝，极目远眺，面对的就是闻名于世的同黄山一衣带水“黄山情侣”太平湖，从这里乘游艇可直达黄山脚下。

渼陂

渼陂，原名五味陂，故址在今陕西户县（今属西安）西南，是唐代著名的游览胜地。陂，指池塘，渼陂实际上是终南山谷中之水和胡公泉水汇集而成的一个湖泊，周围十四里。关于名称中的“渼”字，有两种说法。一说因所产鱼味美得名，如《十道志》记载：“本五味陂，陂鱼甚美，因误名之。”苏轼也曾为渼陂鱼所倾倒：“烹不待熟指先染，香粳饱送如填堑”。一说因水味美得名，如《杜诗详注》引朱鹤龄注为：“渼陂，因水味美，故配水（偏旁）以为名。”

渼陂一汪清池，水天相连，鹭飞蓝天，鱼翔浅底，画船竞游，丝竹清音，气象万千。这种美景曾引来无数达官显贵、文人墨客，如杜甫、岑参、白居易、韦庄、郑谷、韦应物等前来游览，或饮酒泛舟，吟诗作赋，或在湖畔建亭阁、书斋，修身养性。白居易曾在渼陂南岸不远处的割耳庄建巢阁书斋；郑谷、韦庄在北岸处建亭阁，并留下大量诗篇。韦庄曾吟道：“一径寻村渡碧溪，稻花香泽水千畦。云中寺远磬难识，竹里巢深鸟易迷。紫菊乱开连井合，红榴初绽拂檐低。归来满把如渑酒，何用伤时叹凤兮。”宋代名士程颢，少年得志，誉满天下，曾作《春日偶成》诗：“云淡风轻近午天，傍花随柳过前川，时人不识余心乐，将谓偷闲学少年。”

唐代大诗人杜甫的《渼陂行》可以说是一幅渼陂的速写，诗云：“岑参兄弟皆好奇，携我远来游渼陂。”“凫鹥散乱棹歌发，丝管啁啾空翠来，沈竿续蔓深莫测，菱叶荷花静如拭。宛在中流渤澥清，下归无极终南黑。”《城西陂泛舟》：“春风自信牙樯动，迟日徐看锦缆牵，鱼吹细浪摇歌扇，燕蹴飞华落舞筵”。诗圣杜甫寥寥数语，生动地记录了当时的渼陂胜景，成为千古美谈。

时光荏苒，到了明清时期，渼陂已经成为一条细流，舟游已成往事，两岸尽是稻田。清代康如琏曾有“子美当年夸胜游，于今此地不通舟”，“昔日歌舞繁华地，今日稻粳为民利”，“从此渼陂千百顷，空翠堂称丰乐亭”的诗句。连宋代为了纪念诗圣杜甫所修的空翠堂都改称为庆贺丰收的丰乐亭了。

现如今渼陂遗迹再难寻觅。由于气候变化及工业用水的过量开采，上流的胡公、白沙诸泉已相继干涸，两岸的稻田也成了旱地。近年来由于政府的重视，各界人士的帮助，开始修复渼陂，可惜现在的渼陂湖，虽也烟波浩渺，却不及原陂的十分之一，还待进一步修建。

华清池

华清池，又称华清宫，位于陕西西安临潼区城南骊山西北麓，距历史文化名城西安仅30公里，是陕西有名的温泉之一，华清池水温为43℃，水中含有多种化学成分，适宜沐浴疗养。相传秦始皇在骊山触怒神女，被唾一脸，后即发疮，始皇求恕，神女用温泉水给他洗好，因而又名神女汤。自古以来，华清池就是游览观光的胜地，是全国第一批重点风景名胜区，1997年国务院公布华清宫遗址为全国第四批重点文物保护单位。

华清池的历史可以追溯到原始社会。远在六千年前的氏族社会，这里就有原始人类活动的足迹，他们是骊山温泉最早的利用者。西周末期周幽王就在今华清池所在地修建了“骊宫”；秦始皇也在此“砌石起宇”，名曰“骊山汤”；汉武帝时，在秦的基础上进行了修葺；北周武帝造“皇堂石井”；隋文帝于开皇三年（583年）重新进行了修饰，为了美化环境而“列松柏数千株”，以点缀温汤美丽的风景。

唐贞观十八年（644年）营建“汤泉宫”，唐太宗李世民亲笔御书《温泉铭》。公元671年改名为温泉宫，后来又于天宝六年（747年）再行扩建，改称“华清宫”。“高高骊山上有宫，朱楼紫殿三四重”，宫城以温泉总源为轴心向四周辐射展开，不但合理地利用了温泉，而且又体现了皇宫严谨的布局。至此，华清池达到了它的历史鼎盛时期。为了祀神，玄宗又在华清宫建长生殿，名为集灵台。唐代诗人白居易《长恨歌》“七月七日长生殿，夜半无人私语时”，即指此。华清池是因为唐玄宗与杨贵妃的爱情而著称的。据史料记载，从公元745年至公元755年的每年十月，唐玄宗都要和贵妃、亲信大臣来华清宫“避寒”、沐浴温泉，并在此处理朝政，因此华清宫逐渐成为了政治中心。安史之乱后华清宫由盛转衰。

华清池因临近京城的地理位置，秀美的骊山风光及自然造化的天然温泉，吸引了在陕西建都的历代天子。周、秦、汉、隋、唐等历代封建统治者都把这块风水宝地作为了他们的行宫别苑。围绕朝代的兴亡交替，华清池的盛衰变化，无数文人雅士都来到此地寻古觅幽，感叹咏怀，如白居易《长恨歌》：“回眸一笑百媚生，六宫粉黛无颜色。春寒赐浴华清池，温泉水滑洗凝脂。”“后宫佳丽三千人，三千宠爱在一身。金屋妆成娇侍夜，玉楼宴罢醉和春。”“在天愿作比翼鸟，在地愿为连理枝。天长地久有时尽，此恨绵绵无绝期。”杜牧《过华清宫》：“长安回望绣成堆，山顶千门次第开。一骑红尘妃子笑，无人知是荔枝来。”这些流传千古、脍炙人口的诗词歌赋，成为我国古代文化遗产的重要组成部分。

◎ 骊山

华清池位于景色翠秀、美如锦绣的骊山西北麓。骊山是秦岭山脉的一个支脉，最高峰九龙顶海拔为1301.9米。骊山由东西绣岭组成，山势逶迤，树木葱茏，从远处看，宛如一匹苍黛色的骏马，故名骊山。骊山又名“绣岭”。每当夕阳西下，骊山在金色的晚霞的照耀下，格外绮丽迷人，故有“骊山晚照”的美誉。骊山上景观众多，在半山腰“斑虎石”处有为纪念西安事变而建的兵谏亭，从兵谏亭往西直上可到“晚照亭”。在晚照亭，可以将整个华清池尽收眼底。西绣岭第三峰上有老君殿，第二峰上有“老母殿”，第一峰上有烽火台，“烽火戏诸侯，一笑失天下”的典故就发生在这里。东绣岭上有“石瓮寺”。东西绣岭之间的石翁谷中有“遇仙桥”。

华清池在我国现代革命史上也有重要地位，1936年12月12日震惊中外的“西安事变”就发生于此，华清池内至今仍完整地保留着当年蒋介石行辕旧址五间厅。建国后进行了修葺、扩建，华清池虽不及唐时规模宏大，但也不亚于昔日的富丽典雅。1959年，文学家郭沫若亲笔题下“华清池水色清苍，此日规模越盛唐。不仅宫池依旧制，而今庶民尽天王”。

桃花江

桃花江，原名阳江，是漓江的支流，发源于广西灵川县的恩磨山和维罗岭，自北往南贯穿桂林的西郊，流经市区入漓江。全长约25公里。

传说桃花江的源头有华岩洞，经常有片片桃花从洞中流出，江由此得名。桃花江的河道狭窄而且迂回曲折，大弯小弯不计其数，素有九曲十八湾的称誉。

桃花江原来在雉山西麓汇入漓江，后来明代时在象山开挖城壕，故在象山被导入漓江。桃花江流经之地大部分是石灰岩构造，江水澄澈透明。

桃花江清幽恬静，明澈如镜，沿岸山峰奇巧。雉山是桃花江下游著名的风景点，孤峰屹立，上部侧起势如山雉昂首欲飞，山下有岩，宋代建有雉山寺、楔亭和青罗阁等，惜已湮没。沿桃花江游览，可以尽情欣赏两岸的水光山色。

李商隐有“此去三梁远，今来万里携”的诗句。明代俞安期《泛阳江》诗中有“放舸遵阳水，牵江上石梁”，写的也是这一带江景。

今日的桃花江两岸，更是繁花似锦，郁郁葱葱。有诗赞桃花江：“不似漓江，胜似漓江”。

洲峡津渡

在唐代，人们出行所使用的交通工具远没有今天这么发达。诗人们一般还是采用骑马、骑驴、乘船等方式进行游历。所以唐诗中出现了很多渡口、峡谷之类的地名。另外很多诗人做地方官的时候，兴修水利造福百姓，留下了一些历史遗迹，西湖上的白堤就是这样的地方。

白鹭洲

白鹭洲位于江苏南京。白鹭洲有两处，古白鹭洲和今白鹭洲。

古白鹭洲，原址在江苏南京城西三里长江之中，后因江水北移，洲陆相连。由于洲上经常有许多的白鹭栖息，故名“白鹭洲”。诗仙李白《登金陵凤凰台》诗：“凤凰台上凤凰游，凤去台空江自流。吴宫花草埋幽径，晋代衣冠成古丘。三山半落青天外，二水中分白鹭洲。总为浮云能蔽日，长安不见使人愁。”其中“三山半落青天外，一水中分白鹭洲”句，指的就是古白鹭洲。后来由于泥沙淤积，水道外移，洲和陆地逐渐相连而湮没。

唐诗中关于古白鹭洲的诗句有很多，如李白《送殷淑三首》：“白鹭洲前月，天明送客回。青龙山后日，早出海云来。”《宿白鹭洲寄杨江宁》：“朝别朱雀门，暮栖白鹭洲。波光摇海月，星影入城楼。”《洗脚亭》：“西望白鹭洲，芦花似朝霜。”徐铉《又题白鹭洲江鸥送陈君》：“白鹭洲边江路斜，轻鸥接翼满平沙。”

◎ 其他白鹭洲

全国称白鹭洲的地方很多，除了江苏南京的白鹭洲外，还有江西吉安白鹭洲，因洲上原多栖白鹭而得名。宋代吉州知府江万里在此创立了白鹭洲书院，古迹犹存。宋代文天祥、邓光荐都出此书院，从此名震天下；新疆巴音郭楞白鹭洲，在博斯腾湖南岸，由双湾竞秀、金海湾、白鹭洲头等六个小区构成；福建厦门白鹭洲，是一个以游乐、休闲为中心的公园。园内有一个白鹭女神雕塑；浙江嘉兴白鹭洲，有“澉湖秋月”之称。明代诗人徐泰曾作诗赞叹：“澉湖湖上桂花秋，海月当年画满楼。仿佛钱塘六桥夜，至今人说小杭州。”贵州思南白鹭洲，位于思南县的乌江江心，是一个典型的大沙洲。“鹭洲夕月”是思南八景之一。

今白鹭洲，在南京中华门内东侧。秦淮河、利涉桥的南侧，原来是明中山王徐达的东花园，园中有世恩楼、心远堂、月台、小蓬山等，景色秀丽，可惜在清

● 明中山王徐达东园图

代咸丰年间被毁。后来在东花园的旧址建了白鹭洲公园。1951年开始整修，有烟雨轩、藕香居、小桥、回廊、风景亭、水榭、少年之家等景点，堆砌湖石假山，白鹭洲已成了碧波映照，富有诗情画意的美景。

鹦鹉洲

鹦鹉洲原来位于湖北省武汉市武昌城外的江中。

关于鹦鹉洲还有一段美丽的传说。相传三国时，名士祢衡被刘表推荐给江夏太守黄祖。祢衡与黄祖的儿子黄射常一起饮酒赋诗。

当时，长江中有一座江心洲，有一天，黄射邀请祢衡到江心洲上去打猎饮酒。在洲上，黄射把别人送给他的鹦鹉送给了祢衡，但要求祢衡写一首咏鹦鹉的文章。祢衡是个有名的才子，才华横溢，但因生在乱世，才智不得舒展，所以一直心存怨恨。他因此借物抒怀，挥笔就写成了一篇“锵锵戛金玉，句句欲飞鸣”的《鹦鹉斌》。赋的大意是说：鹦鹉是只神鸟，可惜没有人认识它，而把它当成笼中的玩物。他写完赋后，又把鹦鹉赠给了身旁的歌女碧姬，以表达同病相怜的情意。

后来，黄祖看见了这篇《鹦鹉赋》，他怕祢衡得志后对自己不利，就找借口把他杀害了。并把祢衡埋葬在江心洲上。歌女碧姬带着祢衡赠给她的鹦鹉来到了洲上，并一头撞死在祢衡墓碑前。第二天，人们发现鹦鹉也死在了墓前。后来人们为碧姬修了一座坟墓，并把鹦鹉也一同葬在洲上。从此以后，江心洲就改称为鹦鹉洲。

历代很多文人雅士，“藏船鹦鹉之洲”，纵观大江景色，留下了许多千古流传的诗篇。唐代诗人关于鹦鹉洲的诗歌也不胜枚举，如崔颢《黄鹤楼》：“晴川历历汉阳树，芳草萋萋鹦鹉洲。”李白《鹦鹉洲》：“鹦鹉来过吴江水，江上洲传鹦鹉名。鹦鹉西飞陇山去，芳洲之树何青青。烟开兰叶香风暖，岸夹桃花锦浪生。迁客此时徒极目，长洲孤月向谁明。”孟浩然《鹦鹉洲送王九游江左》：“昔登江上黄鹤楼，遥看江中鹦鹉洲。”这些都是家喻户晓的名篇。

遗憾的是，鹦鹉洲在明朝末年逐渐沉没。现在汉阳拦江堤外的鹦鹉洲，是清乾隆年间新形成的一洲，曾叫“补得洲”，后于嘉庆年间把补得洲改为鹦鹉洲。在1900年重修了祢衡墓。墓为石建，呈方形，甚为古朴别致。

西陵峡

西陵峡是长江三峡之一。长江三峡是我国十大风景名胜之一，是我国四十佳旅游景观之首。三峡是瞿塘峡、巫峡、西陵峡的总称，是长江上最为奇秀壮丽的山水画廊。长江三峡西起四川奉节白帝城，东至湖北宜昌南津关，跨奉节、巫山、巴东、秭归、宜昌五县市，全长193公里。

西陵峡又称巴峡。长江三峡中，西陵峡居东，在湖北巴东至宜昌境内，西起秭归的香溪口，东至南津关，长120公里，其中狭谷段长42公里。因宜昌市的西陵山得名，是三峡中最长的一个峡。

西陵峡自上而下可分为四段，即香溪宽谷、西陵峡上段宽谷、庙南宽谷和西陵峡下段峡谷。沿江有秭归、巴东、宜昌三座城市。峡北的秭归为屈原的故乡、王昭君的故里。沿岸主要景观有北岸的“牛肝马肺峡”、“兵书宝剑峡”，南岸的“灯影峡”等。

西陵峡是三峡最险处，以滩多水急著称于世，著名的有新滩、崆岭滩等。这些险滩，有的是因为两岸山岩崩落而成，有的是岸边伸出的岩脉，有的是由于上游砂石冲积所致，有的是江底突起的礁石。滩险处汹涌激荡，泡漩翻滚，水流如沸，惊险万状。两岸礁石林立，怪石嶙峋，滩多流急。

峡内风景秀丽，雄伟壮观，两岸峰峦高耸，峻岭悬崖横空，苍藤古树，飞泉垂练，是自然风光最为优美的峡段。杨炯有《西陵峡》诗：“自古天地辟，流为峡中水。行旅相赠言，风涛无极已。”北宋欧阳修为此留下了“西陵山水天下佳”的千古名句。

现在的西陵经整治后早已今非昔比。江中千帆飞驰，两岸橘林遍坡，黄绿相映，峡风阵阵，秀丽的景观与悠久的人文历史令海内外游客流连忘返。船出西陵峡的南津关，三百里峡江航程即结束，长江自此进入中游，视野豁然开阔，江流东去千里，两岸平野万顷，“极目楚天舒”，别有一番情趣。

巫峡

巫峡是长江三峡之一，又称大峡，以幽深秀丽著称。巫峡峭壁屏列，奇峰突兀，怪石嶙峋，绵延不断，迂回曲折，景色清幽之极，是三峡中最具观赏性的一段，犹如一条迂回曲折、美不胜收的画廊，充满诗情画意。

三峡中，巫峡居中，在四川巫山和湖北巴东两县境内，西起巫山城东的大宁河口，东迄巴东官渡口，全长40公里左右。巴东属段22公里，西起边域溪，东至县境官渡口镇，古又称巴峡。西段称金盔银甲峡，东段称铁棺峡。峡谷幽深曲折，是由于长江横切巫山主脉背斜而形成的。

巫峡最著名的景点是巫山十二峰，分别坐落于巫峡的南北两岸。十二峰高耸入云，峡中云雾轻盈舒卷，千姿百态。有的似飞马走龙，有的如擦地蠕动，有的像瀑布一样垂挂绝壁，有时又聚成滔滔云纱。在阳光的照耀下，形成巫峡佛光，因而有“曾经沧海难为水，除却巫山不是云”的千古绝唱。

● 巫峡秋涛图

《巫峡秋涛图》是清代画家袁耀的代表作。此画取材角度新颖，仿佛让观者真切地体味到巫山十二峰的雄美壮观。

巫峡有很多名胜古迹，如南岸的神女峰下有大禹授书台，民间传说是神女授大禹书的地方。在江北岸的仙峰下有孔明碑，上刻“重崖叠嶂巫峡”六字，相传是诸葛亮所书。除此之外，还有陆游古洞、神女庙遗址，以及悬崖绝壁上的夔巫栈道、川鄂边界的边域溪，以及“楚蜀鸿沟”题刻，都充满着诗情画意，滋润了历代文人墨客的妙笔，留下了灿若繁星的诗篇。

唐代诗人赞美巫山十二峰的诗如若繁星点点，如卢照邻《巫山高》：“巫山望不极，望望下朝雰。莫辨啼猿树，徒看神女云。惊涛乱水脉，骤雨暗峰文。沾裳即此地，况复远思君。”戴叔伦《巫山高》：“巫山峨峨高插天，危峰十二凌紫烟。”李端《鼓吹曲辞·巫山高》：“巫山十二峰，皆在碧虚中。”元稹《离思》：“曾经沧海难为水，除却巫山不是云。”可见巫山云雨是天下云雨之冠了。

瞿塘峡

瞿塘峡是长江三峡之一，又称夔峡。

三峡中，瞿塘峡居西，西起四川省奉节县白帝城，东迄巫山县大宁河口，全长33公里，其中最窄的地段长8公里，以雄奇险峻著称。在长江三峡中，瞿塘峡最短，却最为雄伟险峻。奔腾咆哮的长江，一进峡谷便遇上雄伟的夔门。夔门两岸的山峰，拔地而起，可高达1000米—1500米，陡峭如壁，把奔腾咆哮的长江逼成一条细带，在深谷中蜿蜒流淌。这里的江水仅有一二百米宽，最窄处还不到几十米。绵延不断的山峦，峡深水急的江流，构成了一幅极为壮丽的山水画卷，因此素有“夔门天下雄”的称誉。正如郭沫若在《过瞿塘峡》诗中所云：“若言风景异，三峡此为魁。”

瞿塘峡名胜古迹众多。峡口的上游有八阵图、奉节古城、鱼复塔。峡内北岸山顶有白帝城、古栈道、风箱峡；南岸有粉壁墙、孟良梯、盔甲洞、倒吊和尚、凤凰饮泉等。在风箱峡下游不远处的南岸，有一座奇形怪状的山峰，突出江边，称为“犀牛望月”，惟妙惟肖、栩栩如生。瞿塘峡峡口南岸的大溪文化遗址，是考古学者最感兴趣的地方。距白帝城只有几公里的杜甫草堂遗址，更是文人雅士流连忘返之地。

◎ 孟良梯

在瞿塘峡的绝壁上，有人工凿的方形石孔，自上而下呈“之”字形排列，如同阶梯，这就是著名的“孟良梯”。在孟良梯附近的绝壁上，有一奇石突出，人们称为“倒吊和尚”。相传北宋名将杨继业的尸骨埋在白盐山腰的望乡台上。他的部下孟良想把其尸骨盗回，就在绝壁上凿石穿孔，架木为梯。后被一老和尚发现了，老和尚假装鸡叫，引起了白帝城的雄鸡都叫了起来，孟良一气之下，就把老和尚杀了，倒吊在岩壁上。这显然是一个传说，但却反映了人们对北宋民族英雄杨家将的深切怀恋。实际上这些石孔是古人架木为梯的栈道或是药农攀缘采药的遗迹，而“倒吊和尚石”，则是石灰岩地区常见的钟乳石而已。

唐诗中关于瞿塘峡的诗句有白居易的《夜入瞿塘峡》：“岸似双屏合，天如匹练开。”《送友人上峡赴东川辞命》：“见说瞿塘峡，斜衔滟滪根。难于寻鸟路，险过上龙门。”杜甫的《月三首》：“万里瞿塘峡，春来六上弦。”

黄牛峡

黄牛峡，位于西陵峡中的崆岭峡内，湖北省宜昌市西45公里处。江中乱石交错，河道九曲回肠，水急礁险，古歌谣唱道：“朝发黄牛，暮宿黄牛，三朝三暮行太迟。三朝又三暮，不觉鬓成丝。”可见行船艰难，因水急、暗礁多，所以船速极慢，尽管走了几天，黄牛依然在视线之内。

黄牛一名的由来，与大禹开江治水的传说有关。传说，当大禹率领百姓开凿到这里时，有天神化为神牛前来相助。一日，天刚亮，一个妇人到江边给治水的丈夫送饭，猛然看到一头雄壮、巨大的黄牛，霞光绕身，扬蹄腾跃，用角触山，响声如雷鸣，顿时山崩石裂。妇人被吓得目瞪口呆，大叫了起来。叫声惊动了神牛，神牛便跳下山岩，从此把影像留在了石壁间。后世便称石壁为黄牛岩，岩下河谷为黄牛峡。

乘船西上崆岭滩，翘首南望，就可以从彩云间看到一排陡峭的石壁，即黄牛岩。黄牛岩高耸在郁郁葱葱的群峰之上，俯瞰着波涛汹涌的激流。黄牛岩壁下，有九条蜿蜒下垂的绿色山脊，就好像九龙下水，气势雄伟，十分壮观。

自唐以来，文人雅士吟诵黄牛峡的诗词甚多，如李白《留别龚处士》：“我去黄牛峡，遥愁白帝猿。”杜甫《奉使崔都水翁下峡》：“白狗黄牛峡，朝云暮雨祠。”《东屯月夜》：“青女霜枫重，黄牛峡水喧。”张蠙《过黄牛峡》：

"黄牛来势泻巴川，叠日孤舟逐峡前。雷电夜惊猿落树，波涛愁恐客离船。盘涡逆入嵌空地，断壁高分缭绕天。多少人经过此去，一生魂梦怕潺湲。"

铁堂峡

铁堂峡，位于甘肃省天水市区向南50公里，平南镇和天水镇（古天水关，今又称小天水）的交界处，长约几十华里。铁堂峡是西汉水（古称漾水）的上游，也是上邽通往祁山的战略要道，是秦人的发祥地。

铁堂峡作为天水关的一个重要关口，自古以来就是兵家必争之地，战事多发、隶属更迭频繁。特别是在三国时代，魏、蜀更是你争我夺、短兵相接，在短短数十年中发生过许多有名的战事。

铁堂峡在当地人也称为"猫眼峡"。在入峡口的不远处，有一片宽阔的川道，靠着川道向左，有一条缝隙顺着山谷蜿蜒而上。谷底是数片麦田，其中有两块麦田呈椭圆形，正好位于沟底因山体滑落而常年沉积的一块沙丘之上。这样的组合，从峡口处远望，就好像一只大猫正俯首瞪眼跃跃欲扑的样子，故名。

铁堂峡谷内沟壑纵横，至险至奇，峰回路转，易守难攻。若设伏兵，可谋杀敌军；若设关隘，则一夫当关万夫莫开。相传，三国时期的蜀将姜维在天水关镇守时，曾在这里安营扎寨，后世有铁堂峡是姜维故乡的说法。峡口南有一条长约十多里的深沟，称为门里沟，设有"铁门栓"，是当年姜维镇守天水关的军事指挥机关。根据当地老人讲，在民国初期，铁门栓的附近曾依山傍势建有一处大水磨房，附近方圆几里的人都来这里磨面磨粮。随着西汉水的减弱和近代电动磨房的兴建，水磨房便成为人们心目中永远的一种记忆。

铁堂峡四周群山环抱，风景优美。诗圣杜甫曾作诗《铁堂峡》赞曰："峡形藏堂隍，壁色立积铁。径摩穹苍蟠，石与厚地裂。"

崆岭峡

崆岭峡，又叫空冷峡，位于长江西陵峡牛肝马肺峡东段，处在秭归县的庙河和黑岩子之间，全长共2.5公里。

崆岭峡峰峦连峙，参差互出，峡上有奇石，宛如二人攘臂相对。相传宜都、建平二郡的督邮（官名，郡的重要属吏，代表太守督察县乡，宣达教令）在此争夺地界，所以称为督邮石。峡中有崆岭滩。

崆岭峡两岸绝崖壁立，湍流迅急，很难行船，"务空其舲，然后得过"，所以也称"空舲峡"。这里滩险水湍，礁石密布，有"二十四珠"之称，其中以"大珠"石梁最为有名，其长约220米，宽40多米，高15米左右，突露水面，好似猛虎卧于江心，同邻近的"二珠"、"三珠"，号称三石联珠。其下乱石暗礁，犬牙交错，锋利如剑，致使航道弯曲狭窄，恶浪汹涌，行船稍有不慎，就会触礁沉没。民间流传着这样的谚语，“青滩、泄滩不算滩，崆岭才是鬼门关”。因此人们称此为长江三峡险滩之冠。

“大珠”石上刻有“对我来”三个大字。船行此处，须朝着“对我来”这三个字的方向直驶过去，才能顺着水势产生的回冲力而避开它。如果避它而行，反而会触礁沉船，这是三峡船工们积累的丰富经验。1900年德国轮船“瑞生号”驶进峡江，因为不知“对我来”的奥妙，不敢直冲“对我来”，结果被这块礁石撞沉。

现在经过整治，横江的乱石和水下暗礁，都已被爆破清除，再加上葛洲坝的建成，水位抬高，险滩已不复存在。行船如履平川，昔日“鬼门关”已经变成了“阳关道”。

两岸峰峦迭秀，飞瀑流泉，扬雪溅珠，环云蔼翠，满山柑橘成林，色彩缤纷，绿叶金果，景色秀丽，风光无限，令人流连忘返。

瓜洲渡

瓜洲渡，又称瓜洲或瓜埠，位于古城扬州的南端，是扬子江的沙滩。隔岸正对金陵，今属江苏省南京市六合区瓜埠镇。

晋代时，由于沙渚出水成洲，洲形如瓜，又因为漕河在此地分成三支，形如“瓜”字，由此得名瓜洲。到了唐代中叶，瓜洲已成为江北重镇。瓜洲古渡，虽面积不大，但“瞰京口，接建康，际沧海，襟大江”，是七省咽喉。

隋唐时代，瓜洲商贾云集，舟楫穿梭，吸引了很多文人墨客前来游览，吟诗作赋，留下了众多歌吟瓜洲的千古名篇。如高蟾《瓜洲夜泊》“一夕瓜洲渡头宿，天风吹尽广陵尘”，张祜的《题金陵渡》“潮落夜江斜月里，两三星火是瓜洲”，白居易的《长相思》“汴水流，泗水流，流到瓜洲古渡头”。

瓜洲风光秀丽，张若虚在《春江花月夜》中赞道：“江流宛转绕芳甸，月照花林皆似霰。”形象生动地描绘了古渡月色朦胧、清流平缓的奇妙景象。再看宋代王安石的《泊船瓜

杜十娘怒沉百宝箱

洲》：“京口瓜洲一水间，钟山只隔数重山，春风又绿江南岸，明月何时照我还？”一个“绿”字，极富表现力，能让人联想到千里江堤、春风拂煦、一片新绿的秀美春色，给瓜洲增添了许多神韵。此外郑成功北上征讨、马可·波罗游访、康乾南巡、鉴真东渡、杜十娘投江等，都与瓜洲有着千丝万缕的联系。

◎ 杜十娘投江

说起杜十娘投江的故事，在瓜洲可谓妇孺皆知。相传杜十娘投江处即为瓜洲渡。

明朝万历年间，烟花女子杜十娘不慕浮华，想寻觅能终身依靠的伴侣，从良成家。后与国子监太学生李甲一见钟情，并随李甲还乡。二人乘船路经瓜洲古渡时，遇到了好色又阴险的富商孙富。孙富垂涎十娘的美色，李甲于是把十娘卖给了孙富。十娘心痛欲碎，当众开启百宝箱，将所藏珍宝尽抛江中，随后投江自尽。

为了纪念杜十娘怒沉百宝箱，在瓜洲古渡的江边建有“沉箱亭”。亭为八根廊柱撑起八角形的飞檐穹顶，亭内立着一块石碑，碑上刻有“沉箱亭”，碑的背面记述着杜十娘投江的故事。

瓜洲自古以来是兵家必争的军事要地。唐代在此曾修筑城垒，宋明时期在此防御倭寇，鸦片战争和太平天国时这里都曾是战场。南宋诗人陆游在《书愤》中有这样的诗句“楼船夜雪瓜洲渡，铁马秋风大散关”，还有民族英雄郑成功的“试看天堑投鞭渡，不信中原不姓朱”的诗，读来令人荡气回肠，感慨万端。

西津渡

张祜《题金陵渡》诗云：“金陵津渡小山楼，一宿行人自可愁。”金陵津渡，指的就是今江苏镇江的西津渡，自古有着“江南第一渡口”的美称。

春秋时期起，西津渡就已经成为连通吴楚、北上江淮的必经之路。传说中伍子胥过昭关一夜白头的故事，就发生在这里。

在西津渡形成的初期，主要的功能是军事防御，谁控制了这里，谁就能主导江南的半壁江山。东汉末年，孙权在京口筑“铁瓮城”，此即为镇江建城池的开端，周瑜领导的东吴水师，驻扎在蒜山之下。无论刘备还是诸葛亮，要到东吴议事，必须从西津渡登岸。诸葛亮和周瑜在蒜山定下火烧赤壁的计谋，所以后人还把蒜山称为“算山”。

南朝宋齐梁陈偏安江南，长江天堑无疑是历代统治者安身立命的天然防线。无论北上还是南下，西津渡都是历代兵家的必争之地。在西津渡口的千年历史中，也见证过许多名垂千古的重大战役。从韩世忠大战金兵、宋元决战、郑成功克复瓜洲，直到鸦片战争中的镇江之战，西津渡前的长江江面炮声轰隆，无不成为硝烟弥漫的主战场。

隋代大运河贯通南北，在镇江与长江交汇，西津渡又成为漕运的必经水道和重要枢纽，有“七省粮道”之称。直到清代，由镇江转运的漕粮都要从西津渡江面运往金山之后，再从对岸的瓜洲北上。

随着南北交流的频繁，西津渡从军事要塞转变为水运要地，从唐代开始便慢慢繁荣、热闹起来。

橘柏渡

橘柏渡，位于四川省广元市元坝区昭化古城东门外1公里的白龙江和嘉陵江的汇合处，是战国以来古驿道连接南北的重要渡口。

橘柏渡口的两边古柏参天繁茂、荫天蔽日。据《方舆胜览》记载：“昭化有柏，古人称橘柏故以名潭”。因白龙江和嘉陵江自秦岭呼啸而来，汹涌的浪涛拍打在橘柏潭，每到夜深人静时，汹涌的浪涛狂啸震撼城垣，荡人心魄。橘柏江声名源于此。

在明代以前橘柏渡设有浮梁即浮桥，由于夏天雨水暴涨时，浮梁不能使用。后又于公元1744年在渡口架设索桥，但又因索长体重而废弃。

橘柏渡可谓是兴亡之门，成败之口，多少英雄好汉在这里上演了一幕幕悲喜剧。公元前316年，“秦蜀葭萌之战”中，秦抢先控制了渡口，一举把巴、蜀、苴三国歼灭。公元263年，司马昭派钟会、邓艾率领二十万大军攻打蜀国，势如破竹。姜维节节败退。钟会主力前锋到达汉寿，抢先占领了橘柏渡东岸渡口，鲍三娘夫妇、关索与胡济带领五万蜀军御敌，怎奈众寡悬殊，没有守住渡口关，汉寿失守，致使钟会长驱直入，直逼剑门。

在唐代时，利州刺史崔朴到此春游，返回时要地方官派民夫拉船。县令何易于念百姓“非耕即蚕，隙不可夺”而亲自当纤夫拉船，留下了“县令挽纤”的千古佳话。据《旧唐书》记载，明皇过橘柏渡时，“以双鱼负舟而跃，从臣议为龙也”。唐玄宗非常高兴，在橘柏渡的东岸休兵摆宴大贺三天，现摆宴坝由此得名。

唐诗中关于“橘柏渡”的诗句如杜甫的《橘柏渡》：“青冥寒江渡，驾竹为长桥。竿湿烟漠漠，江永风萧萧。”

五津

五津，位于四川岷江，指分布于合江亭至新津之间的长江段上的五大渡口，分别是江首津、白华津、万里津、涉头津、江南津，合称为五津。后世常用来泛指四川。

◎《华阳国志》

"五津"在《华阳国志》中有明确记载。《华阳国志》是宋代以前流传至今的最为古老的地方志。《华阳国志》共十二卷，包括巴、汉中、蜀、南中、公孙述、刘二牧、刘先主、刘后主、大同、李特雄期寿势（即李特、李雄、李期、李寿、李势）各志、先贤仕女总赞、后贤志，卷末是序志，以及益、梁、宁三州先汉以来的仕女名录。《华阳国志》记录了从远古到东晋永和三年（347年）间巴蜀之地的史事，记录了这些地方的出产和历史人物。

作者常璩，字道将，蜀郡江源县（今四川崇州一带）人。生平事迹不详，曾担任成汉政权的散骑常侍、掌著作等职。晋穆帝永和三年，东晋朝廷派大将桓温南下进攻成汉，常璩曾劝李势投降，桓温以其为参军，随至建康。常璩的著作除《华阳国志》外，其余都佚亡了。

据晋朝常璩所撰《华阳国志·蜀志》中记载："其大江自湔堰下至犍为，有五津。始曰白华津，二曰万里津，三曰江首津，四曰涉头津……五曰江南津。"五津都在四川，故以此泛指蜀地（今四川一带）。

南朝梁元帝《荆州长沙寺阿育像碑》诗云："郤望五津，距青莲之洞，傍临三天，带明月之流。"

王勃《送杜少府之任蜀州》诗："城阙辅三秦，风烟望五津。与君离别意，同是宦游人。海内存知己，天涯若比邻。无为在歧路，儿女共沾巾。"诗中的五津，借指杜少府上任的蜀州。

白堤

白堤，原名"白沙堤"，是将杭州市区与风景区相连的纽带，横亘在西湖东西向的湖面上，从断桥起，过锦带桥，止于平湖秋月，长1公里，在唐时称白沙堤、沙堤，在宋、明时期又称孤山路、十锦塘。

● 西湖十景之一

早在一千多年前的唐朝，为了储蓄湖水灌溉农田而兴建的白堤，以风光旖旎扬名于世。白居易任杭州刺史时，对白堤多有吟咏，如《钱塘湖春行》诗云："最爱湖东行不足，绿杨荫里白沙堤。"《夜归》诗云："万株松树青山上，十里沙堤明月中。"《行简初授拾遗，同早朝入阁，因示十二韵》诗云："宿雨沙堤润，秋风桦烛香。"《秦中吟十首·伤友》诗云："回头忘相识，占道上沙堤。”《七言十二句赠驾部吴郎中七兄》诗云：“四月天气和且清，绿槐阴合沙堤平。”人们认为这条堤是由白居易主持修筑的，故称其为“白堤”。实际上白居易在任杭州刺史时，曾在钱塘门外的石涵桥附近修筑了一条堤，名为“白公堤”，现在已经无迹可寻了。

◎ 西湖十景

西湖十景形成于南宋时期，基本围绕着西湖分布，有的就位于湖上。十景分别为苏堤春晓、曲苑风荷、平湖秋月、断桥残雪、柳浪闻莺、花港观鱼、雷峰夕照、双峰插云、南屏晚钟、三潭印月。新西湖十景是1985年经过杭州市民及各地群众积极参与评选，并由专家反复斟酌后确定的，它们是云栖竹径、满陇桂雨、虎跑梦泉、龙井问茶、九溪烟树、吴山天风、阮墩环碧、黄龙吐翠、玉皇飞云、宝石流霞。西湖十景各擅其胜，组合在一起又能代表古代西湖的胜景精华，所以无论杭州本地人还是外地游客都津津乐道，流连忘返。

白堤曾以白沙铺地，现已改为柏油路面，两侧花繁树茂，有婀娜多姿的垂柳，有绚丽多彩的碧桃，回望群山含翠，湖水漾碧，如在画中游。明代王稚登的《十锦塘》诗，将堤上的景色渲染得十分秀美，诗云：“湖边绿树映红阑，日日寻芳碧水湾。春满好怀游意懒，莺撩吟兴客情闲。波中画舫樽中酒，堤上行人岸上山。元限风怀拚一醉，醉看舞蝶绕花间。”

城垣关塞

一般来说，疆域广大的朝代，诗人们的诗歌中就会经常出现边关的名称。我们前面已经介绍过，唐代的疆域非常广阔，所以在这个时期出现专门的边塞诗派也就不足为奇了。本部分主要介绍唐诗中出现的一些边关。

龙城

龙城是匈奴的著名城堡，曾是南匈奴的政治中心。匈奴在这里祭祀龙神和祖先，所以称为龙城。龙城位于今蒙古国鄂尔浑河西侧的和硕柴达木湖附近。

根据《史记》、《汉书》等记载，龙城的地方并不固定，但在匈奴境内统称为“龙城”。汉代史籍通常采用音译，分别被译成“笼城”、“龙庭”，还可能由于音近而误讹为“卢城”。

西汉初年，匈奴连年侵犯西汉边境，汉武帝时国力强盛起来，命卫青、霍去病等大将攻打匈奴。公元前129年，匈奴再一次兴兵南下，前锋直指上谷（今河北怀来）。汉武帝果断出兵，分派四路出击。车骑将军卫青由上谷出兵，骑将军公孙敖从代郡（治所位于代县，今山西大同、河北蔚县一带）出兵，轻车将军公孙贺从云中（今内蒙古托克托东北）出兵，骁骑将军李广从雁门出兵。四路将领各率一万骑兵。卫青虽然是首次出征，但他英勇善战，直捣龙城，杀死匈奴七百人，取得胜利。这就是史上著名的“龙城大捷”。

在汉匈多次交战中，这是汉朝首次获得胜利，扫除了七十多年不胜的屈辱，大大振奋了军心和民心。龙城之战成为汉朝军民心目中扬威敌境、一雪“白登之耻”的象征。王昌龄《出塞》诗云：“秦时明月汉时关，万里长征人未还。但使龙城飞将在，不教胡马度阴山。”诗人把汉军大捷的象征——龙城，冠在西汉名将李广的头上，将卫青和李广的业绩糅合在诗中，表达了杀敌制胜、扬威敌境的意思。王昌龄以“龙城”一词入诗，还出于音律的需要，而且字面又瑰奇雄丽，使诗句达到了音、色、义俱佳的境地。

唐诗中提到“龙城”的诗句还有沈佺期《杂诗》：“谁能将旗鼓，一为取龙城。”温庭筠《伤温德彝》：“昔年戎虏犯榆关，一败龙城匹马还。”柳宗元《柳州寄京中亲故》：“劳君远问龙城地，正北三千到锦州。”

居延城

居延城，位于今内蒙古自治区额济纳旗达来呼布镇以东30公里处的荒漠中，由于其东北方向有居延泽而得名，是汉代张掖郡辖属十县之一的居延县治所。

汉武帝太初元年（前104年），西汉王朝为了确保中原通往西域道路的畅通，“于酒泉、张掖北，置居延、休屠（二城）以卫酒泉”。太初三年，汉武帝命将军路博德大规模修筑居延地区的军事防御线和府、县设施，居延城的规模得到进一步的扩大，后来在此又置“张掖居延属国”。据史料记载，在汉安帝时期，仅居延城属国就有居民4733人。

居延城是草原丝绸之路——居延古道上的名城重镇，不仅是居延地区的经济、政治、文化中心，而且是主要的农垦屯田区。为了大力发展农业，为确保居延地区戍边队伍的粮食供给，两汉时期有大批移民迁入。据不完全统计，作为汉代社会基层行政组织的“里”，在居延城多达三十五个。居延城的商业也曾繁荣一时。根据简文记述，居延地区的商品多来自中原，而此地区特产也源源不断地运往中原，从而促进了经济的发展、文化的交流。

居延古道位于甘肃金塔县城北90公里，从双城子起，沿额济纳河东岸向北，经大湾城、查科尔帖、地湾城、大方城、小方城、破城子、布肯托尼直到居延海。另一走向从布肯托尼向东到博罗松治，长300余公里。烽塞城障成“一”字形排列。烽燧台墩因风沙剥蚀变形，外表蒙着一层沙砾，像大小高低不等的沙丘，一般高为2米—4米。在数烽燧间有一城堡，是侯和都尉驻地遗址，都由黄土夯筑，尚保存完好。1973年对金关遗址、破城子遗址进行发掘，获得了大量珍贵文物，包括汉代简册两万余枚。

唐诗中提及“居延城”的诗句有王维《出塞行》：“居延城外猎天骄，白草连天野火烧。暮云空碛时驱马，秋日平原好射雕。”《使至塞上》：“单车欲问边，属国过居延。”张仲素《秋思二首》：“欲寄征衣问消息，居延城外又移军。”

白帝城

白帝城在四川省奉节县城东4公里，扼瞿塘峡西口的长江北岸。白帝城东依夔门，西傍八阵图，三面环水，雄踞水陆要津，自古以来就是兵家必争的战略要地。

奉节古称鱼复，又称为夔州。西汉末年，公孙述割据四川，因看见城中一井常冒白气，形状好似白龙，于是自称白帝，改鱼复为白帝城。公孙述所建白帝城的城垣遗址今仍依稀可见。公孙述死后，当地人在山上建庙立公孙述像，称为白帝庙。

由于公孙述并非正统称帝，而是僭君自立，到明正德七年（1512年）四川巡抚毁公孙述像，祀土神、江神和马援像，改称“三功祠”。明嘉靖二十年（1533年）又改祀刘备、诸葛亮像，又改称“正义祠”，之后又添供张飞、关羽像，形成了白帝庙内无白帝，而长祀蜀汉人物的格局。这与“刘备托孤”这段历史有关。公元222年，刘备在夷陵之战中大败，兵退夔门之外。从此刘备一病不起，于白帝城附近的永安城（今四川奉节夔州城）永安宫托孤于诸葛亮，由此白帝城名声大振。

白帝城是观“夔门天下雄”的最好地点。历代著名诗人李白、白居易、杜甫、刘禹锡、苏轼、陆游等都曾登白帝，游夔门，并留下了很多脍炙人口的千古名篇。故白帝城又有“诗城”之美誉。如李白《早发白帝城》：“朝辞白帝彩云间，千里江陵一日还，两岸猿声啼不住，轻舟已过万重山。”杜甫《夔州歌十绝句》：“白帝高为三峡镇，夔州险过百牢关。”高适《送李少府贬峡中王少府贬长沙》：“青枫江上秋帆远，白帝城边古木疏。”刘禹锡《竹枝》：“白帝城头春草生，白盐山下蜀江清。”白居易《竹枝》：“瞿塘峡口水烟低，白帝城头月向西。”

白帝城刘备托孤

阳关

阳关，是我国古代中外陆路交通咽喉要道，也是丝绸之路南路必经的关隘。阳关位于甘肃省敦煌县城西70公里的古董滩上。因为在玉门关的南面，古人以南为阳，故名“阳关”。

阳关始建于汉武帝元鼎年间，在河西“列四郡、据两关”，两关即阳关和玉门关。阳关历代以来都是兵家必争之地。据史料记载，西汉时为阳关都尉治所，魏晋时，在此设置阳关县，唐代设寿昌县。宋元以后随着丝绸之路的逐渐衰落，阳关也被逐渐废弃。《敦煌县志》将玉门关与阳关合称为“两关遗迹”，列为敦煌八景之一。

往日的阳关城早已不复存在，仅存有一座被称为阳关耳目的汉代烽燧遗址。在山的南面，有一片一望无际的沙滩，这里沙丘纵横，有一道道的沙梁，沙梁间是砾石平地，称为“古董滩”。在古董滩沙丘之间的砾石平地上，散布着很多古代的兵器、装饰品、钱币、陶片等遗物，随手可捡。故当地人有“进了古董滩，空手不回还”之说。此外，这里还残存部分农田、房屋、渠道等遗址，这些遗址今仍清晰可见。古董滩的面积约上万平方米，面积大、散布文物极其丰富。1972年酒泉地区文物普查工作队勘察古董滩四十道沙梁之后，发现了大片版筑遗址。经过挖掘、测量，这里房屋基础排列整齐，还出土了很多珍贵文物。从遗迹和文物分布来看，这里曾经十分繁华。此挖掘发现同《新唐书·地理志》及敦煌遗书《沙洲图经》等史料记载的汉代阳关位置相符合，考古学家据史料考证，认为现在的古董滩就是古代阳关的关城所在地，《西关遗址考》也有古董滩就是汉代阳关的记载。

提起阳关，人们马上会想到一首诗：“渭城朝雨浥轻尘，客舍青青柳色新。劝君更尽一杯酒，西出阳关无故人。”这首唐代大诗人王维的《送元二使安西》，可谓千古绝句，广为流传。

玉门关

玉门关，俗称小方盘城，在敦煌县城西北80公里的戈壁滩上。西域的和阗玉就是从这里传入中原的，故名“玉门关”。

汉代张骞出使西域后，东西方贸易交流日渐繁荣，为了保证丝绸之路的安全、畅通，大约于公元前121年至公元前107年间，汉武帝下令修建了“两关”，即阳关、玉门关。玉门关成为汉代重要的军事关隘和丝绸之路北路上的关隘。

现在的汉玉门关遗迹，是一座四方形小城堡，矗立在东西走向戈壁滩狭长地带中的砂石岗上。关城全用黄土夯筑而成，面积为633平方米。城垣东西长24

米，南北宽26.4米，残垣高9.7米。西、北墙各开一门。南边有盐碱沼泽地，北边有哈拉湖，再往北是长城，长城以北是疏勒河故道。东西走向的长城蜿蜒逶迤，一望无际。在东西长城的南边，还有一支南北走向的长城，绕过玉门关的西侧，向南直达阳关，城北坡下有东西大车道，是历史上中原和西域诸国来往中转及邮驿之路。

◎ 丝绸之路

玉门关曾是丝绸之路必经的关隘。丝绸之路是指西汉时，由张骞出使西域开辟的以长安（今陕西西安）为起点，经甘肃、新疆，到中亚、西亚，并连结地中海各国的陆上通道。因这条路西运的货物中以丝绸制品的影响最大，因此得名。横贯欧亚大陆的贸易交通线——丝绸之路，促进了欧、亚、非各国和我国的友好往来。19世纪下半期，德国地理学家李希霍芬就把这条陆上交通路线称为“丝绸之路”，并沿用至今。

丝绸之路分为三段：

东段：从长安到玉门关、阳关。为汉代开辟；

中段：从玉门关、阳关以西到葱岭。为汉代开辟；

西段：从葱岭往西经过中亚、西亚直到欧洲。为唐代开辟。

岑参曾作《玉门关盖将军歌》，诗云：“玉门关城迥且孤，黄沙万里白草枯。南邻犬戎北接胡，将军到来备不虞。五千甲兵胆力粗，军中无事但欢娱。”形象生动地描绘了玉门关的冲要地位。王之涣的《凉州词》：“黄河远上白云间，一片孤城万仞山。羌笛何须怨杨柳，春风不度玉门关。”诗中那悲壮苍凉的情绪，引发我们对这座古老关塞的向往。

天井关

天井关，又称为太行关，位于今山西晋城南太行山顶。由于在关南有三处天井泉而得名。

天井关形势险峻，是太行山南北要冲。清代名相陈廷敬有诗称赞：“天井关门跨碧空，太行开辟想神功。遥连绝塞羊肠尽，下视中原虎踞雄。嵩岳诸峰元拱北，河源万里远随东。驿楼斜日凭轩意，回首萧萧落木风。”详尽地描述了太行山的雄奇险峻，突出了天井关南控中原、北扼上党的重要战略位置。

最初设立天井关的时间应是西汉时期，在历史上天井关曾多次更改名称。唐时称太行关，宋时改称雄定关，元末时又叫平阳关。

天井关一带自古以来是兵家必争之地，历史上在此曾发生过多次战争。战国时候，为争夺上党地区秦国与韩、魏两国曾多次在此地激战。西汉阳朔三年（前22年），爆发天灾，很多灾民聚集在这里。为了防止饥民聚众闹事，汉成帝刘骜下诏，禁止流民在天井关附近久留。东汉建武元年（25年），更始帝手下大将李铁镇守洛阳，冯异从河南武陟县出兵时，招降了李铁，冯异攻克了天井关，夺取了上党的两座城池，又接连南下河南夺得十三个县，俘虏更始帝等十余万人。后来天井关被更始帝部将田邑所占领，汉光武帝刘秀虽经浴血奋战但始终未能占领，直到更始帝灭亡后，天井关守将田邑方投降献关。

唐朝为了控制太行山以东的广大地区，护卫东都洛阳，专门在天井关设置了泽州和潞州节度使。唐会昌三年（843年），刘稹占领泽州和潞州两镇发动叛乱。朝廷派统帅王宰前去征讨，才把天井关攻下。五代时，后梁开平二年（908年），晋王李存勖攻打潞州，后梁守将牛存节从天井关发兵，击退了围城的晋军。

这里自古以来就是上党地区通往中原的门户，主要由羊肠坂和碗子城组成。从中原北上太行，只有经过碗子城后，沿一条不足3米宽的羊肠小道，历经千难万阻才能到达天井关，最终进入到上党地区。羊肠坂小道蜿蜒曲折，全线穿梭于太行山的崇山峻岭之间。所经之处，峭壁鸿沟，峻险异常，瀑布悬流，道路非常难行，可谓“一夫当关，万夫莫开”。

白居易曾行走于古羊肠坂小道，因道路艰险行走困难，他写下了《初入太行路》：“天冷日不光，太行峰苍莽。尝闻此中险，今我方独往。马蹄冻且滑，羊肠不可上。若比世路难，犹自平于掌。”

唐诗中提及“天井关”的有许浑《晓发天井关寄李师晦》：“山在水滔滔，流年欲二毛。湘潭归梦远，燕赵客程劳。”韦庄《天井关》：“太行山上云深处，谁向云中筑女墙？短绠讵能垂玉甃，缭垣何用学金汤。”

函谷关

函谷关，位于今河南灵宝县境内。因为其路在谷中，深险如函，所以名为函谷关。根据《元和郡县志·陕州》载，于汉元鼎三年（前114年）函谷关移至今河南新安县境内，距离旧址300里远。

函谷关东临绝涧，西据高原，北塞黄河，南接秦岭，是我国历史上建置最早的雄关要塞之一。函谷关始建于春秋战国时期，是西达长安，东去洛阳的咽喉，素有“双峰高耸大河旁，自古函谷一战场”、“车不方轨，马不并辔”之称，自古以来就是兵家必争之地。周慎靓王三年（前318年），楚怀王发动六国军队伐秦，秦依函谷天险，使六国军队“伏尸百万，流血漂橹”。秦始皇六年（前241年），赵、楚、卫等五国军队进攻秦，“至函谷，皆败走”。“刘邦守关拒项羽”，“安史之乱”的唐军与叛军的“桃林大战”，1944年我国军队与日本侵略军的“函谷关大战”，都发生于此。

函谷关不仅是一处军事重地，而且是古代中原腹地与西北地区经济、文化交流的要地。关于这座重关名城流传着“鸡鸣狗盗”、“老子过关”、“紫气东来”、“唐玄宗改元”、“公孙白马”等历史故事和传说。相传，这里是我国伟大思想家、哲学家老子著述《道德经》的地方，道家文化的发祥地。

秦宫狗盗

秦宫狗盗讲述的是孟尝君的一个善于钻狗洞偷东西的食客，入秦宫将狐裘偷出献给秦昭王妾，以帮助孟尝君逃回齐国的故事。

司马迁、唐太宗、唐玄宗、李白、杜甫、白居易、司马光等历史名人雅士临关吟诗作赋，流传至今的有百余篇。唐诗中提及“函谷关”的诗句有胡宿《函谷关》：“天开函谷壮关中，万古惊尘向北空。”岑参《函谷关》：“君不见函谷关，崩城毁壁至今在。”胡曾《咏史诗·函谷关》：“寂寂函关锁未开，田文车马出秦来。”胡宿《函谷关》：“天开函谷壮关中，万古惊尘向此空。”

函谷关主要景点有太初宫、道家养生园、道圣宫、瞻紫楼、藏经楼、鸡鸣台、蜡像馆、碑林、关楼、博物馆、函关古道等二十多处。

铁门关

铁门关，位于新疆维吾尔自治区库尔勒市北郊8公里处，扼守着孔雀河上游长达14公里的陡峭峡谷的出口，是进入塔里木盆地的重要孔道，是古代“丝绸之路”中道的咽喉。

晋代曾在这里设关，因其险固如铁门，所以称“铁门关”，列为我国古代二十六名关之一。谢彬《新疆游记》中有“两山夹峙，一线中通，路倚奇石，侧临深涧，水流澎湃，日夜有声，弯环曲折，时有大风，行者心戒”的记载。《水经注》中称铁门关所在的峡谷为“铁门关”，后人称为“遮留谷”。

铁门关历来就是兵家必争之地，关旁的绝壁上还留有“襟山带河”四个隶书大字。如今关旁的山坡上还存有古代屯兵的遗址。据历史记载，西汉张骞出使西域曾途径铁门关，班超也曾于孔雀河饮马，所以人们又把孔雀河称为“饮马河”。

岑参登铁门关曾赋诗《题铁门关楼》：“铁关天西涯，极目少行客。关旁一小吏，终日对石壁。桥跨千仞危，路盘两崖窄。试登西楼望，一望头欲白。”这首诗真实而形象地描绘出了铁门关的险峻。此外还有《银山碛西馆》："银山碛口风似箭，铁门关西月如练。"

在民间，关于铁门关还流传着"塔依尔与卓赫拉"的美丽传说。相传古焉耆国王的公主卓赫拉和牧羊人塔依尔相爱，阴险毒辣的丞相卡热汗唆使国王抓了牧羊人塔依尔，并打算把他处死，卓赫拉得知后，设法救出了心上人塔依尔，丞相卡热汗发现后派人追赶。这对恋人夜奔出关时，不幸连人带马坠入了深涧。后人为纪念这对为爱情和自由而死的恋人，在铁门关对面的公主峰上建造了塔依尔与卓赫拉的"麻扎"，意即坟墓。遗址尚有残存。

榆关

榆关，是山海关的古称，又称渝关、临榆关、临渝关、临闾关等。

在商代，此地属于孤竹国。汉代隶属辽西郡。隋文帝开皇三年（583年）始筑关，名"临渝关"。唐朝设临渝关守捉（唐边防部队名称）。明朝初年建关设卫时，因其倚山面海，改名山海关。

山海关地势险峻，地理位置极为重要。山海关北依燕山，南临渤海，是华北与东北相通的咽喉要道，京山、沈山铁路在此联结，古来即有"两京锁钥"的美称，素为兵家必争之地。由古至今发生了许多著名的重大战役，如吴三桂引清兵入关与李自成农民起义军之战，1922年、1924年直系、奉系军阀两次石河之战，1933年日军攻占山海关并由此侵略华北，1945年山海关阻击战等。

山海关的城池，是一座周长约为4公里的小城，与长城相连，并以城为关。城高14米，厚7米。全城共有四座主要城门，并附有许多古代的防御建筑，以威武雄壮的"天下第一关"箭楼为主体，辅以靖边楼、临闾楼、牧营楼、威远堂、瓮城、东罗城等长城建筑，是一座防御体系较为完整的城关。

唐诗中提及"榆关"的有王昌龄《从军行》："大将军出战，白日暗榆关。"高适《燕歌行》："摐金伐鼓下榆关，旌旗逶迤碣石间。"李希仲《蓟门行》："辛苦羽林儿，从戎榆关道。"沈彬《塞下三首》："月冷榆关过雁行，将军寒笛老思乡。"

雁门关

雁门关，位于山西代县城西北20公里雁门山腰，又称西陉关，与宁武关、偏关在明代合称为外三关。

雁门山历史悠久，古称为勾注山。相传每年冬去春来时，南归的大雁口衔芦叶，飞到雁门盘旋半晌，直到叶落方可过关。故《山海经》中有"雁门山者，雁飞出其间”的说法。

“天下九塞，雁门为首。”雁门关依山傍险，东西两翼山峦起伏叠嶂。雁门关有东西二门，用巨砖叠砌，气度轩昂，门额雕嵌“地利”、“天险”二匾。东西二门上曾建有城楼，城楼内塑有杨家将群像，在东城门外有为李牧祠，遗憾的是城楼和李牧祠，都在日寇侵华时毁于一旦。傅山先生所书的“三关冲要无双地，九塞尊崇第一关”的对联也已不复存在。但李贺的《雁门太守行》仍写出了雁门关的雄伟气势：“黑云压城城欲摧，甲光向日金鳞开。角声满天秋色里，塞上胭脂凝夜紫。半卷红旗临易水，霜重鼓寒声不起。报君黄金台上意，提携玉龙为君死。”

历代都把雄关雁门当做战略要地，从战国时期的赵武灵王置雁门郡开始，此后多以雁门为郡、道、县建制戍守。到了唐代由于北方突厥崛起，唐代在雁门山驻军，并在制高点铁裹门设关城，戍卒防守，始称雁门关。雁门古塞“胡”汉相争，群雄逐鹿，战事连绵。从此，雁门山就成为后晋和契丹的分界线，雁门关也成了中原王朝和少数民族地方政权相对峙的前沿阵地。北宋初期，雁门关一带是宋辽激烈争夺的战场。杨家将曾在这里为国立功，为了纪念他们，在雁门关北口立了“杨将军祠”。元明设千户所，雁门旧关废弃，雁门战火渐趋平息。辛亥革命以后，雁门关除了遭到军阀混战的破坏，也受到了抗日烽火的洗礼。

2001年，雁门关被国务院批准列入第五批全国重点文物保护单位名单。

唐诗中提及“雁门关”的诗句有李白《古风其六》：“昔别雁门关，今成龙庭前。”刘长卿《送薛承矩秩满北游》：“寒云带飞雪，日暮雁门关。”施肩吾《云中道上作》：“羊马群中觅人道，雁门关外绝人家。”

芦子关

芦子关，又名芦关，杜甫《彭衙行》“欲出芦子关”即指此。

芦子关曾是唐代重要军事咽喉，被列入全国142处关隘之一。《唐书·地理志》中记载公元824年，“筑城于关北”。芦子关之北紧靠横亘东西的秦长城，在唐时置金明县，所以芦子关又名“金明咽喉”。

芦子关位于一个叫土门的山谷里，北与陕北榆林地区的靖边县连接，地势特别险要。东西两边崖壁如同悬立对峙的门户，在崖头，还有东西二城旧址。其地北控河套，西藩灵武，历来是边塞重地，兵家必争之地。尤其是西汉以来，有很多名将镇守芦子关。如汉初名将李广为上都太守时，曾驰骋于芦关内外，终于将匈奴驱逐出去。唐朝李佑任朔方节度使时，在芦子关一带造五城，使芦子关成为抵御外敌的重镇。宋淳化五年（995年），金明镇史李继修筑砦城，使芦子关进一步闻名天下。北宋名将范仲淹在延州（今陕西延安）时，曾在这里大破西夏军队。

芦子关不但形势险要，而且风光秀丽。芦关风光，以雪景最为有名。大雪覆盖下的芦子关，塞外广漠的雪野，一望无垠；阴山横在其后，映衬得古塞旖旎雄壮。杜甫也曾来过这风光秀丽的边境古塞芦子关，写有著名的《塞芦子》诗："延州秦北户，关防犹可倚。焉得一万人，疾驱塞芦子。岐有薛大夫，旁制山贼起。近闻昆戎徒，为退二百里。芦关扼两寇（史思明、高秀岩），深意实在此。谁能叫帝阍，胡行速如鬼。"

现在，在延安杜公祠的石门两侧刻有清代陈炳琳撰写的对联："清辉近接鄜州月，壮策长雄芦子关。"今天，虽然芦关古塞往昔的面貌渐失，然而，古塞曾有过的雄姿却一直流传着。

潼关

潼关，位于陕西潼关县东约3公里的禁沟两岸。古潼关居中华十大名关第二位，历史悠久，闻名遐迩。十二连城、马超刺槐、仰韶文化遗址等名胜古迹星罗棋布；传说唐末黄巢进攻潼关城时，就是从这里进兵的。明末农民军李自成军队，企图越过潼关城东进，与明将孙传庭在这一带进行过激烈战斗。

潼关在东汉之前还没设关城，据文献记载："自渑池西入关有两路，南路由回阪，自汉以前皆由之。曹公恶路险，更开北路为大路。"到东汉末，曹操为防止关西发生兵乱，才于建安元年（196年）始设潼关，与此同时废弃了函谷关。

● 潼关

潼关以水得名。据《水经注》记载："河在关内南流潼激关山，因谓之潼关。"潼浪汹汹，故关名称潼关，又称为冲关。这里东有年头原居高临下，南有秦岭屏障，北有黄河天堑，中有原望沟、禁沟、满洛川等横断东西的天然防线，势成"关门扼九州，飞鸟不能逾"。汉时潼关城在今城北。到了隋大业七年（611年），移关城于南北连城间的坑兽槛谷（禁沟口）。唐朝天授二年（691年），又迁潼关城于黄、渭河南岸。明洪武五年（1372年）千户刘通筑城，即为明城。

潼关北临黄河，南跨麒麟、凤凰二山，东断东西大路临黄河南沿上麒麟山；西断东西大道靠黄河南沿上象山。有六处城门，每处各有两洞，其间有瓮城相连。东门称为金陡，之前称“迎恩”，后改为“平藩两陕”；西门称“怀远”，后改为“控制三秦”。南门有两个，东边的称为上南门，之前称“凌云”，后改为“麟游”、“览山”；西边的称下南门，称“迎薰”。北门也有两个，靠西边的是大北门，之前称为“吸洪”，后改为“霸英”。南北水关有两个，南边门筑闸楼七间，内设天桥；北边门筑闸九间。潼水穿城而过，后经潼津桥注入黄河。潼关城内建有金陵寺、望河楼、钟楼、阅书楼、吕祖庙、象山祖师庙及楼阁、牌坊不胜枚举，古称“金碧辉煌，映映川原。”后来冯玉祥于民国十六年（1927年），修筑潼河大桥。在抗日战争期间，西城门楼和箭楼等大量建筑物被拆毁。又由于修建三门峡水库，残留潼关城建筑物全部被拆除。

唐诗中提及“潼关”的有杜甫《洛阳》：“洛阳昔陷没，胡马犯潼关。”韩愈《次硖石》：“试凭高处望，隐约见潼关。”杜牧《秋娘诗并序》：“潼关识旧吏，吏发已如丝。”薛能《关中送别》：“黄河淹华岳，白日照潼关。”

凤林关

凤林关，始建于唐太宗贞观十一年（637年），建关的目的是巩固边防和保障丝绸之路的畅通。它位于唵歌集逆河而上的寺沟峡内的“阎王砭”。在“阎王砭”高约7米的石壁上雕刻着清晰可辨的“凤林关”三字，在字的旁边凿有当时修建关隘的桩眼，河边还残存着石块垒砌的墙垣，1958年修英雄渠时被毁。关南4公里左右有一山，传说“昔有凤鸟飞游五峰”，所以称为“凤林山”。山下是凤林县、凤林川，北濒黄河。诗圣杜甫《秦州杂诗》之十九“凤林戈未息，鱼海路常难”中的“凤林”，即指此地。

凤林关是丝绸之路陇右南线的孔道，唐镇守河陇地区的关防要塞。这里有条古道经过，为狄鄯道，史称唐蕃古道，从长安出发，越陇关，经陇西、狄道（今甘肃临洮）到河州，上北塬至凤林津过黄河，越漫天岭，又称长夷岭，经杨塔、王台、川城进入青海省民和县到西宁；也可经过凤林渡，东下过小川到达兰州。唐蕃古道是唐和吐蕃派遣使者的通道，也是唐蕃双方交战的要线。文成公主嫁松赞干布时曾途经凤林关，在炳灵寺上香拜佛之后才西去拉萨。

凤林关于唐敬宗宝历元年（825年）陷于吐蕃。诗人张籍曾到此，看到了黄河水依旧日夜东流，而凤林关和这里的土地已被吐蕃占据了六十年，一片荒凉萧条的景象，使其感慨万千，作诗：“凤林关里水东流，白草黄榆六十秋。边将皆承主恩泽，无人解道取凉州。”诗人谴责防守边疆的将帅辜负了朝廷的恩泽，不去收复失地。唐诗中提及“凤林关”的还有：高骈《赴安南却寄台司》：“今日海门南面事，莫教还似凤林关。”秦韬玉《塞下》：“凤林关外皆唐土，何日陈兵戍不毛。”今凤林关遗迹虽已不复存在，原属永靖县安集乡三坪村的凤林村却因关而得名，并延续至今。

剑门关

剑门关或称剑门，位于四川省广元市剑阁县城北25公里处。它位于大剑山的中断处，两旁悬崖峭壁，直入云霄，峰峦倚天似剑，两壁相对，由于形状像门，因此称为“剑门”。素有“剑门天下险”的美誉，又称“天下第一关”。1982年，剑门关被国务院列为国家级风景名胜区。

剑门扼守蜀地的咽喉，它地势险要，自古以来就是兵家必争之地。相传在战国时期，秦惠王想要吞并蜀，由于无路进蜀，便谎称赠五金牛、五美女给蜀王，蜀王信以为真，派人劈山开道，入秦迎接美女和金牛，这条开通的蜀道，称为“金牛道”，又称为剑门蜀道。在三国时期，蜀国的丞相诸葛亮率军讨伐魏国，途经大剑山，看见山势险峻，于是命令将士凿山岩，架飞梁，搭栈道。诸葛亮六出祁山，北伐曹魏，都曾在此驻军、练兵、屯粮；并又在大剑山断崖之间的峡谷隘口修筑关门，并派兵守卫。当年魏军镇西将军钟会率领十万精兵进取汉中，直逼剑门关想要夺取蜀国，蜀军大将姜维率领三万兵马镇守剑门关，并成功把钟会十万大军抵挡于剑门关外，真可谓“一夫当关，万夫莫开”。

剑门关集险、雄、秀、幽、奇于一体，除了山雄关险之外，还以峡谷的幽深、岩石的怪异、山洞的奇特、翠云廊的秀丽而誉满中外，这里有众多的风景名胜和文物古迹。现已开发的胜景有大小剑山“七十二峰”、翠屏峰、仙峰观、梁山寺、经皇洞、雷公峡、照壁、玉女峰、仙女桥、大小穿洞、舍身崖、一线天、后关门、石笋峰、姜维墓、营盘嘴、干河坝等景点。现在大剑山脚下有缆车可上石笋峰，然后攀登崖壁的小径，顺环山天梯抵达山巅的梁山寺和翠屏峰；或从后关门依山傍险的环山天梯抵达石笋峰，再从石笋峰攀崖壁的小径抵达山巅。

梁山寺，传说是南北朝时期梁武帝来此修行而得名。翠屏山下的“经皇洞”，相传是唐明皇为了躲避“安史之乱”，经过此地，把金银珠宝、佛经藏在洞里面得名。在关楼的东侧扼剑门关险的山顶是当年姜维列营镇守的“营盘嘴”，也称“姜维城”。此外还有清代的炮台遗址，右侧的石崖上还刻有康熙帝第十七子果亲王亲笔书写的“第一关”三个字。这些名胜古迹和传说，给秀丽的自然风景增添了风采和神秘，更令游人流连忘返。在剑门关游览，能充分领略到诗仙李白《蜀道难》的诗句中所描写的“蜀道之难，难于上青天”的神韵。

唐诗中提及“剑门关”的有杜甫《剑门》：“惟天有设险，剑门天下壮。”韩昭《和题剑门》：“险固疑天设，山河自古凭。三川奚所赖，双剑最堪矜。”李德裕《题剑门》：“奇峰百仞悬，清眺出岚烟。迥若戈回日，高疑剑倚天。”

榆塞

榆塞就在现今的陕西榆林，又因为地处榆溪，即今清水河畔，又称榆溪塞，是秦北方边境的戍守地。根据《汉书·韩安国传》记载，秦时蒙恬率军在北方抗御匈奴，曾经用“树榆为塞”，就是用人工种植的榆林作为城塞，使匈奴不敢轻易南下。

在隋朝时以榆塞之地为中心筑起长城，于是榆塞成了隋长城的要塞。后来“榆塞”泛指边关、边防、边塞。

后来又有“榆关”之称，虽然被指为晚世长城具体关塞的代号，比如山海关，其实依然折射着蒙恬故事的历史余光。后世仍然有以“榆塞”形式备敌的军事策略。根据《宋史·河渠志》记载，北宋时，还曾经有人“奏请种木于西山之麓，以法榆塞，云可以限契丹也”。

◎ 蒙恬

蒙恬是秦著名将领，征战北疆十多年，曾筑榆塞抵抗匈奴南下。蒙恬（？—前210年），我国西北最早的开发者，也是古代开发宁夏第一人，被誉为“中华第一勇士”。

公元前221年，蒙恬因破齐国有功被封为内史，是秦最高行政长官。秦统一六国后，蒙恬奉命率三十万大军北攻匈奴。收复河南地（今内蒙古河套南鄂尔多斯一带），自榆中（今内蒙古伊金霍洛旗以北）至阴山，设三十四县。又渡过黄河，占据阴山，迁徙人民充实边县。之后又修筑西起陇西临洮（今甘肃岷县），东至辽东（今辽宁境内）的万里长城，把原燕、赵、秦长城连成一体，有力地抵御了匈奴的南进。

王勃《春思赋》：“榆塞三千里”，骆宾王《送郑少府入辽》：“边烽警榆塞，侠客度桑干。”杜牧《夏州崔常侍自少常亚列出领麾幢十韵》：“榆塞孤烟媚，银川绿草明。”杨凭《边塞行》：“细丛榆塞迴，高点雁山晴。”南宋诗人陆游《浪迹》：“壮志已忘榆塞外，高情正在酒垆边。”在这些诗里，都用“榆塞”这个词指代北方长城防线。

卢龙塞

卢龙塞，今河北喜峰口。在徐无山麓的最东面，坐落于两山之间，左侧是梅山，右侧是云山。

卢龙塞是依山修筑的城池，由三道城墙构成一个“日”字形的防御体系。外围的主城墙五丈高，三丈宽，一百丈长，由石块从里到外整体堆砌而成，在中心竖有高一两丈的城楼，名为望日楼。在主城墙的两端，依山势修建了辅墙，在城墙上各有一楼。修建在梅山上的为梅楼，矗立在云山上的为云楼。由两边的辅墙开始，向更远的山上延伸。汉代修建了一道约两百多里长的城墙，以防止胡人入侵。由主城墙向后一百步，在两山之间，再筑了一座高大的城楼，城墙高宽都同主城墙一样，长为五十丈。上有一楼称为卢龙。两边用石墙与主城墙相连。两侧是两列士兵的营房。再往后，相距一百步，就是面对官道的新月楼。这道城墙四丈高，两丈宽，八十步长，上有一楼叫新月楼。这里两侧都是堆积粮草的库房、治疗伤兵的木屋和马棚。

云山胜地

卢龙塞历史悠久。东汉末曹操与辽西乌桓作战，东晋时前燕慕容儁进兵中原，都经由此塞。传说曾经有一个人久戍不归，他的父亲到处询问，千里寻儿，后来父子终于相逢于山下，相抱大笑，喜极而死，并葬于此处，塞由此得名。大约到明永乐后，被讹称为喜峰口。后于明景泰三年（1452年）筑城置关，称喜峰口关。今通称喜峰口。

喜峰口关周围是一片低山丘陵，海拔高度由南200多米，向北升高至1000多米，地形突兀，交通困难。由滦河所形成的谷道成为了南北往来的天然通道。喜峰口关处，地形险要，高崖对峙。由此出关折东趋大凌河流域，北上通西辽河上游和蒙古高原东部，向西南经遵化和冀北重镇蓟州（今天津蓟县）可到北京。这条路径自古以来是从河北平原通向东北的一条交通要道。喜峰口关扼此道咽喉，有很重要的战略地位，历来是兵家必争之地。古时喜峰口一带是汉族与北方及东北方民族交往频繁之地，历代都有兵戍守。

唐诗中提及“卢龙塞”有高适《塞上》：“东出卢龙塞，浩然客思孤。”戎昱《塞下曲》：“自有卢龙塞，烟尘飞至今。”杨师道《奉和圣制春日望海》：“回瞰卢龙塞，斜瞻肃慎乡。”

亭台楼阁

亭台楼阁一直是历代诗人喜欢吟咏的对象，我国古代的建筑也特别强调亭台楼阁的设计。在我国历史上出现了很多著名的亭台楼阁，它们中有能保留至今的，大多开放供游人观光；也有很多消失在历史的尘埃里，这样我们只能在唐诗中窥见它们的风貌了。

滕王阁

滕王阁，位于江西省南昌市沿江路赣江边。素有“西江第一楼”的美誉，因“初唐四杰”之首的王勃所写的一篇《滕王阁序》而得以誉满古今。王勃的《滕王阁序》，脍炙人口，千古流传。文以阁名，阁以文传。

滕王阁始建于唐永徽四年（653年），为唐高祖李渊之子李元婴任洪州都督时所建造。据史料记载，李元婴在任洪州都督时，从苏州带来一群歌伎，终日在都督府里盛宴歌舞。后来又于临江建此楼阁为别居，其实是歌舞之地。因李元婴曾被封为滕王，所以阁以“滕王”一名冠之。

滕王阁历代规模不同，规模最大时共三层，阁高九丈，阁东西长有八丈六尺，南北宽四丈五尺，南北还有压江亭和挹翠亭。此后又增建迎恩亭，是接恩诏拜御赐之地。上层前楼额曰：“西江第一楼”，后楼小篆韩愈记：“江南多临观之美，而滕王阁独为第一，有瑰丽绝特之称。”匾曰“仙人旧馆”。阁中有历代咏阁的图画、诗文、碑拓，极为丰富。

滕王阁是当时南昌吉祥的风水建筑，曾有这样的歌谣：“藤断葫芦剪，塔圮豫章残。”“藤”谐“滕”音，指的是滕王阁；“葫芦”，是藏宝之物；“塔”，指绳金塔；“圮”，有倒塌的意思；“豫章”指的是南昌。这首歌谣的大意是，如果滕王阁和绳金塔倒塌，南昌的人才和宝藏都将流失，城市将败落。在我国古代传统习俗中，人口聚居地需要吉祥的风水建筑。一般是当地最高标志性的建筑，因这样建筑可聚集天地之灵气，吸收日月之精华，俗称“文笔峰”，滕王阁坐落于赣水之滨，被古人誉为“水笔”。有古人云：“求财去万寿宫，求福去滕王阁。”由此可见，滕王阁在世人心中占据的神圣地位。

滕王阁历时一千三百多年，屡毁屡修。1926年，被北洋军阀邓如琢烧毁，如今的滕王阁是仿宋建筑。1942年，古建筑大师梁思成先生同其弟子莫宗江根据“天籁阁”旧藏宋画绘制了八幅《重建滕王阁计划草图》。在第二十九次重建之时，建筑师以此作为依据，并参照了宋代李明仲的《营造法式》，设计了这座仿宋式的雄伟楼阁，并于1989年的重阳节建成，这给古城南昌增色添辉，吸引着络绎不绝的中外游客。滕王阁是豫章古文明的象征，是南昌的骄傲，是中华民族文化遗产中的瑰宝。

古往今来都有无数关于滕王阁的诗词歌赋，唐代诗人关于滕王阁的诗歌也不胜枚举，有王勃《滕王阁诗》：“滕王高阁临江渚，佩玉鸣鸾罢歌舞。画栋朝飞南浦云，珠帘暮卷西山雨。闲云潭影日悠悠，物换星移几度秋。阁中帝子今何在？槛外长江空自流。”张九龄《登豫章郡南楼》：“闭阁幸无事，登楼聊永日。”白居易《钟陵饯送》：“路人指点滕王阁，看送忠州白使君。”杜牧《滕王阁》：“滕阁中春绮席开，柘枝蛮鼓殷情雷。”

鹳雀楼

鹳雀楼，与黄鹤楼、岳阳楼、滕王阁同被誉为我国四大历史文化名楼。鹳雀楼位于山西省永济市蒲州古城西面的黄河东岸。

鹳雀楼，古名鹳鹊楼，相传当时有鹳鹊栖息在楼上，故名。《蒲州府志》中记载：“鹳雀楼旧在郡城西南黄河中高阜处，时有鹳雀栖其上，遂名。”

鹳雀楼气势雄伟，风景秀丽，历代文人墨客都曾登楼观瞻、吟诗作赋，并留下许多不朽篇章。唐代诗人王之涣登楼时有感而发写下了《登鹳雀楼》：“白日依山尽，黄河入海流。欲穷千里目，更上一层楼。”这首诗催人奋发向上，激励民族振兴，成为脍炙人口的千古绝唱。北宋科学家沈括在《梦溪笔谈》中有这样的记述：“河中府鹳雀楼三层，前瞻中条，下瞰大河。唐人留诗者甚多，惟李益、王之涣、畅当三首能壮其观”。如畅当的《题鹳雀楼》：“迥临飞鸟上，河流入断山。天势围平野，高出尘世间。”又如李益的《登鹳雀楼》：“鹳雀楼西百尺樯，汀洲云树共茫茫，汉家箫鼓空流水，魏国山河半夕阳。事去千年犹恨速，愁来一日即为长。风烟并起思乡望，远目非春亦自伤。”诗人由壮丽的山河美景联想到了人生苦短的惆怅。

鹳雀楼的所在地，正是中华民族五千年文明的发祥地，黄河在这里折返大海。距离鹳雀楼20公里的西侯渡古人类文化遗址，展示了一百八十万年前的旧石器时代，人类在这里开始用火、用打制石器的生活情景。相传华夏民族的祖先伏羲、女娲、黄帝，都在这一带留下了斧辟刀凿的历史痕迹。“华夏”一词的“夏”指的是历史上的大夏民族，“华”指的是华山一带，就是黄河西岸这片地方。西为华，东为夏，鹳雀楼恰好坐落在华夏历史坐标的中点上。从某种程度上说，鹳雀楼是黄河的标志，是中华民族不屈的象征。

鹳雀楼始建于北周，经唐历宋仍屹立如故，于元朝初年毁于战火，后因黄河泛滥，致使楼毁景失。后来人们把蒲州西城楼当做“鹳雀楼”。鹳雀楼近年已得到重建。重建的鹳雀楼坐落在近十米高的台基上，外形是四檐三层的仿唐风格，内部共有九层，近74米高，很是雄伟壮观。

岳阳楼

岳阳楼，位于湖北洞庭湖畔，矗立在岳阳市西门城墙上。岳阳楼与湖北武汉的黄鹤楼、江西南昌的滕王阁在历史上并称为江南三大名楼，素有“洞庭天下水，岳阳天下楼”的美誉。

相传岳阳楼始为三国吴将鲁肃训练水师的阅兵台。这个阅兵台在两晋、南北朝时被称为巴陵城楼，在唐开元四年（716年），中书令张说谪守岳州，扩建阅军楼，并取名为南楼，后改称岳阳楼。在宋庆历四年（1044年），滕子京被贬到岳州，当时的岳阳楼已垮塌，滕子京于第二年重建了岳阳楼，并请当时的大文学家范仲淹为岳阳楼作记。范仲淹写下了流传千古的《岳阳楼记》。《岳阳楼记》字字珠玑，文章情景交融，语气铿锵，气势磅礴，文中“先天下之忧而忧，后天下之乐而乐”等名句，体现了中华民族的伟大精神，广为人们传诵。从此《岳阳楼记》名传千古，诗因楼作，楼因文名，岳阳楼也誉满天下。

岳阳楼图

岳阳楼在一千七百余年的历史长河中屡毁屡修。最后一次重修是在清朝光绪六年（1880年），由岳州知府张德容主持修建，保留至今。主楼的平面呈长方形，宽为17.24米，深为14.54米，三层总高19.72米，纯木结构，四面环以明廊，腰檐并设有平座，建筑精湛，气势雄伟。主楼的右面有“三醉亭”，由于吕洞宾三醉岳阳楼而得名；左有“仙梅亭”，相传在明崇祯年间维修中挖出一石板，上有好似枯梅的花纹，人们认为是仙迹，因此得名。今枯梅仿雕石板仍嵌立在亭中。楼内有清乾隆时书法家张照写的《岳阳楼记》木雕屏，近处还有宋代铁枷、铁梢和历代石刻多处。

如今政府对岳阳楼也进行了维修，景区面积由73亩扩至670亩，并修建了怀甫亭和碑廊，重建了仙梅亭、三醉亭、瞻岳门、洞庭风韵诗廊、角楼、南大门、汴河街、五朝楼观、双公祠、吕仙祠等景点。新旧景区完美地结合在一起，是一个融人文景观与自然景观高度和谐统一的精品旅游景区。

自唐代以来，文人雅士吟诵“岳阳楼”的诗句甚多，如李白《与夏十二登岳阳楼》：“楼观岳阳尽，川迥洞庭开。雁引愁心去，山衔好月来。”杜甫《登岳阳楼》：“昔闻洞庭水，今上岳阳楼。吴楚东南坼，乾坤日夜浮。亲朋无一字，老病有孤舟。戎马关山北，凭轩涕泗流。”崔珏《岳阳楼晚望》：“乾坤千里水云间，钓艇如萍去复还。楼上北风斜卷席，湖中西日倒衔山。”

黄鹤楼

黄鹤楼是江南三大名楼之一，原址位于湖北武昌蛇山黄鹤楼矶头，相传始建于三国吴黄武二年（223年）。在历史的长河中，黄鹤楼历经沧桑，屡毁屡修，致“楼之兴废，更莫能纪”，可考证的就多达三十多次。仅清代重修、补葺就有八次。黄鹤楼最后的一次被毁是清末光绪十年（1884年）八月，由于居民房屋起火，殃及城楼，把这千古名楼烧为灰烬，只存数千斤宝盖铜楼鼎一架。

昔日黄鹤楼，辉煌瑰丽，好似“仙宫”。黄鹤楼有很多美丽的传说，这给黄鹤楼又增添了几分神秘和风采。三国时在临江的山巅建楼，是出于军事上的需要，后来逐渐成为会友、赏景、吟诗的佳地。历代的文人雅士如崔颢、李白、白居易、陆游等都曾到这里游览，吟诗作赋。李白也曾登上黄鹤楼，见到崔颢的诗，自愧不如说：“眼前有景道不得，崔颢题诗在上头”。崔颢题诗，李白搁笔，从此黄鹤楼名气大盛。

1984年重建的黄鹤楼在距旧址约1公里左右的蛇山西端的高观山西坡上，正对武昌旧城区门口，处在京广铁路和分路引桥间的三角形地带内。古黄鹤楼“凡三层，计高九丈二尺，加铜顶七尺，共成九九之数。”新楼更雄伟，加了一层5米高的葫芦形宝顶，楼共五层，高50.4米，比古楼高出近20米。在主楼的周围还建有碑廊、山门、胜象宝塔等建筑。新黄鹤楼更为雄伟壮观，在它的面前是雄伟的长江大桥。

黄鹤楼内部，层层风格不相同。一层大厅的正面墙上，是一幅表现“白云黄鹤”为主题的巨大陶瓷壁画。四周空间陈列着历代有关黄鹤楼的著名诗词的影印本、重要文献以及黄鹤楼绘画的复制品。二层大厅的正面墙壁，有用大理石镌刻的唐代阎伯瑾撰写的《黄鹤楼记》，记述了黄鹤楼兴废沿革以及名人轶事。在楼记的两侧有两幅壁画，一幅是“孙权筑城”，形象生动地说明了黄鹤楼与武昌城相建诞生的历史；另一幅是“周瑜设宴”，反映了三国名人登黄鹤楼的活动。三层大厅的壁画是唐宋名人的“绣像画”，如崔颢、李白、白居易等，并摘录了他们吟咏黄鹤楼的名句。四层大厅用屏风分割为几个小厅，小厅内设有当代名人字画，供游客欣赏、选购。五层大厅有《长江万里图》等壁画、长卷。走出顶层大厅的外走廊，举目四望，视野开阔，令人心旷神怡。

唐代关于黄鹤楼的诗歌最著名的当数崔颢的《黄鹤楼》，诗云：“昔人已乘黄鹤去，此地空余黄鹤楼。黄鹤一去不复返，白云千载空悠悠。晴川历历汉阳树，芳草萋萋鹦鹉洲。日暮乡关何处是？烟波江上使人愁。”此外还有李白的《望黄鹤楼》：“东望黄鹤山，雄雄半空出。四面生白云，中峰倚红日。岩峦行穹跨，峰嶂亦冥密。颇闻列仙人，于此学飞术。一朝向蓬海，千载空石室。金灶生烟埃，玉潭秘清谧。地古遗草木，庭寒老芝术。蹇予羡攀跻，因欲保闲逸。观奇遍诸岳，兹岭不可匹。结心寄青松，永悟客情毕。”

谢朓楼

谢朓楼，位于安徽省宣城市中心，是一座文化名楼。谢朓楼不仅是宣城的地方标志，而且还是我国传统诗歌文学的一处标志。

谢朓楼是南齐著名诗人谢朓在任宣城太守时所建。谢朓于南齐明帝建武年间出任宣城太守，在城关陵阳山顶建造一室，称为“高斋”。唐初时，宣城人为了纪念谢朓，在“高斋”的旧址，又新建一楼，由于楼位于郡治之北，故名“北楼”，又由于此楼建成时，敬亭山非常有名，登楼可眺望敬亭山，因此又称“北望楼”。

诗仙李白曾多次来宣城登此楼凭吊，吟诗抒怀，留下许多脍炙人口，流传千古的诗篇，如《秋季登宣城谢朓北楼》：“江城如画里，山晚望晴空。两水夹明镜，双桥落彩虹。人烟寒橘柚，秋色老梧桐。谁念北楼上，临风怀谢公。”《宣州谢朓楼饯别校书叔云》：“长空万里送秋雁，对此可以酣高楼。蓬莱文章建安骨，中间小谢又清发。俱怀逸兴壮思飞，欲上青天揽明月。抽刀断水水更流，举杯消愁愁更愁。”因李白的诗广为传颂，所以该楼又被称为“谢朓楼”、“谢公楼”。又因为谢朓曾在此送别朋友范云，后来谢朓楼就成为宣城著名的送别之地。李白有《谢亭》诗：“谢亭离别后，风景每生愁。客散青天外，山空碧水流。”诗中谢亭指的就是谢朓楼，反复不断的离别在谢朓楼上演，使优美的谢朓楼风景也染上了一层离愁。

此后在该楼的周围建有条风、双溪、清署、观风、迎春、怀谢等亭阁。历代文人雅士慕名而来，登楼观赏者络绎不绝，吟诗题咏者难以计数。白居易曾寄居宣城并作有《窗中列远岫》一诗，抒发了登此楼的观感。此诗被当时的宣歙观察使所知，大为夸赞，并举荐白居易赴京应试，白居易得中为第四名进士，从而步入了仕途。直至他晚年还作有《寄题郡斋》诗：“无复新诗题壁上，虚教远岫列窗间。再喜宣城章句动，飞觞遥贺敬亭山。”

在唐咸通末年，御史中丞兼宣州刺史独孤霖将北楼改建，由于其地势高且险，崖叠如嶂，因此题名“叠嶂楼”。在明嘉靖年间知府方逢时重修谢朓楼，并复名“高斋楼”。于清康熙四十年（1701年）知府许廷式又重新修葺谢朓楼，并说：“叠嶂之名以地命也，谢公之称以人传也。北楼为古今所共知，而人而地并在其中矣。”于是题名曰：“古北楼”。清光绪初，知府鲁一员又重修了谢朓楼。重修后的北楼分上下两层，上圆下方，顶盖琉璃瓦，全木结构，四边飞檐翘角。上层题额为“叠嶂楼”，下层题为“谢朓楼”，四方置屏风门。楼基的周围有历代诗文碑刻和修楼碑记。

现谢朓楼遗址被列为省级文物保护单位。

◎ 谢朓

谢朓是南齐永明体诗歌的代表作家，曾任宣城火守，建“高斋”，即谢朓楼，后遭始安王萧遥光诬陷至死。谢朓的山水诗风格清逸秀丽，梁武帝称：“不读谢诗三日觉口臭。”曾作《高斋视事》、《高斋闲望》等诗篇。有《谢宣城集》五卷传世。《谢朓逸集》一卷，已佚。谢朓在文学史上有“继汉开唐之功”。杜甫称“诗接谢宣城”、“谢朓每篇堪讽味”。诗仙李白也“一生低首谢宣城”。沈约称谢朓“二百年无此作也”、“调与金石谐，思逐风云上”。谢朓的融情入景的山水诗风，直接影响了孟浩然、王维等唐代山水诗人。

芙蓉楼

芙蓉楼有两处，分别在江苏镇江和湖南洪江。两处芙蓉楼都誉满中外，都有重要的人文景观，为世人所敬慕。

江苏镇江芙蓉楼坐落在金山天下第一泉的塔影湖滨，原来建在古镇江城内三山（即月华山、日精山、寿丘山）中的月华山上，是东晋刺史王恭所建，唐代犹存。为了开发旅游资源，1992年将这座历史名楼遗址重建。

总体建筑由芙蓉楼、掬月亭、冰心榭及湖中三座石塔组成，其间由曲折回廊相连，构成了一幅秀美的画卷。其中芙蓉楼是一座重檐歇山式的仿古建筑，19米高，有上下两层，在二楼的中央，高悬着“芙蓉楼”三个大字，是江泽民亲笔题写的，这为芙蓉楼增添了几分风采。在芙蓉楼的两侧，有两座仿古建筑，与芙蓉楼形成犄角之势，东北面是“冰心榭”，为演示茶艺和展示中泠泉的水质的场所；东南面为“掬月亭”，是观赏湖中的三座石塔和明月倒映水中佳景之地。

湖南洪江芙蓉楼坐落在沅、舞水汇流之处的洪江市黔城镇，是古典园林建筑，占地面积4250平方米，北廓临江。筑叠巧思、错落有致，有“楚南上游第一胜迹”之美誉。芙蓉楼一色青瓦屋面，屋顶泥塑惟妙惟肖、栩栩如生，虽无皇家园林之气势，苏州园林之精致，却也含蓄淡雅，飞檐卷垛，秀丽宜人。园林中有耸翠楼、送客亭、三角亭、玉壶亭、半月亭、龙标胜迹门、古碑廊等风景名胜，而且园内还藏有历代名家书法碑刻和古城记事碑刻二百余方，是研究五溪地区政治、经济、文化、军事及宗教发展演变重要的石书档案。

两座芙蓉楼均别致雅典，瑰丽无比，王昌龄著名的诗《芙蓉楼送辛渐》：“寒雨连江夜入吴，平明送客楚山孤。洛阳亲友如相问，一片冰心在玉壶。”使芙蓉楼名扬天下，但具体指的是哪座芙蓉楼已无法考证。

仲宣楼

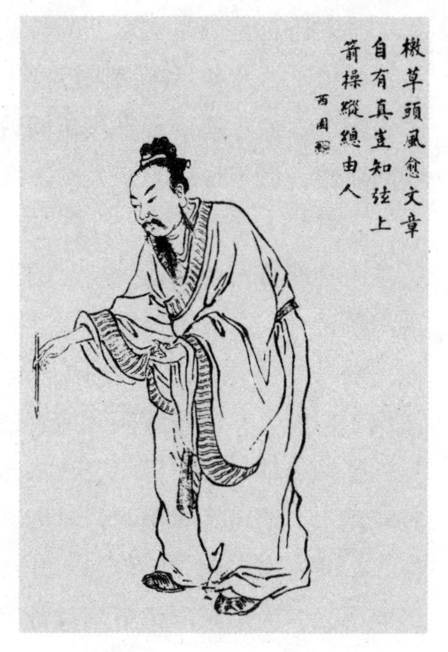

陈琳

陈琳，字孔璋，广陵（今江苏江都）人，“建安七子”之一，先为袁绍幕僚，后归附曹操。

仲宣楼，位于湖北襄樊的襄阳城东南角城墙之上。为了纪念东汉末年诗人王粲在襄阳作《登楼赋》而建，因王粲字仲宣，故称为仲宣楼。原来建筑已毁，现存的是1993年重建的双层重檐歇山顶式建筑。

王粲与鲁国孔融、广陵陈琳、北海徐干、汝南应玚、东平刘桢，陈留阮瑀合称“建安七子”。王粲是“七子之冠冕”，文学成就最高。他擅长诗赋，《初征》、《槐赋》、《七哀诗》、《登楼赋》等是其代表作，也是建安时代抒情小赋和诗的代表作。明代人辑录王粲的作品，编有《王侍中文集》流传于后世。著名的文学典籍《昭明文选》中也有他的作品。王粲于汉献帝初平四年（193年），为了躲避董卓之乱而南下襄阳投靠刘表，后又于建安十三年（208年）依附曹操。王粲在襄阳十五年未被重用，郁郁不得志，一腔怨愤化为《登楼赋》这一千古绝唱。后人在襄阳城内东南角建“仲宣楼”以为纪念。

唐诗中提及“仲宣楼”的诗句有杜甫《短歌》：“欲向何门趿珠履，仲宣楼头春色深。”齐己《怀体休上人》：“仲宣楼上望重湖，君到潇湘得健无。”罗隐《寄张侍郎》：“无路重趋桓典马，有诗曾上仲宣楼。”

八咏楼

八咏楼，原名玄畅楼，后改称元畅楼，位于浙江金华市南隅，面临婺江，坐北朝南，楼高数丈，屹立于石砌台基上，有百余石级。登楼远眺，双溪蜿蜒，南山连屏，秀丽景色尽收眼底。

现存建筑共四进。第一进是主体建筑，重檐楼阁，歇山屋顶，翼角起翘，石砌台基。此楼是东阳郡太守、著名文学家和史学家沈约于南朝齐隆昌元年（494年）建造的。沈约并曾多次登楼赋诗，如《登玄畅楼》：“危峰带北阜，高顶出南岑。中有凌风谢，回望川之阴。岸险每增减，湍平互浅深。水流本三派，台高乃四临。上有离群客，客有慕归心。落晖映长浦，焕景烛中浔。云生岭作黑，日下溪半阴。信美非吾土，何事不抽簪。”之后在这基础上又增写八首诗歌，称为

《八咏》诗，是当时文坛上的长篇杰作，传为绝唱，所以从唐代起，元畅楼改名为八咏楼。八咏楼后于南宋淳熙十四年（1187年）扩建，并把沈约的八咏诗刻在了石碑上。八咏楼于元皇庆年间毁于大火，石碑也被毁。现存八咏楼是清朝嘉庆年间重建，后于1984年又大修一次。

八咏楼自建楼一千五百多年以来，不仅与历代文人雅士结下了亲缘，还与英雄人物有着密切关系。唐代的严维，宋代的吕祖谦、谢翱、李清照，元代的赵孟頫等诗人、书法家都曾前来登临此楼吟诗作赋，留下了很多诗文名篇。如李清照《题八咏楼》："千古风流八咏楼，江山留与后人愁。水通南国三千里，气压江城十四州。"这首诗充分地表述了八咏楼的雄伟气魄、金华重镇的形势以及强烈的爱国热情，成为历代题咏八咏楼出类拔萃之作。严维《送人入金华》："明月双溪水，清风八咏楼。昔年为客处，今日送君游。"孟浩然《同独孤使君东斋作》："寄谢东阳守，何如八咏楼？"元末农民起义军将领胡大海、明代抗倭英雄戚继光、太平天国侍王李世贤等，都曾登上八咏楼检阅他们的部队。明末兵部尚书朱大典在同清军激战中，壮烈地牺牲在八咏楼，留下了可歌可泣的英雄史迹。周恩来在1939年到金华视察时，也曾在八咏楼下的八咏滩头召开过近千人的群众大会，慷慨激昂地宣传团结抗战的伟大方针。

◎ 八咏诗

八咏楼因"八咏诗"而得名。南朝齐隆昌元年（494年），东阳郡太守沈约建元畅楼，并赋诗《登玄畅楼八咏》："登楼望秋月，会圃临春风。岁暮愍衰草，霜来悲落桐。夕行闻夜鹤，晨征听晓鸿。解佩去朝市，被褐守山东。"之后，沈约又以此诗的每一句为题作长歌一篇，即《登台望秋月》、《会圃临春风》、《岁暮愍衰草》、《霜来悲落桐》、《夕行闻夜鹤》、《晨征听晓鸿》、《解佩去朝市》、《被褐守山东》八首诗，名"八咏诗"，也简称"八咏"。

南唐后主李煜词中有"沈腰潘鬓消磨"一句，指的便是沈约。明代诗人夏完淳也有"酒杯千古思陶令，腰带三围恨沈郎"的诗句，其中沈郎也指沈约。

近几年八咏楼经过修葺后，面貌焕然一新，诗坛泰斗艾青曾亲笔题写"八咏楼"三个大字，为八咏楼增添了浓浓的诗韵。八咏楼现已是浙江省重点文物保护单位。

历下亭

历下亭是济南名亭之一，由于该亭南临历山（即千佛山），因此称历下亭，又名古历亭。历下亭矗立在大明湖中最大的湖中岛上，岛面积4160平方米左右，因历下亭是誉满中外的海右古亭，所以人们把整个小岛及岛上建筑统称为历下亭。

历下亭历史悠久，位置也几经变迁。该亭约建于北魏年间。北魏至唐代历下亭位于五龙潭处，天宝四年（745年），诗人杜甫在济南与书法家北海太守李邕相会，留下了《陪李北海宴历下亭》诗：“东藩驻皂盖，北渚凌清河。海右此亭古，济南名士多。云山已发兴，玉佩仍当歌。修竹不受署，交流空涌波。蕴真惬所遇，落日将如何。贵贱俱物役，从公难重过。”诗中不仅描绘了亭内外美丽的景色还说明了历下亭的古老历史。当时方位以西为右，以东为左，济南在大海的西面，所以又称为海右。又由于济南出过邹衍、伏生、鲍叔牙、房玄龄等历史名人，当时在场的有济南士绅蹇处士等人，故诗中称赞当地名士多。李杜宴饮赋诗使这座海右古亭从此闻名遐迩，而“海右此亭古，济南名士多”句被后人做成对联挂于亭中。宋、元、明都有历下亭，但不在今址，并已经废毁。

今亭建于清代，八角重檐，檐角飞翘，八柱矗立，红柱青瓦，攒尖宝顶，蔚为大观。亭下四周有木制的坐栏，亭内有石雕莲花桌凳，以便游人休憩，二层檐下悬挂清乾隆皇帝所书的匾额“历下亭”。亭的西侧有厅堂，面阔三间，绕以回廊，轩西是宽阔的湖面，湖天一色，莹如碧玉，故名蔚蓝轩，亭之北有大厅五间，为“名士轩”，是历代文人墨客宴集之地。“名士轩”三字匾额是清末书法家朱庆元所书，楹联“杨柳春风万方极乐，芙蕖秋月一片大明”，是著名文学家郭沫若亲笔题写。轩内西壁嵌有唐代天宝年间北海太守、大书法家李邕和诗圣杜甫的线描石刻画像及自秦汉至清末祖籍济南的十五位名士的石刻画像。轩内东壁嵌有清代诗人、书法家何绍基题写的《历下亭》诗碑，记述了他的好友陈景亮和陈弼夫重修历下亭的经过以及他在山东看到的灾荒景况。历下亭的东南侧，有古柳一株，据考，古柳已逾一百余岁高龄，柳能如此长寿，实属罕见。

劳劳亭

劳劳亭，旧址在今南京市区南，是古时著名的送别之地。劳劳亭又称为临沧观、望远楼。

《正德江县志》记载：“望远楼，在旧县（江宁）治西南八里，即古劳劳亭。亭在劳劳山，因名。”《舆地志》记载：“新亭垅上，有望远楼，古劳劳亭基。宋元嘉中，改名临沧观。”

劳劳亭始建于东吴，是古代送别之地。在古汉语中，劳劳表示非常忧伤。在我国成语中，就有“劳燕分飞”之说。劳劳亭的由来，是借用乐府民歌《孔雀东南飞》中“举手长劳劳，二情同依依”的诗意。《孔雀东南飞》描写了焦仲卿与妻子刘兰芝被迫分离，两人恋恋不舍而分别。自东吴之后，故人便以此作为送别点。

◎ 灞陵亭

唐诗中著名的别离场所除了劳劳亭、谢朓楼（谢亭）外，还有一处是灞陵亭。在长安东南三十里处有一条灞水，汉文帝葬于此，于是称灞陵，水边有灞陵亭。唐人出长安东门送别亲友，常在这里分手。故灞陵亭在唐诗里常和别离联系在一起。李白有《灞陵行送别》诗："送君灞陵亭，灞水流浩浩。上有无花之古树，下有伤心之春草。"罗隐的《柳》"灞岸晴来送别忙，相偎相依不胜春"也写出了唐人在灞亭送别的景象。

唐诗中描写劳劳亭的诗非常多。其中最著名的是诗仙李白的《劳劳亭诗》："天下伤心处，劳劳送客亭。春风知别苦，不遣柳条青。"借景抒情，以亭为题来表达人间的离别之苦。以及《劳劳亭歌》："金陵劳劳送客堂，蔓草离离生道傍。古情不尽东流水，此地悲风愁白杨。我乘索舸同康乐。朗咏清川飞夜霜。昔闻牛渚吟五章，今来何谢袁家郎。苦竹寒声动秋月，独宿空帘归梦长。"此外还有皎然《塞下曲二首》："劳劳亭上春应度，夜夜城南战未回。"

乌江亭

乌江亭，在安徽和县东北的乌江浦，自古以来是一个渡口，秦汉时期设有亭长，是我国最早的驿亭之一。楚汉相争时，西楚霸王项羽在此兵败自刎，史称乌江自刎。乌江亭由此闻名古今。

公元前202年末，汉王刘邦撕毁与项羽在广武，即今河南荥阳东北订立的以鸿沟为界的"楚河汉界"和约，与英布、韩信、彭越会师追击项羽。韩信在垓下（今安徽灵璧东南）设下埋伏，引诱项羽陷入重重包围，并令汉军学唱楚国歌曲，以瓦解楚军的斗志。项羽闻听四面楚歌，误认为刘邦已夺取西楚，郁郁寡欢地同宠姬虞姬对酒唱歌："力拔山兮气盖世，时不利兮骓不逝。骓不逝兮可奈何，虞兮虞兮奈若何！"虞姬道："汉兵已略地，四方楚歌声。大王义气尽，贱妾何聊生！"遂拔剑自刎。虞姬死后，项羽带着仅存的八百士兵连夜突围。后有灌婴五千追兵，项羽一口气跑到乌江，这时仅剩二十六人。根据司马迁《史记·项羽本纪》记载："于是项王乃欲渡乌江。乌江亭长……谓项王曰：'江东虽小，地方千

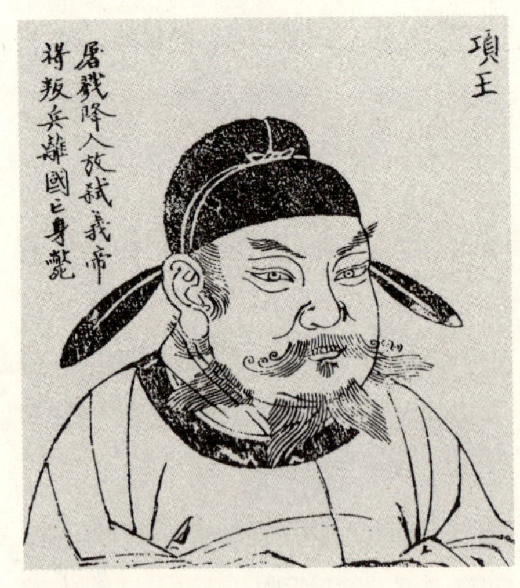

● 项羽

项羽，名籍，字羽，下相（今江苏宿迁）人。楚国名将项燕之孙，秦末著名农民起义军领袖。

里，众数十万人，亦足王也。愿大王急渡。今臣有船，汉军至，无以渡。’”而项羽却说“天之亡我”，并说“且籍与江东弟子八千人渡江而西，今无一人还”，即使江东父老可怜他让他当大王，他都觉得无颜见江东父老，最后还是自刎于乌江。

唐诗中关于乌江亭的诗句尤以杜牧《题乌江亭》“胜败兵家事不期，包羞忍耻是男儿。江东子弟多才俊，卷土重来未可知”最为著名。

新亭

新亭在六朝时最为著名，新亭紧靠长江边，是南朝时代建康（南京在孙吴时称建业，东晋、南朝称建康）西南的近郊军垒，新亭与白下是建康宫城的南北门户。

根据唐代许嵩《建康实录》载：“（卫玠）葬新亭东，今在县南十里。”新亭位于卫玠墓的西侧，而卫玠墓在县南，则新亭在县南偏西的位置，其地应是南京市安德门菊花台。但菊花台并非是该亭所在地，因为六朝时期所谓的新亭，还指亭子所在的山，以及山的附近地区，故菊花台地属新亭，是六朝新亭的北界。根据南宋时史正志《新亭记》记载：新亭“南去城十二里，有岗突然起于丘墟垅堑中，其势回环险阻，意古之为壁垒者，或曰此六朝所谓新亭是也”。“回环险阻”一语道出了新亭山势的特征。从东北至西南，新亭山至少有三个环形的山岭，菊花台及其南部为第一个环形，浡泥国王墓一带为第二个环形，南京压缩机厂等地是第三个环形，整条山曲直相衔，堪称卧虎藏龙之地。史正志后来又重建了新亭，基址选在整条山的西南端，即今油坊桥东。

新亭一带有许多寺庙。据《南朝佛寺志》记载：“晋孝武帝太元五年立新亭寺，宋孝武帝时改曰中兴寺。宋明帝时易名天安寺。”另外，刘宋在此建旷野寺。唐时改称为“禅居院”。宋时改为崇因寺。崇因寺中的观音画像惟妙惟肖。

新亭是历代兵家必争之地，新亭西临大江，东吴时是迎宾、饯送、宴集之地，但到了东晋，新亭的作用发生了变化，这是由它本身的地形以及地理位置所决定的。南朝时，从南方来攻打台城，必经新亭。所以齐高帝萧道成说“新亭既是兵冲”，这一评价无疑是正确的。

唐诗中提及“新亭”的诗句有李白《金陵新亭》：“金陵风景好，豪士集新亭。”杜甫《随章留后新亭会送诸君》：“新亭有高会，行子得良时。日动映江幕，风鸣排槛旗。”白居易《新亭病后独坐招李侍郎公垂》：“新亭未有客，竟日独何为？”

沉香亭

沉香亭是古代长安（今陕西西安）兴庆宫里的一组园林式建筑，是供唐明皇和杨贵妃夏天纳凉避暑之地。相传它是用一种名贵木材沉香木建成的，故称沉香亭。

亭前种有牡丹、芍药等花，相传都是朝则深红、午则深碧、暮则深黄、夜则粉白，一日花色数变的珍贵名品。

沉香亭如此闻名遐迩，主要与唐代三个赫赫有名的历史人物有关：绝代佳人杨玉环、风流皇帝唐玄宗李隆基、诗仙李白。相传唐玄宗与杨贵妃在沉香亭旁赏牡丹，兴致甚酣，唐玄宗便召诗仙李白进宫为贵妃作诗。李白挥笔写下了千古名篇《清平调》词三首："云想衣裳花想容，春风拂槛露华浓。若非群玉山头见，会向瑶台月下逢。一枝红艳露凝香，云雨巫山枉断肠。借问汉宫谁得似？可怜飞燕倚新妆。名花倾国两相欢，长得君王带笑看。解释春风无限恨，沉香亭北倚阑干。"之后，这些诗句就与沉香亭一同闻名天下。但是，故事中的人物却结局各异：诗仙李白因诗而获罪，被参影射贵妃，被贬之后浪迹天涯，客死他乡；绝代佳人杨玉环因"安史之乱"，被赐缢死在马嵬坡；唐玄宗也被迫让出了皇位，在郁闷之中结束了一生。

◎ 兴庆宫

兴庆宫位于陕西西安市和平门外咸宁路北的兴庆公园，原是唐玄宗做太子时的藩邸。玄宗即位后改建旧邸为新宫，兼有宫殿与园林之胜。除了沉香亭景点外，还有龙堂、长庆轩等美丽景点。

兴庆宫平面为长方形，宫内被一道东西走向的墙分割成南北两部分，北部是宫殿区，南部是园林区。宫殿区未经发掘，正衙兴庆殿位于兴庆门内，南有置钟、鼓楼和大同殿。园林区的中部有水池，为龙池遗迹。在池西南发掘出十七处建筑遗址，文献中所记载的花萼相辉楼、勤政务本楼等大概就分布在这一带。宫内最重要的是皇家楼台，节日庆贺，策试科举以及处理朝政等活动都在这里举行，曾盛极一时。此宫建筑之豪华在大明、太极二宫之上。

如今的沉香亭是1958年在唐代兴庆宫的遗址上重新兴建而成的。文学家郭沫若先生、书法家赵朴初先生分别为此亭题写了匾额。郭老的匾额悬挂于亭子的正西面，赵老的匾额挂于亭子的正东面。这为沉香亭增色不少。与此同时，沉香亭的建筑范式也成了西安恢复、仿建唐代建筑的样板。

浸月亭

浸月亭又称烟水亭，位于九江市长江南岸的甘棠湖中，建于唐元和十一年（816）至元和十三年。相传此地曾是三国时名将周瑜的点将台。

白居易被贬为江州司马时，在甘棠湖建亭，江州即九江市。后人因其《琵琶行》诗中"别时茫茫江浸月"之句，故称"浸月亭"。北宋熙宁年间理学家周敦颐在九江讲学时，他的儿子周寿又在湖堤上另建一亭，取“山头水色薄笼烟”之意，而名“烟水亭”。后来两亭都于明嘉靖年间废毁。明万历二十一年（1593年），九江关督黄腾春又在浸月亭的旧址重建亭，并将已废烟水亭的名字移用于此，这就是如今烟水亭的由来。明清时期烟水亭屡建屡废，到清光绪年间，烟水亭才形成现在的规模。1972年全面修复，并建九曲桥通向湖岸，以便游人参观。

周瑜

周瑜，字公瑾，庐江舒县（今安徽庐江西南）人。三国时期东吴的杰出军事家。其多谋善断，胸襟广阔。在公元208年的赤壁之战中大败曹军，奠定了三分天下的基础。

走过九曲小桥，进入洞门，就到了四周环水的烟水亭。烟水亭景色宜人，湖面波光粼粼、楼台高耸，宛如到了世外桃源。亭是水榭式建筑，有船厅、镜波楼、纯阳殿、翠照轩等。在纯阳殿的左壁嵌石碑一方，上刻大草书“寿”字，相传是吕洞宾手迹。这个斗大的“寿”字，一笔九转，寓意“九转成丹”。字体苍古，初看是个“寿”字，仔细看则是“丹”字。相传这块似“寿”似“丹”的字碑，寄寓了吕洞宾对九江百姓人寿年丰的美好祝愿。亭内原有五贤阁，是为了纪念江州刺史李渤、江州司马白居易、田园诗人陶渊明、宋明理学大师周敦颐、王阳明等人而建。

现已改为九江文物陈列室，陈列着很多珍贵文物，尤其有东林寺标记的砂钵最引人注目。亭的前方丈地，石雕围栏贴水而起，垂柳翠柏点缀其间。两边有石凿“藏剑匣”，传说因庐山北双剑峰的峰刃直对九江市，于是人们凿石匣收藏。从烟水亭向南眺望，在湖面如镜、水岸交接的极远处，青黛色的山脉起伏迤逦，便是誉满中外的避暑胜地庐山。

铜雀台

铜雀台遗址位于河北临漳县城西南20公里处，是全国重点文物保护单位。邺城始建于春秋齐桓公时期，曹魏时期得到大规模营建，成为当时北方的政治、军事、经济和文化中心。铜雀台是三国时曹魏所筑三台之一，是邺城的景中之景，也是建安文学的发祥地。其余两台是金虎台和冰井台。东汉建安十五年（210年）曹操筑此台，高十丈。铜雀台是邺城三台的主台，位于三台中间，南为金虎台，北为冰井台。中间有阁道式浮桥相连接，“施，则三台相通，废，则中央悬绝”。铜雀台有屋百余间，是曹魏时期议兵家战略的要地，也是因为历代名人题咏甚多而更为有名。邺城在北周末年毁于战火，遗址现大部分被漳河淹没，地表上仅存一些残缺不全的城垣遗址和高出地面的金凤残台和铜雀台的东南角。

铜雀台同建安文学有着密切关系。在东汉末年，北方一大批文学家，如曹操、曹丕、曹植、刘桢、王粲、陈琳、蔡文姬、徐干、邯郸淳等，他们聚集在铜雀台，用自己的笔直抒胸襟，抒发渴望建功立业的雄心壮志，反映社会现实和人民群众的悲惨生活，掀起了我国诗歌史上文人创作的第一个高潮。因当时正是汉献帝建安年代，所以后世称为建安文学。比如曹丕登台有“飞阁崛其特起，层楼俨以承天”之语。

十六国后赵建武帝石虎，在曹魏铜雀台基础上又筑五层楼于台上，高50米，并在楼顶放置一铜雀，高5米，舒翼若飞。又掘两口井，井间有铁梁地道相通，称为命子窟，内贮有珍宝和食品。北齐天保九年（558年），征发三十万工匠，大修三台。整修后，铜雀台一度改名为“金凤台”。到了唐代，又恢复了旧名“铜雀台”。元末，于台上建永宁寺。明末时期，铜雀台大部分被漳水冲没。如今的铜雀台，只剩下不足十米高的夯土堆。历代名人题咏很多，仅《临漳县志》即著录诗文六十五篇。

◎ 邺城三台

铜雀台是邺城三台的主台，邺城三台还有金凤台和冰井台，位于邺城遗址，即今河南省安阳市城北18公里处的临漳县的漳河岸畔，是一处重要的古都遗址。建筑精美，是“建安文学”的发祥地。

金凤台原名金虎台，是三台最南端的一座，为东汉建安十八年（213年）曹操所建。据史料载，台8丈高，有135间屋。现存的金凤台夯土遗址较完整，南北长122米，东西宽70米，高12米。台顶现有文物陈列室，陈列着邺城及其附近出土的珍贵文物。在通往台顶的石级西侧有一个地洞，是曹操的藏兵洞。

冰井台，是三台最北端的一座，建于建安十九年，高8丈，有屋140间，因上有藏冰的井而得名。井深15丈，藏有冰块、煤炭、粮食等物，以防不虞。今地上遗迹已不存在。

唐诗中提及“铜雀台”的诗句有李白《鲁郡尧祠送窦明府薄华还西京》：“生前一笑轻九鼎，魏武何悲铜雀台。”杜牧《赤壁》：“东风不与周郎便，铜雀春深锁二乔。”薛能《铜雀台》：“魏帝当时铜雀台，黄花深映棘丛开。”

凤凰台

凤凰台位于今江苏南京凤凰山上。传说南朝刘宋元嘉年间有凤凰飞集于此山，故在此修建凤凰台。《太平寰宇记》载：“凤凰山，在县北一里，周回连三井冈，迤逦至死马涧。宋元嘉十六年，有三鸟翔集此山，状如孔雀，文彩五色，音声谐和，众鸟群集。仍置凤凰台里，起台于山，号为凤凰山。”宋代张戒《岁寒堂诗话》载：“金陵凤凰台，在城之东南，四顾江山，下窥井邑，古题咏唯谪仙为绝唱。”“凤凰台上凤凰游，凤去台空江自流”，这是诗仙李白登金陵凤凰台时留下的千古绝唱，从此凤凰台誉满中外。

关于这首诗，还有一个故事：相传李白游览黄鹤楼时，被眼前的美景陶醉，诗兴大发，可见到崔颢所题《黄鹤楼》：“昔人已乘黄鹤去，此地空余黄鹤楼。黄鹤一去不复返，白云千载空悠悠。”李白搁笔叹息一声：“眼前有景道不得，崔颢题诗在上头。”是说如此美景却无法写出一首超越崔颢意境的好诗。这种郁闷一直伴随着李白，直到他登上金陵凤凰台写下了这首堪与《黄鹤楼》媲美的七律，才得以解脱。实际上，李白写《登金陵凤凰台》是因为感慨时事而作，并没有与崔颢争胜之意，这只是后人穿凿附会而已。

随着时光的流逝，古凤凰台早已不复存在，有诗无台可谓千古憾事。后来南京政府决定再现这一独特的人文景观，最终选址于具有“三山烟霞，二水奔流”之诗境的江心洲洲头。历时一年建成的凤凰台景区占地2.2万平方米，主体建筑凤凰楼25米高，建筑面积达1500平方米，近观则雕梁彩绘，远望则雄伟壮观。登台远眺，凤凰台东接河西新区，南抱三山葱茏，西枕长江浪波，北临万家灯火，风景秀丽，可让人感受到诗人李白当年“三山半落青天外，二水中分白鹭洲”的意境。

楚阳台

楚阳台位于四川巫山县城西的高都山上，传说是楚襄王与巫山神女幽会处。

据《寰宇记》载：“台高一百二十丈，南枕大江，每阴雨，云雾先起，即宋玉赋所谓楚王游于阳云之台也。”《子虚赋》记载：“楚王登云阳之台。其高出于云之阳，上接霄汉，下绝嚣浮。”由此可见楚阳台的雄伟壮观。

巫山半山腰有“观”，名为高唐观，高唐观旧址今尚存。据史书记载，巫山之口阳台高唐，是因为楚国宋玉作《高唐赋》而名始传。战国时候，楚国宋玉跟随楚襄王一同到云梦台游玩，远望巫山高唐观上云气蒸腾。襄王问宋玉这是什么缘故，宋玉说是朝云，并向襄王讲起了楚怀王与巫山神女的传说。他说，从前楚怀王来这里游玩，因疲倦睡着了。并梦到巫山神女。临别时，女子说她住在巫山高丘山上，晨为朝云，暮为行雨，朝朝暮暮都在阳台之下。襄王听后，就令宋玉写了《高唐赋》。之后宋玉又写了《神女赋》，他把巫山神女写成了自古以来就没人见过的美女。从此，历代文人雅士就以“巫山云雨”、“夜梦阳台”作了许多诗赋，人们也就将这个地方叫做楚阳台。

◎ 巫山三台

楚阳台是巫山三台之一，此外还有授书台和斩龙台。授书台位于巫山十二峰的飞凤山麓，与神女峰隔江相对。这里有一个石坛，地势平旷。相传瑶姬带领众姐妹游东海回到巫山，看见大禹正帮助三峡的黎民百姓治水，正遇到困难。瑶姬就向大禹授天书于此台，因此得名。斩龙台在巫山县西部长江南岸的错开峡，距巫山县城80里。峡谷幽深，两岸山势犬牙交错。东面的岩壁半山腰上，立着一根顶细底粗、高60多米左右的圆形石柱，称为锁龙柱。隔峡相对的西面，有一个半环形的石岩，望去形如石鼓，相传这是大禹治水曾经锁龙的地方，称为斩龙台。

唐诗中关于阳台的诗很多，如沈佺期《巫山高》云：“为问阳台客，应知入梦人。”李白《古风》云：“我行巫山渚，寻古登阳台。”又有《系寻阳台上崔相涣》云：“虚传一片雨，枉作阳台神。”杜甫《雷》：“何须妒云雨，霹雳楚王台。”李商隐《过楚宫》诗：“巫峡迢迢旧楚宫，至今云雨暗丹枫。微生尽恋人间乐，只有襄王忆梦中。”

戏马台

戏马台在江苏徐州市中心区山冈上，是徐州现存最早的古迹之一。公元前206年，项羽灭秦之后自立为西楚霸王，定都彭城（今江苏徐州），为了观赏戏马、阅兵和演武等，在城南的南山上构筑高台，称为“戏马台”。历史上同南京六朝石刻、苏州园林并列为江苏三宝。

后来历代都在戏马台场地上营建了很多建筑物，如聚奎书院、台头、名宦祠、三义庙、耸翠山房和碑亭等。随着岁月的流逝，昔日的建筑物已不复存在。戏马台布局依据山冈地形，逐级上递，错落有致。经过山门，照壁（大门外正对门起屏蔽作用的墙）上有“拔山盖世”篆刻大字。在东侧高台基上，有一座铜铸巨鼎，巨鼎呈长方形，上面刻有“霸业雄风”四个字。鼎腹还铸有歌颂项羽历史功绩的《戏马台鼎铭》铭文一篇。

● 鸿门宴

公元前206年，项羽率大军进驻鸿门，准备灭刘邦，约刘邦鸿门赴宴。宴会上，杀机四腾，后刘邦乘机入厕，逃回本营。后常用此比喻不怀好意的宴请。

此地还有东面两处古朴典雅的四合院。东院称“楚室生春”院，由雄风殿、穿廊和东西配殿组成。雄风殿是该院的正殿，殿前立有项羽的石雕像，2.85米高，足踏岩石，顶盔贯甲，雕工粗犷，造型栩栩如生。殿前有两根蟠龙柱，是戏马台建筑群中留存的古老构件之一。雄风殿的后壁上嵌有一组“西楚春秋”壁画，14米长，1.3米高，展现了项羽英勇悲壮的一生。

西院称为“秋风戏马”院。戏马堂是“秋风戏马”院的主殿，在堂周围有回廊，24根丹柱绕堂排立，四壁有雕花窗棂。堂中屏风为“秋风戏马”图，再现了当年项羽在虞姬陪侍下，观看士卒驰马操练的场景。东配殿的壁画，由144块大小不等的长方形和正方形砖坯雕刻烧制而成，9米长，2米高，表现的是项庄舞剑的画面，反映了当年鸿门宴的紧张气氛。西配殿为一大型壁画，勾勒了兵败垓下后霸王别姬的悲壮场景。

戏马台的台名碑石树于台顶重檐六角亭的风云阁内，碑石2米多高。“戏马台”三字是明代徐州兵备右参政莫与齐所书，笔峰遒劲。崇台位于戏马台顶风云阁的后面。因地势较高，登台四眺，古城风景尽收眼底。戏马台的北侧有追胜轩、曲廊、集萃亭和乌骓槽、系马桩等景点。曲廊内嵌有历代文人墨客吟咏戏马台的诗词石刻五十多幅，多出自古今名家之手。

唐诗中关于“戏马台”的诗句有张说《湘州九日城北亭子》：“西楚茱萸节，南淮戏马台。”李白《宣州九日闻崔四侍御与宇文太守游敬亭余时登》：“遥羡重阳作，应过戏马台。”张籍《送远曲》：“戏马台南山簇簇，山边饮酒歌别曲。”薛逢《重送徐州李从事商隐》：“斩蛇泽畔人烟晓，戏马台前树影疏。”

章华台

章华台，又名乾奚台，又称汝阳台，位于安徽亳县城东南38公里乾溪沟之侧，素有“天下第一台”的美誉。

章华台是楚灵王的一座离宫（帝王在都城之外的宫殿），于公元前535年建成。离宫落成后，楚灵王搜罗细腰美女藏于其中，供自己淫乐，故又称为“细腰宫”。《楚辞·招魂》用“层台累榭”来描述，可见其雄伟高峻。相传章华台建成后，楚灵王邀请天下诸侯前来游乐，偏远的狄国使者访楚时，受楚灵王邀请登章华台，狄国使者中途休息了三次才登上章华台，由此可见这巍巍矗立的章华台确实是高耸入云了。随着楚国的衰亡，章华台也随之被毁，仅存遗址。后来西汉马援曾在此修百洲寺，唐朝尉迟恭又加以扩建，并绘“章台晓雾”悬于寺内。

章华台遗址近年来开始进行考古挖掘，这在楚文化考古上具有极其重要的价值。章华台于2000年被列为“全国十大考古新发现”之一。现章华台遗址东西长

141米，南北宽120米，总面积为16920平方米。该遗址的发现，是对楚国宫殿遗址考古方面的一项突破性成就，也是我国目前发现的保存完好的一座楚国王宫遗址。章华台遗址的文化层厚达3米以上，遗址的西南部是生活区，北和东南原来是墓葬区，后改为生活区。最下层出土有大汶口时期的陶器十九件，这些陶器壁薄质硬，宛如蛋壳，通体青灰色，光滑发亮。下层计有罐状鼎、水壶、豆、觚、石铲、浅盘等。上层出土有绳纹红陶器、周鬲等珍贵的文物。

◎ 楚灵王

楚灵王原是楚国公子，后因不服侄子当王，于是同伍举里应外合杀了楚王父子，自立为楚王。他好大喜功、骄奢淫逸、喜欢攀比炫耀。他还有个癖好就是喜欢细腰，无论男女只要腰粗的他就厌恶，于是举国上下齐减肥。灵王时期，是楚国最强盛时期，于是他四处征战，后因没有攻下吴国，为掩盖失败，下令建造章华台向诸侯炫耀。从此楚灵王住在章华宫中享乐。他这样为所欲为，连年战争耗费了先辈的积累，花天酒地也失去了民心。公元前529年楚国人民推翻了他的统治，灵王最后吊死郊外。

唐诗中提及“章华台”的诗句有李白《赠别郑判官》：“浮云本无意，吹落章华台。”李颀《绝缨歌》：“楚王宴客章华台，章华美人善歌舞。”胡曾《咏史诗·章华台》：“茫茫衰草没章华，因笑灵王昔好奢。”

黄金台

战国时燕昭王在易水东南修筑的一座高台，台上存放黄金，以招揽天下人才，称为招贤台，又被称作黄金台、燕王台。据《上台郡国图经》载：“黄金台在易水东南十八里，燕昭王置千金于台上以延天下之士。”《史记·燕召公世家第四》载：“燕昭王于破燕之后即位，卑身厚币以招贤者。”

当年燕国与齐国有仇，齐滑王趁燕国内乱，大举进攻燕国，把燕国的大半领土占为己有，燕国的势力大大减弱。为了富国强兵，燕昭王一心想招揽人才，但人们认为燕昭王只是叶公好龙，并不是真的求贤若渴。因此，燕昭王始终没有寻觅到治国安邦的英才。后来有个智者郭隗给燕昭王讲述了一个故事，大意为有一国君愿出千两黄金购买千里马，始终没有买到。后来却用五百两黄金买了一匹死的千里马。这一举动引来了天下人都为他提供活马。据《战国策·燕策一》载：“于是昭王为（郭）隗筑宫而师之，乐毅自魏往，邹衍自齐往，剧辛自赵往，士争凑燕。”燕昭王听从了郭隗的建议，励精图治，招贤纳士，并拜郭隗为师，在易水旁筑起一座高台，台上存放黄金，以馈赠四方贤士。此台一立，燕昭王爱才重贤的名声就被广为传播了，后来没多久就引发了“士争凑燕”的局面。投奔而来的有齐国的阴阳家邹衍、魏国的军事家乐毅、赵国的游说家剧辛等。古人曰：“蓟州城筑燕王台，招士以财亦可哀！多少贤才成底事，黄金便可广招徕？”从此以后，燕国从一个内忧外患、满目疮痍的弱国，逐渐成为一个人才济济、兵强马壮的强国。等到时机成熟，燕昭王便兴兵报仇，把齐国打得只剩下两个小城了。后来筑黄金台也被用来比喻招纳贤才。

唐诗中有关“黄金台”的诗句有李白《南奔书怀》：“侍笔黄金台，传觞青玉案。”以及《古风其十五》：“燕昭延郭隗。遂筑黄金台。”杜甫《晚晴》：“未怪及时少年子，扬眉结义黄金台。”柳宗元《咏史》：“燕有黄金台，远致望诸君。”胡曾《咏史诗·黄金台》：“若问昭王无处所，黄金台上草连天。”

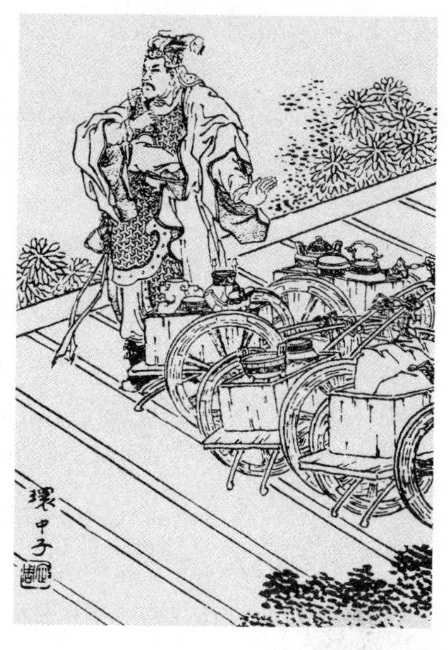

乐毅

乐毅，字永霸，中山灵寿（今河北灵寿西北）人，战国后期杰出的军事家。他辅佐燕昭王振兴燕国。

寻阳台

寻阳台又称为李白钓台，位于安徽黟县城南7公里处。

唐玄宗天宝十二年（753年），李白途经旌德、太平前往黟县，并在寻阳台垂钓，并留有《钓台》诗：“磨尽石岭墨，寻阳钓赤鱼。霭峰尖似笔，堪画不堪书。”至今仍存“寻阳台”三字石刻嵌于岩壁，每字高2尺多，字体圆劲浑厚。

此处有巨石为台，台下有一深潭，潭深如镜，时常有赤眼鱼泛游于水面，潭两侧巨石错落有致，有白象、青狮二巨石相峙。潭水沿台缓缓流过。

台下有翠小竹，每片竹叶上都有一块椭圆形的墨点，风韵独特。相传李白在此即兴写诗时，因笔尖蘸墨太多，甩墨时墨汁落在了竹叶上，以致雨涤不掉。

台旁还建有二楼八角亭，北门石额为“飞泉天外”，南门石额为“耸散来彤”。

清嘉庆十三年（1808年）在钓台东的潘山上建有寻阳书院，现已废毁。

台的四周风景秀丽，自古以来都是游览胜地。1994年，黟县人民政府把寻阳台列为桃花源长廊的景点之一，并刻有《寻阳台记》等碑。

寺院庙宇

唐代佛教大盛，这个时期不仅有玄奘不远万里到天竺“求取真经”，而且各种寺院庙宇层出不穷。因为寺庙的经济比较独立而且藏书甚丰，所以有很多文人就寄居在寺庙里。自然而然，唐代诗人们的诗歌当中提到的寺庙也比较多。

破山寺

破山寺即兴福寺，位于江苏省常熟市虞山北岭下，是江南名刹之一。因寺在破龙涧下，相传龙斗破山而去，故名破山寺。

破山寺始建于南齐，初名大慈寺，南朝梁大同五年（539年）大修时，改名为兴福寺，原因是在大雄宝殿内发现一块隆起的大石，左看象"兴"字，右看象"福"字。古寺依山面筑，占地面积34.75公顷。寺前原有唐、宋经幢（刻有佛的名字或经咒的石柱子）各一，现仅存唐幢。寺内主要建筑多为明、清时期重建，有山门、破龙涧、大殿、救虎阁、日照亭、君子泉、空心潭、空心亭、罗汉桥、天王殿和藏经楼等文物古迹。

诗人常建曾作《题破山寺后禅院》诗一首："清晨入古寺，初日照高林。竹径通幽处，禅房花木深。山光悦鸟性，潭影空人心。万籁此俱寂，但余钟磬声。"诗因寺作，寺因诗名。从此，破山寺闻名于世。

宋代著名书法家米芾手书此诗，后为清代襄阳郡守言如泗所得，在乾隆三十七年（1772年）勒石，并在寺内立碑，建立碑亭。风景秀丽的破山寺吸引了历代众多文人雅士前来游赏，在此吟诗作赋。如皎然《秋晚宿破山寺》："秋风落叶满空山，古寺残灯石壁间。昔日经行人去尽，寒云夜夜自飞还。"吴融《送僧归破山寺》："别来双阙老，归去片云闲。"

1993年，破山寺被列为全国佛教重点寺院。

竹林寺

竹林寺，现在称为鹤林寺，位于黄鹤山麓，是著名的古寺，始建于东晋元帝大兴四年（321年），距今已有一千六百多年的历史。相传南朝宋武帝刘裕幼年家贫，青少年时代到黄鹤山砍柴时，头顶常有黄鹤翩翩飞舞。称帝后，于是改寺名为鹤林寺。唐玄宗开元、天宝年间，僧人元素任竹林寺住持，名为古竹院。

鹤林寺古有八景常为人们所乐道，即杜鹃台、古竹院、米颠墓、寄奴泉、香花桥、濂溪祠与茂叔莲池、马祖塔、太傅松，今仅有杜鹃台与米颠（米芾）墓遗迹尚存。

山间盛开杜鹃花，到鹤林寺看杜鹃，是唐宋的盛事。今鹤林寺的杜鹃楼前，仍有一株"千年杜鹃"，每年春季盛开，花卉千余朵，引得游人竞往观赏。

鹤林寺在唐时范围较大，据说出了山门就到城门——鹤林门。唐末时毁于战火。后又于北宋绍兴年间重建，名"报恩光孝禅寺"。又于清同治、光绪年间重修。几经兴废，规模逐渐缩小。由于该寺靠近城市，山明水秀，风景优美，自古文人墨客常流连其间，览物生情，吟诗作画，留下许多佳话。诗人李涉《题鹤林寺壁》写道："终日昏昏醉梦间，忽闻春尽强登山，因过竹院逢僧话，偷得浮生半日闲。"崔涂《秋宿鹤林寺》："步步入林中，山穷意未穷。偏逢僧话久，转与鹤栖同。"以及韦应物《夜偶诗客操公作》："远自鹤林寺，了知人世空。"

寒山寺

寒山寺位于江苏苏州市阊门外枫桥镇，建于六朝时期的梁代天监年间，距今一千四百多年，原名为"妙利普明塔院"。在唐代贞观年间，传说当时的名僧寒山和拾得曾来此住持，改名为寒山寺。历史上寒山寺先后遭到五次火毁，还有一说是七次，最后一次重建是在清代光绪年间。

诗人张继写有《枫桥夜泊》诗："月落乌啼霜满天，江枫渔火对愁眠，姑苏城外寒山寺，夜半钟声到客船。"诗韵钟声千载流传，寒山寺从此闻名天下。寒山寺曾是我国十大名寺之一。寺内古迹众多，有寒山、拾得的石刻像，张继诗的石刻碑文，文徵明、唐寅所书碑文残片等。寺内建筑主要有大雄宝殿、庑殿（偏殿）、碑廊、钟楼、藏经楼、枫江楼等。

寒山寺的正殿，高12.5米。单檐歇山顶，飞甍崇脊，据角舒展。露台中央设有炉台铜鼎，鼎的正面铸着"一本正经"，背面有"百炼成钢"字样。殿宇门桅上高悬"大雄宝殿"匾额，须弥座上安奉释迦牟尼佛金身佛像。两侧供奉着十八尊精铁镏金罗汉像，是由佛教圣地五台山移置至此。

寒山寺里比较有特色的是寒拾殿。此殿位于藏经楼内，楼的屋脊上雕饰着《西游记》人物故事，是唐僧师徒从西天取得真经而归的形象。寒山、拾得二人的塑像就立于殿中。殿内壁上嵌有南宋书法家张即之所书《金刚般若波罗蜜经》。后面还有董其昌、俞樾、林则徐等人的题跋。

在藏经楼的南侧，有一座六角形重檐亭阁，这就是以"夜半钟声"名闻的钟楼，今寒山寺里的古钟已不是张继诗中所指的那口唐钟了。一说因"遇倭变"，古钟被销熔改铸成了大炮；一说已流入日本，康有为曾作诗曰："钟声已渡海云东，冷尽寒山古寺枫。"为此日本还曾大力搜寻过，但没有找到，遂留下千古之谜。如今的大钟是清光绪三十二年（1906年）江苏巡抚陈蘷龙督造。巨钟有一人多高，外围需三人合抱，重达两吨。现每年除夕之夜，中外游人云集寒山寺，聆听钟楼中发出的一百零八响钟声，在钟声中辞旧迎新，祈祷平安。

荐福寺

荐福寺在陕西省西安市南门外的友谊西路上，寺内有著名的小雁塔。

● 荐福寺

荐福寺原为唐中宗李显即位前的宅邸，在公元684年农历三月二十日，这一天正是唐高宗李治病逝百日，这里被改建为寺院，以为高宗追献冥福，称为“献福寺”。后于武则天天授元年（690年）改称“荐福寺”，并赐御书荐福寺匾额。

小雁塔建于唐景龙年间，当时塔院并不在寺内而是与寺门相对，但仍是荐福寺的一部分。后荐福寺迁入塔院内，与小雁塔成为一个整体。小雁塔南院内有一座金代大铁钟，钟声清脆悦耳，可传十里之外，“雁塔晨钟”是长安八景之一。

荐福寺同大慈恩寺一同在皇家的庇护下走向兴盛。到唐武宗会昌年间灭佛时，荐福寺被敕令仅保留二十名僧人维持香火，荐福寺从此由盛转衰。在唐末战乱中，荐福寺屡遭破坏，只有小雁塔得以保存。明代开始了荐福寺的中兴，曾五次大规模地整修。明宣德元年（1426年）陕西西宁卫弘觉寺番僧（又称喇嘛僧）勺思吉到荐福寺居住，见这里殿堂荒废，于是重修荐福寺。明正统十四年（1449年）竣工，勺思吉向朝廷乞赐寺名。如今的“敕赐荐福寺”就是当年英宗皇帝的亲笔。清朝时荐福寺又多次整修，并建造了藏经楼和南山门等。

今荐福寺已成为西安一处有名的园林。

唐诗中提及“荐福寺”的诗句有宋之问《奉和幸大荐福寺》：“香刹中天起，宸游满路辉。”徐夤《忆荐福寺南院》：“忆昔长安落第春，佛宫南院独游频。”

禹庙

禹庙位于浙江绍兴市东南6公里、禹陵右侧，为了纪念夏禹而建。

据史料记载，夏启和少康都曾在这里建立禹庙，但已难考。今庙始建于南朝梁初，北宋政和四年（1114年）改为“告成观”，历代屡建屡毁。

现存大殿建筑是于1934年重建，其他部分大都是在清代重建。中轴线上有祭厅、午门、正殿三进，顺山势逐步升高，殿前铺设石阶。正殿五间，高24米，钢筋混凝土结构，仿清代木构建筑形式，重檐歇山顶，气势雄伟。庙内有大禹立像。像前楹柱上书“江淮河汉思明德，精一危微见道心”一联。

午门前有岣嵝亭，内设明代翻刻的湖南衡山岣嵝碑，碑上刻有77个字，内容是歌颂大禹治水的功绩，在碑文下还附有释文。碑文相传是夏禹治水时所刻，应为谬传。庙的东侧有窆石亭，中设略呈圆锥状的窆石（圹旁石碑，有孔，用以穿绳引棺下穴）一块。石高为2米，顶端有圆孔，相传是夏禹下葬时所用。石上刻有汉唐以来的众多铭文。庙的周围群山逶迤，苍翠绕合，红墙四围，庙宇高瓦飞檐，气象庄严。

◎ 大禹治水

大禹，姓姒，也称夏禹，是上古时代的治水英雄。

在远古时期，天地苍茫，宇宙洪荒，人民饱受海浸水淹之苦。尧帝起初任用禹的父亲鲧治理洪水。鲧治水逢洪筑坝，遇水建堤，采取“堙”的办法，但用了九年时间仍没有把洪水治理成功。舜命鲧的儿子禹继续治水。禹从冀州开始，踏遍九州进行实地考察，他采用因势疏导洪水的办法，最后终于获得成功。

当时的绍兴地区也受到了洪水的侵害，大禹治水到了这块荒蛮之地，凿山疏流，把水引入东海，使这片浅海沼泽地重新成为平原，人民得以种田为生。大禹曾在绍兴娶涂山氏为妻。新婚才四天，大禹便离家去治水。他婚后离家十三年，曾“三过家门而不入”。大禹吃苦耐劳、克己奉公的精神被传为千古佳话，成为民族精神的重要组成部分。

唐诗中提及“禹庙”的有岑参《送李翥游江外》：“帆前见禹庙，枕底闻严滩。”杜甫《禹庙》：“禹庙空山里，秋风落日斜。荒庭垂橘柚，古屋画龙蛇。”元稹《送王十一郎游剡中》：“军城楼阁随高下，禹庙烟霞自往还。”白居易《和微之春日投简阳明洞天五十韵》：“耶溪岸回合，禹庙径盘纡。”

黄陵庙

黄陵庙位于三峡西陵峡中段南岸的黄牛岩下，湖北省宜昌县三斗坪镇，在古时称为黄牛庙、黄牛祠，又被称为黄牛灵应庙，是长江三峡地区保存最好的以纪念大禹开江治水的禹王殿为主体建筑的古代建筑群。这里保存有大量珍贵的实物资料和水文遗迹，从某种程度上来讲，这里是记录长江三峡地区水位变化的水文资料库。这些资料为葛洲坝水利枢纽工程和长江三峡水利枢纽工程的建设，提供了非常重要的历史水文依据。

黄陵庙相传始建于汉，在唐大中元年（847年）复建，名为黄牛祠。现存庙宇有禹王殿、山门、武侯祠等，依次建造在逐级升高的台地之上。主体建筑为禹王殿，建于明万历四十六年（1618年），高约15米，重檐九脊，青瓦丹墙，体态雄伟庄重，檐下悬“玄功万古”匾额，相传是明藩惠王朱常润所题，边框浮雕游龙，颇为富丽。武侯祠、山门，都为晚清建筑，殿内存有圭形石碑，刊有《黄牛庙记》，相传是诸葛亮所撰。庙后有泉，泉水清澈，清乾隆四十九年（1784年）砌石为池。在1985年，对黄陵庙内的禹王殿进行大修期间，出土了数块唐代莲花瓣石柱础残片，花瓣硕大，似金柱础，还出土了两件完整的莲花瓣石柱础，做工规整，这可证明唐代曾重建过黄陵庙。

黄陵庙是重要的历史文化遗产，是国家重点文物保护单位。这里还是三峡柑橘集中产区之一，著名的宜红橙就产于此地。庙院前临汹涌长江，四周橘林飘香，风光秀美。

唐诗中吟咏黄陵庙的有李群玉《黄陵庙》："黄陵庙前莎草春，黄陵女儿蒨裙新。"齐己《酬洞庭陈秀才》："青草湖云阔，黄陵庙木深。"郑谷《鹧鸪》："雨昏青草湖边过，花落黄陵庙里啼。"

晋祠

晋祠位于山西太原市西南25公里悬翁山下，晋水的发源处。北宋天圣年间，宋仁宗赵祯于天圣年间追封唐叔虞为汾东王，并为母亲邑姜修建了规模宏大的圣母殿，是晋祠内现存古老的建筑。殿内有四十三尊宋代的彩塑。殿内两侧是难老、善利二泉，晋水主要源头由此流出。祠内贞观宝翰厅中有唐太宗写的"御碑"、"晋祠之铭并续"。晋祠内还有著名的周柏、隋槐，周柏位于圣母殿的左侧，隋槐在关帝庙内，老枝纵横，至今仍清脆葱郁，与川流不息的难老泉和精美的宋代彩塑圣母像被誉为"晋祠三绝"。

晋祠，原名唐叔虞祠，是为了纪念晋国开国诸侯唐叔虞而建。叔虞励精图治，大力发展农业，使国强民安。叔虞的儿子燮父继位后，由于境内有晋水流淌，故将国号"唐"改为"晋"，这也是山西简称为"晋"的由来，祠堂也由此改名为"晋王祠"，简称为"晋祠"。

在漫长的历史长河中，晋祠曾多次修建和扩建。在南北朝时，齐文宣帝高洋建立北齐，把晋阳定为别都，在天保年间扩建晋祠，"大起楼观，穿筑池塘"。隋开皇年间，在祠的西南方增建舍利生生塔。贞观二十年（646年）唐太宗李世民到晋祠，撰写碑文《晋祠之铭并序》，并又一次进行扩建。宋太宗赵光义于太平兴国年间，也修缮了晋祠。

自北宋天圣年间在这里修建了圣母殿和鱼沼飞梁后，祠区建筑布局大为改观。此后，铸造铁人、增建献殿、钟楼、鼓楼及水镜台等，以圣母殿为主体的中轴线建筑物接连建成。原来居于正位的唐叔虞祠，反而坐落在旁边，退处于次要的位置了。

唐诗中关于晋祠的诗句有李白《忆旧游寄谯郡元参军》诗有云："时时出向城西曲，晋祠流水如碧玉。浮舟弄水箫鼓鸣，微波龙鳞莎草绿。"刘禹锡《重酬前寄》："吴苑晋祠遥望处，可怜南北太相形。"令狐楚《游晋祠上李逢吉相公》："不立晋祠三十年，白头重到一凄然。泉声自昔锵寒玉，草色虽秋耀翠钿。"

武侯祠

武侯祠古称丞相祠堂，位于四川成都市南郊。晋代李雄为纪念三国蜀丞相武乡侯诸葛亮而建。诸葛亮生前曾被封为"武乡侯"，死后又被追谥为"忠武侯"，故尊称诸葛亮祠庙为"武侯祠"。成都武侯祠是我国唯一的君臣合祀祠庙，由刘备、诸葛亮蜀汉君臣合祀祠宇及惠陵（刘备墓）组成。现存祠庙的主体建筑于清朝康熙十一年（1672年）重建。1984年成立了博物馆，占地14万平方米，是国内纪念蜀汉丞相诸葛亮的主要胜迹。成都武侯祠是我国影响最大的三国古迹。

武侯祠同汉昭烈庙、惠陵相邻。武侯祠坐北朝南，主体建筑有大门，二门，汉昭烈庙，过厅，武侯祠五重建筑，整齐排列在从南到北的一条中轴线上。其中以刘备殿最高，建筑最为雄伟壮观。武侯祠低于汉昭烈庙，象征古代君臣关系。武侯祠后还有结义楼、三义庙等建筑。

武侯祠大门匾额为"汉昭烈庙"。大门内矗立着六块石碑，其中最大的一块石碑是唐代"蜀汉丞相诸葛武侯祠堂碑"，由唐代裴度撰碑文，书法家柳公绰书写，名匠鲁建刻字。因文章、书法、刻技俱精，故被称为"三绝碑"。二门之后是刘备殿，为单檐歇山式建筑。刘备殿东壁是近人沈尹默书《隆中对》，西壁为岳飞书《出师表》木刻。刘备殿后，下数级台阶，是一座过厅，厅中挂有"武侯祠"匾额。诸葛亮殿悬"名垂宇宙"匾额，两侧是清人赵藩撰书"攻心"联："能攻心则反侧自消，从古知兵非好战；不审势即宽严皆误，后来治蜀要深思。"在正殿中供奉着诸葛亮祖孙三代的塑像。殿内正中有诸葛亮头戴纶巾、手执羽扇的贴金塑像，塑像前是诸葛亮带兵南征时所做的三面铜鼓，称为"诸葛鼓"。

武乡侯诸葛亮

诸葛亮殿的西侧是刘备墓“惠陵”。在刘备墓前有清乾隆年间所立“汉昭烈皇帝之陵”石碑，陵墓建筑由照壁、神道、栅栏门、寝殿等组成。与武侯祠之间有红墙夹道相连。

◎ 其他武侯祠

全国有很多武侯祠，最出名的除了成都武侯祠还有陕西勉县武侯祠，是全国最早的武侯祠，位于陕西省汉中的勉县。建于三国蜀景耀六年（263年）。所在地是诸葛亮当年赴汉中屯军北伐的“行辕相府”故址。此外还有南阳武侯祠、重庆奉节白帝城武侯祠、云南保山武侯祠、襄樊古隆中武侯祠和甘肃礼县祁山武侯祠等。以及建于唐代前的陕西岐山五丈原诸葛庙，建于明代的湖北蒲圻武侯宫等。浙江兰溪的诸葛镇，因诸葛亮子孙世代居此地而得名。近年来，兰溪丞相祠堂影响日盛。

唐诗提到该祠堂的有杜甫《蜀相》：“丞相祠堂何处寻，锦官城外柏森森。映阶碧草自春色，隔叶黄鹂空好音。”

波光桥影

桥，因为是“水中之路”，所以历来为文人墨客所喜爱。古往今来，吟咏桥的诗句不计其数，唐代的诗歌中当然也不例外。本部分介绍一些唐诗中出现过的桥梁。

西渭桥

西渭桥在唐代时称为咸阳桥，位于陕西西安市三桥镇西北淬河入渭处。杜甫的《兵车行》：“爷娘妻子走相送，尘埃不见咸阳桥”，即指此桥。

汉唐时代，长安附近渭水上有三座桥梁，即中渭桥、东渭桥和西渭桥。

西渭桥建于汉建元三年（前138年），又称便桥、便门桥。西渭桥是汉唐时期由长安通往西域、巴蜀的交通要道。

据史料记载，唐太宗与突厥颉利可汗曾会盟于此桥。在唐代，西渭侨也是著名的送客惜别之地，王维《渭城曲》云：“渭城朝雨浥轻尘，客舍青青柳色新，劝君更尽一杯酒，西出阳关无故人。”

安史之乱后，桥被杨国忠放火烧毁，唐末此桥废弃。

朱雀桥

朱雀桥即朱雀桁，是东晋时期建在内秦淮河上的一座浮桥，在今南京中华门内。由于年代久远，已不复存在。人们为追忆朱雀桥，往往把镇淮桥当做昔日的朱雀桥。东晋时王导、谢安等豪门士族多在其附近居住。

诗人刘禹锡在怀古名篇《乌衣巷》诗中云："朱雀桥边野草花，乌衣巷口夕阳斜。旧时王谢堂前燕，飞入寻常百姓家。"这首脍炙人口、千古流传的诗篇从此也使朱雀桥和乌衣巷闻名遐迩。朱雀也称为"朱鸟"，古代神话中的南方之神。朱为赤色，像火，所以名凤凰。它也有从火里重身的特性，同西方的不死鸟一样，故又叫火凤凰。朱雀更是盛唐时期诗人们在诗中经常使用的意象。如韩翃《送客之江宁》："朱雀桥边看淮水，乌衣巷里问王家。"

今朱雀桥遗址也缥缈难寻。清人陈文述的《朱雀桥》诗云："野草溪花媚晚凉，残基犹说晋咸康；镇淮桥北无遗址，何处当年廿四航？"由此可见朱雀桥遗址在清代就已难寻觅。如今在武定桥和镇淮桥间新建了朱雀桥，游人到此，望着潇洒的"朱雀桥"三字，思古之情油然产生。这里淮水微转，桥卧晚霞，不失当年朱雀桥的风范。

二十四桥

二十四桥位于江苏省扬州市。扬州市新修复了二十四桥景区，由熙春台、玲珑花界、单孔石拱桥及望春楼四部分组成。石拱桥呈玉带状，长24米，宽2.4米，有二十四根玉石栏杆围在两侧。

◎ 关于"二十四桥"的多种说法

一是二十四座桥说。据沈括《梦溪笔谈·补笔谈》载，唐时扬州城有大明桥、九曲桥、新桥、开明桥、通泗桥、山光桥等二十四座桥。

二是泛指说。我国向来就有对数字概念采取朦胧、夸张的方式来表达，尤其在诗词中为说明事物的不凡、感情的激越，常使用夸张数字，并不采取绝对数字。类如"白发三千丈"、"飞流直下三千尺"等，并非确数。人们猜测杜牧诗中的二十四桥是泛指扬州桥梁之多。

三是一座桥说。姜夔《扬州慢·淮左名都》的诗，其中写道："二十四桥仍在，波心荡，冷月无声。"这种写法，又似乎是一座桥了。

杜牧的《寄扬州韩绰判官》："青山隐隐水迢迢，秋尽江南草未凋。二十四桥明月夜，玉人何处教吹箫。"这首诗可谓妇孺皆知、流传千古。诗因桥而咏出，桥因诗而闻名。《扬州鼓吹词》载："是桥因古之二十四美人吹箫于此，故名。"相传二十四桥原为吴家砖桥，周围山清水秀，风景秀丽，是文人吟诗，歌伎吟唱的佳地。相传唐代时有二十四位歌女，体态轻盈，姿容媚艳，曾来此吹箫弄笛，巧遇杜牧，歌女献花给杜牧，并请杜牧赋诗。也有人说是隋炀帝，二十四桥之名就是隋炀帝依歌女的数目而改，但无从稽考，只能留给后人遐想。这美丽的桥吸引了众多文人墨客来此吟咏。曹雪芹在《红楼梦》中借黛玉思乡之情提到："春花秋月，水秀山明，二十四桥，六朝遗迹……"文学家朱自清也曾追忆故乡"城里城外古迹很多，如'文选楼'、'天保城'、'雷塘'、'二十四桥'"。

二十四桥是单孔拱桥，汉白玉栏杆，如玉带飘逸，周围遍植馥郁丹桂，使人随时看到云、水、花、月，体会到"二十四桥明月夜"的佳境。桥旁为吹箫亭，亭前有平台，每当月明之夜，清辉笼罩，波涵月影，可深刻体会到唐代诗人徐凝"天下三分明月夜，二分无赖是扬州"所描写的意境。此景在清朝乾隆年间被称为"春台明月"。

升仙桥

升仙桥位于四川省成都市北门外，原为木桥，今已无存。

根据东晋常璩《华阳国志·蜀志》载："（成都）城北十里有升仙桥，有送客观，司马相如初入长安，题市门曰：'不乘高车驷马，不过汝下。'"人们为纪念胸怀大志的司马相如，把升仙桥改为驷马桥，至今仍是成都北上的必经之地。升仙桥的故事从此广为流传。

唐代诗人汪遵曾写有两首《升仙桥》诗，其一为："汉朝卿相尽风流，司马题桥众又闻。何事不如杨得意，解搜贤哲荐明君。"诗中歌颂了杨得意的荐才之功。其二为："题桥贵欲露先诚，此日人皆笑率情。应讶临邛沽酒客，逢时还作汉公卿。"岑参《升仙桥》诗："及乘驷马车，却从桥上归。"

元代戏剧名家关汉卿据历史传说，并将其改编为杂剧《升仙桥相如题柱》，使司马相如被成都人牢牢地记住了

智品书业（北京）有限公司

更方便的购书方式：

方法一：登录网站http://www.zhipinbook.com联系我们；

方法二：直接邮政汇款至：

北京市西城区北三环中路甲六号出版创意大厦7层

收款人：吕先明　　　邮编：100120

方法三：银行汇款：中国农业银行北京市朝阳路北支行

账号：622 848 0010 5184 15012

收款人：吕先明

注：如果您采用邮购方式订购，请务必附上您的详细地址、邮编、电话、收货人及所订书目等信息，款到发书。我们将在邮局以印刷品的方式发货，免邮费，如需挂号每单另付3元，发货7−15日可到。

咨询电话：010−58572701　（9：00−17：30，周日休息）

网站链接：http://www.zhipinbook.com

“三最”丛书·国学文库			
书　名	定　价	书　名	定　价
《红楼梦》	24.80元	《诗经》	19.60元
《西游记》	21.80元	《老子·庄子》	19.60元
《水浒传》	24.80元	《史记》	19.60元
《三国演义》	19.80元	《资治通鉴》	19.60元
《唐诗·宋词·元曲》	19.60元	《孙子兵法》	19.60元
《古文观止》	19.60元	《弟子规·幼学琼林》	19.60元
《周易》	19.60元	《三国志》	19.60元
《论语》	19.60元	《道德经》	19.60元
《三十六计》	19.60元	《四书五经》	19.60元
《婉约词·豪放词》	19.60元		

“三最”丛书·励志文库		“三最”丛书·历史文库	
书　名	定　价	书　名	定　价
《人性的弱点全集》	19.60元	《中华上下五千年》	19.60元
《人性的优点全集》	19.60元	《一本书读懂中国史》	19.60元
《卡耐基沟通的艺术全集》	19.60元	《一本书读懂世界史》	19.60元
《羊皮卷全集》	19.60元	《白话史记精华》	19.60元
《塔木德全集》	19.60元	《白话资治通鉴精华》	19.60元
《小故事大道理全集》	19.60元	《最好玩的历史故事（大全集）》	19.60元
《心灵鸡汤全集》	19.60元	《帝王故事（大全集）》	19.60元
《拿破仑·希尔成功学全集》	19.60元	《中国历史之谜（大全集）》	19.60元
《一生的忠告全集》	19.60元	《世界历史之谜（大全集）》	19.60元
《一生的资本全集》	19.60元	《白话二十五史精华》	19.60元
《哈佛家训大全集》	19.60元	《历史的智慧（大全集）》	19.60元
《卡耐基写给女人全集》	19.60元		

“三最”丛书·学生必读文库	
书　名	定　价
《清华北大状元最有效的学习方法（小学卷）》	19.60元
《清华北大状元最有效的学习方法（初中卷）》	19.60元
《清华北大状元最有效的学习方法（高中卷）》	19.60元
《清华北大状元最爱看的中外名著（大全集）》	19.60元
《清华北大状元最爱读的未解之谜（大全集）》	19.60元
《清华北大状元最爱读的国学常识（大全集）》	19.60元
《清华北大状元最爱读的唐诗鉴赏常识（大全集）》	19.60元
《清华北大状元最爱读的中华典故常识（大全集）》	19.60元